元嘉體詩學研究

蔡彥峰　著

第四輯

總序

　　福建師範大學已歷經百又十年春秋，回想晚清帝師陳寶琛弢庵先生創立「福建優級師範學堂」時所題校訓：「化民成俗其必由學，溫故知新可以為師」，將教育宗旨植根於「學」字，堪稱高瞻遠矚。百多年來，學校隨著時代的更替發展變遷，而辦學理念始終沿循校訓精神，學高為師，身正為範，英才輩出，教澤廣布，為學術建設與文化教育作出了富有意義的貢獻。從我校文學院協同臺北萬卷樓圖書公司編選出版的「百年學術論叢」前三輯三十種論著，以及這次推出的第四輯十種作品，均可印證這一觀點。

　　第四輯又再現「四代同堂」的學術勝景：已故李萬鈞先生的《中西文學類型比較史》開拓了中西文類比較研究的遼闊視野；資深學者中，林海權先生的《李贄年譜考略》以精密的考辨展示了明代著名思想家李卓吾的生平事跡，歐陽健先生的《中國歷史小說史》以史論結合方式展現了中國歷史小說的發展脈絡，賴瑞雲先生的《孫紹振解讀學簡釋》昭顯了孫紹振先生文本解讀學體系的理論與實踐意義，譚學純先生的《廣義修辭學研究──理論視野和學術面貌》開拓了修辭學發展的一個嶄新局面；中青年學人中，祝敏青《當代小說修辭性語境差闡釋》就修辭性語境差問題作了細緻的解析，王漢民《傳統戲曲與道教文化》將戲劇連同宗教作有機的思考，袁勇麟《中國當代雜文史》梳理了兩岸三地雜文五十年的發展演變，呂若涵《另一種現代性──「論語派」論》對論語派散文作出切實的價值評估，蔡彥峰《元嘉體詩學研究》對劉宋時期詩學進行了系統的深入探討。

　　以上只是簡約提示本輯各位作者各有專攻和創獲。綜觀這四輯四十種論著，可謂蔚然大觀，並有學脈貫通。六庵先生之經學，桂堂先生之散文學，喆盦先生之詩學文說，穆克宏先生之六朝文學，李萬鈞先生之比較文學，陳一琴先生之詩話批評，孫紹振先生之文本解讀學，姚春樹先生之雜文史，齊裕焜先生之小說史，陳良運先生之詩學史，莊浩然先生之話劇史，陳慶元先生之福建文學史，以及其他學者的專題著述，不僅體現了我校人文學術的特色優勢，也呈示了我校文學院薪火相傳、嚴謹精進的治學傳統。溫故知新，繼往開來，理應為我輩後學義不容辭的學術使命。

　　近幾年來，我校文學院持續開展和加強兩岸文化教育的交流合作活動，以文會友，廣結善緣，深獲臺灣學界同仁的鼎力支持和真誠勉勵，我們對此感念於心，永誌不忘！兩岸一家親，閩臺親上親，血緣割不斷，文緣結同心。在此戊戌仲春之際，我依然深信，兩岸的中華文化傳人，秉持同種同文的民族自尊心、自信心和責任心，必將跨越歷史鴻溝，進一步交流互動，昭發德音，化成人文，為促進中華文化復興繁榮而共同努力！

汪文頂

西元二〇一八年夏正戊戌仲春序於福州

目次

錢序

　　蔡彥峰博士的論文要出版了。這是我負責指導的第一部獲得出版的博士論文，我感到由衷的高興！這是他三年多來書齋困坐、書林上下求索的辛勤勞動的成果，也包含著關心與支持他的人們的心血。一個寧馨兒來到人間，於彥峰，於關注他的人，都是一件愉快的事情。而我更感欣慰的是，我看到了他在學術上開始走向成熟！

　　劉宋元嘉前後，是詩歌史的一個高峰，我曾經在拙作《論詩絕句》中以感性的方式表達了對這個高峰的感受：「雙艎顏謝各爭先，明遠才鋒不讓前。萬里江流初過峽，元嘉詩運正中天」。元嘉詩歌在整個中國詩歌史上的地位，如以長江相比，正是江流初入峽谷時期。這雖然不是什麼理論的闡述，但我一直相信這種感覺。其實，從其形成不久，元嘉詩風及其詩學內涵，就一直受到詩史家、詩論家的關注，其中像鍾嶸、劉勰對元嘉詩風表現特點的理論描述，嚴羽《滄浪詩話》中元嘉體的提出，沈曾植的「三關說」、陳衍的「三元說」，都是宏微結合地論定元嘉體的特點，對學者以極大啟發的理論貢獻。其他明清詩學家如胡應麟、許學夷、陸時雍、沈德潛諸家，都曾對元嘉體的整體詩風或其重要作家的藝術風格，做出了出色的研究。近人或今人對元嘉體關注，更是有增無減，各種詩史專著或論文不少。就學位論文來說，光是北大的情況，在彥峰的論文之前，就已有好幾篇以元嘉詩風為選題的碩士、博士論文。上述古今學者研究元嘉詩歌的成果，這部《元嘉體詩學研究》也有比較全面的反映。

　　但是，我一直覺得，元嘉詩歌研究是一個尚待深入的學術課題。這裡很重要的一個原因就是，元嘉體的內涵，從來未被完整地闡述

過。在傳統詩學的語境中，詩人或詩論家們對元嘉詩學的內涵，雖然各有不同的把握，但事實上在他們那裡是相對清晰的。傳統詩學採用的是綜合體認的方法，當一個詩學家或詩人在談到諸如建安體、元嘉體、盛唐體這樣的概念的時候，他們不是孤立的把握，而是相互地聯繫著的，通過聯繫與對比，不斷地在感性與概括相結合地體認、窮盡某一時代的風格體制的具體內涵，然後在具體的創作實踐與理論批評中展開。這一傳統詩學的勝境，我們不能不承認在今天已經日趨模糊與失落。所以，我們可以說，儘管元嘉體內涵在傳統的詩學實踐曾經被古人完整地把握過；但在今天的學術語境，元嘉體的內涵，並非學術上已經解決的問題。如何在總結前人研究的基礎上、溝通古今乃至中西的詩學研究方法，對元嘉詩風、元嘉詩學做出系統的研究，重構元嘉詩學的體系。這是我和蔡彥峰博士當年選下這個題目時的基本構想。而現在他完成的這部專著，雖不能說已經最理想地重構出元嘉詩學的完整體系，但畢竟是第一部系統地闡述劉宋時期詩學的專著。

　　無須諱言，本書之所以能夠在前人眾多關於元嘉詩歌研究的基礎上有比較全面的推進，與其使用重構古代詩學傳統的研究方法而由此建立的論述體系是分不開的。但一種方法與論述體系是否真的有建立的必要，最後還需要有具體的學術成果來檢討。本書立足於元嘉詩人自身的實踐的詩學體系，從詩歌本體觀念、詩學方法、詩歌藝術方法等各方面去認真地把握，使許多原來蘊藏著的層面比較清晰地呈現出來。元嘉詩學由於產生於文人詩學的早期，在其當時的理論的表述與批評都比較少，各個層面的內涵，多蘊藏在詩人的具體的創作實踐中。這時候，只要體系合理、體認準確，我們就可對其各個層面進行重構，提出並解決新的問題。本書這方面的成果是不少的，如關於元嘉詩學的興寄問題，可以說前人（不包括古人）基本上沒有正面的提到。因為陳子昂強調漢魏興寄，貶斥晉宋齊梁，所以晉宋齊梁詩的興寄問題差不多被人忽略。元嘉介於魏晉與齊梁之間，其詩學理念關乎

於情性與體物兩端，其詩風中的興寄精神，是客觀存在的。本書第二章對元嘉詩人的興寄精神及興寄藝術，第一次做出系統的闡述，學術上的創新性是很明顯的。另外，一些傳統的問題，也由於方法與論述體系的建立，也將問題向事實進一步的逼近。如體物形似的問題，當然是自劉勰以來就已充分注意到的元嘉詩學的特點，但以往多孤立把握這個問題。本書由於要完整把握元嘉詩人的本體，將體物詩學與情性詩學結合起來，更加完整地分析了元嘉詩學中情物兩個範疇的辯證關係。又如晉宋詩擬古詩，也是向來關注的問題，似乎剩義不多，但本書對元嘉擬古詩學方法分為擬篇、擬體、借古三類，其中「借古法」這個概念，就比較有新意。通過這個概念，對元嘉詩人的擬古方法作出了更加完整的闡述。

　　本書主要立足於元嘉詩學對象本身，是一種純理論、純分析的研究，但對元嘉詩學的哲學與理論的背景，也有一些新的探索，如指慧遠佛學思想對形似體物詩學的影響，文筆說與元嘉詩人詩法意識自覺的關係等問題。當然，探索這方面的的餘地其實還是很大的。元嘉詩學的文化成因是極其明顯的，文化性格也十分鮮明。一個時代有特點、自成體系的詩學，無不是詩學本身的發展與當時社會文化思潮影響的共同作用的結果。如何恰當把握兩者的關係，的確是今後詩學史研究中需要探討的問題。

　　本書在研究元嘉詩學各項內涵時，注重淵源的追溯與基本理論的探討。辨章學術，考鏡源流，原是學術研究的要義。有時，基本的理論內涵不清晰，也無法真正深入地討論具體的對象；而不追溯淵源，斬斷前後孤立地研究某家某代詩學，既不符合事實本身的情況，當然也難以得到真相。但是具體地寫作中，如何避免寬泛或漫無邊際的理論分析，以及一般的史實做過多的敘述，仍是寫作中需要注意的問題。具體的對象的研究離不開理論基礎與歷史背景，但與專門的理論研究及歷史敘述不同。較好地處理好上述問題，既是一種方法，同時

也與學術修養、個性有關係。從本書我們可以發現，彥峰具有較強的理論的素質。作者能夠從元嘉詩學的具體層面出發，聯繫古今詩論家的觀點來闡述其內涵。其中對西方詩學理論的較多引用，更可以說構成本書的一個特點。引證多了本身不一定就是優點，但從本書對西方詩學理論引證來看，絕大多數是有效的。我本人對西方的詩學理論是重視的，早年也著意地做了一番尋索。但出於種種考慮，嗇於徵引。其中一個原因也是由於自己不能閱讀西方原著，接受西方理論只能從譯本及他人的介紹，所以生怕郢書燕說之誤。彥峰在研究元嘉詩學時，騰出相當時間學習西方理論，這一點我是很欣賞的。

以上對本書的評論，並不全面。只是撰序時隨緣應例略作點評而已。我想學術界的廣大讀者會對本書做出恰當的評價。現在回想四年前，彥峰從廈大王玫先生處碩士畢業後，負笈北上，博士籍中屬我名下。但在我的印象中，他並非善於言談的人，也不善於發問，這一點跟我本人其實很相似。又彥峰是泉州人，我是溫州人，兩地的文化背景有許多接近地方，淵源上也有關係。思維方式上或許也有容易接近的地方。彥峰畢業一年多，已發表多篇論文，現在又修改博士論文出版，從他身上，我看到東南沿海之民常有的那種幹勁。這是我很欣賞的！

錢志熙

二○○七年八月於東京

緒論

　　本書所研究的元嘉體，不是僅指元嘉時期的詩歌，而是指整個劉宋詩歌[1]，及存在於這種詩歌之中的藝術的共同性。這種共同性的內涵極為豐富，某種意義上講，可以理解為一種時代風格，這也是「體」的一個基本含義。風格的形成既與詩人的才性密切相關，同時還具有學理的特點，這種學理因素某種意義上講就是我們所說的詩學[2]。因此本書不僅研究元嘉詩歌中存在的這種時代風格特點，更主要的是探討、分析這種風格特點形成的內在根據，研究存在於元嘉體之中的詩

1　嚴羽《滄浪詩話》謂元嘉體為：「鮑顏謝諸公之詩」。代表元嘉體的元嘉三大家，除謝靈運在元嘉十年去世，顏延之到大明七年才辭世，鮑照的創作更集中於元嘉後期到大明年間，因此可以說元嘉體並不是僅指元嘉時期的一種詩歌類型。顏延之、鮑照對大明、泰始詩壇有直接的影響（陳慶元《大明、泰始詩論》對此有深入闡述可以參考，《文學遺產》2003年第1期），從這一點來講，從元嘉到大明、泰始整個劉宋時期的詩歌其實都是屬於元嘉體這一範疇的，這也是首先提出「元嘉體」的嚴羽所持的觀點。羅宗強《魏晉南北朝文學思想史》：「代表元嘉文學思想傾向的作家的創作活動，則上起晉宋之交，如謝靈運和顏延之；下及於大明、泰始之際，如鮑照和謝莊。」我們是同意這一觀點的，從時間範圍來講，元嘉體指的也是這樣一個時間段內出現的一種詩體。

2　本文所指的「詩學」是用來指稱詩歌創作實踐體系的一個高度概括的術語，包括由這個實踐體系所引出的詩歌理論和批評，這個意義上的「詩學」在宋元之後才開始得到廣泛的使用（錢志熙先生〈「詩學」一詞的傳統涵義、成因及其在歷史上的使用情況〉對這個問題有很詳細深入的分析可以參見，載《中國詩歌研究》第一輯）。但是從邏輯上來講，有詩歌就有詩學，美國學者厄爾・邁納《比較詩學》稱這種蘊涵於詩歌創作中的詩學為「含蓄詩學」（厄爾・邁納：《比較詩學》〔北京市：中央編譯出版社，2004年〕，頁7）。從傳統詩學的發展來看，唐代之前以「含蓄詩學」為主，所以魏晉時期雖然比較缺乏詩學理論的建構，但詩歌創作實踐中詩學的發展卻是很充分的。這是本書使用詩學一詞的基本出發點。

學內涵。本書努力的目標就是把元嘉詩學體系內涵比較完整地勾勒和表述出來。但是和任何一種創造一樣，學術研究本身也常常有言不盡意的困境，特別是當我們面對的是在創作實踐中體現出來的微妙、複雜的詩學體系，這種困境可能會越發明顯，這是本書遇到的一個切實的困難。

一　元嘉體的詩學背景

傳統詩學的一個基本特點是它與創作實踐有密切關係，與以純理論的學科性質存在的西方詩學有明顯的區別。傳統的詩學範疇和詩學理論，既根源於詩歌創作實踐，又直接針對創作實踐，魏晉以來一些重要的文論著作皆直接圍繞著創作問題，如陸機謂〈文賦〉的寫作目的是：「論作文之利害所由，他日殆可謂曲盡其妙。」劉勰《文心雕龍》也是圍繞著創作問題而展開的，故沈約謂之「深得文理」[3]。鍾嶸《詩品》亦針對於當時學詩、評詩「喧議競起，準的無依」[4]的狀況。這些詩學論著體現了魏晉六朝人對詩學理論進行總結的自覺意識，但同時還應該認識到，詩歌創作實踐中還存在一個更微妙、更生動活潑的詩學。以理論形式和創作實踐存在的兩種詩學，共同構成了傳統的詩學體系，二者之間最基本的性質或者共同之處，在於它們都以詩歌創作為基礎。從這一點來講，我們所說的詩學背景，最直接的是指當時代的詩歌史和詩學史[5]，與及作為詩學基礎的思想、學術文化。當然任何一種詩學和詩歌創作，本身都是植根於整個文學和文化傳統之中的，同時又構成這個文學文化傳統一個部分，廣義的詩學背

3　〔梁〕姚思廉：《梁書》〈劉勰傳〉（北京市：中華書局，1973年），頁712。

4　曹旭：《詩品集注》（上海市：上海古籍出版社，2011年），頁74。

5　〔美〕韋勒克、沃倫著，劉象愚等譯《文學理論》：「文學作品最直接的背景是它語言上和文學上的傳統。」（南京市：江蘇教育出版社，2005年，頁115）。

景應該指的是這一個。廣義的背景研究比較有助於以廣闊的視野，發現研究對象的發展變化，得出準確紮實的結論，《文心雕龍》〈時序〉云：「故知文變染乎世情，興廢繫乎時序，原始以要終，雖百世而可知也。」[6]這是知人論世研究方法的優點。但廣義的背景超出了任何單個具體課題的研究範圍。因此，本文對元嘉詩學背景的研究[7]，並不期望從經濟、政治、文化等方面來探討元嘉詩學[8]，而主要是從晉宋之際的思想、學術特別是魏晉以來的詩歌史和詩學史，來分析元嘉體詩學的特點及源流正變。

　　從學風來看，晉宋之際是一個思想、學術多歧化發展的時期[9]。

6　范文瀾：《文心雕龍注》（北京市：人民文學出版社，1958年），頁675。

7　韋勒克、沃倫《文學理論》稱文學的背景研究為「文學外部研究」，該書第三部分對這種研究方法的得失有深入的探討可供參考。韋勒克、沃倫斷言：「那些提倡從外在因素研究文學的人士，在研究時都以不同程度的僵硬態度應用了決定論式的起因解釋法。」「起因解釋法在文學研究上的價值，肯定是被過高地估計了，而且，還可以肯定地說，這樣的研究方法永遠不能解決分析和評價等文學批評問題。」（頁74）。有關文學的背景研究方法，我們贊同韋氏的觀點。本文所說的「元嘉體的詩學背景」，就其實質而言乃是指元嘉詩歌的詩學基礎，是根源於詩歌藝術內質的，而不是韋氏所說的「文學的外部」，從這一點來講，我們所說的「詩學背景」與傳統的文學背景有明確的區別，在概念的內涵及由此發展出的研究方法上亦皆差異明顯。本文力求把研究重點集中到詩歌藝術與詩學本身上來，即韋勒克所說的「文學的內部研究」上來。包括我們下文所要分析的晉宋之際思想學術的發展，最基本的著眼點和最終的目的都是要分析詩學自身的問題。

8　關於元嘉詩歌發生發展背景的研究，如錢志熙先生《魏晉詩歌藝術原論》第六章〈晉宋之際詩歌的因與革〉，從士林分化、學風轉變、詩人思想主題等方面進行了深入的論述。其他如北京大學吳懷東的碩士論文《文變演乎世情──論劉宋政權的建立對劉宋詩風演變的影響》（見北京大學圖書館館藏），陳橋生《劉宋詩歌研究》（北京市：中華書局，2007年），山東大學胡震耀的博士論文《元嘉詩研究》（見於中國國家圖書館館藏）等，對元嘉詩歌的發展背景做出了探討，也可作為參考。

9　〔梁〕沈約《宋書》〈隱逸〉〈雷次宗傳〉：「元嘉十五年，徵次宗至京師，開館於雞籠山，聚徒教授，置生徒百餘人。會稽朱膺之、穎川庾蔚之並以儒學，監總諸生。時國子學未立，上留心藝術，使丹陽尹何尚之立玄學，太子率更令何承天立史學，司徒參軍謝元立文學。」此外，當時佛學也有很大的發展，可以看出劉宋學術多歧化發展的特點。

作為整個學術的一個組成部分，詩學既以當時代的思想、學術為基礎，又與當時代的學術發展性質相適應，從這一點來講，元嘉詩學也必然是多歧的，直觀地表現為當時文學的繁榮、多樣的興盛之象。劉勰《文心雕龍》〈時序〉：「自宋武愛文，文帝彬雅，秉文之德，孝武多才，英采云搆。自明帝以下，文理替矣。爾其縉紳之林，霞蔚飆起；王袁聯宗以龍章，顏謝重葉以鳳采，何范張沈之徒，亦不可勝數也。」[10]劉宋文學的這種興盛不僅表現在文學家人數的增多，也表現在詩風的多樣化上，這是詩學多歧化在創作上的體現。魏晉以來是文學自覺的時期[11]，這是文學史上的普遍認識，但「文學自覺」是一個內涵很豐富的概念，如對文學地位、文學本質、文學藝術、文學歷史等的自覺認識都應包含在這一範疇之內，從這一點來講，文學自覺並非一蹴而就，而是一個持續的、漫長的過程，也是一個時時常新的問題。東晉時期，玄言詩極盛，漢魏以來的五言詩傳統陷入低谷，詩歌發展被帶入歧途。因此，當晉宋之際的詩人認識到玄言詩帶來的困境時，這種困境某種意義上恰恰促使他們更為自覺地反思、回顧詩歌藝術傳統。對詩歌的自覺思考，不僅使元嘉人重新追認、體悟魏晉詩歌藝術傳統，也使其吸收了文化上出現的各種新的因素，促進詩歌新的發展，體現出自覺的詩學意識。元嘉詩學就是直接地在這一背景中生成的。

　　玄言詩酷不入情，違反詩歌情性本質，藝術上主要採用四言雅頌體，造成詩味淡薄的藝術缺陷。玄言詩人主張以玄對山水重視山水賞悟，但是當詩人希望對山水之美稍加表現時，四言體在藝術上的缺陷

10 范文瀾：《文心雕龍注》（北京市：人民文學出版社，1958年），頁675。

11 〔日〕鈴木虎雄《中國詩論史》：「魏的時代是中國文學自覺的時代。」（南寧市：廣西人民出版社，1989年，頁37。）魯迅〈魏晉風度和文章與藥及酒的關係〉說曹丕的時代可以說是「文學自覺的時代」。相對於漢代之前極少專門詩家的狀況，建安以來詩人的大量湧現，也可以說是進入了一個文學自覺發展的時期。

就明顯地體現出來，鍾嶸對詩體的藝術表現力即有明確的認識，〈詩品序〉云：「夫四言，文約易廣，取效風騷，便可多得。每苦文繁而意少，故世罕習焉。五言居文詞之要，是眾作之有滋味者也！故云會於流俗。豈不以指事造形，窮情寫物，最為詳切者邪！」[12]蕭子顯《南齊書》〈文學傳論〉也說：「五言之制，獨秀眾品。」[13]魏晉以來除曹操、嵇康、陶淵明外四言少有佳作，也說明四言體已很難有新的發展，可以說玄言詩尤其是四言體玄言詩在表現範疇、寫作藝術、詩體等方面，留給詩歌發展的餘地都已非常有限。因此，東晉中後期詩人開始重新注意到五言體，王羲之、謝安、孫綽等名士和諸名士參加的蘭亭修禊所作的詩歌中就有不少五言詩，很多人是四言、五言各作一首[14]。某種程度可以說這是東晉中後期詩人，在詩歌創作實踐中對四言體發展困境的察覺。建安以來是「五言騰踴」[15]的時期，東晉詩人對五言詩的藝術成就自然也會有所認識，簡文帝即說：「玄度五言詩，可謂妙絕時人」[16]，孫綽謂：「一吟一詠，許將北面。」[17]即認為詩歌寫作水準超過許詢。說明玄言詩人也是有作五言詩的，並且在當時人看來取得了很好的成就，只是許詢、孫綽等玄言詩人的五詩歌流傳下來的很少，我們無法知道其原貌。錢志熙先生認為：「儘管東晉中期的五言詩創作被籠罩在濃厚的玄言氣氛中，但五言詩體的抬頭，從邏輯上講已包含了否定玄言詩風的潛在趨勢，這種已經具有自身藝

---

12 曹旭《詩品集注》謂「文約意廣」之「意」原作「易」（頁43）。

13 〔梁〕蕭子顯：《南齊書》（北京市：中華書局，1972年），頁908。

14 據逯欽立先生《先秦漢魏晉南北朝詩》所載詩歌統計，《蘭亭集》三十七首詩中二十三首為五言詩，作詩的十六人中十二人只作五言詩，十一人四言、五言各作一首，只有三人只作四言詩，說明東晉中後期五言詩在上層士人中已十分流行。（參見拙文：〈東晉清談與吳聲歌的流行及其詩史意義〉，《文學遺產》2016年第2期，頁62。）

15 范文瀾：《文心雕龍注》（北京市：人民文學出版社，1958年），頁66。

16 余嘉錫：《世說新語箋疏》（上海市：上海古籍出版社，1993年），頁262。

17 余嘉錫：《世說新語箋疏》（上海市：上海古籍出版社，1993年），頁528。

術典範和藝術傳統，並且富有生命力的詩體，它自身就具有矯正偏差、淘汰不正常創作觀念的能力。從這意義可以說，東晉中期五言玄言詩的盛行，已蘊涵著晉宋之際詩歌藝術繁榮的可能性。」[18]這一觀點是很啟發意義的。從另一方面來講，王羲之等蘭亭詩人雖然還抱著「以玄對山水」的態度，但其詩歌中對山水美也開始有所表現，如謝萬〈蘭亭詩二首〉其二「司冥卷陰旗，句芒舒陽旌。靈液被九區，光風扇鮮榮。碧林輝英翠，紅葩擢新莖。翔禽撫翰遊，騰鱗躍清泠。」整首不涉及玄理，寫景頗似鄴下、西晉的風格。從創作實踐上看，在描繪山水形象上，五言體比四言體更有利，這一點鍾嶸在〈詩品序〉即有明確的闡述。因此我們看到稍後於蘭亭詩人的湛方生，其山水詩如〈帆入南湖詩〉、〈還都帆詩〉、〈天晴詩〉等已都是五言體，山水形象比較清朗。從蘭亭詩人到庾闡、湛方生、殷仲文、謝混等人，詩歌的表現範疇有一個從玄理到山水形象的轉變，這一轉變也促進了詩歌由四言體向五言體發展，因為五言較四言更具表現力，更適合於描繪山水的形象之美。從五言體的重新發展來看，晉宋之際的詩人對詩體、詩歌表現範疇等有一個自覺的選擇過程，而對魏晉五言詩藝術傳統的回顧和學習則是這一時期詩歌發展的必然道路。殷仲文、謝混即有學習鄴下、西晉詩歌以革新玄言詩的自覺意識，他們的創作對元嘉詩人有直接的啟發意義。

　　從詩歌表現範疇的變化來看，首先由於劉宋皇權取代東晉門閥政治[19]，造成名教自然人格模式的分化，使元嘉詩人面臨著根本的人生

---

18 錢志熙：《魏晉詩歌藝術原論（修訂本）》（北京市：北京大學出版社，2005年），頁357。

19 田余慶《東晉門閥政治》：「門閥政治只是皇權政治在東晉百年間的變態，是政治體制演變的回流。門閥政治的存在是暫時性的，過渡性的，它是從皇權政治而來，又依一定的條件向皇權政治轉化，向皇權政治回歸。」（頁296）具體可參見該書之「門閥政治的終場與太原王氏」等章節的相關論述（北京市：北京大學出版社，2005年，第4版）。

矛盾，出處成為元嘉詩人無法迴避的切身問題。人生矛盾是詩歌藝術的重要源泉，同時又要求詩歌對之加以表現，這一點促使詩歌的表現對象由玄理轉向人生，重新回歸抒情言志的詩歌藝術傳統。另一方面，在玄、佛思想影響下，東晉具有現代意義的新的自然觀取代了魏晉天人感應的自然觀，使詩人擺脫了天人感應的思維束縛[20]。東晉自然觀雖然還未使自然景物作為詩歌表現對象得以確立，但它在這一過程中具有重要的意義。東晉後期，慧遠「形神」思想蘊涵的「形象本體」之學的美學內涵，則直接促進了山水景物作為詩歌表現範疇的確立[21]。表現範疇的拓展，促使了詩歌體物藝術的發展，使元嘉成為體物詩學發展的重要時期。

　　殷仲文和謝混的創作複多而變少，沒有真正地完成詩歌的革新任務，因此還未能完全開創新的詩歌局面。元嘉詩人面對東晉玄言詩的困境，對魏晉詩歌藝術傳統有自覺的體認意識，這一點他們是繼承殷、謝等人的，但元嘉詩人在複、變兩方面遠較殷、謝來得深廣，在詩歌本質和詩歌藝術上對魏晉詩歌進行了深入、全面的學習，在體物藝術上又有重要的發展，這些構成了其詩學的基本內涵和特點。元嘉詩學即處於這樣一個詩歌史和詩學史的背景之下。

二　元嘉體詩學實踐課題

　　詩學實踐課題是錢志熙師提出的一個概念[22]，其基本含義在我看

---

20 參見拙文：〈從「感物」到「體物」——晉宋詩學的重要發展〉，香港浸會大學《人文中國學報》第14期，頁323-344。

21 拙文：〈慧遠「形象本體」之學與山水詩學的形成和發展〉，《文藝理論研究》2011年第3期，頁48-54。

22 見錢志熙：〈論黃庭堅詩學實踐的基本課題〉，《漳州師院學報》1997年第1期，頁1-7，及《黃庭堅詩學體系研究》緒論之「黃庭堅的詩學生成背景和實踐課題」（北京市：北京大學出版社，2003年，頁16-29）。

來，主要是指自覺的、具有藝術理想的詩人，在反思詩歌史中提出的為達到自己的藝術理想而在寫作實踐中必須解決的各種問題。其實也就是詩人在詩歌寫作中體現出來的詩學問題意識。因此，詩學實踐課題是一個具有比較明確的適用範圍的概念，不是每個詩人都有自覺意識並能提出自己的實踐課題。本文借鑑「詩學實踐課題」這一概念，乃基於這樣的考慮，即元嘉詩人對東晉玄言詩造成的詩歌困境的自覺反思。正因為玄言詩對漢魏西晉抒情言志詩歌傳統的中斷，所以魏晉詩歌在元嘉詩人看來乃具有高古的、典範的性質，總體來看，謝靈運、顏延之、鮑照等元嘉詩人具有自覺的學習魏晉詩歌的意識，這種學詩的意識構成了元嘉詩學的前提。元嘉詩人雖然沒有從理論上明確提出詩學實踐課題，但從他們對詩歌史的回顧和認識來看，他們是具有這樣的意識的。從詩歌史發展來講，此期詩學最基本的課題就是如何擺脫玄言詩造成的困境，重新恢復詩歌的藝術價值，並使詩歌藝術得到進一步的發展。應該說元嘉詩人對這一點是有很明確的認識的。分言之，元嘉詩學實踐課題可分為幾方面的內涵。

首先是對詩歌情性本質的重新體認和繼承。對詩歌藝術本質的理解在詩學中具有根本意義，本質的內涵決定著藝術的發展方向和特點，詩歌藝術的發展變化常常能夠由詩歌本質內涵的變化來解釋。魏晉詩歌基本上是以情性為本質範疇，也就是說強調詩歌是對普遍的人情人性的表現。所謂的人情人性其內涵自然是相當豐富的，對其不同的理解，形成了不同的藝術和風格特點。比如建安詩歌是悲壯慷慨的，曹植後期及阮籍的詩歌則比較深廣，這種詩歌美學特點的差異有很複雜的原因，但與對詩歌本質內涵的不同理解有密切關係。從詩歌史的發展角度來看，東晉玄言詩以玄理為表現範疇，偏離了詩歌的情性本質，但是東晉玄言詩人自身恐怕並不這樣認為，就如後人認為玄言詩「淡乎寡味」缺乏藝術價值，而東晉人卻自認為他們的詩歌「妙絕時人」一樣，這之間存在著對詩歌藝術和詩史的評價與接受的偏

差。鄴下之後由於政治情勢的變化，詩人濟世弘道的熱情大為消歇，而更多的轉向對與自身密切相關的現實和人生的思考，詩歌體現為內向化的發展特點，詩人的精神世界得到了更深入的表現。從詩歌本質來講，其內涵具有理性化的特點，如王粲、劉楨、陳琳、曹植等人後期的詩歌，及阮籍、嵇康、陸機等人的創作，都有這樣的特點，其本質是情理結合，而藝術上則是抒情言理相結合。鄴下之後詩歌藝術和審美上的這種變化，與詩歌本質內涵的發展變化密切相關。東晉玄言詩的產生有多方面的原因，從詩歌本身來講，是片面地發展了魏晉詩歌言理的本質內涵[23]，將魏晉詩歌豐富的、具有開放性特點的情性本質內涵，具體化為玄學之理。這種表現範疇大大地縮小了詩歌藝術發展的可能性，造成了對詩歌藝術價值的損害。詩歌本質內涵應該是開放的、具有詩人個性的，唯其如此才能夠為詩歌藝術提供廣闊的發展空間。從魏晉詩歌到東晉玄言詩的發展來看，詩歌本質內涵總體上是不斷地縮小，由開放走向封閉，某種意義上講，傳統詩歌「代降其格」往往與此是有所關係的，東晉玄言詩即是這樣一個典型的例子，這一點與東晉自然名教合一的那種穩定的、具有理性約束力的人格模式也有很重要的關係。

　　劉宋皇權的建立取代了東晉門閥政治，門閥士族名教自然合一的人格模式被破壞了，人生矛盾重新成為元嘉詩人面臨的基本問題，體現在詩歌創作中，就是玄言詩那種封閉的詩歌本質內涵被打破，豐富的人生情理重新成為詩歌表現的範疇。從這一點來講，元嘉詩歌的表現範疇，較之玄言詩有一個比較明顯的拓展，這種拓展其實是對漢魏西晉詩歌情性本質的體認和恢復。這種恢復當然也是受到劉宋社會及元嘉詩人自身現實情況決定的，總體上來講，元嘉詩人對詩歌本質有比較自覺的認識。晉宋之際殷仲文、謝混、湛方生等人，對鄴下、西

---

23 參見拙文：〈玄學與兩晉玄言詩學的發展流變〉，《淮陰師範學院學報》2011年第4期，頁520-527。

晉詩歌的學習，已比較重視抒情和言理的結合，沈約《宋書》〈謝靈運傳論〉說：「叔源大變太元之氣，仲文始革孫許之風。」[24]這種詩歌變革不僅是在藝術上的，也是詩歌本質上的，就是突破玄言詩玄理本質內涵的侷限，將鄴下、西晉詩歌情感、理思、審美等重新引入詩歌的表現範疇之內。從這一點來講，晉宋之際殷仲文、謝混等人的詩歌革新，雖然自身的成就有限，創作上受玄言詩束縛還比較明顯[25]，但他們已開始走上變體的道路[26]。這一點顯示殷、謝等人對詩歌本質、詩歌藝術都開始有比較自覺的認識。從發展邏輯上講，元嘉詩人是繼承殷、謝的詩歌革新道路而加以拓展的。元嘉詩人面臨著比較複雜的詩歌史背景，一方面是東晉玄言詩歌的發展困境，另一方面則是殷仲文、謝混等通過學習魏晉詩歌而帶來的新的詩歌發展前景。這兩個方面促使了元嘉詩人對詩歌自覺的反思，特別是對玄言詩狹隘的、封閉的表現範疇對藝術造成的損害有自覺的認識，因此重新體認、繼承魏晉詩歌具有豐富內涵的情性本質，成為元嘉詩人一個重要的詩學實踐課題。

　　另一方面，玄、佛思想影響下新自然觀的出現，取代了以儒家天人感應為基礎的自然觀，天人合一的思維被打破了，主客之間逐漸產生了分離，促使了人們開始以客觀的態度觀察自然界的對象。從詩歌藝術創作來講，就是自然界開始成為獨立的表現對象。相對於傳統詩歌而言，這是詩歌表現範疇一個很重要的拓展。表現範疇的發展變化對詩歌藝術具有整體性的影響，藝術上如何適應新的詩歌表現範疇的拓展，是元嘉詩人面臨的一個當時代的詩歌課題。這一詩學課題的內

24　〔梁〕沈約：《宋書》（北京市：中華書局，1974年），頁1778。

25　〔梁〕蕭子顯《南齊書》〈文學傳論〉云：「仲文玄氣，猶不盡除；謝混清新，得名未盛。」（頁908）

26　鍾嶸《詩品》謂謝混詩「源出於張華」，「殊得風流媚趣」（頁360），又說殷、謝二人之詩為義熙中的「華綺之冠」，這種詩美與東晉玄言詩的「淡乎寡味」有顯著的區別，相對玄言詩而言，可以說是一種變體。

涵頗為豐富，首先就是如何理解、體認自然物作為詩歌表現範疇所體現的詩歌藝術本質。物作為詩歌表現範疇就詩歌創作藝術來講，即注重對物的表現、刻畫，體現了詩歌的審美本質。與傳統詩歌表現主義的審美觀相比，元嘉時由於自然物作為描寫對象的確立，因此比較明顯地體現出再現主義的詩歌審美觀，這一新的詩歌審美觀，拓展了傳統詩歌的本質內涵。再現主義的詩歌審美觀既打破了玄言詩專注玄理、狹隘的表現範疇，為詩歌藝術提供了很大的發展空間，同時也帶來了一個新的詩學問題，即如何處理情性與體物兩種不同詩美觀之間的關係。從詩歌寫作實踐來看，元嘉詩歌總體上既重寄託，又有比較明確的體物寫景的藝術自覺。元嘉詩人有意識地要將抒情與體物加以融合，來追求一種和諧的詩美觀，即後人所說的情景交融。王夫之評謝靈運〈登上戍石鼓山〉云：「情不虛情，情皆可景；景非滯景，景總含情。」[27]即認為謝詩實現了這樣一種審美效果，總體上來看，元嘉詩歌能達到這種藝術成就的還不是太多，甚至還存在典重生澀之弊，但情性與審美結合，的確代表了元嘉詩人所追求的一種詩歌理想目標，如何圓融地處理二者之間的關係，是元嘉詩歌另一個重要的詩學實踐課題。謝朓主張好詩應「圓美流轉如彈丸」，從當時的詩歌創作來看，可以說就是對元嘉這一詩學實踐課題的明確表述和深化。

　　由於表現範疇的拓展，因此元嘉詩歌藝術具有多樣性發展的特點，不再是單純的情感的表現，而是表現與再現之間的運動變化。從詩歌寫作實踐來看，元嘉詩人不僅學習魏晉詩歌抒情、興寄等表現的藝術，同時自然物作為新的藝術客體也要求詩歌對其加以表現，因此學習魏晉詩歌寫景藝術並進一步發展，是元嘉詩歌必須解決的一個嶄新的藝術課題。從詩史來看，一個詩歌藝術成就比較突出的時代，其

---

27 〔清〕王夫之著，張國星校點：《古詩評選》（北京市：文化藝術出版社，1997年），頁217。

詩歌的發展往往是開放性的、多方面的，元嘉作為詩歌史上重要的時期，也具有這樣一種詩歌史特點，它對傳統詩歌的學習、繼承和發展是多方面的，從詩歌本質範疇到具體的詩歌藝術、詩法等，元嘉詩歌都存在著一個「擬議以成變化」的問題。從這一點來講，學古與新變也是元嘉詩歌一個基本的詩學課題。

　　這些詩學實踐課題構成了元嘉詩歌基本的發展目標，但不同的詩人對這些詩學課題有不同的理解，這一點使元嘉詩歌在創作上表現出多樣性的藝術特點，這種多樣性與元嘉體是辨證統一的關係。

三　元嘉體的內涵及研究方法

　　「元嘉體」最早見於南宋嚴羽《滄浪詩話》，嚴羽解釋「元嘉體」曰：「宋年號。鮑、顏、謝諸公之詩也。」[28]這一解釋過於簡略，未能揭示元嘉體的真正內涵。嚴羽之後，明清文論家大多能認識到元嘉詩歌在詩史上的地位，如胡應麟、許學夷、王夫之、方東樹等對謝靈運、鮑照等做了比較多的個案研究，但對元嘉體的綜合性研究仍然是很不夠的。元嘉體是詩歌由古體向近體轉折的關鍵環節，這一點已成為詩學史的普遍認識，但是長期以來關於這一階段的詩歌的研究缺乏整體上的推進，其原因我認為主要在於當前的研究仍停留在對這一文學史現象的描述上，而缺乏整體的、系統的的思考。將元嘉體簡單地等同於顏、謝、鮑諸人的詩歌，或理解為元嘉時期形成的辭藻華麗、對仗工整、重藝術技巧的詩風，這些都還是比較直觀的認識，未能深入地把握元嘉體的真正內涵。元嘉體作為在元嘉詩歌創作實踐基礎上提出來的一個批評範疇，其內涵是很豐富的，這些內涵構成了一個體系，可以說元嘉體其實就是對作為文本形態存在的元嘉詩歌的系

---

28 郭紹虞：《滄浪詩話校釋》（北京市：人民文學出版社，1961年），頁53。

統化總結，元嘉體就是對豐富多樣的元嘉詩歌的內在共同性的概括，這種共同性不僅是風格上的，而且也是詩歌本質和詩歌寫作藝術上的，我覺得元嘉體的內涵指的應該是這個，它構成了一個內涵豐富的體系。元嘉體「體」的這一含義與古代文體學頗相契合，就古代文體學的角度而言，「體」都具有「體系」之義，從這一點來講，元嘉體應該視為詩歌文體學的一個概念，它也具有文體學體系的內涵。元嘉體的這個內涵，決定了應對其進行從系統的研究，才能從整體上推進元嘉體研究的發展。

（一）文體學與元嘉體的內涵

　　魏晉文學批評中，「體」不僅具有「體裁」、「體制」、「樣式」、「語體」、「風格」等含義，也有文章或文學的本質、本體這個內涵。曹丕《典論》〈論文〉：「文本同而末異」，這裡的「本」就是指文學本體，「末」則指詩、賦等各種不同的體裁及其相應的美學特點。摯虞《文章流別論》云：「古詩以四言為體。」又云：「雅音之韻，四言為正。」劉勰《文心雕龍》〈明詩〉也說：「四言正體，則雅潤為本。」[29]這裡的「體」既指四言之體裁，又有「正」的本體之義。《文心雕龍》用到「體」、「文體」之處很多，很能反映古代文體學的內涵，如〈定勢〉篇：「自近代辭人，率好詭巧，原其為體，訛勢所變，厭黷舊式，故穿鑿取新。……然密會者以意新得巧，苟異者以失體成怪。舊練之才，則執正以馭奇；新學之銳，則逐奇以失正：勢流不反，則文體遂弊。」[30]又如〈附會〉篇論述章法時說：「若統緒失綜，辭味必亂，義脈不流，則偏枯文體。」[31]這裡所說的「體」、「文體」都不是簡單的體裁或體制，而是指文學之體。《顏氏家訓》〈文章〉云：「文章之

---

29 范文瀾：《文心雕龍注》（北京市：人民文學出版社，1958年），頁67。
30 范文瀾：《文心雕龍注》（北京市：人民文學出版社，1958年），頁531。
31 范文瀾：《文心雕龍注》（北京市：人民文學出版社，1958年），頁651。

體，標舉興會，發引性靈，使人矜伐，故忽於持操，果於進取。」[32]
「文章之體」指的也是文章的本質、本體。文學史上很多以作家、時代命名的「體」，如仲宣體、謝靈運體，建安體、元嘉體等，其內涵都是指整體性的文學之體。不管「體」之前冠以什麼定語，其內涵都是相當豐富的、多層次的[33]。李士彪《魏晉南北朝文體學》將「文體」分成三個層次：體裁、風格、篇體，「體裁是一篇文章的類別，就像人有男女之別、老少之分；篇體是文章的構成，就像人有軀幹四肢；風格是文章整體風貌的體現，是文章的審美特徵，就像人有精神氣質，有雅俗美醜之分。」[34]作為人體的「體」是由身體的各部分組成的生命系統，由「體」的這個本義發展而來的「文體」，其多層次、豐富內涵也構成了一個文體學體系，所謂的整體性的文學之體指的就是這個含義，中國古代文學批評中的「體」，也經常指的是這個含義，如元嘉體的「體」，其內涵就是一個藝術系統、詩學系統，而我們今天恰恰沒有意識到這一點。中國古代批評很重視文學本體，古代文體學就是建立在文學本體思想基礎之上的，所以古代文學批評中「體」的內涵雖然非常複雜，但又有明晰的系統性。曹丕《典論》〈論文〉所說的「文本同而末異」，就可視為一個體用結合的文體學系統。劉勰《文心雕龍》〈附會〉：「夫才量學文，宜正體制：必以情志為神明，事義為骨髓，辭采為肌膚，宮商為聲氣。」[35]這裡的「體制」指篇章之體，但作為篇章體制之義的「體」，也蘊涵著一個體用結合的體系，這個體系中「情志」是「體」，而「事義」、「辭采」、「宮商」則是「用」，可見體用這種方法是運用於文體學的各個層次

---

32 王利器：《顏氏家訓集解》（北京市：中華書局，1993年），頁238。

33 吳承學、沙紅兵：〈中國古代文體學學科論綱〉將「體」歸納為六種含義（《文學遺產》2005年第1期）。

34 李士彪：《魏晉南北朝文體學》（上海市：上海古籍出版社，2004年），頁3。

35 范文瀾：《文心雕龍注》（北京市：人民文學出版社，1958年），頁650。

的。又如鍾嶸《詩品》在論述陶淵明體時說：「其源出於應璩，又協左思風力。文體省淨，殆無長語。篤意真古，辭興婉愜。」[36]這裡即可以看出所謂的陶淵明體包含了諸多因素，如語言、興寄、情志等，這些因素構成了一個詩學體系。對研究元嘉體的內涵來講，這一點是很啟發意義的，我們應該認識到元嘉體之「體」也具有體系之義。元嘉體與具體的元嘉詩歌之間的關係，是類型與特殊之間的關係，美國漢學家宇文所安曾論述了這種關係：「類型性與特殊性之間的關係，是中國文學思想的核心問題，而西方文學思想則剛好不重視這個問題。英語和歐洲語言中的style一詞即可以指文體，如『古體』，也可以指某一作品的特殊風格，兩個意思放在一起用，沒有任何困難。但在漢語，二者的區別十分明顯：『體』總是指文體，而談論某一作品的特殊風格，則使用另外一些詞，它們都在不同情況下『體』的各種變體。『體』這個概念強調固有的標準和規範，它先於各種特殊表現，攜帶著一種參與到特殊表現中的力量。你可以在特殊表現中把它認出來，但它本身並不是那個特殊表現之所在。」[37]元嘉體與元嘉具體的詩歌也具有類型與特殊的關係，元嘉體的共同性是體現於所有具體的元嘉詩歌之中的，但是具體的詩歌又具有其特殊性，這也是其藝術價值所在，特殊性建立在共同性基礎之上又體現共同性，它們構成了一個文體學系統。詩學體系，這可以視為元嘉體的基本內涵，從文體學的角度來理解、分析元嘉體時，這一內涵是很清晰的。

（二）文體學與元嘉體的研究方法

　　體用思想的一以貫之，使古代文體學具有很深厚的思想與理論基礎，並形成了宏大的體系。中國古代文體學之所以成為傳統文學批評

---

36 曹旭：《詩品集注》（上海市：上海古籍出版社，2011年），頁336。

37 宇文所安：《中國文論：英譯與評論》（上海市：上海社會科學出版社，2003年），頁216。

與理論的核心，其根本原因在於古代文體學的體系是開放性、生長性的，具有適應文學發展的活力，而這一點源於古代文體學與文學創作的密切關係，文學創作實踐是文體學發展的源泉和內在動力。具體來講，以體用方法建立起來的古代文體學，其目的不僅研究文學的本體，而且非常重視對實現文學本體的「用」的研究，也就是說研究文學的創作之法，是古代文體學的重要內涵，這一點現在還沒有得到研究者充分的認識。雅各森說：「文學科學的對象不是文學，而是文學性，也就是說使一部作品成為文學作品的東西。」[38]這也是西方文學文體學的本體論基礎，「文學性」是什麼呢，當然不是文學作品的內容，因為任何內容既可以用文學的方式，也可以用非文學的方式來表現。形式主義認為，形式才是文學的本體，是文學與非文學的本質性區別，因此文學創作就在於不斷地創造新的形式，以保持文學作品的文學性，所以形式主義非常重視研究形式的創造之法，也就是重視語言學方法。深受形式主義影響的西方文學文體學，也明確強調對實現文學之體的方法的研究，韋勒克、沃倫《文學理論》即認為文學文體學的目的是探討「所有能夠使語言獲得強調和清晰的手段。」[39]所以文體學不僅為理解和欣賞文學作品服務，而且也研究文學創作之法，即如何實現文學性之法[40]。文體學與創作論具有某些重疊之處，這是西方文學文體學重要的內涵之一，這一點對中國古代文學的研究也是深有啟發的。

　　中國古代文學批評很重要的一個目的就是為創作服務，作為整個古代文學理論與批評核心的文體學也具有這樣的內涵，這一點有很深

---

38 〔俄〕雅各森：〈當前的俄國詩歌〉，見托多羅夫編：《俄蘇形式主義文論選》（北京市：中國社會科學出版社，1989年），頁24。

39 〔美〕韋勒克、沃倫著，劉象愚等譯：《文學理論》（南京市：江蘇教育出版社，2005年），頁200。

40 申丹《敘述學與小說文體學研究》說文體學：「旨在探討作品如何通過對語言的特定選擇來產生和加強主題意義和藝術效果。」（北京市：北京大學出版社，2001年，頁74。

遠的淵源，《毛詩序》云：「詩有六義焉：一曰風，二曰賦，三曰比，
四曰興，五曰雅，六曰頌。」孔穎達《毛詩正義》云：「風雅頌者，
詩篇之異體，賦比興者，詩文之異辭耳。大小不同而得並為六義者，
賦比興是詩之所用，風雅頌是詩之成形，用彼三事，成此三事，是故
同稱為義，非別有篇卷也。」[41]孔穎達正是以體用關係來解釋《詩經》
「六義」的內在關係。風、雅、頌是詩之體，而賦、比、興則是詩之
用，也就是《詩經》具體的藝術手法。古代文體學體用關係中，
「用」其實就包含著文體創造之法，從「體」的任何一個內涵來講，
如體裁或作家之體、時代之體、流派之體等，都具有一個成體之法的
問題。從體裁這個層面來看，體裁本身其實也是在體用基礎上建立起
來的系統，體裁也包含著體用關係，它的「用」包括對仗、聲韻、章
法、句法、字法、用典等基本內涵。就其本質而言，體裁乃是一種語
言表現的規範，語言只有符合這種規範才能歸屬於某種具體的體裁，
也可以說這種體裁才能夠成立，如詩歌、小說、散文等，它們都有各
自的語言與美學特點，所以體裁不能僅僅視為一種分類的辦法，體裁
有自己的內在規定性，而且很重要的一點是，體裁內在地要求對「成
體」、「得體」進行研究，也就是對如何實現體裁的內在規定性進行研
究，只有從這一點來看體裁，才能真正地認識體裁在傳統文學史及文
學研究中的重要意義。對「體」的任何一種內涵而言，也都是有這個
基本要求的。我認為傳統文學文體學的基本內涵與意義就在這裡。從
現在的角度來講，文體學有兩個層面，一是傳統文體學的內涵、研究
對象、研究方法，這是屬於純學術層面的；另一個是創作實踐，傳統
文體學包含對創作方法的研究，這可以說是屬於實用層面的，事實上
這一層面往往被我們所忽視，而這一點對我們現在的文學史研究的深

---

41 〔唐〕孔穎達：《毛詩正義》，《十三經注疏》本（杭州市：浙江古籍出版社，1998
　　年），頁271。

入是極有意義。古人的文體學研究的目的是很明確的，他們並不停留在對某種文體的審美規範的認識上，而是通過分析文體的美學特點、內在規範，來認識如何在寫作中實現這種審美規範，也就是說傳統文體學是指向創作實踐的，古人的文體學研究更重要的就在於如何「成體」這個問題上，可以說文體學本身就是一種有關創作實踐的方法論，古人的這個意識是很明確的。

從古代文體學的內涵來看，「體」還蘊涵著動詞性質的意義——「成體」[42]，即如何形成具體的文學作品的美學價值，古人對這一點非常重視[43]。如傅玄〈連珠序〉：「其文體，辭麗而旨約，不指說事情，必假喻以達其旨。」「辭麗」乃體之規範，而後兩句則總結了連珠體的創作方法。臧榮緒《晉書》〈陸機傳〉云：「機妙解情理，心識文體，故作〈文賦〉。」[44]所謂「心識文體」就是指陸機了解創造文體的規律和方法，即〈文賦〉所說的「論作文之利害所由」。〈文賦〉的目的就是探討詩、賦等各種文體的寫作之法。可見古代文體學具有創作實踐上的意義。晉宋以降，重視「成體」方法的文體學的思路進一步發展，劉勰《文心雕龍》可以說是這種文體學思想的集大成。《文心雕龍》〈序志〉開宗明義云：「夫文心者，言為文之用心也。」即說明其目的乃是為文學創作服務。從〈明詩〉至〈書記〉二十篇論述了各體文章的體制風格，同時又非常重視各體文學作品具體的成體之法。〈定勢〉至〈序志〉二十五篇則總論文學作品的創作方法。〈總術〉篇云：「凡精慮造文，各競新麗，多欲煉辭，莫肯研術。」又說：「文體多術，共相彌綸，以物攜二，莫不解體。」皆強調對文體

---

42 錢志熙：〈論中國古代的文體學傳統——兼論古代文學文體研究的對象與方法〉，《北京大學學報》2004年第5期，頁92-99。

43 〔明〕胡應麟《詩藪》〈內篇〉：「文章自有體裁，凡為某體，務須尋其本色，庶幾當行。」對作者來說，如何實現這種「本色」、「當行」，其實就是一個有關創作方法的問題，即成體之法的問題。

44 〔唐〕李善：《文選注》（北京市：中華書局，1977年），頁239。

的創造方法的研究的重要意義。〈明詩〉論述劉宋文體之變云：「宋初
文詠，體有因革，莊老告退，而山水方滋。儷采百字之偶，爭價一字
之奇，情必極貌以寫物，辭必窮力以追新，此近世之所競也。」這裡
的「體」也就是元嘉山水詩體，劉勰不僅論及了晉宋之際詩體的轉
變，而且總結了新的詩體的寫作方法的特點，明確體現了劉勰文體學
思想的方法論內涵。蕭子顯《南齊書》〈文學傳論〉謂齊以來詩歌有
「三體」，蕭氏對「三體」的總結[45]，皆與寫作藝術密切相關，如總結
第二體云：「全借古語，用申今情，崎嶇牽引，直為偶說。唯睹事
例，頓失清采。」可以說南朝文學批評中「體」的「成體」之義已普
遍地發展起來，這是南朝人對藝術創作技巧認識的深化，同時也是對
魏晉以來辨體之風的發展。如《世說新語》〈文學〉注引檀道鸞《續
晉陽秋》：「（許）詢及太原孫綽轉向祖尚，又加以三世之辭，而詩、
騷之體盡矣。」[46]鍾嶸〈詩品序〉：「先是郭景純用儁上之才，變創其
體。」[47]這些「體」都是整體性的「詩體」之義，都包含有詩歌寫作
特點這樣一個方法論含義。這種文體的發展是整體性的，比如從魏晉
詩歌轉變為玄言詩、從玄言詩發展為山水詩，即涉及到詩歌本質、題
材、寫作藝術、風格等非常廣泛的方面。鍾嶸評郭璞詩云：「憲章潘
岳，文體相輝，彪炳可玩。始變永嘉平淡之體。」[48]以「彪炳可玩」
變革「平淡之體」，這種變化就是整體性的文學之體的變化，鍾嶸同
時也指出了郭璞以「憲章」潘岳為變革詩體的方法。傳統文體學的內
涵很豐富，從文學批評的角度來講，其所關注的是「體」的美學內
涵，而從創作實踐來講，文體學本身就是一種方法論[49]，即我們上文

45 〔梁〕蕭子顯：《南齊書》（北京市：中華書局，1972年），頁908。
46 余嘉錫：《世說新語箋疏》（上海市：上海古籍出版社，1993年），頁262。
47 曹旭：《詩品集注》（上海市：上海古籍出版社，2011年），頁34。
48 曹旭：《詩品集注》（上海市：上海古籍出版社，2011年），頁318。
49 〔梁〕蕭子顯《南齊書》〈陸厥傳〉論永明體說：「時盛為文章，吳興沈約、陳郡謝
　　朓、琅邪王融，以氣類相推轂，汝南周顒善識聲律。約等為文皆用宮商，將平上去

所說的「成體」的問題。所以，傳統文體學乃是詩學的重要的內涵，不僅體現於理論形式，而且體現於創作實踐之中。尤其是對有自覺創作意識的詩人來講，在研究詩歌體制的美學特點基礎之上，探索如何有效地實現這種詩體美學具有極為重要的方法論意義，對詩人來講，這一點甚至是傳統文體學中更為重要的部分。在古人看來，「體」既是文學創作所要達到的審美規範，同時又包含了實現這種美學的創作方法，正是從這一點來講，傳統文體學具有重要的創作實踐上的意義。傳統文體學的思想和方法對文學研究是具有重要的啟示意義的，也是我們進行文學研究所應借鑑的。

劉勰、鍾嶸等對詩體的源流變化、藝術特點等的考察，與晉宋以來詩歌中的擬體之作有邏輯上的聯繫，可以說是對擬體的理論性的總結，因為擬體本身就包含著辨體，以辨體為必要和先決條件。晉宋以來出現了許多擬體之作，如鮑照〈學劉公幹體〉五首、〈學陶彭澤體〉，王素〈學阮步兵體詩〉，江淹〈雜體詩三十首〉，謝靈運〈擬魏太子鄴中集詩八首〉雖不標出「體」但亦是擬體。謝靈運、鮑照這類擬體之作頗多。從邏輯上講，「擬體」是繼承魏晉辨體而來的，都是文體學方法的運用。中國古代辨體、尊體意識本身就蘊涵著向這種理想化的審美規範發展的內在動力，即對典範之「體」的嚮往與追求，所以中國古代文學文體學是一個開放的、發展的體系。文體學對文體的美學的分析與確定，也為創作確立了一個理想的目標，所以傳統文體學的根本目的並不侷限於對文本審美範式的分析，而是指向如何實現這種審美目標上，也就是說文體學本身就蘊涵著有明確目標的創作方法論。辨體是文學創作的必要條件，魏晉南朝辨體思想的發達，就是創作實踐的需要。宋代倪正父說：「文章以體制為先，精工次之。

入四聲，以此制文，有平頭、上尾、蜂腰、鶴膝。五字之中，音韻悉異，兩句之中，角徵不同，不可增減。世呼為永明體。」（頁898）永明體這一體制就完全得名於其寫作手法特點，這種文體本身就包含著方法論。

失其體制，雖浮聲切響，抽黃對白，極其精工，不可謂之文。」[50]嚴羽也說：「作詩須辨進諸家體制，然後不為旁門所惑。」[51]辨體包含著對文體的內在規範、寫作藝術進行深入的分析、總結[52]，這說明了古代文體學包含了文體的創作方法這一內涵。在古人看來，體既是所要達到的目標、又是實現這一審美目標的具體過程，所以古代文體學具有重要的創作實踐上的意義。

　　元嘉體蘊含著一個文體學系統，決定了必須深入地研究其創作之法，才能真正地揭示元嘉體的形成及藝術價值。元嘉擬體詩其實也就是對所擬之體的整體寫作藝術的研究和學習，從這一點來講，元嘉體詩學中「體」的內涵，與南朝文學批評中的「體」頗為相近，即蘊涵著「如何寫作」這樣一個實踐上的方法論含義。所以元嘉之「體」具有詩學體系的意義[53]，包含了很豐富的內涵。謝靈運〈擬魏太子鄴中集詩八首〉即比較清楚地體現了這一點，這八首詩歌除擬魏太子一詩前是總序，此外的七首擬詩之前皆有小序，略述對諸人的評介，如敘王粲曰：「家本秦川，貴公子孫，遭亂流離，自傷情多。」敘應瑒曰：「汝潁之士，流離世故，頗有飄薄之歎。」這些小序不僅敘述了王粲等人的身世，其實也說明了其詩歌風格形成的原因，以及詩歌的

50　徐師曾：《文章辨體序說》（北京市：人民文學出版社，1962年），頁14。

51　吳訥：《文體明辨序說》（北京市：人民文學出版社，1962年），頁84。

52　吳承學、沙紅兵：〈中國古代文體學學科論綱〉（《文學遺產》，2005年第1期）也認為文體研究包括對語言形式，如字法、句法、章法與格律等方面的分析。

53　錢志熙先生認為古人所說的詩學，「主要是指一個詩人在詩歌創作（也包括理論、批評等活動）方面所具備的學力與技能，大到對詩歌藝術規律即古人所說的詩道或雅道的領會，對詩歌傳統的掌握，細到聲律及修辭的技巧，形成了一個極其豐富的詩學體系。」（《黃庭堅詩學體系研究》，頁13）「詩學「一詞雖出現於晚唐，並在南宋後才開始普遍被使用，但應該說一個有成就的詩歌時代，其創作本身即整體地體現為一個詩學體系。元嘉詩歌是魏晉詩歌藝術系統中一個相對獨立的子系統，從這一點來講，元嘉體之「體」即是對元嘉詩歌風格特點的總結，也是體現於創作實踐中的一個詩學體系。

表現範疇與本質內涵，如「自傷情多」（王粲），「喪亂事多」（陳琳），「飄薄之歎」（應瑒），「憂生之嗟」（曹植），這種人生之感既是詩歌的表現的範疇，也體現了鄴下詩歌的情性本質內涵。而對曹丕等人的詩歌寫作藝術及形成的詩歌體制風格的認識，則表現於具體的擬作實踐之中。可以看出，謝靈運的擬體包含了對詩學各方面的認識，而這種認識是體現於元嘉詩人對「體」的意識之中的。對「體」的認識其實也即包含著對這種「體」的寫作方法的探究和總結，如《南齊書》載武陵昭王蕭曄「與諸王共作短句，詩學謝靈運體，以呈上，報曰：『見汝二十字，諸兒作中最為優者。但康樂放蕩，作體不辨有首尾，安仁、士衡深可宗尚，顏延之抑其次也。』」[54]說明蕭道成對謝靈運體的章法等寫作藝術的認識。江淹〈雜體詩三十首〉序云：「今作三十首詩，學其文體，雖不足品藻淵流，庶亦無乖商榷云爾。」不僅學習魏晉至南朝各種詩歌體制風格，而且也在擬體中探尋五言詩的淵流，通過對所擬詩人作品的題材、意象、用典、結構章法、句式等的深入探討來商榷藝術，很明顯江淹的「學其文體」已超出了對體制風格的學習，而包括對詩歌源流、寫作手法等各種藝術規律的探討。所以「擬體」其實就是一種詩學學習方法。

　　魏晉以來，文體學明確地指向了創作實踐，創作方法、藝術技巧成為文學批評關注的一個重點，正是在這一推動下，西晉文學在經由建安的現實主義、正始阮嵇的浪漫主義後轉向了古典主義，「對於古典主義來講，認可、繼承、研究文學遺產是一個重要的課題，前人的作品成為他們創作的出發點。」[55]正因為對詩歌藝術傳統的自覺回顧，所以古典主義是詩學積累比較深厚的一種創作方法。元嘉詩人為扭轉東晉詩歌發展的歧途，自覺學習和繼承魏晉詩歌藝術傳統，講究

---

54 〔梁〕蕭子顯：《南齊書》（北京市：中華書局，1972年），頁625。

55 錢志熙：〈論〈文賦〉體制方法之創新及其歷史成因〉，《求索》1996年第1期，頁89-93。

各種藝術技巧，對仗、用事、章法、句法甚至用字之法，皆在魏晉藝術基礎上變本加厲，體現了由重自然抒發、自然流露的內在「感物」詩學，向主客體分離重刻畫外在事物的「體物」詩學的轉變，這一點不僅是詩歌表現範疇拓展對詩歌藝術的推動，也是元嘉詩人對詩歌藝術技巧自覺追求的結果。因此，可以說元嘉詩歌總體上也是屬於古典主義詩學範疇的。古典主義詩歌創作的基本特點，是重視創作的藝術技巧，重視對創作內部規律的探討總結[56]。這一點在元嘉詩歌中是表現得比較明顯的。對藝術技巧的自覺研尋和學習，使元嘉詩歌創作中蘊涵著一個豐富的詩學體系，我們所說的元嘉體，其內涵某種意義上講更主要的就是指這一點。

　　從詩歌創作性質來講，越是有成規、有技巧可尋的詩歌，就越容易被學習[57]，而那些靠才情、興致的作品則往往是絕去蹊徑難以模擬的。元嘉詩歌在齊梁時期成為普遍學習的對象，劉勰《文心雕龍》〈通變〉云：「今才穎之士，刻意學文，多略漢篇，師範宋集。」[58]其原因當然是多方面的，但某種程度上說，漢詩多古質自然無跡可尋，而宋詩則重技巧故有法可依，也是其中一個重要的因素。這一點從側面說明元嘉詩歌重詩法的性質。齊梁人不僅學謝體、顏體[59]，元嘉其他詩人亦得到廣泛的學習，江淹〈雜體詩三十首〉即將劉宋八位詩人——謝靈運、顏延之、謝惠連、王微、袁淑、謝莊、鮑照、湯惠休

---

56 錢志熙：〈論〈文賦〉體制方法之創新及其歷史成因〉，《求索》1996年第1期，頁89-93。

57 〔宋〕陳師道《後山詩話》：「學詩當以子美為師，有規矩故可學。」（《歷代詩話》本，頁304）許學夷《詩源辯體》亦云：「作詩出於智力者，亦可以智力求；出於自然者，無跡可求。故今人學靈運者多相類，學靖節者百無一焉。」（北京市：人民文學出版社，1987年，卷6，頁103）。

58 范文瀾：《文心雕龍注》（北京市：人民文學出版社，1958年），頁520。

59 鍾嶸《詩品》論謝超宗、丘靈鞠、檀超等七人「並祖述顏延。」又云：「大明、泰始中，鮑、休美文，殊已動俗。唯此諸人，傳顏、陸體。」（曹旭：《詩品集注》，頁575）

也作為模擬對象，此亦說明擬體對藝術技巧的重視。蕭子顯《南齊書》〈文學傳論〉將南齊詩歌分為三體，第一、第三體分別由謝靈運、鮑照開創，第二體蕭子顯雖認為雖導源於傅咸、應璩，但其近源實出於顏延之，蕭子顯認為這一體的寫作方法是「緝事比類，非對不發」，「體」中包含了寫作技巧，從這一體中即很明顯地看出來。謝靈運體、鮑照體雖從風格上來論述，但亦包含著藝術技巧的詩學內涵，這一點結合鍾嶸《詩品》即可明白。《詩品》說謝靈運「尚巧似」、「逸蕩」、「麗典新聲」，說鮑照「善制形狀寫物之詞」、「貴尚巧似，不避詭仄」，皆從寫作方式而言。蕭子顯所說的三體，實際上就是元嘉三大家所創立、提倡而形成的，三體不但標誌著三家詩歌風格特點，而且在後世形成了流派[60]。成為一種流派的「體」，其外在表現為某種直觀的風格特點，而內在則是豐富的詩學積累。元嘉體大體可以說即是謝、顏、鮑代表的三體綜合而成的一個詩歌藝術系統，及存在於這個詩歌藝術系統之中的詩學實踐體系。

作為詩史上一個具有轉折性質的發展階段，元嘉詩歌構成了魏晉詩歌藝術系統中一個相對獨立的子系統，這就是元嘉體的基本內涵。正如前文所論，「體」外在表現為直觀的風格特點，其內涵則是一種詩學體系，因此元嘉體可以說是在元嘉詩歌的原生基礎上所體現的詩學體系。沈曾植〈與金潛廬太守論詩書〉云：「吾嘗謂詩有元祐、元和、元嘉三關。公於前二關已通過，但著意通第三關，自有解脫月在。元嘉關如何通法？但將右軍〈蘭亭詩〉與康樂山水詩大並一氣讀。……尤須時時玩味《論語》皇疏，乃能運用康樂，乃亦能運用顏光祿。……在今日學人，當尋杜、韓樹骨本，當盡心於康樂、光祿二家。康樂善用易，光祿長於書，經訓菑畬，才大者盡容穮穫。」[61]所

---

60 王運熙：〈中國古代文論中的「體」〉，《中古文論要義十講》（上海市：復旦大學出版社，2004年），頁192。

61 錢仲聯：《沈曾植集校注》（上海市：上海古籍出版社，2001年），頁261-262。

論乃作詩之法門。陳衍〈沈乙盦詩序〉載沈曾植謂陳氏：「詩學深，詩工淺」[62]，陳衍倡「三元」之說，沈曾植所謂的「詩學」即指此，反過來說，沈氏於「三元」之外另立「三關」，亦屬詩學之範疇。這也說明了元嘉詩歌中包含了豐富的、可資後人學習的詩學內涵。「元嘉關」大抵即嚴羽所謂「元嘉體」，《滄浪詩話》有〈詩體〉一篇，列有太康體、元嘉體、永明體、元和體、元祐體諸類，皆詩史上詩歌創作興盛，亦詩學積累豐富之時期，故能自成一體。因此可以說元嘉體既是詩歌之種類及風格特徵，也是體現於詩歌創作中的一個詩學體系。某種意義上講，本書的研究即是建立在對「體」的這一理解基礎上的。

元嘉體具有詩歌藝術系統和詩學體系的內涵，因此本書儘量運用藝術系統範疇的某些內涵和傳統詩學的方法來研究元嘉體[63]。藝術系統的研究方法引導我們去突破單純從元嘉談元嘉體的侷限，而將元嘉體這個相對獨立的詩歌發展期，看作是魏晉詩歌藝術系統中的一個子系統。在藝術上，元嘉體表現為對魏晉詩歌藝術傳統的回顧和發展，同時又孕育著新的因素，促進齊梁詩歌藝術系統的發展，藝術的繼承與新變的融合，使元嘉體具備了詩運轉關的詩史地位。從詩學的角度來講，元嘉體詩學也是整個魏晉詩學的一個部分，因此本文重視詩學史、詩學源流的分析，由此探討元嘉體詩學的形成的內在依據及其基本內涵。

近年來，對晉宋之際思想文化與詩運轉關的關係研究取得了不少的成果，在山水詩、佛學與詩歌等課題方面也有不少的探索，出版了以元嘉詩歌為研究對象的專著。但系統性、整體性的研究還是不多，特別是對這一段詩歌的背景、外在因素等研究得比較多，而對元嘉體本身的探索則很少。本書主要的目的是從詩歌藝術本身及詩歌史的發

---

62 錢仲聯：《沈曾植集校注》（上海市：上海古籍出版社，2001年），頁246。

63 本文的研究方法借鑑了錢志熙《黃庭堅詩學體系研究》的傳統詩學研究思路。

展規律，來探討元嘉體產生的原因及其藝術價值。作者也希望能通過本書對中國傳統詩歌的研究思路和方法有所思考和探索。

第一章
元嘉詩歌的表現範疇與本質內涵

　　詩歌本質是關於詩歌藝術的根本看法，傳統詩學中「言志」、「緣情」、「情性」等範疇，即是有關詩歌本質的基本觀念。這些詩歌本質觀的共同特點是，強調詩歌是對人的內心的表現。就其實質而言，傳統詩學對詩歌本質的理解，都是著眼於詩歌表現內容的。韋勒克說：「文學的本質最清楚地顯現於文學所涉獵的範疇中。」[1]從這一點來講，詩歌表現內容的拓展，也就意味著詩歌本質內涵的發展。元嘉詩歌不僅繼承了傳統詩歌的情性本質內涵，同時還有一個重要的發展，即自然景物作為詩歌表現對象的確立，這一點直觀地體現於元嘉詩歌藝術的發展及詩歌風貌的變化上。由於理論形式的詩學還未發達，元嘉詩人甚少對其詩學觀加以總結，但從創作實踐中可以看出，元嘉詩人一方面繼承了魏晉詩歌情性本質觀，另一方面由於物作為詩歌表現範疇的確立，及體物藝術的發展，元嘉詩人對詩歌的審美本質也有清楚的認識。對詩歌本質的認識，在詩學中具有根本性的意義，決定了詩歌藝術的發展。本章我們準備分析元嘉詩歌的表現範疇及其本質內涵，由此探討元嘉詩歌藝術特點的形成。

第一節　「物」作為詩歌表現範疇的確立

　　「物」作為詩歌表現範疇的確立，促使了「體物」藝術的發展[2]。

1　〔美〕韋勒克、沃倫著，劉象愚等譯：《文學理論》（南京市：江蘇教育出版社，2005年），頁15。

2　這一節參見拙文〈從「感物」到「體物」──晉宋詩學的重要發展〉，香港浸會大學《人文中國學報》第13期。

當然從藝術淵源來講，體物在《詩經》、《楚辭》即已存在，《文心雕龍》〈物色〉一篇論詩歌體物之發展，即從《詩經》論起，云：「詩人感物，聯類不窮。流連萬象之際，沉吟視聽之區；寫氣圖貌，既隨物以宛轉；屬采附聲，亦與心而徘徊。」[3]劉勰這裡論述了詩人由「感物」而「體物」的發展。從藝術來看，由「物色之動」進而寫物，這一點從邏輯上看是很自然的，但作為詩歌表現範疇，從「感物」演進為「體物」這一過程則相當複雜。本節我們準備從詩學的發展來論述元嘉詩歌「物」的表現範疇的確立。

一　「感物」向「體物」的發展

從文學史來看，「體物」首先在漢大賦中得到相當的發展，劉勰《文心雕龍》〈詮賦〉云：「賦者，鋪采摛文，體物寫志也。」贊云：「賦自詩出，分歧異派。寫物圖貌，蔚似雕畫。」[4]原本作為詩六義之一的賦，經過漢賦的發展其內涵已得到了很大擴展。班固《漢書》〈藝文志〉云：「漢興枚乘、司馬相如，下及揚子云，競為侈麗閎衍之詞，沒其風諭之義，是以揚子云悔之，曰：『詩人之賦麗以則，辭人之賦麗以淫。』」[5]漢賦富麗的語言特點的形成，與其以「物」為表現範疇密切相關，即劉勰說的「繁類以成豔」[6]，因表現對象種類的繁多，故在藝術上形成富豔的特點。鍾嶸謂謝靈運詩「富豔難蹤」，其實亦著眼於大謝山水詩描寫對象之豐富。漢賦注重語言修辭對詩學產生了顯著的影響，尤其是個體詩學成為主流之後[7]，由於藝術的自覺

3　范文瀾：《文心雕龍注》（北京市：人民文學出版社，1958年），頁693。

4　范文瀾：《文心雕龍注》（北京市：人民文學出版社，1958年），頁134。

5　〔漢〕班固：《漢書》（北京市：中華書局，1962年），頁1765。

6　范文瀾：《文心雕龍注》，頁135。

7　「所謂個體詩學，即建立在獨立的個體基礎上的一種個人的思想感情表達的行為。在這種創作活動中，詩歌被深深地打上個體的印痕，它不僅是完整意義上的自我抒

和進步，在抒情之外物象的審美價值也開始得到自覺的認識。曹丕《典論》〈論文〉云：「詩賦欲麗」，這種詩賦相近的觀念，其實已蘊涵著詩歌學習賦的體物之法的可能。陸機〈文賦〉則云：「詩緣情而綺靡，賦體物而瀏亮」，韓經太先生認為陸機的「敘述邏輯是沿著『分體』的方向展開，所以凸顯出詩、賦分異之處，至於相通相同之處，便被遮蔽了。惟其如此，我們就有一個將遮蔽者揭示出來的任務。而所要揭示者，無疑正是詩、賦一體而會通於『緣情體物』的觀念。」[8]謝靈運〈山居賦〉云：「抱疾就閑，順從性情，敢率所樂，而以作賦。揚子云云：『詩人之賦麗以則』，文體宜兼，以成其美。」大謝這裡就具有明確的詩賦兩種文體相互學習、交融互動的觀念。從邏輯上講，謝靈運這種文體觀念，是從曹丕、陸機等魏晉辨體之風發展而來的，只有真正具有明確的文體意識，區分各種文體的基本規範和特點，也才有可能真正地實現不同文體之間的學習和互動。從鄴下的詩歌創作來看，體物藝術在詩中已有很大的發展，曹丕、曹植、王粲、劉楨等鄴下詩人「憐風月，狎池苑」[9]的公宴詩中，已開體物瀏亮之風。西晉潘岳、陸機、張協、左思等進一步發展了體物的風氣和藝術。鍾嶸《詩品》評張協詩「巧構形似之詞」，陸機、左思等人詩歌中景物描寫的成分也大大增加，從這一點來講，魏晉以來「物」的確已逐漸成為詩歌寫作比較關注的對象。陸機的分體之論的雖因敘述特點而在某種程度上遮蔽了詩、賦在體物上的相通之處，但魏晉以來詩歌學習、吸收賦體的體物藝術是比較明顯的。從西晉詩歌寫作實踐

發，而且是個體的創作意識、傳播願望都十分突出的一種行為，即通過詩而獲得個人在藝術上的聲譽包括詩歌史上的地位。」（錢志熙：〈從群體詩學到個體詩學──前期詩史發展的一種基本規律〉，《文學遺產》2005年第2期）

8　韓經太：〈詩藝與「體物」──關於中國古典詩歌的寫真藝術傳統〉，《文學遺產》2005年第2期，頁29-40。

9　范文瀾：《文心雕龍注》（北京市：人民文學出版社，1958年），頁66

來看，陸機所謂的「詩緣情而綺靡，賦體物而瀏亮」其實是互文見義的，即詩歌是「體物緣情」的，「情」、「物」皆是詩歌的表現範疇，而抒情、體物則是詩歌藝術的兩元。朱自清先生曾指出：

> 「形似」不是「緣情」而是「體物」，現在叫做「描寫」，卻能幫助發揮「緣情」的作用。
>
> 從陸氏起，「體物」和「緣情」漸漸在詩裡通力合作，他有意的用「體物」來幫助「緣情」的「綺靡」。[10]

即明確地指出了陸機分體論述所遮蔽的詩、賦在體物上的相通之處，而且認為詩歌的審美的發展是「體物」與「緣情」共同作用的結果，這是因為體物真切最需要藝術技巧的經營，因此也最易促使詩歌審美功能的發展。

魏晉雖是「物」作為詩歌藝術表現範疇發展的一個重要階段，創作中寫物成分亦較之前代有明顯增加，但體物在魏晉詩歌中仍不具獨立的藝術地位，這與魏晉人的詩學思想相關。從詩歌創作實踐及理論表述來看，「感物興思」是魏晉的詩歌基本的詩學思想[11]。魏晉文人常常因物色所感而進行創作，如曹丕自述因「感物傷懷」而作〈柳賦〉；曹植〈神龜賦序〉云：「龜號千歲，時有遺余龜者，數日而死，肌肉消盡，唯甲存焉，余感而賦之。」這種寫作機制和文學思想在詩

---

10 朱自清：〈詩言志辨〉，《朱自清古典文學論文集》（上海市：上海古籍出版社，1981年）。

11 傅亮〈感物賦序〉敘自己「暮秋之月，述職內禁」見飛蛾「赴軒幌集明燭，必以燋滅為度」，故「悵然有懷，感物興思，遂賦之云爾。」「感物興思」其實即是傅亮此賦的發生機制，而這種文學發生機制和寫作原則乃是繼承魏晉發展而來的。錢志熙《魏晉詩歌藝術原論》（北京市：北京大學出版社，2005年）首次將「感物興思」概括為魏晉詩歌的詩學思想，見該書第四章第五節〈西晉文人的自然觀和西晉文學的意象〉。

歌中也經常出現，如張華「懷思豈不隆，感物重鬱積」（〈雜詩三首〉其二）、陸機「感物戀堂室，離思一何深」（〈赴太子洗馬時作詩〉）、「悲情觸物感，沉思鬱纏綿」（〈赴洛道中作詩二首〉其一）、「感物多遠念，慷慨懷古人」（〈吳王郎中時從梁陳作詩〉）、潘岳「悲懷感物來」（〈悼亡詩三首〉其三）、張協「感物多所懷，沉憂結心曲」（〈雜詩十首〉其一），可見「感物興思」確是西晉詩歌重要的發生機制和詩歌本源思想。但「西晉詩人的感物，主要是由天地運行、季候變化引起崇替興衰之感，所以既是感情活動，也是理性的思考。從這個意義上說，西晉詩人與自然之間的關係，不是純粹的審美關係。在天人合一、天人感應觀念的支配下，人本來就處於從屬於自然界的地位，還不可能將自然界作為自己的審美活動的客體。」[12]從這一點來講，魏晉詩人雖已開始認識到詩歌創作中的「物」的因素，但把直接「物」作為詩歌創作的本源，這一詩學思想還沒有確立起來，「感物興思」中「物」主要還是起引發、催化感情的作用，而「思」或者說「情感」才是詩歌發生的真正本源，「感物」與「體物」仍有明顯的區別。但是從西晉詩歌創作實踐來看，「感物」中包含的「體物」因素也的確在不斷地增加，這直觀地體現為西晉詩歌中寫景成分的增多。而且感物中「物」的內涵和範圍都是很廣泛的，當詩人關注的對象由天體運行、季候轉變化向周圍的山泉水石、花草樹木等自然物時，他們受到「天人感應」的理性思維的束縛就會少一點，在創作過程中就能具有較多的審美感受，這一點為「感物」向「體物」發展提供了契機。

　　從詩學的思想基礎來講，元嘉詩歌體物詩學與魏晉感物興思詩學的思想基礎不同，因此詩學由「感物」到「體物」的轉變，從本質上說涉及到思想轉變的問題，即由物色之動轉變為以物為審美客體，這

---

12 錢志熙：《魏晉詩藝術原論》（北京市：北京大學出版社，2005年，第2版），頁214。

一變化是一個複雜的思想過程，其真正的完成是在元嘉時期[13]。可以說體物詩學在元嘉詩歌寫作實踐中才真正確立起來。

二　「體物」的思想淵源

從藝術上來說，「體物」以客觀地描摹景物為目標，體現了理性的再現主義詩學精神，這一點與屬於表現主義的「感物興思」迥異。「漢魏、西晉人的『感物』說的哲學基礎仍是天人感應。」[14]所以總體而言，魏晉的感物主要是受到天道觀念的支配，希望從自然界的模擬中尋找一種形而上的理性認識，而對「物」的客觀形象的審美價值則缺乏自覺意識。從這一點來講，「體物」需要一種與魏晉天道思想完全不同的自然觀，因此在考察詩學思想由「感物」向「體物」的發展時，首先需要闡述整個魏晉自然思想的轉變。

（一）東晉自然觀的發展

東晉自然觀是對魏晉天人感應自然觀的第一個重要的轉變。從思想的本源和性質來看，東晉自然觀源於玄學和佛教的共同影響[15]。

首先從玄學來講，東晉玄學自然觀主要導源於郭象思想[16]。郭象

---

13 曹道衡、沈玉成《南北朝文學史》說：「自然界的山水景物作為主要的審美對象出現於作品，形成了下啟歷代的山水文學，這是一個發展的過程。這一過程開始於東晉，完成於劉宋之初。」（北京市：人民文學出版社，1991年，頁33）

14 錢志熙：《魏晉詩藝術原論》，頁288。

15 關於東晉自然觀，參見錢志熙《魏晉詩歌藝術原論》第五章第四節〈東晉文人的自然觀與山水詩的肇興〉的有關論述。

16 《世說新語》〈文學〉：「初，注《莊子》者數十家，莫能究其旨要。向秀於舊注外為解義，妙析奇致，大暢玄風。唯〈秋水〉、〈至樂〉二篇未竟而秀卒。秀子幼，義遂零落，然猶有別本。郭象者，為人薄行，有儁才。見秀義不傳於世，遂竊以為己注。乃自注〈秋水〉、〈至樂〉二篇，又易〈馬蹄〉一篇，其餘眾篇，或定點文句而已。後秀義別本出，故今有向、郭二《莊》，其義一也。」劉孝標注引〈竹林七賢

在探討世界萬物的產生時提出了「自生」、「獨化」的思想，《莊子》〈齊物論〉：「吹萬不同，而使其自己也」一語，郭象注云：

> 無既無矣，則不能生有；有之未生，又不能為生，然則生生者誰哉？塊然自生耳。自生耳，非我生也。我即不能生物，物亦不能生我，則我自然矣。自己而然，則謂之天然。天然耳，非為也，故以天言之，所以名其自然也[17]。

郭象認為物皆「自生」，「無」既不能生「有」，「有」也不能生「有」，一切事物的存在都是「無待」的，都包含著「自然」的性質，這就是郭象所謂的「自性」。又〈山木〉：「有人，天也；有天，亦天也。人之不能有天，性也。」郭象注云：

> 凡所謂天，皆明不為而自然。……言自然則自然矣，人安能故有此自然哉。自然耳，故曰性[18]。

一切存在的事物都是自然的，自然乃萬物之「性」，各種事物本身都

論〉云：「秀為此義，讀之者無不超然，若已出塵埃而親絕冥，始了視聽之表。有神德玄哲，能遺天下，外萬物。雖復使動競之人願觀所徇，皆悵然自有振拔之情矣。」郭象有無竊向秀之注可置之不論，但從上面所引《世說新語》及劉孝標之注來看，可見西晉玄風之盛，向、郭之注實起巨大的推動作用。《世說新語》〈文學〉又說：「《莊子》〈逍遙篇〉，舊是難處，諸名賢所可鑽味，而不能拔理於向、郭之外。」乃知當時玄言之旨亦主向、郭之義。可見向、郭之義在西晉玄學思想中的重要地位，實具有主導之作用，在對「自然」之義的發展上更有明確的體現，參見湯用彤：〈崇有之學與向郭學說〉，《魏晉玄學論稿》（上海市：上海古籍出版社，2005年）；余敦康：〈郭象的獨化論玄學〉，《魏晉玄學史》（北京市：北京大學出版社，2004年）。

17 郭慶藩：《莊子集釋》（北京市：中華書局，2004年），頁50。
18 郭慶藩：《莊子集釋》（北京市：中華書局，2004年），頁694-695。

是一個和諧自足的小系統。可見在郭象的玄學思想裡，「自然」包含了事物實體及事物本真的存在狀態的含義，這一點已符合現代的自然之義。郭象〈莊子序〉云：「上知造物無物，下知物之自造」，這一思想直接否定了漢儒神學目的的天道自然觀[19]，也為新的自然觀的確立奠定了思想基礎。

　　另外一方面，東晉佛教般若學的發展也對新自然觀的形成產生了很深的影響。東晉般若學派別眾多，有「六家七宗」之說[20]，僧肇《不真空論》所破三家為本無、心無、即色，說明這三家在當時影響最大。「從抽象的思辨哲學的意義來看，它所探討的問題和玄學基本相同。既然玄學的分化和演變是圍繞著如何處理本體和現象的關係而展開，般若學繼續玄學的探討，其分化和演變也離不開這個軸心。本無宗尊崇本體而輕視現象，心無宗尊崇現象而輕視本體，即色宗試圖綜合，六家七宗的這三個最有影響的學派和玄學的貴無、崇有、獨化三派大體上是對應的。」[21]支遁代表的即色宗與郭象玄學處於對應的邏輯環節上，並且對郭象玄學有所發展[22]，支遁又最具名士風度，故其思想在士林中影響最廣。相對於本無宗「宅心本無」強調本體輕視現象的「以無為本」；心無宗「無心於萬物，萬物未嘗無」強調現象的「心無色有」，支遁即色宗比較重視對本體和現象的綜合。《世說新語》〈文學篇〉劉

19　湯用彤《魏晉玄學論稿》：「自然一語本有多義。……至若向、郭則重萬物之性
　　分。……由向、郭義，則自然與因果相悖。」（上海市：上海古籍出版社，2005
　　年，頁43）此「自然」之義即直接否定了重因果的天道自然觀。

20　〔唐〕元康〈肇論疏〉分為：本無宗，本無異宗，即色宗，識含宗，幻化宗，心無宗，
　　緣會宗。本無宗與本無異宗為一家，故有六家七宗（參見余敦康《魏晉玄學史》）。

21　余敦康：《魏晉玄學史》，第四部分〈東晉玄佛合流思想〉之〈六家七宗〉（北京
　　市：北京大學出版社，2004年），頁433。

22　《世說新語》〈文學篇〉載支遁〈逍遙遊注〉「卓然標新理於二家（向、郭）之表，
　　立異於眾賢之外，皆是諸名賢尋味之所不得，後遂用支理。」湯用彤〈崇有之學與
　　向郭學說〉分析支道林「即色義」說：「支道林之說，佛教原有，但亦與向郭義
　　通。……支道林之說蓋為向郭之說加上佛教意義也。」（《魏晉玄學論稿》〔上海
　　市：上海古籍出版社，2005年〕，頁176-177）。

孝標注引支遁《妙觀章》：

> 夫色之性，不自有色。色不自有，雖色而空，故曰色即為空，色復異空。[23]

一方面認為色是無自性的現象，故「色即為空」；另一方面色雖無自性但作為現象仍是存在的，所以又與絕對空無的「空」不一樣，即「色復異空」。在「色」「空」關係上，支遁的理論似還不夠圓融，對本體和現象的綜合比較直觀，還沒有達到般若中觀的理論水準。對般若思想來說，支遁的理論仍不夠圓滿，但這種直觀的現象本體之學，卻提供了一種由現象認識本體的方法，支遁「即色游玄論」即體現了這一點，〈善思菩薩贊〉：「能仁暢玄句，即色自然空。空有交映跡，冥知無照功。」[24]也表現了這一認識方法。孫綽〈遊天臺山賦〉云：「泯色空以合跡，忽即有而得玄」[25]，即是支遁現象本體之學在文學創作上的體現，可見支遁「即色游玄」直接影響了東晉文人對物色的觀照。從東晉玄、佛流的思想性質來看，「即色游玄」的體道方式其實是把士人的思維引向了廣闊的現實自然界，確立了新的、具有現代意義的自然觀[26]。

（二）東晉玄、佛自然觀對「體物」的影響

從「體物」的發展來看，由東晉玄、佛思想發展出的新自然觀，為「感物」向「體物」的發展奠定了第一層的思想基礎。但東晉自然觀是從「道法自然」、「山水即道」等思想觀念誘發出來的，「體道」的目的某種程度上又影響了藝術上「體物」的真正發展。

---

23 余嘉錫：《世說新語箋疏》（上海市：上海古籍出版社，1993年），頁222。

24 〔清〕嚴可均校輯：《全晉文》（北京市：中華書局，1958年），卷157。

25 〔清〕嚴可均校輯：《全晉文》（北京市：中華書局，1958年），卷61。

26 拙文：〈支遁「即色空」與山水詩〉，《文史知識》2017年第5期，頁116-122。

　　從玄學的思維方式來看，東晉人「以玄對山水」的思維是演繹式的，即以現象體悟、演繹本體，同時東晉文人又受到「得意忘象」的影響，希望超越客觀形象而直接地把握本體，進入與本體合一的哲學境界，因此客觀之物在此時雖然被發現和領悟，卻沒有在詩歌藝術中得到充分的發展。體物根本上說是基於對物的客觀認識的基礎上進行的，但是般若和玄學都是一種否定性的哲學，般若思想具有否定現象以達到法性空寂的境界的特點。這一點在當時影響很大、試圖綜合本體與現象的支遁即色義中也時有表現，如〈法作菩薩不二入菩薩贊〉：「亹亹玄心遠，寥寥音氣清。粗二標起分，妙一寄無生。」〈閑首菩薩贊〉：「閑首齊吾我，造理因兩虛。兩虛似得妙，同象反入粗。」[27]所謂的「兩虛」即現象本體皆空。余敦康先生認為：「單從這些詩句來看，支道林是試圖從有無雙遣的角度去掌握般若性空原理的。」[28]又如〈五月長齋詩〉：「寓言豈所托，得意筌自喪」，即有「得意忘象」否定現象之意。

　　道家、玄學否定知識的傾向也很明顯，其認識論是知其然不知其所以然，如《老子》說：「為學日增，為道日損」[29]，《莊子》也說：「吾生也有涯，而知也無涯，以有涯逐無涯，殆矣。」[30]又說：「惠施多方，其書五車，其道舛駁，其言不中。」[31]玄學繼承了道家這種認識論，如〈齊物論〉「人之生也，固若是芒乎？其我獨芒，而人亦有不芒者乎？」一段，郭象注曰：

　　　凡此上事，皆不知其所以然而然，故曰芒。今夫知者，皆不知

27　〔清〕嚴可均校輯：《全晉文》（北京市：中華書局，1958年），卷157。

28　余敦康：《魏晉玄學史》（北京市：北京大學出版社，2004年），頁450。

29　朱謙之：《老子校釋》（北京市：中華書局，1984年），頁192。

30　郭慶藩：《莊子集釋》（北京市：中華書局，2004年），頁115。

31　郭慶藩：《莊子集釋》（北京市：中華書局，2004年），頁1102。

所以知而自知矣。生者不知所以生而自生矣。萬物雖異，至於
生不由知，則未有不同者也。故天下莫不芒也[32]。

「不知所以知而自知」體現了玄學的認識論特點，即不積極去追求對
事物的認識，帶有反語言反表現的性質。玄學否定知識的傾向，深刻
地影響了東晉士人，表現在詩歌藝術上是玄言詩不關注山水的客觀形
象，不像漢賦一樣極力刻畫物象，東晉詩歌如蘭亭諸賢及庾闡、湛方
生等的山水詩都是很簡淨的，真正的景物描寫很少，且大多以疏朗清
虛之筆，不作體物深細的刻畫。東晉人雖然在新的自然觀下，感受到
了山水之美對心靈與人格的意義，但對山水景物的客觀之美則仍未具
有自覺表現的意識。從人類的心理特點來講，當人們感受到美的衝擊
時，都會有表達的願望，東晉人並沒有違反這一基本特點，但東晉人
往往並不是直接去描繪山水之美[33]，而是著力表現他們欣賞山水之美
時的心靈感受，如《世說新語》〈言語〉：「王右軍與謝太傅共登冶
城，謝悠然遠想，有高世之志。」[34]「王司州至吳興印渚中看，歎
曰：『非唯使人情開滌，亦覺日月清朗。』」[35]又〈文學篇〉：「郭景純詩
云：『林無靜樹，川無停流』，阮孚云：『泓崢蕭瑟，實不可言，每讀
此文，輒覺神超形越。』」[36]東晉人常常沉浸於這種審美與玄理結合的
微妙心靈境界之中，而缺乏直接刻畫山水之美的意識，他們也還未找
到最合適的方法來表現玄理與審美之間的關係。就其根本性質而言，
東晉人這種注重心靈感受的詩學仍是屬於表現主義詩學的，與漢魏以

---

32 郭慶藩：《莊子集釋》（北京市：中華書局，2004年），頁61。
33 《世說新語》〈言語〉：「顧長康從會稽還，人問山川之美，顧云：『千岩競秀，萬壑
　　爭流，草木蒙籠其上，若雲興霞蔚。』」頗有山水描繪的意味，但東晉的山水審美藝
　　術並沒有按著這條道路發展下去。
34 余嘉錫：《世說新語箋疏》（上海市：上海古籍出版社，1993年），頁129。
35 余嘉錫：《世說新語箋疏》（上海市：上海古籍出版社，1993年），頁138-139。
36 余嘉錫：《世說新語箋疏》（上海市：上海古籍出版社，1993年），頁256-257。

來「感物興思」並無根本性的區別[37]。謝靈運〈游赤石進帆海〉云：「適己物可忽」，即受玄學認識論明顯的影響，而這句詩又很適合於概括東晉玄言詩人對山水景物的基本態度，乃在於「適己」而不在於「體物」。可以說，東晉玄言詩人還沒有對山水景物寫實求真的自覺意識，體物詩學還未真正發展起來。

從思想特點來看，玄學和般若學都是內向性的，體現為向精微化的內在發展，注重對本體的體悟，所以玄學和佛教雖然否定了漢儒天人之學，但又在哲學的層次上繼續著理念化的追求。歌德評席勒的詩說：「席勒對哲學的傾向損害了他的詩，因為這種傾向使他把理念看得高於一切自然，甚至消滅了自然。」[38]這一點在東晉詩歌藝術中可以說也是普遍存在的。東晉的思想文化特點決定了這一時期的藝術不是向物質化發展，而是以心靈為主軸進行挖掘，東晉人追求心靈和人格美，使得他們的山水審美也趨於與心靈和人格同構[39]，這一點遮蔽了對山水景物的客觀認識的體物藝術的發展。因此，體物詩學的確立仍需要有一種新的思想，來擺脫東晉自然觀的理念化傾向。

37　〔德〕莫里茨・蓋格爾《藝術的意味》第二編「審美經驗」第六章將審美經驗分為「內在的專注與外在的專注」兩種類型，內在專注把外物當作一種引發情感的手段和工具，作者或欣賞者沉浸在自我情感的享受之中；外在專注則注重外物的客觀的結構和特徵，將其作為客觀的審美對象，因此「只有外在專注才特別是審美態度。」（北京市：華夏出版社，1999年，頁102）。某種意義上講，東晉士人重視自我的心靈感受的山水欣賞即屬於「內在的專注」，與漢魏晉「感物興思」是比較相似的，還不是對山水景物的審美態度。

38　〔德〕愛克曼著，朱光潛譯：《歌德談話錄》（北京市：人民文學出版社，1978年），頁13。

39　湯用彤《魏晉玄學與文學理論》認為魏晉以來思想中心「不在環境而在內心，不在形質而在精神。於是魏晉人生觀之新型，其期望在超世之理想，其嚮往為精神之境界，其追求者為玄遠之絕對，而遺資生之相對。」（《魏晉玄學論稿》附〔上海市：上海古籍出版社，2005年〕，頁180）故文學上亦以超言絕象為其理論之核心，而忽視形象之刻畫。

（三）慧遠「形象本體」之學對「體物」的意義

　　從「體物」的思想根源來說，「體物」的發展需要一種重視自然物客觀形象的美學思想為其基礎，在這一點上，慧遠的佛教「形神」思想具有重要的意義，可以說晉宋之際體物詩學的思想根源，很大程度上是導源於慧遠由形神思想發展出的「形象本體」之學[40]。「形神論」是南朝時一個重要的思想論題，慧遠作為晉宋之際重要的佛教思想家，其形神思想在當時具有重要的影響，但是在剔除宗教色彩之後，可以發現其中也蘊涵著深刻的美學思想內涵。

　　慧遠形神思想最直接見於〈形盡神不滅論〉一文，此文宣揚神靈不滅，宗教迷信色彩濃厚，但慧遠是思想深刻的佛學思想家，從其整個思想體系來看，其形神思想並不侷限於宗教迷信，還具有重要的哲學與美學意義。在〈襄陽丈六金像頌〉、〈萬佛影銘〉等文中，慧遠從學理上深入探討了形神關係，其「形神」的含義，已由傳統的人的身體與靈魂，發展為佛教哲學中的佛的形象與佛性本體。〈襄陽丈六金像頌〉序云：

> 每希想光晷，彷彿容儀，寤寐興懷，若形心目。冥應有期，幽情莫發，慨焉自悼，悲憤靡寄。乃遠契百念，慎敬慕之思，追述八王同志之感，魂交寢夢，而情悟於中。遂命門人，鑄而像焉。夫形理雖殊，階塗有漸，精粗誠異，悟亦有因。是故擬狀靈範，啟殊津之心；儀形神模，辟百慮之會。[41]

慧遠認為佛與佛像雖有精粗之別，存在「形」「理」之殊異，但又認

---

40 慧遠「形象本體」之說是筆者總結慧遠佛教美學思想提出的一個概念，參見拙文：〈慧遠「形象本體」之學與山水詩學的形成和發展〉，《文藝理論研究》2011年第3期，頁48-54。

41 〔清〕嚴可均校輯：《全晉文》（北京市：中華書局，1958年），卷162。

為通過「擬狀靈範」、「儀形神模」生動地刻畫佛的形象，即可使眾人
體悟佛的法身本體[42]。慧遠強調通過形象體悟佛性本體的形神思想
中，即包含了重視形象的美學思想內涵。〈萬佛影銘序〉進一步深入
地論述了這一思想，云：

> 夫法身之運物也，不物物而兆其端，不圖終而會其成。理玄于
> 萬化之表，數絕乎無形無名者也。若乃語其筌寄，則道無所不
> 在。是故如來晦先跡以崇基，或顯生塗而定體，或獨發于莫尋
> 之境，或相待于既有之場。獨發類乎形，相待類乎影。推夫冥
> 寄，為有待邪？為無待邪？自我而觀，則有間于無間矣。求之
> 法身，原無二統，形影之分，孰際之哉！而今之聞道者，鹹摹
> 聖體於曠代之外，不悟靈應之在茲；徒知圓化之非形，而動止
> 方其跡，豈不誣哉！[43]

慧遠認為「法身」——佛性本體是微妙難言的，但又能寄身於萬物之
中，即「神道無方，觸物而寄」，各種有形的事物都是「法身」的體
現，而「整個有形有名的世界萬物，正是由於它體現了那至精至妙的
神明，因此是極為美麗光輝的。」[44]慧遠強調「形」的美麗精妙對表
現「神」的重要性，體現了比較明晰的美學思想。銘文第一首云：

> 廓矣大象，理玄無名。體神入化，落影離形。迴暉層岩，凝映
> 虛亭。在陽不昧，處暗愈明。

---

42 〔梁〕釋慧皎《高僧傳》〈義解論〉云：「將知理致淵寂，故聖為無言。但悠悠夢境，
　去理殊隔；蠢蠢之徒，非教孰啟。是以聖人資靈妙以應物，體冥寂以通神，借微言
　以津道，託形象以傳真。」（湯用彤校注，北京市：中華書局，1992年，頁343）這
　段話頗能幫助我們理解慧遠形神思想中通過形象認識本體的美學思想內涵。

43 〔清〕嚴可均校輯：《全晉文》（北京市：中華書局，1958年），卷162。

44 李澤厚、劉綱紀：《中國美學史》（北京市：社會科學出版社，1984年），頁351。

描繪了體現佛性本體的佛影的形象之美。「慧遠以世界萬物的美為佛的精神的感性體現，顯然還包含著一個重要的思想，那就是認為美是『神』表現於形的結果。這同時也意味著美包含兩個相互聯繫的方面：一個是『形』，另一個是『神』，而『形』是『神』的表現，美為『形』與『神』的內在的合一。」[45]所謂的「神」就是本體，「形」則是形象。銘文第四首云：「跡以像真，理深其趣」，慧遠認為能夠由具體的形跡認識真理，通過佛影的形象體悟佛性，也就是「彷彿鏡神儀，依稀若真遇」，正如海德格爾說的：「美是真理存在的一種方式。」[46]歌德也說：「人只有把自己提高到最高理性的高度，才可以接觸到一切物理和倫理的本原現象所自出的神。神既藏在這種本原的現象背後，又借這種本原現象而顯現出來。」[47]把美作為「神」的體現，這一點慧遠與歌德等人是有相似之處的，可見慧遠形神論包含了深刻的美學思想。

　　慧遠美學思想最重要的是強調了形象，強調形象對表現本體的意義，即「託形象以傳真」[48]，現代文藝理論上所說的「形象」即源於此[49]。從哲學意義來講，慧遠的形神思想可以說是一種「形象本體」之學，與東晉玄學及般若學的現象本體之學相比，慧遠不僅更圓融地處理了「形」與「神」的關係，也更加強調了形象之美，因此更具美學內涵。慧遠「形神」美學思想，還包含另外一點，即「神」可以使「形」的美得到深化，蘊涵「理」的深刻內涵，即他所說的「理深其

---

45 李澤厚、劉綱紀：《中國美學史》（北京市：社會科學出版社，1984年），頁352。

46 〔法〕杜夫海納著，韓樹站譯：《審美經驗現象學》（北京市：文化藝術出版社，1996年），頁14。

47 〔德〕愛克曼著，朱光潛譯：《歌德談話錄》（北京市：人民文學出版社，1978年），頁183。

48 〔梁〕釋慧皎：《高僧傳》作「託形傳真」，湯用彤校注云：「弘教本、金陵本『形』下有『像以』二字。」此文主要為駢體，因此從上句「借微言以津道」看，此句似當作「託形象以傳真」為通。

49 敏澤：〈論魏晉至唐關於藝術形象的認識〉，《文學評論》1980年第1期，頁30-41。

趣」，從這一點講，慧遠美學思想中形象與本體不是對立分離，而是融合為一的，李澤厚即指出：「慧遠基於形神關係的對美與藝術的認識，應當說是中國美學史上的一大進展，因為它在理論上明確區分了構成美的感性（形）與理性（神）兩大要素，並指出美與藝術是這兩大要素的統一，感性的東西只有在它成為內在的精神性的東西的表現時才可能成為美。」[50]從藝術本質來講，無形的「神」只能通過有形的形象來表現，因此在確立了形象本體之學作為藝術的美學思想基礎之後，在藝術中得到明顯發展的其實是形象。從這一點來講，慧遠形象本體之學乃是注重物的客觀形象之學，為體物詩學奠定了直接的思想基礎。晉宋之際謝靈運代表的山水詩興起，是體物詩學在詩歌藝術創作實踐上的體現，山水景物描繪成為傳統詩歌創作的廣闊領域，這一點是與慧遠的美學思想有密切關係的[51]。

三　「物」作為表現範疇的確立

陸機〈文賦〉云：「每自屬文，尤見其情。恆患意不稱物，言不逮意。」總結出「物」、「意」、「言」為文學創作的三個要素，而「物」又是文學三要素的根本和基礎，表明「物」在文學發生中的本源地位已從詩學理論上得到體現。前文指出陸機「詩緣情而綺靡，賦體物而瀏亮」有互文之義，因此可以說，作為陸機文學本源論的「物」乃就廣義而言，也就是包含著「情」、「物」二元本源論，合而言之即「緣情體物」。〈文賦〉云：「遵四時以歎逝，瞻萬物而思紛。悲落葉於勁秋，喜柔條於芳春。」論述了「感物」的文學發生學原

---

50 李澤厚、劉綱紀：《中國美學史》（北京市：社會科學出版社，1984年），頁353。

51 拙文：〈慧遠「形象本體」之學與山水詩學的形成和發展〉（《文藝理論研究》2011年第3期）對慧遠「形象本體」之學的內涵及其與山水詩學的關係有詳細的論述可以參見。

理，但魏晉「感物」與天人感應的天道思想有很密切的聯繫，因此創作實踐中「物」常常作為觀念的模擬，其自身的審美價值沒有真正得到發展。可以說〈文賦〉所提出的「體物」本源論，在魏晉時期是一種超前的詩學理論，晉宋之際，其內涵才開始在創作中得到比較充分的體現。

從詩學邏輯來看，「感物」到「體物」的發展是很明晰的，因為「感物」自然地包含著某些「體物」的因素，魏晉「感物興思」的詩歌中某種程度上也體現出寫景藝術的發展。但是「體物」詩學的確立，不是從「感物」中寫景成分的增多而自然而然地發展而來的，準確地講，「感物」到「體物」不是一種自然的演進，而是詩學上的一種轉折，二者具有不同的思想基礎。因此，從詩歌史的發展來看，「感物」到「體物」這一過程是相當複雜的。就思想基礎而言，東晉新自然觀的確立及慧遠「形象本體」之學的發展，使詩人擺脫天人感應的、模擬的觀物方式，尤其是慧遠形象本體之學確立了重視自然景物的客觀形象的美學內涵，為體物藝術奠定了思想基礎。從創作實踐來看，充分體現體物詩學的元嘉山水詩，即是對這種重視客觀形象美的思想的創造性發展，這一點在謝靈運、鮑照的山水詩中表現得尤為明顯。

慧遠制佛影時，曾遣弟子道秉去請謝靈運作〈佛影銘〉「以充刊石」，謝靈運在銘文中闡述了他對慧遠「形象本體」之學的美學思想內涵的理解。序云：「摹擬遺量，寄託青彩。豈唯像形也篤，故亦傳心者極矣。」所謂的「心」也就是慧遠說的「神」，即認為可以通過「像形」來「傳心」。銘文進一步闡述了這種「以形傳心」的美學思想：

因聲成韻，即色開顏。望影知易，尋響非難。形聲之外，復有可觀。觀遠表相，就近曖景。匪質匪空，莫測莫領。倚岩輝

林，傍潭鑒井。借空傳翠，鐳射發囧。金好冥漠，白毫幽曖。……激波映墀，引月入窗。雲往拂山，風來過松。地勢即美，像形亦篤。彩淡浮色，群視沉覺。若滅若無，在摹在學。由其精潔，能感靈獨。

「借空傳翠，鐳射發囧」以下描繪了慧遠所制佛影及佛影所在的自然環境之美，「由其精潔，能感靈獨」強調了「形」之精妙以「感神」，使「神」通過「形」生動地體現出來。謝靈運〈佛影銘〉中出現的「心」、「靈獨」其含義與慧遠所說的「神」相近，從佛教哲學上來說，指的是佛理，但體現於藝術創作之中則是詩歌藝術的審美本質，也就是通過自然景物的形象表現詩歌藝術中的微妙神韻。謝靈運「以形傳心」的美學思想直接繼承了慧遠的「形象本體」之學的。而且慧遠把優美的自然山水作為佛顯現的合適場所，直接推動了藝術對山水景物的描繪，從而使慧遠由形神思想發展出的形象本體之學包含著明顯的山水刻畫的美學內涵。這種注重形象的美學思想在晉宋之際得到了普遍的認識，曾入廬山就慧遠「考尋文義」的宗炳，在其〈畫山水序〉深入地闡述了這一美學思想：

聖人含道應物，賢者澄懷味象。至於山水，質而有趣靈。……夫聖人以神發道，而賢者通，山水以形媚道，而仁者樂。……夫理絕於中古之上者，可心取於書策直內，況乎身所盤桓，目所綢繆，以形寫形，以色貌色也。……夫以應目會心為理者，類之成巧，則目亦同應，心亦俱會。應會感神，神超理得，雖復虛求幽巖，何以加焉。又神本無端，棲形感類，理入影跡，誠能妙寫，亦誠盡矣。[52]

---

52 〔清〕嚴可均校輯：《全宋文》（北京市：中華書局，1958年），頁2545-2546。

〈畫山水序〉中可以看出，宗炳的美學思想也包含形象本體二元性，正如前文所說，從藝術性質來講，無形的「神」只能通過具體的形象來表現，即宗炳說的：「神本無端，棲形感類，理入影跡，誠能妙寫，亦誠盡矣。」〈畫山水序〉所強調的「以形寫形，以色貌色」的方法，也表現了宗炳對體物藝術的重視。山水畫與山水詩雖分屬不同的藝術門類，但其美學思想和藝術觀念則有相通之處，〈畫山水序〉與謝靈運〈佛影銘〉表現的美學內涵即十分接近。宗炳和謝靈運都受到慧遠思想很明顯的影響，從思想淵源看，他們注重形象的體物思想是對慧遠形象本體之學的發展[53]，也體現了晉宋之際人們對體物本源思想的認識。

　　元嘉詩人對體物詩學雖缺乏理論上的闡述，但從元嘉極物寫貌的山水詩來看，「物」已成為元嘉詩歌一個重要的表現範疇，因此體物藝術得到顯著的發展。鍾嶸評謝靈運、顏延之、鮑照等元嘉詩人的詩歌皆謂其有「尚巧似」的特點，所謂的「尚巧似」其實也就是「窮情寫物」[54]形成的藝術特點。從元嘉詩歌來看，最主要的即表現在對外物形象真切的刻畫，劉勰對此闡述得更為詳盡，《文心雕龍》〈明詩〉云：「宋初文詠，體有因革，莊老告退，而山水方滋；儷采百字之偶，爭價一字之奇，情必極貌以寫物，辭必窮力追新。」[55]〈物色篇〉又云：「自近代以來，文貴形似，窺情風景之上，鑽貌草木之中。吟詠所發，志惟深遠；體物為妙，功在密附。故巧言切狀，如印之印泥，不加雕削，而曲寫豪芥。故能瞻言而見貌，即字而知時也。」[56]這是對元嘉詩歌藝術特點的總結。鍾嶸、劉勰雖然仍以「感

53　參見拙文：〈慧遠「形象本體」之學與宗炳〈畫山水序〉的理論建構〉，《南京師範大學文學院學報》2011年第2期，頁119-124。

54　曹旭：《詩品集注》（上海市：上海古籍出版社，2011年），頁43。

55　范文瀾：《文心雕龍注》（北京市：人民文學出版社，1958年），頁67。

56　范文瀾：《文心雕龍注》（北京市：人民文學出版社，1958年），頁694。

物」作為詩歌抒情藝術的本源，但從藝術來講，元嘉詩歌「極貌寫物」、「尚巧似」並不是抒情藝術所具有的特點，而是由體物真切而成，清人賀裳《載酒園詩話》〈又編〉云：「魏、晉以降，多工賦體。」[57]這裡所謂的「賦體」即以賦法作詩，賦體在元嘉詩歌中的運用得尤為明顯，許學夷說謝靈運等元嘉詩人的詩歌「語盡雕刻」[58]，即賦法在詩歌創作上的體現。根本而言，元嘉詩歌「極物寫貌」藝術手法及「尚巧似」的藝術風格，是體物詩學的產物。許學夷云：「漢魏詩興寄深遠，淵明詩真率自然。至於山林丘壑、煙雲泉石之趣，實自靈運發之，而玄暉殆為繼響。靈運如『水宿淹晨暮』等句，於煙雲泉石，描寫殆盡。」[59]認為到謝靈運時才把山水景物作為詩歌描寫的對象。謝靈運〈山居賦〉自注云：「此皆湖中之美，但患言不盡意，萬不寫一耳。」這一點與陸機「恆患意不稱物，言不逮物」頗為相似，但謝靈運直接以自然物的「美」作為其詩學要素，這是對陸機的重要發展，即把湖中景物的形象美作為藝術的表現對象，可以說山水景物已成為元嘉詩歌一個重要的表現範疇，從藝術上來說，則是完成了「感物」到「體物」的發展。

第二節　元嘉詩歌的情性本質

詩歌本質觀是詩學中的根本問題，對詩學的其他方面具有決定性的意義。對一個具有自覺、嚴肅創作意識的詩人來講，對詩歌本質的體認和選擇是一個帶有根本性的問題，這一點構成了他們的詩學基

---

57 〔清〕賀裳：《載酒園詩話》〈又編〉，《清詩話續編》（上海市：上海古籍出版社，1983年），頁376。

58 許學夷：《詩源辯體》（北京市：人民文學出版社，1987年），卷7，頁108。

59 許學夷：《詩源辯體》（北京市：人民文學出版社，1987年），卷7，頁110。

礎[60]。從傳統詩學史來看，對詩歌本質的認識往往具有比較明顯的穩定性和譜系性，比如中國傳統詩學，主要有「言志」、「緣情」、「情性」等幾種詩歌本體論範疇[61]，每一個範疇在其形成之後都產生深遠的影響，形成其源流譜系。但詩人在接受某一個詩歌本質範疇時，同時也受到其自身的思想、人格、個性等方面的影響，這種影響某種意義上講甚至是決定性的，潘德輿《養一齋詩話》云：「詩有何法，胸襟大一分，詩進一分耳。」[62]說的就是詩人主體修養對詩歌創作的意義，因此體現於創作之中的詩歌本質，其內涵是相當豐富的。從這一點來講，每一個時代詩歌的本質內涵，雖自有歷史淵源，但也都有其時代特色，以此為基礎形成一代之詩。元嘉是詩史轉折時期，既繼承魏晉又開啟齊梁詩歌，在對東晉玄言詩的反思，及現實人生矛盾的激發下，元嘉詩人對詩歌的情性本質有深入的認識和體驗。

一　詩歌情性本質的淵源與發展

　　傳統詩歌本質範疇看似較為簡單，但每一個範疇實都有複雜的內涵和源流。作為詩歌本質範疇的「情性」，最早見於《毛詩大序》：「國史明乎得失之跡，傷人倫之廢，哀刑政之苛，吟詠情性，以風其上，達於事變而懷其舊俗者也。故變風發乎情，止乎禮義。發乎情，民之性也；止乎禮義，先王之澤也。」認為詩歌以表現自然的人情人性為本質，但又強調要以禮義對這種人情人性加以節制，這是儒家的情性本質觀。這一本質範疇對傳統詩學產生了深遠的影響，同時它本

---

60 〔清〕喬億〈劍溪說詩〉云：「詩學根於性情，則識與年進，愈老愈妙。不然，精力向衰，才思頓減，遇英銳後生，皆當避席也。」（《清詩話續編》本，頁1098）即強調詩人詩歌本體觀在詩學中的根本意義。

61 參見錢志熙：《黃庭堅詩學體系研究》（北京市：北京大學出版社，2003年），頁74。

62 《清詩話續編》（上海市：上海古籍出版社，1983年），頁2025。

身的內涵也在不斷地發展變化。西漢賈誼、司馬遷等人學習屈原，創作了不少抒情言志的騷體作品，在創作實踐上以「發憤抒情」突破了儒家禮義的限制，發展了情性本質的內涵。但隨著漢武帝大一統思想、政治格局的形成，以情性為本的創作一度被中斷，直到東漢中後期由於政治矛盾激烈，產生了一批游離於皇權之外的名士，如李膺、郭林宗、范滂等，他們砥礪名節，自覺追求個人價值，影響了東漢後期的士風，使東漢後期成為詩歌發展一個重要的歷史契機。東漢人對詩歌情性本質的認識，一方面是由現實中人生矛盾的激發；另一方面則是對楚騷「發憤抒情」的重新認識中繼承而來的[63]。因此東漢後期的詩歌創作，如蔡邕〈飲馬長城窟〉、辛延年〈羽林郎〉、宋子侯〈董嬌饒〉、蔡琰〈悲憤詩〉，〈李陵別錄別詩二十一首〉[64]，及〈古詩十九首〉等無名氏的古詩，主要是對最為自然的人情人性的表現，體現了比較純粹的抒情本質。沈德潛認為〈古詩十九首〉：「大率逐臣棄妻、朋友闊絕、生死新故之感。中間或寓言，或顯言，或反覆低回，抑揚不盡，使讀者悲感無端，油然善入，此國風之遺也。」[65]即指出漢末古詩的抒情本質和詩美觀。東漢人為五言新詩體奠定了富於情性內涵的詩歌審美觀，他們對自然的人情人性的表現，使其詩歌自然地體現了情性本質內涵。陳祚明評〈古詩十九首〉云：「〈十九首〉所以為千古至文者，以能言人同有之情也。」「此詩所以為性情之物，而同有之情，人人各具，則人本自有詩也。但人人有情而不能言，即能言而言不能盡，故特〈十九首〉以為至極。」[66]陳氏其實揭示了以〈古詩十九首〉為代表的漢末詩歌以情性為本質的基本特點。東漢後期詩人

---

63 參見錢志熙：《魏晉詩歌藝術原論》頁26-28的論述。

64 逯欽立認為這組詩是「後漢末年文士之作。」（《先秦漢魏晉南北朝詩》題解，頁337）

65 沈德潛：《古詩源》（北京市：中華書局，1963年），卷4，頁92。

66 陳祚明：《采菽堂古詩選》（上海市：上海古籍出版社，2008年），頁80-81。

群體的形成，尤其是以古詩為代表的五言詩典範的確立，對東漢後期至劉宋這一個詩歌藝術系統產生了特別巨大的影響，可以說，魏晉宋詩歌是直接根源於東漢後期詩歌，圍繞著情性本體而展開的。

在漢末詩歌基礎上，建安詩人對詩歌的情性本質有更自覺和深刻的理解，正是這一點促使了五言詩高潮的到來。曹植〈文章序〉云：「余少而好賦，其所尚也，雅好慷慨。」明確表達了對強烈抒情作品的喜好，這代表了建安詩人普遍的文學觀。劉勰《文心雕龍》〈時序〉評建安詩歌的特點云：「觀其時文，雅好慷慨，良由世積亂離，風衰俗怨，並志深而筆長，故梗概而多氣也。」[67]即借用曹植之說以概括整個時代的特點。從社會環境來看，建安詩歌是漢末社會動亂的一個產物，漢末黨錮士人對名節和自身價值的追求，對建安詩人有明顯的影響，詩人主體的覺醒與社會環境的激發，使建安詩歌形成了抒情言志的基本主題。如曹操〈薤露〉、〈蒿里行〉、〈短歌行〉（對酒當歌）、〈步出夏門行〉、〈卻東西門行〉，王粲〈七哀詩〉，曹植〈薤露行〉、〈鰕䱉篇〉、〈白馬篇〉、〈怨歌行〉等，都是融抒情言志、情感和理性為一體的。建安詩人的言志，也是在強烈的情感基礎上進行的，如曹操〈薤露〉、〈蒿里行〉都帶有對現實的揭露和諷諭，如「生民百遺一，念之斷人腸」的慨歎，在激烈的情感中又表現出一種概括社會現實的理性力量。王粲〈七哀詩〉、曹植〈薤露〉等，都體現了這特點，建安詩歌的這種情志表現，是源於詩人的情性本質的。總體來講，建安詩歌的言志之作，大抵都是以情感表現為基礎，言志和抒情融合為一，如曹植後期所作的愛情詩，〈美女篇〉、〈棄婦詩〉、〈雜詩七首〉、〈七哀詩〉、〈怨詩行〉等，既寄託作者的理想人格和政治追求，又完全是抒情性的，這類詩歌中情志已無法分離，體現為一種純抒情的詩美，從藝術上說是與楚辭那種以抒情來言志的藝術精神極為

67 范文瀾：《文心雕龍注》（北京市：人民文學出版社，1958年），頁674。

接近的。建安詩人大多抱有弘道濟世的理想，其胸懷眼界皆極闊大，這在曹操、曹植父子的詩歌表現得最為明顯，曹植後期詩歌更是將一生的志願貫穿於創作之中，在深層上達到情志的結合，創作出深宏廣大的詩歌意境。但建安詩人的「志」源於自覺的人格本質，以及對自我價值的追求，其詩歌雖然也具有揭露諷諭現實的功能，卻並不是按照儒家詩教的規範而作，從這一點來講，建安詩歌是體現出情性本質內涵的，藝術上則帶有自然抒寫的特點。

　　鄴下之後的詩風有一個明顯的變化，總體上說是從慷慨悲壯轉變為深婉沉摯。曹魏統一北方後，文人大部分集中到鄴下來[68]，鍾嶸〈詩品序〉云：「降及建安，曹公父子，篤好斯文；平原兄弟，郁為文棟；劉楨、王粲，為其羽翼。次有攀龍托鳳，自致於屬車者，蓋將百計。彬彬之盛，大備於時矣。」[69]鍾嶸所說的其實是鄴下時的情況。隨著北方政治的穩定，鄴下詩歌的主題也有所變化，這時期的詩歌主要是「憐風月，狎池苑，述恩榮，敘酣宴」[70]，鄴下公宴詩即主要融合了這數類主題。公宴詩具有歌頌曹氏父子的雅詩特點，但鄴下詩歌並不侷限於此。曹魏對文人是有所控制的，而且也主要把鄴下諸人當作文學士人來看，因此造成了鄴下詩人的政治理想與現實之間的矛盾，如王粲〈雜詩〉，用比興之法，通過對「鳥」的追求而不得，寄託著詩人政治上的失望情緒。這種情緒普遍地存在於鄴下詩歌中，因此建安詩歌那種慷慨抒情的詩風，明顯地向深沉隱微發展，如陳琳〈詩〉（高會時不娛）、〈詩〉（節運時氣舒），劉楨〈雜詩〉，阮瑀〈詩〉（臨川多悲風），這類詩歌隱隱表現了鄴下諸人的失落之感，劉楨〈雜詩〉云：「安得肅肅羽，從爾浮波瀾」，表達了追求隱逸的思想

---

68 曹植〈與楊德祖書〉云：「當時人人自謂握靈蛇之珠，家家自謂抱荊山之玉。吾王於是設天網以該之，頓八紘以掩之，今悉集茲國矣。」
69 曹旭：《詩品集注》（上海市：上海古籍出版社，2011年），頁20。
70 范文瀾：《文心雕龍注》（北京市：人民文學出版社，1958年），頁66。

情感，而這種思想的產生正由於政治上的鬱悒和失志。陳琳〈詩〉
云：「高會時不娛，羈客難為心。殷懷從中發，悲感激清音。投觴罷
歡坐，逍遙步長林。蕭蕭出谷風，黯黯天路陰。惆悵忘旋反，歔欷涕
沾襟。」具體的情事皆隱去，風格沉鬱，直見作者情性。鄴下詩人因
理想與現實的矛盾，及具體的政治情勢的變化，自然地繼續了漢末以
來的詩歌情性本質觀，並表現出由外向性的慷慨激昂向更為深隱的內
在情懷發展的特點。

　　正始詩歌繼承鄴下詩歌內向性的發展特點，詩人內在的精神世界
得到了深入的表現，由於現實矛盾的深化，士人追求功名的志向逐漸
消歇，詩歌在表現詩人內在情懷上得到了顯著的發展，曹植後期的詩
歌在這一點上取得了極高的成就，創造出深宏的詩境。阮籍即明顯地
受到鄴下詩人尤其是阮瑀和曹植的影響，〈詠懷詩〉那種「厥旨淵
放，歸趣難求」[71]，幽微深廣的特點，固然有多方面的原因，但最為
主要還是詩人由外在追求轉向內在精神世界的發掘，各種現實的情景
都被詩人精神化了，成為由詩人內在情懷而出的詩歌意境，鍾嶸謂：
「〈詠懷〉之作，可以陶性靈，發幽思」[72]，也說明了〈詠懷〉詩的情
性本質。劉勰說：「嵇志清峻，阮旨遙深」[73]，嵇康清峻的詩歌風格，
與其堅持自然思想及俊俠性格有直接的關係，可以說嵇康、阮籍的詩
歌都是詩人內在精神世界直接的體現。因此，以嵇、阮為代表的正始
詩歌，也仍然是繼承了漢末以來的情性本質，這種情性同時也具有詩
人的精神境界的內涵。

　　魏晉之際政局黑暗危險，惶恐憂懼的情緒普遍地瀰漫於士人之
中，阮籍〈詠懷詩〉「夜中不能寐」一首，李善注云：「嗣宗身事亂
朝，常恐罹謗畏禍，因茲發詠，故每有憂生之嗟。雖志在譏刺，而文

---

71 曹旭：《詩品集注》（上海市：上海古籍出版社，2011年），頁151。
72 曹旭：《詩品集注》（上海市：上海古籍出版社，2011年），頁150。
73 范文瀾：《文心雕龍注》（北京市：人民文學出版社，1958年），頁67。

多隱蔽。百代之下，難以情測。故粗陳其意，略其幽志。」[74]在這種背景下士人的濟世之志只能轉化為個人情懷的抒寫。西晉代魏，時局並沒有好轉，而且從一開始就埋下了動亂的隱患，因此魏晉之際那種憂懼情緒，對西晉士人的影響仍是十分顯著的。西晉士人將弘道濟世的熱情完全轉到了對個人生存的關注上，因此西晉詩人有意識地避免在詩歌中現實政治主題，避免與現實產生矛盾，某種意義上說西晉詩歌具有比較明顯的功利色彩，所以整體上缺乏建安詩歌那種慷慨剛健的力量，也不如鄴下和正始那樣深婉沉摯。《文心雕龍》〈時序〉論西晉詩歌云：「前史以為運涉季世，人未盡其才，誠哉斯言，可為歎息！」[75]所謂的「未盡其才」，固然是指西晉詩人很多在政治鬥爭和社會動亂中過早辭世，但從詩歌創作上看，似也可理解為西晉詩人在黑暗政治的影響下的主體性大為減弱，未能完全發揮其才性，缺乏自覺表現現實的意識，詩歌偏於輕綺，缺乏剛健深沉的詩美觀，藝術上沒有達到應有的高度。但西晉詩人其實是極其細膩敏感的[76]，《詩品》評張華詩：「兒女情多，風雲氣少」[77]，情多氣少是西晉詩人比較普遍的特點[78]，如張華〈情詩〉，潘岳〈悼亡詩〉，陸機〈為顧彥先贈婦詩二首〉、〈赴洛道中作二首〉等，其實都還是以抒情見長的。陸機「緣情」論即是對這種創作實踐的總結。西晉人的情感極其細膩敏感，《世說新語》〈文學〉載：「孫子荊除婦服，作詩以示王武子。王曰：『未知情生於文，文生於情，覽之淒然，增伉儷之重。』」余嘉錫先

---

74 李善注引：《文選》（北京市：中華書局，1977年），頁322。

75 范文瀾：《文心雕龍注》（北京市：人民文學出版社，1958年），頁674。

76 《晉書》〈王衍傳〉：「衍嘗喪幼子，山簡往弔之。衍悲不自勝，簡曰：『孩抱中物，何至於此！』衍曰：『聖人忘情，最下不及情，情之所鍾，正在我輩。』山簡服其言，更為其慟。」（北京市：中華書局，1974年，頁1236-1237）此條記載頗能代表西晉人的情感狀態。

77 曹旭：《詩品集注》（上海市：上海古籍出版社，2011年），頁275。

78 鍾嶸亦說陸機「氣少於公幹」（曹旭：《詩品集注》，頁162）。

生認為劉勰《文心雕龍》〈情采〉「為情造文」的主張即從王濟之言悟出[79]。這也說明了西晉人對詩歌的情性本質是有很深的認識的[80]。

從以上對魏晉詩史的簡要分析來看，魏晉乃是詩歌情性本質發展的關鍵時期，情性內涵具有不斷深化廣化的特點。元嘉詩人為扭轉東晉玄言詩風，對漢魏晉詩歌有自覺的學習意識，這種學習首先就是對詩歌情性本質和藝術傳統的繼承，這是元嘉詩歌構成魏晉詩歌系統的一個組成部分的原因。當然元嘉詩歌情性本質內涵仍有其時代特點，這是形成元嘉體的風格特點的基礎，這一點我們將在下文詳細論述。

二　情性與哲學思想的關係

「情性」一詞出現甚早，如《荀子》〈非十二子〉：「縱情性，安恣睢，禽獸行，不足以合文通治。」[81]《文子》〈守易〉：「老子曰：古之為道者，理情性，治心術，養以和，持以術。」從先秦典籍來看，「情性」的基本含義是指人的自然情感和本性。但分而言之，「性」與「情」之間的關係則是一個哲學問題，先秦儒、道等都對這一問題都作過探討。諸家對「性」的含義的理解雖相去甚遠，但把「性」作為人或事物本質的規定性，這一點各家則大體相似，故有「物性」、「人性」之說。《莊子》〈馬蹄〉云：「馬，蹄可以踐霜雪，毛可以禦風寒。齕草飲水，翹足而陸，此馬之真性也。」「夫埴木之性，豈欲中規矩鉤繩哉？」所謂「馬之真性」、「木性」皆物性也。又云：「彼民有常性，織而衣，耕而食，是謂同德；一而不黨，命曰天放。故至德之世，其行填填，其視顛顛。」此則為「人性」。道家所說之「性」乃

---

79 余嘉錫：《世說新語箋疏》（上海市：上海古籍出版社，1993年），頁254。

80 參見楊明：〈魏晉文學批評對情感的重視和魏晉人的情感觀〉，《復旦學報》1985年第1期，頁59-65。

81 王先謙：《荀子集解》（北京市：中華書局，2013年），頁107。

自然之本性。子貢雖認為夫子「性與天道不可得而聞」，但自孟子之後儒家關於「人性」的問題的討論即逐漸多起來，孟子倡「性善」說，荀子則主「性惡」說，這些都是有關人的本質問題的爭論。「情」則是性的具體表現，《孟子》〈公孫丑上〉云：「惻隱之心，仁之端也；羞惡之心，義之端也；辭讓之心，禮之端也；是非之心，智之端也。」[82]朱熹注云：「惻隱、羞惡、辭讓、是非，情也。仁、義、禮、智，性也。心，統情性者也。端，緒也。因情之發，而性之本然者可得而見，猶有物在中而緒見於外也。」[83]可見性是本，情是用，情源於性，是性的表現。這是就廣義的「情」而言，狹義的「情」則指情感。莊子倡齊物，而情則有好惡存乎其間，故主張達性忘情，《莊子》〈養生主〉載老子之子死，秦失來弔唁，老子卻批評別人的痛哭「是遁天倍情，忘其所受。古者謂其遁天之刑。適來夫子時也，適去夫子順也。安時而處順，哀樂不能入也。古者謂之帝之懸解。」這一故事頗能表現道家對情感的態度。可見先秦儒道的情性思想有所不同。

　　魏晉玄學聖人有情與無情的爭論，某種意義上說是儒道二家關於情性思想的差異的體現。何邵〈王弼傳〉載：

> 何晏以為聖人無喜怒哀樂，其論甚精，鍾會等述之，弼與不同，以為聖人茂於人者神明也，同於人者五情也。神明茂，故能體沖和以通無；五情同，故不能無哀樂以應物。然則聖人之情，應物而無累於物者也。今以其無累，便謂不復應物，失之多矣。[84]

82　〔清〕焦循：《孟子正義》（北京市：中華書局，1987年），頁234。

83　〔宋〕朱熹：《四書章句集注》（北京市：中華書局，1983年），頁238。

84　〔晉〕陳壽撰，裴松之注：《三國志》〈魏書〉〈鍾會傳〉注引（北京市：中華書局，1982年），頁795。

湯用彤先生〈王弼聖人有情義釋〉認為老學貴無主靜，「人生而靜」、「感於物而動」，「因此道家之論性情，亦恆自動靜言之。王弼學襲老氏，故其討論性情亦以動靜為基本概念，所謂『應物』者是也。」「然何晏、王弼同祖老氏，而其持說相違者疑亦有故，何晏對於體用關係未能如王弼所體會之親切，何氏似猶未脫漢代之宇宙論，未有本無分為二截，故動靜亦遂對立。王弼主體用一如，故動非對靜，而動不可廢。蓋言靜而無動，則著無遺有，而本體遂空洞無用。夫體而無用，失其所謂體矣。輔嗣既深知體用之不二，故不能言靜而廢動，故聖人雖德合天地（自然），而不能不應物而動，而其論性情，以動靜為基本觀念。聖人既應物而動，自不能無情。」[85]何晏等主聖人無情，恐怕主要還是受到了道家自然思想的影響。王弼的情性思想則有綜合儒道的特點，即主張聖人之本乃在於神明茂，神明茂故能不為五情所累，而非無情也。

　　魏晉玄學的情性思想雖由聖人有情無情的討論中發展出來，但對魏晉六朝士人的情性觀皆有廣泛的影響。由於王弼玄學的影響，西晉人普遍地發展出一股重情的風氣，王衍等玄學名士自稱「情之所鍾正在我輩」，即是「聖人有情」思想的推而廣之。但西晉人片面地發展了玄學自然思想，任性縱情而走向虛無放廢，反倒阻礙了詩歌對情性本體的表現。東晉人有睹於西晉任情而至於覆滅，有意識地建立一種人格本體學說，因此是重性的，強調人格的修養而排斥情感。所以，從情性思想來看，兩晉恰好是兩個極端，西晉強調「用」，東晉則強調「體」，都未能將情性的體用二端結合起來。西晉詩歌重抒情而乏建安詩歌之氣骨；東晉詩歌則缺乏情感而淡乎寡味。這是情性本體觀內涵的差別對詩歌創作的影響。東晉末期玄學式微，客觀上使士人的思想處於一種比較自然的發展狀態，士人的現實之感可以比較自由地

---

85 湯用彤：《魏晉玄學論稿》（上海市：上海古籍出版社，2005年），頁67-68。

表現，較少受到東晉那種集體理性的約束。從魏晉宋思想的發展來看，情性與思想理性是一個辨證的運動過程，晉宋之際二者處於比較自然的、矛盾平衡的狀態之中，這也使情性本質能夠在元嘉詩歌中得到比較充分的表現。

三　人格本體與詩歌情性本質

詩歌本質範疇常常是對傳統的體認和繼承，但同一個本體範疇在不同時代，往往都具有其特殊的內涵，這一點與詩人的主體素養有很重要的關係。漢魏晉詩歌情性本質的基本內涵，主要在強調詩歌是詩人真情實感的表現，從這一基本性質上來講，漢魏晉詩歌的情性本質觀，與楚騷的「發憤抒情」的藝術精神具有內在聯繫。元嘉詩歌繼承了這一點，因此在詩歌藝術審美上表現出較多的質感。詩人的主體修養是多方面的，具有不同的特點，但在同一個時代中往往體現出一些同質性。晉宋之際政治、思想的變化，士人的修養也表現出一些新的內涵，首先而且最為顯著的就是東晉士族那種整體人格被破壞了，士人對人格本體的追求表現出更大的自覺性和獨立性，這一點明顯地影響了他們對情性內涵的認識。人格模式的解體、人生矛盾的激發，使情感重新成為晉宋之際詩歌表現的範疇，正如前文引韋勒克的觀點「文學的本質最清楚地顯現於文學所涉獵的範疇中。」從這一點來講，晉宋之際也是詩歌情性本質重新確立的時期。

玄學的發展是中國思想史上一個極重要的問題，但是從王弼開始，玄學發展的基本動力和目的，乃在於建立一種新的政治哲學，也就是在儒家思想受到破壞之後，重新建立一種新的內聖外王之道[86]。中國傳統思想向來與政治的關係密切，玄學亦是如此，可以說玄學在

---

86 余敦康：《魏晉玄學史》（北京市：北京大學出版社，2004年），頁466。

其發展之初，即帶有很明顯的現實政治目的，玄學對名教與自然關係
的處理，既為統治者提供一種新的政治思想理論，也為士族士人解決
廟堂與山林的出處問題和建立人格模式提供思想基礎。從魏晉的整體
歷史來看，東晉人在建立士人群體的統一人格模式方面顯然是最自覺
最有成效的，這一點維持了士族內部的團結和統一，也是東晉政權能
夠偏安江南長達一百餘年的重要原因。但東晉士人名教自然合一的人
格模式，是在自覺反思西晉縱情放廢的士風的基礎上建立的，因此東
晉名教自然合一的人格模式，對士人的約束力在魏晉時期也是最強的，
「這種人格模式，就其極致而言，是完全理性化、共性化的，而不是
感性化、個性化的。儘管這種人格模式也標榜自然的一面，但就是對
自然的理解，也完全是理性化的。在這種人格模式中，感性受制於理
性，個人的真實情感和生活感受，是很少被認真地注視的。」[87]因此
東晉門閥士族人格模式的分化、解體，對士人個性與真情實感的回歸
具有積極的意義。淝水之戰勝利後第二年即太元九年，謝安、謝玄被
排擠出政治軸心，並隨之相繼去世，標誌著門閥政治解體的開始[88]，
以門閥政治為實踐基礎的名教自然合一的人格也開始分化。如太原王
氏的王國寶、王忱等人都主動迎合、投入皇權政治，放棄了名教自然
合一的人格模式。群體人格的破壞影響了門閥士族的根本利益，反過
來又促使了一部分人更自覺地維護這種人格模式，如謝混、王劭等
人，尤其是謝氏家族，對這種人格的追求和堅持一直延續到劉宋。同
時東晉士人群體人格模式的瓦解，使寒素士人的人格追求得以發展起
來，對晉宋之際的文學產生了明顯的影響。

---

87 錢志熙：《魏晉詩歌藝術原論》（北京市：北京大學出版社，2005年），頁258。

88 田余慶：《東晉門閥政治》認為：「太原王氏居位的門閥政治，實際上是回歸皇權政
　　治的過渡的一步，是東晉嚴格意義的門閥政治的終場。」（頁210）而王恭、王國寶
　　等代表的太原王氏正是在淝水之戰後居於門閥士族的鼎盛地位，參見該書「門閥政
　　治的終場與太原王氏」一節的相關論述。

　　從詩人主體來講，東晉名教自然合一的人格模式的分化，使士人
能夠比較自由地在自己真實的情性基礎上構建獨立的人格理想，晉宋
之際詩歌情性本質的回歸，與詩人主體的變化是有直接的關係的。王
通《中說》云：「子謂士人之行可見。謝靈運小人哉，其文傲，君子
則謹。……鮑照、江淹，古之狷者也，其文急以怨。」[89]王通從人品
評價詩歌，固然是有簡單化的傾向，但指出詩人主體的真實情性與詩
歌的密切關係，某種意義上說又具有一定的合理性。元人揭傒斯《詩
法正宗》謂：「若真欲學詩，須是力行五事」，其一即「詩本」，揭氏
云：「吟詠本出情性，古人各有風致，學詩者必先調燮性靈，砥礪風
義，必優遊敦厚，必風流蘊藉，必人品清高，必神情簡逸，則出詞吐
氣，自然與古人相似。」[90]揭氏所謂的「詩本」即詩歌的根本乃在於
詩人的人格本體，這一詩歌本體論即發展了王通《中說》以人品論詩
的思想。從文學理論的發展來看，曹丕《典論》〈論文〉提出的「文
氣說」已指出文學作品源於作家稟受的「氣」，其實也就是說文學作
品的藝術個性，源於作家的精神氣質。劉勰對這個問題更有明確的闡
述，如《文心雕龍》〈體性〉云：「才有庸俊，氣有剛柔，學有淺深，
習有雅鄭，並情性所鑠，陶染所凝，是以筆區云譎，文苑波詭者矣。
故辭理庸俊，莫能翻其才；風趣剛柔，寧或改其氣；事義淺深，未聞
乖其學；體式雅鄭，鮮有反其習。各師成心，其異如面。」[91]劉勰考
察了文學史上著名作家的情性與作品風格的關係，就魏晉詩人而言如
「仲宣躁競，故穎出而才果；公幹氣褊，故言壯而情駭；嗣宗俶儻，
故響逸而調遠；叔夜俊俠，故興高而采烈；安仁輕敏，故鋒發而韻

---

89 揭傒斯：《詩法正宗》引，張健編著：《元代詩法校考》（北京市：北京大學出版
　　社，2001年），頁318。

90 揭傒斯：《詩法正宗》，張健編著：《元代詩法校考》（北京市：北京大學出版社，
　　2001年），頁316-318。

91 范文瀾：《文心雕龍注》（北京市：人民文學出版社，1958年），頁505。

流；士衡矜重，故情繁而辭隱。」[92]即認為詩歌本質是以人格本體為基礎的。文學風格特點的形成不只有人格方面的原因，但對一個有自覺和嚴肅創作意識的作家而言，他們對文學本質的理解，是建立在其真實的情性的基礎之上的，是根源於他們的人格修養的，此即潘德輿所說：「詩有何法，胸襟大一分，詩進一分耳。」[93]

東晉士族名教自然合一的人格模式我，具有重視維護士族內部的團結和統一的現實目的。這種群體性的人格比較重理性，要求個體服從群體，因此很大程度上遮蔽了士人的真實個性。《晉書》〈謝安傳〉載苻堅重兵進逼淝水，謝安夷然無懼色，指揮將帥各當其任，「玄等既破堅，有驛書至，安對客圍棋，看書既竟，便攝放床上，了無喜色，棋如故。客問之，徐答云：『小兒輩遂已破賊。』既罷，還內，過戶限，心甚喜，不覺屐齒之折。其矯情鎮物如此。」[94]史臣所謂「矯情鎮物」即揭示了東晉士人人格模式對真實情性的遮蔽。《晉書》〈王羲之傳〉載：「謝安嘗謂羲之曰：『中年以來，傷於哀樂，與親友別，輒作數日惡。』羲之曰：『年在桑榆，自然至此。頃正賴絲竹陶寫，恆恐兒輩覺，損其欣樂之趣。』」[95]王、謝二人的對話也顯示出東晉士族士人在自然名教人格模式下對情感表達的顧忌，因為袒露地表現情感是有違自然玄遠的人格理想的。東晉詩歌違反詩歌的抒情本質，與這種理性化、群體化的人格理想有很大的關係。從這一點來講，名教自然合一的人格模式的分化，對晉宋之際的詩歌是有直接而深遠的影響的，其最基本的一點，就是使被東晉人格模式所遮蔽的士人真實的情性顯露出來，重新成為詩歌表現的主題。

從歷史性質來講，晉宋之際與漢魏存在著諸多相似之處，特別是

---

92 范文瀾：《文心雕龍注》（北京市：人民文學出版社，1958年），頁506。

93 〔清〕潘德輿：《養一齋詩話》，《清詩話續編》（上海市：上海古籍出版社，1983年），頁2025。

94 〔唐〕房玄齡：《晉書》（北京市：中華書局，1974年），頁2075。

95 〔唐〕房玄齡：《晉書》（北京市：中華書局，1974年），頁2101。

在人格的自覺和獨立上，表現得尤為明顯，對文學的發展具有根本性的影響。東晉士人群體人格的分化，反而使堅持這種人格模式的人，顯示出較多的自覺性和獨立性的色彩，並且也接受了一些新的內容，謝靈運即是一個典型代表。因政治劇變，謝靈運與現實之間存在激烈的矛盾，需要指出的是謝靈運對名教自然人格模式的堅持，是在人生矛盾的基礎之上進行的，因此也具有自覺選擇的獨立性質，與東晉門閥士人的人格模式實有很大的區別。《宋書》〈謝瞻傳〉載謝靈運「好臧否人物」，這與東晉門閥士人對風流蘊藉的人格之美的互相雅賞不一樣，這正是晉宋之際自然名教合一的人格模式遭破壞之後，謝靈運對重建、堅持這種人格的自覺努力。謝氏常常在其家族內部的詩文活動中，進行人格上的互相推激，如以謝混為首包括謝靈運、謝瞻、謝曜、謝弘微等人的「烏衣之遊」[96]，即常常是將文雅相娛與人格塑造結合起來的，謝混〈誡族子詩〉：

> 康樂誕通度，實有名家韻。若加繩染功，剖瑩乃瓊瑾。宣明體遠識，穎達且沉儁。若能去方執，穆穆三才順。阿多標特解，弱冠纂華胤。質勝誠無文，其尚又能峻。通遠懷清悟，采采標蘭訊。直繆鮮不躓，抑用佳偏吝。微子基微尚，無倦由慕藺。勿輕一簣少，進往必千仞。數子勉之哉，風流由爾振。如不犯所知，此外無所慎。

謝混此詩即主要針對謝氏子侄人格修養上的告誡。謝靈運也經常在與諸從兄弟的詩歌贈答中對人格之美加以推崇，如〈答中書〉：「懸圃樹瑤，崑山挺玉。流采神皋，列秀華嶽。休哉美寶，擢穎昌族。灼灼風

---

96 謝混詩云：「昔為烏衣游，戚戚皆親侄。」（《宋書》〈謝弘微傳〉〔北京市：中華書局，1974年〕，頁1591。）

徽，采采文牘。」讚美謝瞻的資質和人格之美。其他如〈贈安成〉、
〈贈從弟弘元〉、〈贈從弟弘元時為中軍功曹參軍〉等，都推崇了對方
的人格之美。這一點固然有繼承西晉四言贈答體寫法的因素，但就謝
氏而言，應該說是有比較明確的建立一種崇高人格的意識的。總體而
言，晉宋之際陳郡謝氏是比較重視人格修養的，如謝混「風格高峻，
少所交納」[97]。謝混、謝晦、謝世基、謝靈運等被殺，固然主要是政
治上的原因，但不能否認他們都具有不屈的人格精神。由於對現實政
治的不滿，謝靈運在追求名教自然人格時，明顯地更加強調人格中
「自然」的一面，如〈答中書〉云：「在昔先師，任誠師天。刻意豈
高，江海非閑。守道順性，樂茲丘園。」〈贈從弟弘元〉：「視聽易
狎，沖用難本。違真一差，順性誰卷。顏子悔傷，蘧生化善。心愧雖
厚，行迷未遠。平生結誠，久要罔轉。警掉候風，側望雙反。」對現
實不滿，因此有順性歸隱的思想。「行迷」數句，與陶淵明〈歸去來
兮辭〉：「悟已往之不諫，知來者之可追。實迷途其未遠，覺今是而昨
非」含義相同。在晉宋之際，因對現實的不滿而強調人格中自然的一
面，這一點是普遍存在的，陶淵明通過歸隱實踐了這種自然人格，但
即使像謝靈運這種糾纏於仕隱之中的人，這種人格理想應該說也是真
實存在的，不能完全以虛偽視之，因此也對其詩歌創作產生了很深遠
的影響。從前期的擬樂府到貶謫永嘉之後的山水詩創作，現實與歸隱
的矛盾一直貫穿於謝靈運的詩歌創作之中，這其實是其名教自然合一
的人格因缺乏實踐基礎而造成的內在分化和矛盾的表現。如〈九日從
宋公戲馬臺集送孔令〉：「在宥天下理，吹萬群方悅」，希望劉裕能有
自然的人格實行無為而治，詩歌的結語云：「彼美丘園道，喟焉傷薄
劣」，感歎孔靖歸隱而自己卻為官職所羈有愧宿心，詩歌前後表現出
很明顯的矛盾心理。劉宋皇權政治取代東晉門閥政治使名教自然合一

---

97 〔梁〕沈約：《宋書》〈謝弘微傳〉（北京市：中華書局，1974年），頁1590。

的人格模式失去了現實的政治基礎，同時也造成了堅持這種人格的士人的內在矛盾，謝靈運即是一個典型。謝靈運那種出處的矛盾，即根源於其人格矛盾。以人格矛盾為基礎的情感內涵，是謝靈運詩歌一個重要的表現範疇，從這一點來講，謝詩也是以情性為本的。

　　與東晉名教自然合一的人格模式相比，元嘉詩人的人格明顯的更具有獨立性和多樣性的特點，不同階層的士人，因家庭背景、學識修養和性格等方面的差異，形成了各種不同個人格特徵。由於缺少了群體理性的約束，因此元嘉詩人的人格不再以群體的現實目的為指歸，而是建立在個性基礎之上，更具有真實的性質。除謝靈運之外，顏延之、鮑照等人，他們對詩歌情性本質的理解也與他們的人格特點有密切的關係。

　　人格模式的選擇和確立，與家庭背景和性格特徵有很大的關係。顏延之出身於次等士族，《宋書》〈顏延之傳〉：「曾祖含，右光祿大夫。祖約，零陵太守。父顯，護軍司馬。」約、顯官職皆不高，到顏延之時更是家境貧寒，「居負郭，室巷甚陋……年三十，尤未婚。」[98]這些都說明顏延之是次等士族。所以顏延之走的是發奮勤學守儒攻文的道路，這也是西晉以來次等士族的基本特點，顏延之早年即以文學著名與此是相關的。從思想來看，顏延之主要接受了儒家傳統，這一點也有其家學淵源。《宋書》本傳載他拒絕通家之親劉穆之的邀見，可見他嚴於出仕，具有儒家剛正的人格特點。元嘉十一年因得罪劉湛、殷景仁而被罷官，「不豫人間者七載」[99]，期間作有〈庭誥〉[100]，〈庭誥〉是家訓體的作品，這一類文章主要是將自己的人生經驗傳授給子弟，因此往往比較容易見出作者的真性情和真思想。〈庭誥〉明

98　〔宋〕沈約：《宋書》（北京市：中華書局，1974年），頁1891。

99　〔宋〕沈約：《宋書》（北京市：中華書局，1974年），頁1893。

100　繆鉞《顏延之年譜》謂〈庭誥〉作於顏延之閒居期間元嘉十一年至十六年（434-439）。繆鉞：《讀史存稿》（北京市：生活‧讀書‧新知三聯書店，1963年），頁146。

顯地體現了儒家的倫理道德觀念，說明顏延之的人格內涵是以儒家思想為基礎的。顏延之與陶淵明情好甚篤[101]，元嘉四年陶淵明去世，顏延之作〈陶徵士誄〉讚揚陶淵明的崇高人格。顏氏被罷官後「居身清約，不營財利，布衣疏食，獨酌郊野，當其為適，傍若無人。」[102]這種思想性格與陶淵明比較接近，體現了其自然情性，可能也受到了陶淵明的某些影響。但顏延之的性格又有狷介傲岸的一面，《宋書》本傳說他「好酒疏誕，不能斟酌當世……辭甚激昂，每犯權要。」[103]本傳又記載：「尚書令傅亮自以為文義之美，一時莫及，延之負其才辭，不為之下，亮甚疾焉。」[104]永初三年顏延之被外放為始安太守，雖然主要是受劉義真之敗的牽連，但與這件事或亦不無關係。顏延之對此憤憤不平，出守始安路過湘州時，為湘州刺使張邵作祭屈原文以致其意：

> 蘭薰而摧，玉貞則折。物忌堅芳，人諱明潔。日若先生，逢辰之缺。溫風迫實，飛霜急節。嬴芊遘紛，昭懷不端。謀折儀尚，貞篾椒蘭。身絕郢闕，跡遍湘幹。比物荃蓀，連類龍鸞。聲溢金石，志華日月。如彼樹芬，實穎實發。望汨心邪，瞻羅思越。籍用可塵，昭忠難闕。

其思想內容與司馬遷《史記》〈屈原列傳〉大體相似，但更主要地集中在對屈原崇高與人格與不幸遭遇的表現上，明顯寄託了詩人對自身遭遇的憤慨。這些都體現了顏延之性格中真實的一面。所以總體來

---

101 沈約《宋書》義熙十一年（415），顏延之為劉柳後軍功曹，隨劉柳遷江州，距陶淵明所居不遠，兩人往來甚密。景平二年（424）顏延之為傅亮、徐羨之排擠，外放為始安太守，過潯陽，日造淵明，常酣飲而歸。

102 〔梁〕沈約：《宋書》（北京市：中華書局，1974年），頁1902-1903。

103 〔梁〕沈約：《宋書》（北京市：中華書局，1974年），頁1893。

104 〔梁〕沈約：《宋書》（北京市：中華書局，1974年），頁1892。

講，顏延之雖然主要是一種儒家人格，但其人格又與其現實經歷有很重要的關係，可以說是建立在真實情性的基礎之上的，這種真實情性是顏延之詩歌重要的表現範疇，顏延之對詩歌本質的理解也是根源於他的這種真實情性的。從創作實踐來看，顏延之較為成功的詩歌作品，都是對現實的真實之感的表現了。明人張溥〈顏光祿集題辭〉云：「顏延之飲酒祖歌，自云狂不可及」，「玩世如阮籍，善對如樂廣」[105]，顏延之為阮籍〈詠懷詩〉做過注，這一點與他跟阮籍的性格比較接近，對阮籍為人行事之同情或有所繫。顏延之的詩歌如〈從軍行〉、〈秋胡行〉、〈北使洛〉、〈還至梁城作詩〉、〈五君詠〉都是以情性為本的。〈北使洛〉、〈還至梁城作詩〉描寫其奉命赴洛陽及歸來途中所見所感，目睹中原一帶在戰爭下的殘破之景，懷古傷今，將故國之思、歷史之感與自身之悲慨融合起來，形成了渾厚深沉的風格，比較接近漢魏詩歌。鍾嶸《詩品》說顏詩「體裁綺密。然情喻淵深，動無虛散；一句一字，皆致意焉。」[106]也就是說顏詩具有密實的特點，這種詩歌實感既是藝術技巧上的結果，更重要的則是根源於其深沉的情性內涵。元嘉十一年，顏延之因不滿劉湛、殷景仁的專權，而受到排擠被貶為永嘉太守，故作〈五君詠〉以寄其怨憤，如詠嵇康曰：「鸞翮有時鎩，龍性誰能馴」，詠阮籍云：「物故不可論，途窮能無慟」，《宋書》本傳謂：「此四句，蓋自序也」[107]，其實這五篇就是顏延之思想和人格的真實寫照，完全是以情性為詩的。詩人與現實之間的矛盾，使由此激起的情感成為詩歌的表現範疇，顏延之那些成功的詩歌，都明顯地體現了情性的本質。

　　門閥政治的解體，使寒素士人在某種程度上獲得更大的發展機會。由於社會地位低微，寒素士人迫切希望能夠抓住一切機會改變現

105 張溥：《漢魏六朝百三集題辭》（北京市：人民文學出版社，1981年），頁173。

106 曹旭：《詩品集注》（上海市：上海古籍出版社，2011年），頁351。

107 〔宋〕沈約：《宋書》（北京市：中華書局，1974年），頁1893。

狀，因此常常毫不掩飾對功名的熱望，與士族士人相比，他們的人格和行為都顯得更為真率自然。鮑照即是劉宋時期寒素士人的一個典型代表，他的作品最直接地體現了他的真實情性，如〈擬古八首〉其三：「留我一白羽，將以分虎竹。」這種功名的情感是真率熱烈又充滿理想色彩的。但劉宋這樣的朝代又很難真正給他實現其功名理想的機會，這是鮑照基本的人生矛盾，他的情感生活也主要圍繞這一矛盾而展開。陳祚明〈采菽堂古詩選〉評鮑照詩云：「所微嫌者，識解未深，寄託亦淺，感歲華之奄謝，悼遭逢之岑寂，惟此二柄，布在諸篇。」[108]鮑照的人生追求主要集中在功名之上，他雖然對現實有很清醒的認識，對不平等的現實充滿怨憤，但他缺乏阮籍、陶淵明那種深刻的思想力和批判力，陳祚明謂其「識解未深」，指的正是這點。鮑照的人生態度十分現實，不像一般士人那樣追求立德，他甚至明白說自己「操無迴跡」（〈解褐謝侍郎表〉）、「眾善必違，百行無一」（〈拜侍郎上疏〉），而明確地以功名為自己的追求目標，從這一點來看，鮑照的確沒有達到曹植、阮籍、陶淵明那樣人生境界，這既是他所處環境和性格特點決定的，也與他在思想上的先天缺陷有關，但缺乏思想理性的限制也使鮑照的詩歌最真實、直接地表現其情性，這一點既繼承漢魏又直接開啟了齊梁詩歌。但因其自身閱歷豐富，與現實的矛盾十分激烈，所以其詩歌往往情感熱烈富有感染力，在藝術上與漢魏詩歌相近，而與齊梁詩歌則差異較大。劉師培認為鮑照「五言詩亦多淫豔，特麗而能壯，與梁代詩稍別。」[109]「壯」是鮑照詩歌重要的特點，「壯」的含義與蕭子顯說的「發唱京挺，操調險急」相近，主要是指詩歌強烈的藝術感染力，這也說明了鮑照詩歌與齊梁詩歌差異最大的地方，這種詩歌風格特點根源於詩人熱烈的情感，〈飛蛾賦〉

---

108 〔清〕陳祚明：《采菽堂古詩選》（上海市：上海古籍出版社，2008年），頁563。
109 劉師培：《中國中古文學史講義》（上海市：上海古籍出版社，2000年），頁97。

云：「淩煒煙之浮景，赴熙焰之明光。拔身幽草下，畢命在此堂。本輕死以邀得，雖糜爛其何傷。豈學南山之文豹，避雲霧而嚴藏。」很直白地表現了他對功名的熱望，因此當這種期望在現實中受到挫折時，也就容易激發其強烈的情感，林庚先生說鮑照「是一個都市的流浪者，具有最現實的寒士階層的不平。」[110]很能概括鮑照的情感特點。鮑照詩歌塑造了很多形象，如〈代貧賤苦愁行〉中不得志的貧賤之士，〈代東門行〉裡的離家的行子，〈代東武吟〉功高不賞的老將，〈代白頭吟〉中失去愛情的少婦，〈擬行路難〉第十三首中的遊子和思婦，這些人物都出身下層，遭遇著人生種種不得意的失望和痛苦，他們毫無疑問都寄託著鮑照真實的人生感受，那種「不謂乘軒意，伏櫪還至今」（〈擬古八首〉其六）是鮑照最深刻的痛苦，這也是鮑照詩歌激情的根源。

　　鮑照的出身背景和思想特點，使他徹底地拋棄了各種虛偽人格的限制，他是一個相當自然真淳的詩人，這一點其實與陶淵明是比較相似的，陶詩表現的情性是其崇高而富於藝術美的人生境界，鮑照的詩歌也完全表現其真實情性，由於他的個性特點和現實遭遇，使他的情性是完全感性化和個性化的。在南朝詩人之中，鮑照最全面地表現了現實，具有現實主義詩歌的特點，但其成功的詩歌如〈擬行路難十八首〉又常常具有「發憤抒情」的浪漫之美。鮑照詩歌繼承漢魏詩歌的抒情性，其情性本體觀念也是建立在其人格和個性的基礎之上的。

四　元嘉詩歌情性本質的內涵

　　晉宋之際是一個大變革的時代，不僅表現在政權更替、政治劇變，同時社會思想、文化、學術等方面也發生了很大的變化，在這一

---

110 林庚：《中國文學簡史》（北京市：北京大學出版社，1995年），頁169。

時代背景之下，文風也在轉變，「最明顯的現象是文學擺脫了形而上的思維而重新注目於日常生活，再度恢復了緣情言志的功能。」[111]詩人重新面對現實，對人生表現出真實、強烈的思想感情。對人生的情感和思考，成為元嘉詩歌基本的主題，因此元嘉詩歌情性本質的內涵是比較廣的，「情」雖主要是個人情感，但乃由出處等人生矛盾激發出來的，往往與人生義理結合在一起，所以元嘉詩歌情性本質的內涵準確地說乃是情理結合。

謝靈運、顏延之、鮑照等元嘉詩人的詩歌中，情與理的比重雖各有不同，但表現情理則是元嘉詩歌顯著的共同特點。如謝靈運著名的〈登池上樓〉，即言情、敘理、寫景融為一爐。如「祁祁傷豳歌，萋萋感楚吟」是感物興情，「索居」以下四句則由情入理，在意義上有一個轉折，表現了學習古人高尚其事的節操，以避世隱居而無悶為處理人生矛盾的原則。從〈登池上樓〉可以看出，謝靈運詩歌中的情與理其實都是由人生的矛盾激發出來的，情理比較自然地結合在一起，如「索居易永久，離群難處心。持操豈獨古，無悶征在今」四句雖主說理，但仍然是與情感融合的，具有現實的生命之感的情感內涵。謝靈運的詩歌大多具有這樣一種追求對人生矛盾的解決，以理化情情理結合的特點，這一點既與「兒女情多」的西晉詩歌不同，也與東晉玄言詩抽象的玄理演繹有質的區別。

在晉宋政局的變動下，元嘉士人面對著新的人生矛盾，他們需要思考和尋找自己的人生道路，這一點使情理成了詩歌的重要內涵。情理結合是謝靈運詩歌的重要內容，這一點在顏延之、鮑照等元嘉詩人詩歌中也得到顯著的體現。如「惟彼雍門子，吁嗟孟嘗君。愚賤同湮滅，尊貴誰獨聞。曷為久遊客，憂念坐自殷。」（顏延之〈還至梁城作詩〉）「悽矣自遠風，傷哉千里目。萬古同一盡，百代勞起伏。存沒

---

111 曹道衡、沈玉成：《南北朝文學史》（北京市：人民文學出版社，1991年），頁36。

竟何人，炯介在明淑。請從上世人，歸來藝桑麻。」（顏延之〈始安郡還都與張湘州登巴陵城樓作詩〉）表現了比較明顯歸隱的思想，這種人生道路的選擇是從「愚賤湮滅」、「萬古同盡」的人生悲感中得出的理智的判斷，顏詩說理成分雖較謝詩為少，但從人生現實之感出發而將情理結合的特點則是相同的。從藝術上來講，顏詩情理的結合要更為凝鍊自然，〈五君詠〉即表現了這一點，這與顏延之對人生的深刻認識，從現實體驗來理解、把握阮、嵇諸公的思想性格及生命行為密切相關。

從本質來講，特別是作為深層的心理活動，情與理其實是結合在一起很難截然分開的，由人生矛盾的激發進而思考普遍的人生道理，這也是人類基本的思維邏輯，所謂的情感深厚往往即是情理融合的結果。元嘉諸人中，鮑照因出身微賤仕途淹蹇，在情感上顯得更為激烈，如〈飛蛾賦〉中以飛蛾作為興寄的意象，激烈的情感表現中又包含著對人生之理的認識，這一內涵在鮑照詩歌中表現得極為普遍，如〈代蒿里行〉：

> 同盡無貴賤，殊願有窮伸。馳波催永夜，零露逼短晨。結我幽山駕，去此滿堂親。虛容遺劍佩，實貌戢衣巾。斗酒安可酌，尺書誰復陳？年代稍推遠，懷抱日幽淪。人生良自劇，天道與何人？齎我長恨意，歸為狐兔塵。

詩中情感與理思是很難分開的，詩人面對整個人類的命運而發的慨歎和對人生的理智的認識融合為一，如「人生良自劇，天道與何人」，反用《老子》：「天道無親，常與善人」，於理思中融入深沉的情感。從詩歌表現的情理內涵來講，鮑照詩歌比較接近於〈古詩十九首〉、建安詩歌及阮籍〈詠懷詩〉，鮑照很多樂府詩表現的都是具有普遍化的情理，是他所處的那個階層甚至是整個人類所面臨的現實矛盾，如

下層者的困苦憂愁、人生的短暫、命運的無常，〈擬行路難十八首〉
即集中表現了這些人生的基本矛盾，如其五：

> 君不見河邊草，冬時枯死春滿道。君不見城上日，今暝沒盡
> 去，明朝復更出。今我何時當得然？一去永滅入黃泉。人生苦
> 多歡樂少，意氣敷腴在盛年。且願得志數相就，床頭恆有沽酒
> 錢。功名竹帛非我事，存亡貴賤付皇天。

將人生短暫的根本矛盾與下層士人現實中的貧苦悲愁融合起來，由現
實的困境而得出「存亡貴賤付皇天」的人生態度。總體而言，鮑照也
是在自身感受的基礎上發展出對人生義理的認識，用「以情說理」的
方式把握人生之理，這一點與曹植、阮籍等人又是比較相似的。

　　對詩歌本質的體認需要有自覺的意識，也可以說詩人所體認、接
受的詩歌本質範疇，是體現於其所有詩歌創作行為之中的。元嘉詩歌
非常重要的一個特點是對山水景物的審美和描寫，前人常常覺得以謝
靈運為代表的元嘉山水詩，基本上是重視藝術再現而缺乏情性內涵，
其實山水詩仍然是體現元嘉詩人的情性本質的，謝靈運〈山居賦〉
說：「山水，性分之所適」，又說山水可以「會性通神」，說明對山水
審美亦是詩人性情之展現。清人喬億〈劍溪說詩〉云：「所謂性情
者，不必關乎倫常，意深於美刺，但觸物起興，有真趣存焉耳。」又
云：「景物所在，性情即於是存焉。」[112] 其所言與大謝為近，也可以
幫助我們理解元嘉山水詩所體現的詩歌本質內涵。所謂的「性情」其
內涵相當廣泛，但最重要在於要「真」，無論是情感還是審美興會，
皆不能脫離此點，即黃子雲〈野鴻詩的〉所說的：「一日有一日之
情，有一日之景。作詩者若能隨景興懷，因題著句，則固景無不真，

112　《清詩話續編》（上海市：上海古籍出版社，1983年），頁1098。

情無不誠矣。」[113]從以上的分析來看，元嘉詩歌情性本質的內涵既包
含一般的情感也包含了「理」，就人類心理特點來講，深層次的情感
活動本身即具有理性的性質，如對人生義理的領悟、出處的選擇甚至
具有理性色彩的審美感知活動等，謝靈運〈盧陵王墓下作〉云：「理
感深情慟，定非識所將。」對道理的領悟有時恰恰能引起更深刻的情
感，這種理智的情感也就是我們說的情理，從這一點來講，元嘉詩人
由現實的人生矛盾激發出的情感和理思，構成了他們詩歌情性本質的
基本內涵，這是元嘉詩歌情性論的重要特點。陳祚明〈采菽堂古詩
選〉云：「（謝詩）間作理語，輒近〈十九首〉。」[114]這個評價是很獨
到的，謝詩與〈十九首〉的理語，其相近之處在於都源自現實的體
驗，這種「理」其實是接近於白居易說的「心素」[115]，從上文的分析
來講，謝、顏、鮑等元嘉詩人人的詩歌大多具有這一特點，其情性本
質的內涵是融合情理二端的。

第三節　元嘉詩歌的情性與審美

魏晉以降是文學藝術不斷自覺的重要時期，藝術審美成為詩歌發
展的一個基本趨勢和特點，曹丕《典論》〈論文〉謂：「詩賦欲麗」，
陸機〈文賦〉云：「詩緣情而綺靡」，都是重視藝術審美的詩學思想。
劉勰《文心雕龍》〈明詩〉總結四言和五言詩的詩體特點云：「若夫四
言正體，則雅潤為本。五言流調，則清麗居宗。」[116]清人紀昀評劉勰
這一觀點曰：「此論卻局於六朝習徑，未得本源。夫雅潤清麗，豈詩
之極則哉！」[117]紀氏之評雖含貶義，但指出劉勰的詩學觀念受六朝詩

113　《清詩話》（上海市：上海古籍出版社，1978年），頁857。

114　〔清〕陳祚明：《采菽堂古詩選》（上海市：上海古籍出版社，2008年），頁519。

115　〔唐〕白居易〈讀謝靈運詩〉：「豈惟玩景物，亦欲攄心素。」

116　范文瀾：《文心雕龍注》（北京市：人民文學出版社，1958年），頁67。

117　周振甫：《文心雕龍注釋》引（北京市：人民文學出版社，1981年），頁51。

歌的影響卻是很準確的，這也說明了六朝詩歌重審美的基本特點。從詩歌表現範疇來講，自然景物作為詩歌表現客體的確立，其實也拓展了詩歌的本質內涵。體物需要自覺的藝術經營，而這種藝術經營的本質即是審美，正是從這一點來講，元嘉詩歌的本質是情性與審美的結合。法國新批評文論家蘭色姆在《詩歌：本體論札記》中說：「（事物詩）不能完全被說成是只由物質性客體所組成的。事實是：當我們對一種事物詩感到特別滿意時，我們的分析或許會揭示出它特別不純。」[118]所謂的「不純」，指的是體物詩的本質的複雜性，這種複雜性某種意義上講，就是說它不是由單純的景物描寫而體現出的審美本質，而是審美和情性的結合。無名氏〈靜居緒言〉闡述這一點，云：「欲工於詩者，先乎詠物，語或有是。……夫詠物則失之遠矣，即物而興情，緣情以成詠，使人目擊而道存者，斯工矣。」[119]真正的詠物之工，其實乃是體物與抒情的結合。從邏輯上講，重視情性與重視審美之間並不矛盾，二者其實都是詩歌的本質。對一個成熟的、有自覺詩學意識的詩人或詩歌時代而言，追求藝術化地實現其詩歌情性本質內涵，乃是基本的詩學思想。從傳統的詩歌發展史來看，抒情首先發展起來，而注重審美本質的藝術經營則在文學自覺的魏晉以來，才開始得到比較充分的認識和發展，這也是文學自覺的一個重要體現。劉宋作為魏晉詩歌藝術系統的最後一個階段，抒情和審美的結合是其詩學思想與創作實踐的基本課題。

一　元嘉詩歌的抒情與辭采

　　詩歌由質樸自然向藝術錘鍊發展是必然的趨勢，藝術錘鍊體現了

118　〔美〕蘭色姆：《詩歌：本體論札記》，見趙毅衡編：《新批評文集》（天津市：百花文藝出版社，2001年），頁60。

119　《清詩話續編》（上海市：上海古籍出版社，1983年），頁1649。

詩歌藝術的審美本質。魏晉以來，隨著對詩歌本質的認識的深入，詩歌的審美本質也得到了顯著的發展，如曹丕《典論》〈論文〉「詩賦欲麗」、陸機〈文賦〉：「詩緣情而綺靡」，都是有關詩歌藝術審美本質的主張。又如曹植〈前錄序〉云：「故君子之作也，儼乎若高山，勃乎若浮雲，質素也如秋蓬，摛藻也如春葩，氾乎洋洋，光乎皭皭，與雅頌爭流可也。」[120]即主張文學作品的審美本質。應瑒〈文質論〉云：「若夫和氏之明璧，輕縠之袿裳，必將遊玩於左右，振飾於宮房，豈爭牢偽之勢，金布之剛乎。」[121]以比喻的方式強調了審美。東晉葛洪《抱朴子》雖重子書而輕詩賦，但他又有古質今妍的文學發展觀念，云：「今詩與古詩俱有義理，而盈於差美。」[122]葛洪極推崇陸機、陸雲兄弟二人的詩文，從這一點來看，他這種古質今妍的文學觀念，既是魏晉人的普遍看法，也是他從陸氏兄弟等代表的重視審美的文風中總結出來的。劉宋虞龢〈上明帝論書表〉論書法云：「夫古質而今妍，數之常也。愛妍而薄質，人之情也。」[123]也說明了當時藝術界追求審美的傾向。《宋書》〈顏延之傳〉載，義熙十二年顏延之「奉使至洛陽，道中作二詩，文辭藻麗，為謝晦、傅亮所賞。」[124]二詩即〈北使洛〉和〈還至梁城作詩〉，這二首是顏延之的重要作品，其藝術上的成功不僅僅在於「文辭藻麗」，而在於以「藻麗」之詞表現真摯深沉之情，抒情與審美自然融合，頗有「情兼雅怨，詞采華茂」的詩美觀。又《宋書》〈鮑照傳〉謂其「文辭贍逸，嘗為古樂府，文甚遒麗。」[125]「遒麗」非古樂府本色，因此鮑照「遒麗」的樂府詩風，正是重視詩歌藝術審

---

120 〔清〕嚴可均校輯：《全三國文》（北京市：中華書局，1958年），卷16。

121 〔清〕嚴可均校輯：《全後漢文》（北京市：中華書局，1958年），卷42。

122 楊明照：《抱樸子外篇校箋》下冊，〈均世〉（北京市：中華書局，1997年），頁74。

123 〔清〕嚴可均校輯：《全宋文》（北京市：中華書局，1958年），頁2730。

124 〔梁〕沈約：《宋書》（北京市：中華書局，1974年），頁1891。

125 〔梁〕沈約：《宋書》（北京市：中華書局，1974年），頁1477。

美的結果。魏晉以來對詩歌藝術審美本質的重視，使詩歌形成了與自然抒發不同的藝術風貌。

抒情與辭采是詩歌情性本質與審美本質的結合在藝術上的直觀體現，鍾嶸〈詩品序〉云：「幹之以風力，潤之以丹采，使味之者無極，聞之者心動，詩之至也。」[126]其內涵即是情性本質與審美本質的結合。鍾嶸認為曹植的詩歌最能體現這種詩歌理想，他評曹植詩：「骨氣奇高，辭采華美，情兼雅怨，體被文質」[127]。鍾嶸的詩學思想重視文質的完美結合，但真正能達到這種審美理想的畢竟為數不多，建安詩人列於上品的除曹植之外，劉楨偏於質[128]，王粲偏於文[129]。鍾嶸的詩學源流體系裡，西晉詩人的藝術淵源主要源於曹植、王粲二人，如陸機「其源出於陳思」，潘岳、張協、張華、劉琨並出於王粲，他們都有注重辭采的特點。西晉詩人唯左思源出劉楨，鍾嶸認為他「淺於陸機」[130]，也就是在文采上有所不足。從鍾嶸的分析來看，注重文采確是西晉以來詩歌的主流。劉宋詩人除謝靈運源於曹植外[131]，其餘皆出於西晉詩人，如顏延之「其源出於陸機」[132]，鮑照「其源出於二張」[133]，謝瞻、王微、袁淑、王僧達則源於張華。鍾嶸對魏晉到劉宋詩歌源流的分析不一定完全準確，但總體而言，鍾嶸還是把握住了魏晉詩歌藝術系統的發展特點，這個特點就是詩歌抒情的審美性得到不斷的發展，尤其是隨著社會政治環境的變化，詩人弘道濟世的熱情消退，詩歌主要表現一己之情，綺麗成為詩人的藝術追求。劉勰《文心

126　曹旭：《詩品集注》（上海市：上海古籍出版社，2011年），頁47。

127　曹旭：《詩品集注》（上海市：上海古籍出版社，2011年），頁117。

128　《詩品》評劉楨詩「氣過其文，雕潤恨少。」（曹旭：《詩品集注》，頁133）。

129　《詩品》評王粲詩云：「發愀愴之詞，文秀質羸。」（曹旭：《詩品集注》，頁142）。

130　曹旭：《詩品集注》（上海市：上海古籍出版社，2011年），頁193。

131　鍾嶸認為謝靈運詩亦「雜有景陽之體」，可見大謝詩亦與王粲一系有淵源關係。

132　曹旭：《詩品集注》（上海市：上海古籍出版社，2011年），頁351。

133　曹旭：《詩品集注》（上海市：上海古籍出版社，2011年），頁381。

雕龍》〈明詩〉云：「晉世群才，稍入輕綺，張潘左陸，比肩詩衢，采縟於正始，力柔於建安；或析文以為妙，或流靡以自妍，此其大略也。」[134]這是西晉以降詩歌發展的基本趨勢。〈詩品序〉說謝詩「富豔難蹤」，說謝惠連「工為綺麗歌謠，風人第一」[135]，又引鐘憲語曰：「大明、泰始中，鮑、休美文殊已動俗。」[136]蕭子顯《南齊書》〈文學傳論〉謂鮑照詩歌「雕藻淫豔，傾炫心魄」，虞炎〈鮑照集序〉曰：「照所賦述，雖乏精典，而有超麗。」南朝人的這些評論都說明了劉宋詩歌重視審美的藝術特點。陳衍《詩品評議》云：「竊謂『詞彩華茂』，『情兼雅怨』八字品評最當，謝康樂所謂『公子不及世事，但美遨遊，然頗有憂生之嗟』者也。」[137]陳衍認為鍾嶸很準確地把握住了曹植的詩歌特點，而陳氏所引謝靈運的話出自〈擬鄴中集〉中擬曹植篇下的小序，陳氏認為這段話也恰當地解釋了曹植的詩歌精神。這一點也說明謝靈運對抒情審美結合的創作思想的認識。范曄〈獄中與諸甥姪書〉云：「常謂情志所托，故當以意為主，以文傳意。以意為主，則其旨畢見；以文傳意，則其詞不流。然後抽其芬芳，振其金石耳。」[138]這段話很明確地說明了劉宋時的創作思想，既重視情志本體，又講究藝術審美。顏延之〈應詔觀北湖田收詩〉云：「觀風久有作，陳詩愧未妍」，所謂的「妍」也可以說是劉宋詩人在創作實踐中體現出來的注重審美的創作思想。

　　劉宋詩人具有繼承魏晉詩歌藝術傳統的自覺意識，這一點我們前文已經作了分析，王微〈與從弟僧綽書〉說：「文好古，貴能連類可

134　范文瀾：《文心雕龍注》（北京市：人民文學出版社，1958年），頁66。

135　曹旭：《詩品集注》（上海市：上海古籍出版社，2011年），頁372。

136　曹旭：《詩品集注》（上海市：上海古籍出版社，2011年），頁575。

137　陳衍：〈詩品評議〉，《陳衍詩論合集》（福州市：福建人民出版社，1999年），上冊，頁932。

138　〔梁〕沈約：《宋書》（北京市：中華書局，1974年），頁1830。

悲。」[139]從這一點來看，劉宋人所謂的「學古」不僅是擬古、擬樂府等具體的寫作方法，也是指廣泛地學習魏晉那種「怨思抑揚」的審美原則。所以總體來看，劉宋詩人學古是從兩個方面進行的，一是學習、繼承魏晉詩歌重情的觀念，劉宋詩人擬古、擬樂府大多是在這個原則下進行的；二則是學習、發展魏晉詩歌的辭采等藝術技巧。劉宋人有比較自覺的學古意識，其實也就是繼承詩歌傳統的意識，因此他們從學習魏晉詩歌中體認的抒情與審美結合的詩學思想也滲透於整個創作之中。

二　元嘉詩歌緣情詩學的內涵

從詩史來看，元嘉詩歌緣情內涵的拓展既源於元嘉詩人的人生矛盾，又是漢魏晉詩歌藝術發展的結果。班固《漢書》〈藝文志〉：

> 春秋之後，周道浸壞。聘問歌詠不行於列國，學詩之士逸在布衣，而賢人失志之賦作矣。大儒孫卿及楚臣屈原，離讒憂國，皆作賦以風，咸有惻隱古詩之義。[140]

從屈原的作品來看，所謂的「失志之賦」就是表現一己的窮通遭遇，抒情性很強。宋玉自述〈九辯〉是表現「貧士失職志不平」的情感，這與屈原「發憤抒情」相近。屈、宋之後西漢出現的一批的騷體賦，如賈宜〈弔屈原賦〉、〈鵬鳥賦〉、嚴忌〈哀時命〉、董仲舒〈士不遇賦〉、司馬遷〈悲士不遇賦〉等也都是抒發人生的窮通之情，突破了「發乎情，止乎禮義」的詩教。到東漢時期，抒發窮通之情也被認為

139　〔清〕嚴可均校輯：《全宋文》（北京市：中華書局，1958年），頁2537。
140　〔漢〕班固：《漢書》（北京市：中華書局，1962年），頁1765。

是「言志」了，如馮衍〈顯志賦〉、班固〈幽通賦〉「致命遂志」、張衡〈思玄〉「宣寄情志」，雖都標出「志」，但所抒發的皆是一己的窮通之情。陸機〈遂志賦序〉云：

> 昔崔篆作詩以明道述志，而馮衍又作〈顯志賦〉，班固作〈幽通賦〉，皆相依仿焉。張衡〈思玄〉，蔡邕〈玄表〉，張叔〈哀系〉，此前世可得而言者也。崔氏簡而有情，〈顯志〉壯而氾濫，〈哀系〉俗而時靡，〈玄表〉雅而微素，〈思玄〉精練而何惠。欲麗前人，而優遊清典，漏〈幽通〉矣，班生彬彬，切而不絞，哀而不怨矣。崔蔡沖虛溫敏，雅人之屬也，衍抑揚頓挫，怨之徒也。豈亦窮達異事，而聲為情變乎？[141]

陸機認為這些言志之作其風格或溫雅或抑揚頓挫，皆源於作者的遭遇與情感之不同，即「窮達異事，聲為情變」造成的，陸機把抒發一己窮通遭遇之情與言志結合起來。可見從楚辭以來，抒發自身遭遇之情、表現人生義理成為賦的重要內容，體現了文學藝術本質內涵的拓展。從詩歌的發展來看，建安詩歌正繼承了賦體對情志內涵的拓展，賦中一直存在的男女情愛[142]，也成為詩歌重要的表現內容，如曹丕〈燕歌行二首〉、〈秋胡行〉、〈代劉勳妻王氏詩〉、〈寡婦詩〉，曹植

141　〔清〕嚴可均校輯：《全晉文》（北京市：中華書局，1958年），卷96。

142　從賦體文學來看，對男女情愛的表現也有一個發展的過程，兩漢前中期這一類作品還比較少，主要有司馬相如〈美人賦〉、〈長門賦〉，漢武帝劉徹〈李夫人賦〉，班婕妤〈自悼賦〉。東漢後期，這類作品大量增加，形成了「神女系列」和「閑情系列」專門表現男女情愛內容，如張衡〈定情賦〉，蔡邕〈檢逸賦〉，阮瑀〈止欲賦〉，繁欽〈弭愁賦〉，王粲〈閑邪賦〉，陳琳〈止欲賦〉，應瑒〈正情賦〉等。而楊修、王粲、陳琳、應瑒、曹植等都有同題的〈神女賦〉。可見漢末，尤其是建安時期男女之情在文學中已得到普遍的表現，這與當時思想發展是密切相關的。（參見拙文〈略論漢賦中的情愛表現〉，《貴州社會科學》2002年第3期）

〈美女篇〉、〈閨情詩〉、〈棄婦詩〉、〈七哀詩〉，徐幹〈情詩〉、〈室思詩〉，繁欽〈定情詩〉等。抒情性成為建安詩歌的基本詩美觀，同時也體現了「情」的內涵的拓展。

　　從創作實踐來看，西晉詩歌一方面繼承了建安詩歌的抒情性，另一方面則是理思內容的增多。這與西晉詩人的思想觀念相關。西晉政治早早就埋下了動亂的根源，當時的士人對此是有預感的[143]，從屠殺到動亂，在短暫的西晉王朝中，詩人一直生活在惶恐憂懼之中，因此西晉士人常常希望從天體運動、節物變化等現象中發現天道對人生的警示以指導生活。如陸機〈豪士賦〉：「使伊人頗覽天道，知盡不可益，贏難持久，超然自引，高輯而退，則巍巍之盛仰邈前賢，洋洋之風俯冠來籍。」即指出了觀察天道的重要性。西晉詩人經常把情感寄託在對天命天意的探索上，如張華〈雜詩三首〉其一云：

> 晷度隨天運，四時互相承。東壁正昏中，泗陰寒節升。繁霜降當夕，悲風中夜興。朱火青無光，蘭膏坐自凝。重衾無暖氣，挾纊如懷冰。伏枕終遙昔，寤言莫予應。永思慮崇替，慨然獨拊膺。

情感就體現在對天地陰陽變化、萬物崇替的感慨之中，這種情感是帶有理性化的性質的。陸機詩歌更多從天道上來理解崇替變化和人生義理，〈折楊柳行〉、〈梁甫吟〉、〈齊謳行〉、〈門有車馬客行〉、〈遨遊出西城〉等都表現了這一點，如〈齊謳行〉：

---

143 《晉書》〈張華傳〉載：「惠帝中，人有得鳥毛長三丈，以示華。華見，慘然曰：『此謂海鳧毛也，出則天下亂。』」又載雷煥曰：「本朝將亂，張公當受其禍」云云。這些記載雖頗似小說家之言，但卻可以說明西晉人對政治動亂的確是有所預感的。

營丘負海曲，沃野爽且平。洪川控河濟，崇山入高冥。東被姑
尤側，南界聊攝城。海物錯萬類，陸產尚千名。孟渚吞雲夢，
百二侔秦關。惟師恢東表，桓後定周傾。天道有迭代，人道無
久盈。鄙哉牛山歎，未及至人情。爽鳩苟已徂，吾子安得停。
行行將復去，長存非所營。

詩人以「天道有迭代」消解了齊景公式的悲歎，實際上已接近於義
理、觀念的演繹，西晉人這種理思對詩歌的影響是很明顯的。事實上
「西晉詩人並不缺乏生活感受，但他們總是避免直接表達，寧可將感
情稀釋在理性之中，以觀念的形式出現，然後為這種觀念尋找形
象。」[144]從西晉詩歌寫作實踐來看，如張華的〈情詩五首〉，潘岳
〈內顧詩二首〉、〈悼亡詩三首〉，陸機〈赴洛道中作二首〉、〈為顧彥
先贈婦詩二首〉等，是比較典型的抒情之作，而更多的詩歌，正如上
文說的是將情感寄託在天道的探索上，具有理性的色彩，晉人稱這類
詩歌為「感物興情」，如張華「懷思豈不隆，感物重鬱積」，陸機「感
物百憂生，沉思鬱纏綿」，潘岳「悲懷感物來」，張協「感物多所懷，
沉憂結心曲」。晉人的「感物說」有其特定的思想基礎，一方面繼承
了漢儒的天人感應[145]，另一方面又受玄學思潮的影響，主要從理性思
辨上來思考物我之間的關係，希望從中獲得對社會和人生的理性的認
識和把握[146]。從這一點來講，西晉詩歌「緣情」論，準確地說是「感
物緣情」或者叫作「感物興思」，既包含著感情的活動，又是理性的

---

144 錢志熙：《魏晉詩歌藝術原論》（北京市：北京大學出版社，2005年），頁207。

145 漢代人常從天人感應來探討社會政治等問題，他們認為應該從天道中獲得啟示，
　　如《漢書》〈翼奉傳〉載翼奉上元帝疏論為政云：「天道有常，王道亡常，亡常者
　　所以應有常也。」（頁3176）其意即謂為政當效法天道以求其常。西晉人頗受漢代
　　這種天道觀的影響。

146 參見拙文：〈從神學到玄學的建構──試論陸機天道思想對詩歌創作的影響〉，《中
　　國詩歌研究》第五輯（北京市：中華書局，2008年），頁208-215。

思考，把情感和義理都納入其內涵之中，進一步拓展了「緣情」的內涵。西晉人的內心極為矛盾，他們一方面重情，另一方面又希望通過理性認識理解社會發展規律以把握命運，但這種矛盾主要是觀念上的，這也是西晉詩歌雖然拓展了「緣情」內涵，卻又缺乏深度和質感的重要原因。

從元嘉詩歌寫作實踐來看，其緣情本源論一方面是在元嘉詩人的現實矛盾的基礎上形成的，另一方面則繼承了魏晉以來詩歌緣情內涵的拓展。與西晉詩歌將情感寄託於天道探索上不同，元嘉詩歌擺脫了天人思想，注重對人生義理的表現，情與理的結合更為圓融，清人李重華云：「夫詩言情不言理者，情愜則理在其中，乃藏體於用耳。」[147]元嘉詩歌之言理總體是屬於這一點，即情理的結合，因此比較全面地實現了詩歌緣情本源論的內涵。

三　元嘉詩歌體物緣情詩學及其淵源

任何一種影響深遠的詩學理論，都有其淵源和發展，都是植根於整個詩學傳統之中的。「體物緣情」是元嘉重要的詩學理論，但其產生和發展也是以整個傳統詩學為基礎的，具體來講，它與魏晉「感物興思」的詩歌思想有密切關係。

「感物興思」是魏晉時期重要的詩學理論，也是當時主要的詩歌發生機制，但是作為藝術發生論的感物說則出現甚早，而且有一個明顯的發展過程。《禮記》〈樂記〉描述音樂的發生過程：「凡音之起，由人心生也。人心之動，物使之然。感於物而動，故形於聲。」「樂者，音之所由生也，其本在人心之感於物也。」從儒家樂論來看，在音樂與物的關係上，「物」主要指的是社會政治事件，而不是自然事

---

147 〔清〕李重華：《貞一齋詩話》，《清詩話》（上海市：上海古籍出版社，1978年），
　　頁933。

物[148]。班固《漢書》〈藝文志〉論樂府詩的起源是「感於哀樂，緣事而發」，也說明漢以前，藝術創作主要源於對社會事件的感觸。總體來講，漢代以前作為藝術起源的「感物」，其實是「緣事」，這是「感物」論的第一個階段。

東漢以後，「感物」之「物」作為自然物的含義就較多地發展起來。東漢王延壽〈魯靈光殿賦〉云：「詩人之興，感物而作」，下文又說：「物以賦顯，事以頌宣」，「物」與「事」對舉，可見這裡的「物」主要指自然物，說明自然界已開始成為觸發藝術創作的要素。魏晉時期「感物」論得到了普遍的發展，如曹丕〈感物賦〉序云：「南征荊州，還過鄉里，舍焉。乃種甘蔗於庭中，涉夏歷秋，先盛後衰，悟興廢之無常，慨然永歎，乃作斯賦。」由自然物的感發而作賦。建安文人諸多詠物的抒情小賦，大多皆因物而興情，遵循感物興思的寫作原則，故雖名為詠物，實則抒情。這種寫作方式在西晉時更為普遍，晉人詩賦中頻繁出現「感物」之說，如張華「懷思豈不隆，感物重鬱積」，潘岳「悲懷感物來」，陸機「感物戀堂室，離思一何深」、「感物多遠念，慷慨懷古人」、「感物百憂生，纏綿自相尋」，張協「感物多所懷，沉憂結心曲」、「感物多思情」。晉人「感物」則必「緣情」，即王弼說的「不能無哀樂以應物」[149]。這是「感物」詩學發展的第二階段。

西晉時「感物」還體現了新的發展特點，如陸機「載離多悲心，感物情悽惻」、「伊我思之沉鬱，愴感物而增深」，即先有悲愁之情感，然後尋求物象以寄其情感，這是「感物」內涵的一個新的發展，其特點是自然物的客觀形象開始得到了初步的重視，又如：

148　參見王毅：〈略論魏晉文學中的「感物」說〉，《北京師範大學學報》1986年第1期，頁67-73。

149　〔晉〕陳壽撰，〔宋〕裴松之注：《三國志》〈魏志・鐘會傳附王弼傳〉注引（北京市：中華書局，1982年），卷28，頁795。

伊天時之方慘，曷萬物之能歡。……矧餘情之含瘁，恆睹物而增酸。（陸機〈感時賦〉）

余去家漸久，懷土彌篤，方思之殷，何物不感？曲街委巷，罔不興詠，水泉草木，咸足悲焉。（陸機〈懷土賦〉）

從所引來看，這裡的「感物」已由「物」觸發情感，發展為主動地尋求外物的形象以寄託情感，即所謂的「水泉草木，咸足悲焉」。尋求寄託的需要，尤其是選擇「水泉草木」等自然物加以描寫以寄託情感，使「感物興思」逐漸向「體物緣情」發展。從西晉詩歌的寫作實踐來看，張華、陸機、潘岳等人的「感物」主要還是由天體運動、節候變化等引發情感，但通過對自然景物的詩性感受和描繪以寄託情感的這一種「感物」也已開始出現，如陸機〈招隱詩〉先寫因招隱而出遊，中間描寫了隱士所居住環境的自然景物之美，景物描寫寄託著詩人「富貴苟難圖，稅駕從所欲」那種隱逸的思想情感。又如潘岳〈河陽縣作二首〉其二：「日夕陰雲起，登城望洪河。川氣冒山嶺，驚湍激岩阿。歸雁暎蘭時，遊魚動圓波。鳴蟬歷寒音，時菊耀秋華。引領望京室，南路在伐柯。」寄其思鄉之情於景物的描寫之中。左思、張協詩歌更為顯著地表現了「感物」的這一新的內涵，如左思〈招隱詩二首〉、〈雜詩〉皆已經具有「體物緣情」的特點，〈招隱詩二首〉寫法與陸機〈招隱詩〉相似，或受陸機的影響。其〈雜詩〉則將出處矛盾激發的慷慨之情寄託於自然景物的形象之中，突破了西晉「感物興思」以天象運行、節候變化寄託憂懼之情那種普遍性的寫法，在詩歌形象營造、情感抒發上都有質的發展。張協〈雜詩〉與左思〈雜詩〉比較接近，體物真切情感鬱勃，體現了「體物緣情」的詩學，及由此形成的詩美觀。

　　詩學發展的基本趨勢是由一元的抒情向二元的抒情體物演進。從

前文的分析來看，先秦時「感物」論雖已出現，但其實質乃是「緣事」。自然之物作為詩歌寫作的一個要素，在魏晉「感物興思」的詩歌本源論中才在理論上得到充分的認識。西晉由於政治複雜、命運多變，士人常常希望從天道中得到啟發和精神上的寄託，如陸機「天道夷且簡，人道險而難」、「天道有反覆運算，人理無常全」，在這種思辨中遮蔽、消弭了真情實感，所以西晉「感物興思」的詩歌寫作方式，常常成為詩人擺脫生命憂懼之情的心理活動的體現，詩歌在抒情和形象的塑造上陷入了思維理式的束縛之中。從上文對「感物」內涵的發展的分析來看，左思、張協等人因現實中情感的激發，因此在情感抒發、形象描寫上皆具有詩人的個性，通過描寫自然物之美以寄託真情實感。左思、張協的詩歌寫作，某種意義上說是發展了「感物興思」的詩學內涵。元嘉詩人仍繼承了「感物興思」的寫作方式，如謝靈運〈游南亭〉云：「戚戚感物歎，星星白髮垂」，又〈南樓中望所遲客〉「即事怨睽攜，感物方淒其」；顏延之「感物惻餘衷」、「屏居惻物變」；鮑照〈贈故人馬子喬〉其二「歡至不留日，感物輒傷年」、「推其感物情」；劉駿「睹物念節變，感物矜乖離」等。但元嘉詩人學魏晉「感物興思」的寫作方法，主要的是學習左思、張協體物緣情、以寄興為體的雜詩體，與那種天人感應的「感物興思」已有很大的區別。

　　中國傳統詩學強調詩人主體對詩歌本質的決定作用，從《毛詩序》到劉勰《文心雕龍》〈體性〉這一點都很明顯，王通《中說》以人格評論詩歌，更是對這種詩學思想的極端化發展。元人揭傒斯《詩法正宗》謂：「若做得好人，必作得好詩也」[150]，即儒家所謂的「有德者，必有言」，這種本體思想可以說是中國傳統詩學的主流。玄、佛的發展使魏晉人逐漸認識到自然界的審美價值，但魏晉南朝人認為對自然美的欣賞也是源於其內在的自然本性的，如謝靈運〈遊名山

---

150 張健編著：《元代詩法校考》（北京市：北京大學出版社，2001年），頁318。

志〉即說：「山水，性分之所適。」可以說魏晉六朝詩歌的審美本質
也是建立在詩人情性本體基礎上的，從這一點來講，魏晉六朝的詩學
思想並沒有脫離中國傳統的主流詩學，也就是仍然是強調情性本體
的。魏晉六朝詩學思想的發展最根本的，在於自覺將審美本質和情性
本質結合起來，更自覺地追求詩歌情性本質的形象之美，相對於諷諭
美刺、溫柔敦厚的儒家詩教而言，這是一種更為合理通達的詩歌思
想。陸時雍《古詩鏡》說：「漢魏景物略而病于疏，唐人飾而嫌于
偽，稱情當物，正在陶、謝耳。」總體來看，元嘉詩歌在情景交融上
還不能完全令人滿意，但元嘉詩人一些成功的作品，的確在抒情與體
物上取得了成就，王夫之謂謝詩：「情不虛情，情皆可景；景非滯
景，景總含情。」[151]應該說這主要是就那些成功的詩歌而言的，但謝
靈運等元嘉詩人在詩歌創作實踐中的確體現了觸景生情、緣情寫景的
情景結合的詩歌思想，而且這也體現為南朝詩學發展的基本趨勢。

　　門閥政治解體下面臨人生的矛盾，促使元嘉詩人在景物的描寫中
表現、寄託其情感，從而將西晉「感物興思」發展為「體物緣情」。
元嘉詩歌「體物緣情」詩學，具體而言，是以自然景物的審美形象、
詩人的真情實感作為詩歌藝術的兩維，這一點與西晉詩歌「感物興
思」具有質的區別。元嘉詩歌「體物緣情」詩學，根本上講是建立在
元嘉詩人的人生矛盾和晉宋之際自然觀的變化的現實基礎之上的。但
從傳統詩學源流來講，「情」、「物」二元作為詩歌的表現範疇，首先
體現於魏晉的「感物興思」，從前文的分析來看，「體物緣情」即是對
「感物興思」的繼承和發展，「魏晉六朝人雖然仍常常說『感物』，表
明了『物感心動』說依然是人們解釋情感發生原理的基本認識。但是
他們同時已在強調『體物』『稱物』。」[152]這一點在晉宋之際表現得更

---

151 〔清〕王夫之：《古詩評選》（北京市：文化藝術出版社，1997年），頁217。

152 韓經太：〈詩藝與「體物」——關於中國古典詩歌的寫真藝術傳統〉，《文學遺產》
　　2005年第2期，頁30-40。

為明顯，《文心雕龍》〈物色〉云：「是以詩人感物，聯類不窮。流連
萬象之際，沉吟視聽之區；寫氣圖貌，既隨物以宛轉；屬采附聲，亦
與心而徘徊。」[153]劉勰所說的「感物」包括自然物對情感的感發和詩
人對自然物的描寫兩個方面，與元嘉詩歌「體物緣情」的內涵相似，
它乃淵源於魏晉以來的感物興思。

第四節　小結

　　劉勰《文心雕龍》〈情采〉云：「夫鉛黛所以飾容，而盼倩生於淑
姿；文采所以飾言，而辯麗本於情性。」[154]此一篇專論文學的情性與
文采的關係，劉勰雖強調文采的重要性，但認為情性才是根本，文采
應本於情性，並為表現情性服務。從現代的觀點來看，文采、藝術或
者更準確地說審美，其實也是文學的本質，但在中國傳統詩學中，文
采、審美往往是被置於一個體用關係中而被認識和接受的。強調體用
之間的關係、強調「體」對「用」的決定，是中國傳統思想的重要特
點，傳統詩學中情性與審美的體用關係，明顯地體現了傳統思想的這
一特點。海德格爾在〈藝術作品的本源〉中說：「某件東西的本源乃
是這東西的本質之源。對藝術作品的本源的追問就是追問藝術作品的
本質之源。」[155]詩歌本源論就是有關詩歌本質的起源的探討。本章我
們論述了元嘉詩歌情性和審美結合的本質內涵，這兩者既是元嘉詩歌
的本質，也是元嘉詩歌藝術發生的本源，事實上這也是符合現代關於
詩歌是情性和審美結合的這種本質觀的。最成功的詩歌都是能夠成功
實現抒情和審美的，從《詩經》、《楚辭》到魏晉以降的文人詩，那些
優秀的作品都證明了這一點。但中國傳統詩學將情性和審美理解為體

---

153 范文瀾：《文心雕龍注》（北京市：人民文學出版社，1958年），頁693。

154 范文瀾：《文心雕龍注》（北京市：人民文學出版社，1958年），頁538。

155 孫周興選編：《海德格爾選集》（上海市：上海三聯書店，1996年），頁237。

用之間的關係，帶來一個重要的影響，是容易造成強調情性之「體」，而忽視審美之「用」，儒家重政教作用的詩歌、東晉玄言詩、宋代理學詩等，某種意義上說都是忽視了詩歌的審美藝術本質。自覺認識詩歌的情性本質和審美本質，是一種合理的詩學思想，魏晉宋時期詩人雖然還是從體用關係上來認識情性和審美之間的關係，但詩歌的藝術形象越來越得到重視，也就是在抒情的基礎上強調詩歌藝術之美。所以魏晉宋人對詩歌本質的理解，雖與現代人有所差異，但因強調抒情與審美的結合，這一點使他們能夠形成比較通達的詩學思想，元嘉詩歌的創作實踐即比較明確地體現了這種詩歌觀念。這是元嘉詩學突破、反撥東晉玄言詩學，並取得創作成就的原因。

第二章

元嘉詩歌的寫作藝術

　　中國傳統詩學在傳統思想體系為基礎而發展起來的，如儒家「詩言志」說、劉勰「原道」說、中唐古文家韓愈、柳宗元「文以明道」[1]、及宋代理學的「文以載道」，這些文學理論都建立在儒家思想基礎之上。魏晉玄學「得意忘言」，也對魏晉南朝的詩學思想，產生極為深遠的影響。東晉玄言詩某種意義上說，即是「得意忘言」這一思想和方法在詩歌創作上的體現。這些文學理論雖不皆就詩歌而言，但對傳統詩學思想具有很深遠的影響。從哲學上看，這些詩學思想的結構往往就體現為一種體用關係，如從「文道」、「言意」這兩組詩學範疇的內在關係來講，「道」、「意」是詩歌的本體，而「文」、「言」則是詩歌之用。傳統詩學這種體用結構，很容易造成「體」與「用」，即詩歌本體與詩歌審美之間的互相遮蔽，如東晉玄言詩、宋代理學影響下的理學詩，即是過於強調詩歌的本體內涵而忽視了藝術審美；齊梁綺麗詩風則過於偏向審美而輕質實剛健的情性本體。從現代的觀點來看，抒情和審美都是詩歌的本質，而非體用之關係，傳統詩學特別是魏晉南朝詩學雖然還沒有完全意識這一點，但從魏晉宋的

1　柳宗元〈與韋中立論師道書〉云：「始吾幼且少，為文章，以辭為工。及長，乃知文章者以明道，是固不苟為炳炳烺烺，務彩色，誇聲音而以為能也。」「文」與「道」之間的關係，是中唐古文運動一個基本的理論問題，從蕭穎士、李華、獨孤及、梁肅、柳冕到韓愈、柳宗元、李翱等人，「文以明道」應該說是古文家共同的一個核心思想。如獨孤及倡「宏道」說（〈蕭府君文章集錄序〉），梁肅謂「文本於道」（〈補闕李君前集序〉）。中唐古文家尤其韓、柳等人，雖強調「道」是本，「文」是用，甚至是「一藝」，但能比較通達地結合體用，為藝術留下發展空間，故能取得文學上的成就。

詩歌創作實踐來看，其時的詩人對詩歌的藝術審美是非常重視的，詩歌的審美本質在魏晉宋詩歌已得到較好的體現，這一點在元嘉詩歌中表現得更為明顯。

從前文的分析來看，詩歌抒情和審美本質，並不是在任何時期都能得到明確的認識，先秦群體詩學時期，詩歌源於自然抒發的需要，詩、騷、樂府自然也體現了詩歌的審美本質，這種審美本質是在表現詩歌的內容中自然地、無意識地實現，但又是自足的。後人往往覺得詩、騷、樂府有一種不可企及之美，其實即在於它們能夠自然地實現詩歌的本質內涵，因此，從詩、騷、樂府中，可以方便我們比較直觀地理解詩歌的本質，這種本質就是情性和審美的結合。不同的時代、不同的詩人對詩歌本質內涵的理解會有很大的不同，海德格爾在〈荷爾德林和詩的本質〉一文中說：「荷爾德林詩意地表達了詩之本質——但並非在永恆有效的概念意義上來表達的。這一詩之本質屬於某一特定時代。但並不是一味地相應於這個已經存在的時代。相反，由於荷爾德林重新創建了詩之本質，他因此才規定了一個新時代。」[2]海德格爾這裡指出了詩歌本質的內涵不是一成不變的，對詩歌本質的不同理解、詩歌本質內涵的發展變化是造成一代之詩的根本原因。詩歌本質雖有不同的內涵，但詩歌本質是詩歌的根本依據，這一點則是詩歌本質範疇在詩學上的基本意義。形式主義稱詩歌的根本依據為「詩歌性」，雅各森說：「詩歌性表現在那裡呢？表現在詞使人感覺到是詞，而不是所指對象的表示者或者情緒的發作。表現在詞和次序、詞義及其外部和內部形式，不只是無區別的現實引據，而都獲得了自身的分量和意義。」[3]形式主義關注「詩歌性」在創作實踐中的體現，及各種具體的藝術手段。從形式主義的觀點來看，詩歌性作為詩歌藝術的本

2　孫周興選編：《海德格爾選集》（上海市：上海三聯書店，1996年），頁324。

3　〔俄〕雅各森：〈何謂詩〉，見胡經之、王嶽川編：《文藝學美學方法論》（北京市：北京大學出版社，1994年），頁191。

質，其內涵顯然要比中國傳統詩學所理解的詩歌本質更廣，大體相當於傳統詩學中的內容與審美兩者的結合。從傳統詩學的發展來看，每個詩歌時代對詩歌本質內涵皆會有不同的理解，這一點對詩歌寫作具有根本性的影響，由此才造成一代有一代之詩。葉燮云：「或曰：『溫柔敦厚，詩教也。漢魏去古未遠，此意猶存，後此者不及也。』不知『溫柔敦厚』，其意也，所以為體也，措之於用，則不同；辭者，其文也，所以為用也，返之於體，則不異。漢魏之辭，有漢魏之『溫柔敦厚』，唐宋之辭，有唐宋之『溫柔敦厚』。」[4]這即體現了詩學的體用思想，也就是說對相同的詩歌本體範疇的不同理解，會使詩歌具有不同的藝術表現方式，這就是詩學的體用關係在藝術上的體現。

　　第一章的小結中我們指出傳統詩學內容與審美的體用關係，容易造成詩歌創作中體用互相遮蔽，當然這並不是否認詩學中的體用結構，詩學中的體用關係是客觀存在的，但不是一般認為的內容與形式的關係，而是形式主義所說的「詩歌性」與實現詩歌性的藝術手法之間的關係，兩者是不可分的。從這一點來講，詩歌的內容和審美都蘊涵著詩歌的本質範疇，因此詩歌表現內容的變化、審美的發展，都對具體的詩歌創作產生很重要的影響。從詩史來看，中國古典詩歌藝術的發展似可分為有兩種不同的道路：一是作為詩歌藝術發展的必然，蕭統〈文選序〉云：「蓋踵其事而增華，變其本而加厲。物既有之，文亦宜然。」[5]即此之謂也，這是一種自然的演進的結果；第二種則是詩歌本質內涵的發展，由「體」而發展出「用」。後一種發展方式，更具有自覺的性質。具體而言，如從《詩》、《楚辭》到漢樂府，詩學上對詩歌本質的認識沒有太大的變化，詩歌藝術雖然有所發展，但比較明顯地表現出自然發展的特點。所以詩、騷、樂府，其詩藝性

4　〔清〕葉燮：《原詩》（北京市：人民文學出版社，1979年），頁7。
5　〔梁〕蕭統編，李善注：《文選》（北京市：中華書局，1977年），頁1。

質和特點主要都是自然抒發的。魏晉之後，是個體詩學主導的時期，由於詩人主體的自覺和反省，對詩歌本質內涵的理解發生了很大的變化，從主體來看，是由言志向情性發展，同時對自然景物有自覺的審美意識。正如前文所說的，魏晉宋人並不一定把審美當作詩歌的本質，但他們有重視審美的意識，將情性與審美結合起來，追求「緣情綺靡」，因此在創作實踐中比較完整地體現了詩歌本質。韋勒克說：「文學的本質最清楚地顯現於文學所涉獵的範疇中。」[6]從這一點來講，魏晉宋人對情性和審美的重視和表現，已經接近於現代對詩歌本質的理解，因此對詩歌創作具有重要的影響。

群體詩學時期，抒情言志是基本的詩歌本質觀。魏晉以降，由於玄學和佛教的發展和影響，正始以後的詩歌，如阮籍、嵇康、陸機等人的詩中「體道」、「言理」成為重要的表現內容，東晉玄言詩更是以玄、佛思想為旨歸[7]。從普遍的意義講，「體道」、「言理」當然也可以認為是屬於「言志」範疇，如東晉高僧康僧淵在〈代答張君祖詩〉序中說：「夫詩者，志之所之，意跡之所寄也。忘妙玄解，神無不暢。夫未能冥達玄通者，惡得不有仰鑽之詠哉。吾想茂得之形容，雖棲守殊塗，標寄玄同，仰代答之。未足盡美亦各言其志也。」即把表現佛、玄義理也稱為「言志」。但具體而言，玄、佛之「道」、「理」，與儒家倫理之「志」實明顯有別，這體現了魏晉詩歌本質內涵的拓展。從情、理、物結合的表現範疇來概括魏晉宋詩歌的本質，可以說是情性與審美的結合，這一點在西晉、元嘉詩歌中表現得更為明顯。元嘉

6　〔美〕韋勒克、沃倫：《文學理論》（南京市：江蘇教育出版社，2005年），頁15。

7　檀道鸞《續晉陽秋》云：「正始中，王弼、何晏好《莊》、《老》玄勝之談，而世遂貴焉。至過江而佛理尤盛。故郭璞五言始會合道家之言而韻之，（許）詢及太原孫綽轉相祖尚，又以三世之辭，而《詩》、《騷》之體盡矣。」（《世說新語》〈文學〉，劉孝標注引，余嘉錫：《世說新語箋疏》〔上海市：上海古籍出版社，1993年〕，頁262。）

時隨著「物」作為詩歌表現範疇的確立，自然景物的審美價值得到充分的認識，從創作實踐上來說，審美作為詩歌的本質在這一時期也得到了比較自覺的體現。傳統詩學中，詩歌本質是在創作實踐中體現出來的，因此我們說的「詩歌性」不是一個抽象的概念。從詩學體用關係對詩歌創作的影響來看，魏晉以來由於詩歌本質內涵的發展，尤其是詩歌的情性和審美本質得到重視，因此在抒情、寫景等藝術手法上較之前代有更進一步的發展，或繼承發展前代或為嶄新之創變，使魏晉宋詩歌的藝術手法顯示出更為多樣性、豐富的特徵。本章我們將分析由詩歌本質之「體」決定的「用」，即在前一章分析元嘉詩歌表現範疇與本質內涵的拓展的基礎上，分析元嘉詩歌藝術的發展及具體特點。

第一節　元嘉詩歌的抒情藝術

　　引言分析了詩歌體用之間的關係，認為詩歌本質內涵對詩歌藝術手法具有決定作用。元嘉詩歌的本質是情性和審美結合，這一詩歌本質決定了元嘉詩歌注重抒情的審美性。所謂的抒情的審美性主要是指詩歌抒情語言、形式的華美，即陸機〈文賦〉說的「詩緣情綺靡」。從寫作實踐來看，元嘉詩歌在抒情本質的基礎上對詩歌的審美有很顯著的發展。如謝靈運〈南樓中望所遲到客〉：

> 杳杳日西頹，漫漫長路迫。登樓為誰思？臨江遲來客。與我別所期，期在三五夕。圓景早已滿，佳人猶未適。即事怨睽攜，感物方凄戚。孟夏非長夜，晦明如歲隔。瑤華未堪折，蘭苕已屢摘。路阻莫贈問，云何慰離析。搔首訪行人，引領冀良覿。

這是大謝比較純粹的抒情詩，但舉體華美，與漢魏質樸自然的詩歌有

比較明顯的區別。化用《楚辭》意象而無斧鑿之跡，如「瑤華」四句用屈原〈九歌〉〈大司命〉：「折疏麻兮瑤華，將以遺離居」，及〈九歌〉〈山鬼〉：「被石蘭兮帶杜蘅，折芳馨兮慰所思」。詩境幽微靜美是其成功之處。又如〈廬陵王墓下作〉：「延州協心許，楚老惜蘭芳。解劍竟何及，撫墳徒自傷。」用了春秋時吳公子季札及西漢末龔勝的典故[8]，用典既增加抒情效果，又使詩歌具有深厚的歷史內涵之美。用事、對仗等修辭手法在謝詩中運用得很多，代表了劉宋詩歌的一個發展趨勢，即將藝術經營與情感抒發結合起來，有意識地實現詩歌的抒情與審美的二元功能。如顏延之〈從軍行〉幾乎全首皆用對偶。「逖矣遠征人，惜哉私自憐」（〈從軍行〉），「悽矣自遠風，傷哉千里目」（〈始安郡還都與張湘州登巴陵城樓作詩〉）「矣」、「哉」這種副詞都有煉字的意味，有意地造成悠長的韻味，來表現詩人浩邈綿長的情感。〈秋胡行〉第三章：「歲暮臨空堂，涼風起座隅。寢興日已寒，白露生庭蕪。」通過物像來抒發情感，富有形象和韻味。這一點又如南平王劉爍〈擬行行重行行〉：「堂上流塵生，庭中綠草滋。寒螿翔水曲，秋兔依山基。芳年有華月，佳人無還期。日夕涼風起，對酒長相思。」這種詩歌都是形象、韻味俱足的，體現出詩歌語言自身的審美效果。顏延之重要的作品如前文所提到的〈北使洛〉、〈還至梁城作詩〉，就因「文辭藻麗」而為謝晦、傅亮等所賞。這兩首也多用對偶，語言凝鍊，詩人深沉的現實之感與詩歌的語言之美結合，形成一種精麗的詩美觀。又如〈五君詠〉五篇都是對自己思想境界的表現，可以說是典型的情志之作，陳祚明云：「五篇則為新裁，其聲堅蒼，其旨趣超越。每於結句，淒婉壯激，餘音齟然。千秋乃有此體。」[9]如「鸞翮有時鎩，龍性誰能馴」，這種語言本身都是極為精勁有力

8　分別見《史記》〈吳太伯世家〉及《漢書》〈龔勝傳〉。

9　〔清〕陳祚明：《采菽堂古詩選》（上海市：上海古籍出版社，2008年），卷16，頁514。

的，契合了詩人那種憤激的情感狀態，情感表現與藝術審美兩種功能得到很好的結合。顏延之的詩歌用典、對仗的密度都很大，鍾嶸說：「顏延之、謝莊，尤為繁密」[10]，用事的末流會造成詩歌「殆同書抄」的弊病，但顏延之等人的用事有意識地以增加詩歌的實感為目的，是在詩歌審美原則的指導下進行的，因此顏氏一些成功的作品，都具有典雅精勁之美。

　　元嘉詩歌繼承了漢魏晉詩歌情性的本質內涵，同時審美作為詩歌的另一個本質，在元嘉詩歌中的也得到比較顯著的發展。鮑照、惠休等人的一些詩歌即頗為豔麗，直啟齊梁詩風[11]。蕭子顯謂鮑照的詩歌：「雕藻淫豔，傾炫耀心魄」[12]，鍾嶸《詩品》引其從祖鍾憲之語云：「大明、泰始中，鮑、休美文，殊已動俗。」[13]相對於顏、謝的詩歌而言，鮑照、惠休的詩歌更為豔麗，完全放棄雅調的寫法，這一點引起了顏延之的不滿，《南史》〈顏延之傳〉云：「延之每薄惠休詩，謂人曰：『惠休製作，委巷中歌謠歌耳，方當誤後生。』」[14]劉師培認為顏延之乃就惠休的「側麗之詩言之」[15]，顏延之「立休鮑之論」是針對鮑照、惠休豔麗詩風對詩壇的影響的，這也說明了劉宋後期休、鮑等人在詩歌審美上確有進一步的發展，詩風更為豔麗。從具體的創作來看，鮑照的詩歌也不是片面地追求辭藻的豔麗的，其詩歌創作仍是基於情性本體，在抒情與審美兩方面都有很大的推進，如〈擬行路難十八首〉其三：

10　曹旭：《詩品集注》（上海市：上海古籍出版社，2011年），頁228。

11　參見劉師培：《中國中古文學講義》（上海市：上海古籍出版社，2000年），頁97。

12　〔梁〕蕭子顯：《南齊書》（北京市：中華書局，1972年），頁908。

13　曹旭：《詩品集注》（上海市：上海古籍出版社，2011年），頁575。

14　李延壽：《南史》（北京市：中華書局，1975年），頁881。

15　劉師培：《中國中古文學史講義》（上海市：上海古籍出版社，2000年），頁97。

璚閨玉墀上椒閣，文窗繡戶垂羅幕，中有一人字金蘭，被服纖
羅采芳藿。春燕參差風散梅，開幃對景弄春禽。含歌攬涕恆抱
愁，人生幾時得為樂！寧做野中之雙鳧，不願雲間之別鶴。

將豔麗的辭藻與濃烈的情感結合起來，形成一種奇特的詩歌風格。其
他如其一、其二等都具有這種詩美觀，氣極峻而語極麗！許顗說：
「明遠〈行路難〉，豪放壯麗，若決江河，詩中不可比擬，大似賈宜
〈過秦論〉。」[16]鮑照詩，意奇、語奇，故極有氣勢又不失采麗，與齊
梁詩歌比起來，明遠詩在「麗而能壯」，辭藻氣骨相結合，這是詩歌
情性和審美結合形成的詩美觀。其他如〈代出自薊北門行〉、〈代陳思
王白馬篇〉、〈代陳思王京洛篇〉、〈代白頭吟〉、〈擬古八首〉、〈紹古辭
七首〉等都是抒情性很強而辭藻穠麗。鮑照學習南方民歌的一些作品
則寫得較為華麗流美，音韻婉轉，如：

驚舸馳桂浦，息棹偃椒潭。蕭弄澄湘北，菱歌清漢南。（〈采菱
歌七首〉其一）
睽闊逢暄新，悽怨值妍華。秋心不可蕩，春思亂如麻。（〈采菱
歌七首〉其三）
簾委蘭蕙露，帳含桃李風。攬帶昔何道，坐令芳節終。（〈幽蘭
五首〉其二）
三星參差露沾濕，絃悲管清月將入，寒光蕭條候蟲急。荊王流
歡楚妃泣，紅顏難長時易戰。凝華結藻久延立，非君之故豈安
集。（〈代白紵舞歌辭四首〉其三）

這些詩歌抒情不如擬漢樂府那樣熱烈，但語言、音節婉轉流美，適合

---

16 〔宋〕許顗：〈彥周詩話〉，《歷代詩話》（北京市：中華書局，1980年），頁383。

於表現纏綿悱惻的情感。〈吳歌三首〉、〈代白苧曲二首〉等，都屬於
這種新的詩歌風格。鮑照這類詩歌其實已開啟了了齊梁詩歌的發展契
機。與鮑照並稱的惠休其詩風也主要是受江南民歌的影響，如〈白紵
歌三首〉其三：

> 秋風嫋嫋入曲房，羅幃含月思心傷。蟋蟀夜鳴斷人腸，長夜思
> 君心飛揚。他人相思君相忘，錦衾瑤席為誰芳？

鍾嶸謂「惠休淫靡，情過其才」[17]，像這種詩確已頗有齊梁豔情詩的
特點。惠休還有〈怨詩行〉比較有名，模仿曹植〈七哀詩〉的痕跡較
為明顯，情感細膩而才力苦弱，辭藻綺麗音韻流轉都開齊梁之先。其
他如謝惠連、謝莊、袁淑[18]、王微、劉爍、吳邁遠等人，總體來看，
他們的詩歌不如顏、謝、鮑那樣密實富麗，主要的風格是華美流暢，
重視抒情的審美性，這一點也顯示了劉宋詩歌的內在發展。

第二節　元嘉詩歌的興寄藝術

「興寄」即比興寄託，是源於詩騷的藝術手法。兩漢辭賦偏盛，
吟詠不興，劉勰謂：「炎漢雖盛，而辭人誇毗，諷刺道喪，故興義銷
亡。」[19]詩學中興寄是用，情性是體，興寄以情性為基礎。東漢中後
期以後，詩歌情性本質觀在創作中發展起來，故傳統興寄藝術也得到
了繼承和發展。由於漢末以來儒家大一統思想體系的解體，儒家詩教
觀的影響力減弱，魏晉宋詩人對比興的認識顯然與漢儒的比興觀有很

17　曹旭：《詩品集注》（上海市：上海古籍出版社，2011年），頁560。

18　〔梁〕沈約《宋書》〈袁淑傳〉謂其「不為章句之學，而博涉多通，好屬文，辭采
　　遒豔。」（頁1835）

19　范文瀾：《文心雕龍注》（北京市：人民文學出版社，1958年），頁602。

大的區別。儒家興寄觀是與諷諭、美刺、言志等結合在一起的，成為
儒家實現詩教的基本手段。魏晉宋詩歌則以情性為本質，注重個人情
感的抒發，因此其興寄的內涵也有新的發展。摯虞《文章流別論》
曰：「興者，有感之詞也。」劉勰《文心雕龍》〈比興〉云：「興者，
起也」、「起情故興體以立」[20]，其基本的含義是引發情感。皆重視興
與情感的內在關係，這一點與魏晉詩歌「感物興思」的創作手法相
近。《詩經》中「興」的內涵或純為發端，或乃發端與譬喻的結合。
可見《詩經》的「興」比較靈活，除了具有「起」、「引發」的含義之
外，它與後來的比興寄託之間的內涵有不小的差異。儒家解「興」重
其引譬連類之義，將《詩經》引申為儒家倫理道德的表現，也就是將
「比興」與「詩言志」結合起來，確立其詩教觀。孔穎達《毛詩正
義》云：「『興者，托事於物』，則興者，起也，取譬引類，起發己
心。《詩》文諸舉草木鳥獸以見意者，皆興辭也。」[21]朱自清先生認為
孔穎達「以『興』為『取譬引類』，甚是，但沒有確定『發端』一
義，還是纏夾不清的。」[22]儒家重「引譬連類」，可以說就是重寄託，
雖然其所寄的是倫理道德，但作為一種詩歌法則對後代詩歌的興寄有
很深的影響。「興」的兩個源頭，即《詩經》和儒家的闡釋，與後來
的興寄的內涵都存在不一致之處。魏晉人對「興」的內涵的理解與
「感物興思」較為接近，即引發感情並尋求寄託。從這一點來講，魏
晉人的興寄觀乃結合《詩經》之「引發」與儒家之「寄託」二者發展
而來。其發展之處最根本的在於以詩人的情感為基礎，這是魏晉以降
儒學衰微，詩歌情性本體的確立在詩藝上的體現。

　　魏晉宋詩歌興寄法也繼承和發展了楚辭比興手法。屈原的創作已

20　范文瀾：《文心雕龍注》（北京市：人民文學出版社，1958年），頁601。

21　《毛詩正義》，《十三經注疏》本（北京市：中華書局，1980年）。

22　朱自清：〈詩言志辨〉，《朱自清古典文學論文集》（上海市：上海古籍出版社，1981
　　年），頁79。

開始表現出自覺的興寄意識，他所選取的各種托興意象，雖然還帶有集體無意識的性質，也就是受到當時楚地文化明顯的影響，但在尋求寄託上則是相當自覺的，這是楚辭「發憤以抒情」（〈九章〉〈惜誦〉）這種詩歌本質觀的體現。魏晉宋人對詩歌本質的認識與屈原的「發憤抒情」說有內在聯繫，這一點我們在第一章已進行了分析，因此魏晉宋人也明顯的具有自覺的興寄意識。相對於楚騷來講，魏晉宋詩歌興寄的發展主要體現在三個方面，首先，興寄的內容更具個性，由楚騷的政治倫理感情發展為詩人對現實的真實感受；其次，在托興取象範圍上更為廣泛，更具自由選擇和個性的特點；再次，在興寄藝術上，比興取象與情感寄託融合得更自然。楚騷多用比，其比興之象與寄託內容之間距離比較明顯，在藝術上和《詩經》一樣顯得較為質樸古拙。魏晉詩歌「象」「意」結合得較為嚴密，興寄表現為整體性的詩歌藝術，與《詩》、《騷》可具體指明某句為比興句不同，這是興寄藝術的新的發展[23]。魏晉詩歌很多甚至是通篇皆用比興的，體現為一種詩歌精神和詩歌美學，如曹植〈七哀詩〉：

> 明月照高樓，流光正徘徊。上有愁思婦，悲歎有余哀。借問歎者誰，言是宕子妻。君行踰十年，賤妾常獨棲。君若清路塵，妾若濁水泥。浮沉各異勢，會合何時諧。願為西南風，長逝入君懷。君懷長不開，賤妾當何依？

此詩作於後期，曹植受到猜忌打擊，故繼承屈原的比興之法，以男女之情喻君臣關係，委婉地表明自己的心跡，丁晏《曹集銓評》云：「此其望文帝悔悟乎？結尤悽婉。」[24]與〈離騷〉相比，曹植此詩更

---

23 參見拙文：〈傳統詩學範疇的重要發展：從「興」到「興寄」〉，《南京師範大學文學院學報》2007年第4期，頁109-113。

24 趙幼文：《曹植集校注》（北京市：中華書局，2016年），頁466。

為深婉，藝術上頗得儒家「主文譎諫」的詩教與藝術理想。尤其是後期，曹植的詩歌創作有意識地使用興寄，含蓄委婉地表達自己的情感，藝術上形成深遠的風格特點，如〈雜詩〉（南國有佳人）、〈遊仙詩〉、〈怨詩行〉、〈情詩〉等，都表現了興寄藝術的發展。魏晉詩人中阮籍最能得曹植的藝術精神，其〈詠懷詩〉普遍地使用興寄，形成其「遙深」的藝術之境。總體來看，魏晉尤其是鄴下之後，政治情勢的變化，詩人由對政治理想的追求逐漸轉向深沉隱微的精神世界，因此在詩歌創作上自覺地繼承發展傳統的興寄藝術，如王粲〈雜詩〉（日暮遊西園），劉楨〈贈從弟詩三首〉、〈詩〉（翩翩野青雀），阮瑀〈詠史二首〉，應瑒〈侍五官中郎將建章臺集詩〉、〈別詩二首〉，繁欽〈詠蕙詩〉，嵇康〈四言贈兄秀才入軍〉、〈遊仙詩〉，張華〈擬古〉，潘岳〈哀詩〉、陸機〈塘上行〉、〈班婕妤〉等，魏晉詩歌中興寄之作，還可以舉出不少，其基本的特點就是比興寄託以抒情言志，在藝術上大多有質感，又深婉綿長的詩美觀。因此魏晉詩歌的比興寄託特點被後人視為典範，對元嘉詩歌有直接的影響。

　　元嘉詩歌以情性為本，藝術上對情性的表現是豐富多樣的，但是對自己的藝術有自覺意識和責任感的詩，往往更為重視藝術自身的價值，追求藝術化地表現自己的情感。元嘉詩歌是中國詩歌藝術自覺的一個重要階段，元嘉詩人對詩歌的藝術形式的價值有自覺的認識，因此以比興寄託的方法藝術化地表現現實，成為元嘉詩歌重要的藝術手法。劉勰《文心雕龍》〈比興〉說「興」是「依微以擬議」[25]，鍾嶸〈詩品序〉云：「文已盡而意有餘，興也。」[26]都說明「興」這種藝術手法的特點是含蓄地表現內容，使詩歌具有深婉之美。從魏晉詩歌寫作實踐來看，興寄是審美地表現情性本體的一種有效藝術。

25　范文瀾：《文心雕龍注》（北京市：人民文學出版社，1958年），頁601。

26　曹旭：《詩品集注》（上海市：上海古籍出版社，2011年），頁47。

　　朱自清先生說:「《楚辭》的『引類譬喻』實際上形成了後世
『比』的意念。後世的比體詩可以說有四大類,詠史,遊仙,豔情,
詠物。」[27]這其實也可以說就是四種興寄法。從魏晉詩歌來看,這幾
種興寄法都已發展出來,陸侃如、馮沅君《中國詩史》說:「在魏晉
時,詩人的『遊仙』、『擬古』、『詠懷』、『詠史』『雜詩』等題,除極
少數例外,大都不是以『仙』、『古』、『史』為對象,而是發洩自己的
牢愁的。」[28]即說明這些詩類本身即體現為不同的興寄法。詠史興寄
法如阮瑀〈詠史二首〉,張協〈詠史〉,左思〈詠史八首〉等,魏晉很
多借古抒懷的詩歌,雖不用詠史為名,其實也是屬於這一類的,如杜
摯〈贈毋丘儉詩〉,曹植〈怨歌行〉(為君既不易)、〈三良詩〉,阮籍
〈詠懷〉「駕言發魏都」等;游仙興寄法如曹植〈遊仙詩〉,阮籍〈詠
懷〉「昔有神仙者」,嵇康〈遊仙詩〉,郭璞〈遊仙詩〉等;豔情興寄
法如繁欽〈定情詩〉,曹植〈雜詩七首〉、〈七哀詩〉、〈怨詩行〉等;
詠物興寄法如王粲〈日暮遊西園〉,劉楨〈詩〉(翩翩野青雀),繁欽
〈詠蕙詩〉,阮籍〈詠懷〉「林中有奇鳥」,嵇康〈五言贈秀才詩〉
等。這些詩歌都是以興寄法抒情詠懷的。元嘉詩歌藝術淵源於魏晉,
其興寄法也多從魏晉詩歌的學習中直接發展而來,上面所總結的魏晉
詩歌興寄法,除遊仙主題在元嘉詩歌創作中大為消歇,其他興寄法皆
在元嘉詩歌的創作實踐中得到繼承和發展。

一　借古抒懷的興寄法

　　晉宋之際的詩人在反撥東晉玄言詩的過程中,普遍地誘發出一股
復古思潮,晉宋之際詩人的學古是多方面的,既有學習藝術技巧的擬

---

27 朱自清:〈詩言志辨〉,《朱自清古典文學論文集》(上海市:上海古籍出版社,1981
　　年),頁83。
28 陸侃如、馮元君:《中國詩史》(北京市:人民文學出版社,1983年),頁367。

篇法、擬體法，也有從宏觀的角度學習漢魏晉詩歌精神和藝術原則的學古，如陶淵明〈擬古九首〉、鮑照〈擬古詩八首〉等，都是借古抒懷有所寄託，而不是具體的擬作。元嘉學古甚盛，其中借古一類的詩歌也大多採用興寄藝術，與陶淵明的〈擬古九首〉相近，因此可名之為借古抒懷興寄法。這種興寄法的基本特點是借古以抒懷，詩人有意地避免過於直白地袒露自己的現實之感，因此借古本身可以說就是一種寄託，《文鏡秘府論》云：「詠懷者，有詠其懷抱之事為興是也。」[29]即此之謂。劉宋皇權政治重新確立，尤其是孝武帝之後，對士人的控制逐漸加強，因此詩人的抒情言志往往以比興寄託的方式進行，借古詠今即是劉宋詩歌一種重要的興寄法，如謝靈運〈悲哉行〉：

> 萋萋春草生，王孫遊有情。差池燕始飛，夭嬝柳始榮。灼灼桃悅色，飛飛燕弄聲。簷上雲結陰，澗下風吹清。幽樹雖改觀，終始在初生。松蔦歡蔓延，樛葛欣虆縈。眇然遊宦子，晤言時未並。鼻感改朔氣，眼傷變節榮。侘傺豈徒然，澶漫絕音形。風來不可托，鳥去豈為聽。

謝靈運樂府詩藝術上學習陸機的痕跡很明顯[30]，大謝詩歌受陸機影響，與二人的身世相類不無關係[31]。《樂府詩集》之〈悲哉行〉解題引《樂府解題》說：「陸機云：『遊客芳春林』，謝惠連云：『羈人感淑節』皆言客遊感物憂思而作也。」[32]陸機〈悲哉行〉「傷哉客遊士，憂思一何深」比較幽微的寄託了其故國之思，謝靈運本篇與謝惠連「羈

---

29 〔日〕遍照金剛：《文鏡秘府論》〈南卷〉〈論文意〉（北京市：人民文學出版社，1975年），頁135。

30 牟願相《小澥草堂雜論詩》謂：「康樂樂府專擬大陸。」（《清詩話續編》，頁917）

31 錢志熙：《魏晉詩歌藝術原論》（北京市：北京大學出版社，2005年），頁335。

32 〔宋〕郭茂倩：《樂府詩集》（北京市：中華書局，1979年），頁899。

人感淑節」一首皆學陸機〈悲哉行〉。「眇然遊宦子，晤言時未並。鼻感改朔氣，眼傷變節榮。」數句，也寄託了大謝在晉宋易代之際的感慨。「侘傺豈徒然，澶漫絕音形」，語出〈離騷〉：「忳鬱邑余侘傺兮，吾獨窮困乎此時也。」表現了大謝在晉宋之際的處境和感慨。王夫之說此詩「別有寄託」[33]，黃節《謝康樂詩注》引吳汝綸說：「此詠晉臣攀附宋朝者。」[34]這種說法不是沒有道理的。謝靈運樂府詩雖然還沒形成自己的藝術特點，但他往往在學習和模擬的過程中寄託了自己的現實感慨，這一點不能輕易否認。晉宋之際由於政治變動帶來的文化、心理上的變化，使士人普遍帶有憂傷的情緒，這種情感在詩歌中寄託比較明顯。晉宋之際的詩人常常通過擬古、擬樂府比較隱微地寄託他們的政治之感。從謝詩來看，除〈悲哉行〉外，其他如〈善哉行〉「陰灌陽叢，凋華墮萼。歡去易慘，悲至難爍。」節物推移下的悲感也是很真實的，吳汝綸云：「此感晉宋嬗代」[35]，也非完全無據。謝靈運擬樂府的興寄表現為對詩歌抒情性的藝術體現，這一點繼承了曹植等魏晉詩人的興寄藝術。

　　學古是劉宋詩歌的重要課題，其中鮑照的成就最大。晉宋之際詩人的學古是有意識地學習、繼承魏晉詩歌的藝術原則，具有較多的自我創作的性質，鮑照的學古即是一個典型的代表，他的擬樂府、擬古常常借古之情境以寄其現實之感，因此具有比較自覺的興寄意識，如〈代白頭吟〉：

　　　　直如朱絲繩，清如玉壺冰。何慚宿昔意，猜恨坐相仍。人情賤恩舊，世議逐衰興。毫髮一為瑕，丘山不可勝。食苗實碩鼠，玷白信蒼蠅。鳧鵠遠成美，薪芻前見陵。申黜褒女進，班去趙

33　〔清〕王夫之：《古詩評選》（北京市：文化藝術出版社，1997年），頁38。

34　黃節：《謝康樂詩注》（北京市：人民文學出版社，1958年），頁4。

35　黃節：《謝康樂詩注》引（北京市：人民文學出版社，1958年），頁2。

姬升。周王日淪惑，漢帝益嗟稱。心賞猶難恃，貌恭豈易憑。古來共如此，非君獨撫膺。

劉履《選詩補注》云：「毫髮喻少，丘山喻多。此殆明遠為人所間，見棄於君，故借是題以喻所懷。」[36]〈代升天行〉：「鳳臺無還駕，簫管有遺音。何當與汝曹，啄腐共吞腥」，方虛谷云：「厭世故而求神仙。從末句之意，則寓言借喻君子，有高世遠意，拔出塵埃之表。視世間卑污苟賤之人，直如禽畜之啄腐吞腥耳。」[37]這可以看出鮑照樂府詩對現實確是有所托諷的，〈代白頭吟〉也比較明顯地表現了這一點。丁福林《鮑照年譜》認為此詩作於大明元年，鮑照由中書舍人被貶為秣陵令之後[38]。詩中的確比較明顯地表現了那種遭讒被疏的自傷之感，〈樂府解題〉云：「鮑照『直如青絲繩』……自傷清直芬馥，而遭爍金玷玉之謗，君恩似薄，與古文近焉。」[39]方東樹謂：「起句比而兼興」[40]，這自是詩騷古法，但明遠此詩其實整首都是用興寄的，即借樂府古題及古人情事以寄託自己的身世之感。「食苗」以下八句連典故，通過歷史上的君臣、帝后之間關係的恩寵、猜恨疏遠之變化，寄託了現實中君臣際遇之感慨。〈代放歌行〉云：「夷世不可逢，賢君信愛才。明慮自天斷，不受外嫌猜。」亦表現了對君臣相得的渴望。鮑照在政治上本有所期望，挫折、失望亦多，但在劉宋的政治情勢下都不好直接地表現出來，這也促使鮑照的詩歌創作自覺地採用興寄藝術。其他如〈代陳思京洛篇〉、〈代東武吟〉、〈代升天行〉及〈擬行路難〉等，都體現了鮑照自覺的興寄意識。

36　錢仲聯：《鮑參軍集注》引（上海市：上海古籍出版社，1980年），頁158。

37　錢仲聯：《鮑參軍集注》引（上海市：上海古籍出版社，1980年），頁178。

38　丁福林：《鮑照年譜》（上海市：上海古籍出版社，2004年），頁128-129。

39　〔宋〕郭茂倩：《樂府詩集》（北京市：中華書局，1979年），卷41，頁599-600。

40　錢仲聯：《鮑參軍集注》引（上海市：上海古籍出版社，1980年），頁159。

鮑照的擬古詩也很明顯地體現了興寄藝術，如〈擬古八首〉其四：

> 鑿井北陵隈，百丈不及泉。生事本瀾漫，何用獨精堅？幼壯重
> 寸陰，衰暮及輕年。放駕息朝歌，提爵止中山。日夕登城隅，
> 周回視洛川。街衢積凍草，城郭宿雲煙。繁華悉何在？宮闕久
> 崩填。空謗齊景非，徒稱夷叔賢。

起二句用詩騷「比而兼興」的興寄法，在意思上統領全詩，其興寄之
法與前面所舉〈代白頭吟〉相同，具有古質的藝術特點。方東樹分析
此詩云：「言積學成材，不得顯貴，然何必專守一途。悔其專苦，不
知改計。『輕年』，不惜陰也，言今改計也，起下放遊，『放駕』以
下，言己所以改計，由觀古二亡國，乃知賢愚同盡，臧、穀同亡，強
生分別何為乎？此篇語既奇警，義又深遠，猶有漢、魏人筆意。」[41]
此詩的基本內容大體如方氏所分析的。但正如方氏所說的「義又深
遠」，明遠此詩確是寄興深微的，其真正的內涵恐怕主要是以反語的
方式，對自己深摯的人生情懷在現實中得不到理解和欣賞的感慨。其
興寄藝術的特點，即陳胤倩所說：「每能翻新立論，其託感更深。」[42]
也就是說鮑照本篇能由奇出新，如「生事本瀾漫，何用獨精堅」，「空
謗齊景非，徒稱夷叔賢」，立論都是很生新的超出通常的邏輯思維習
慣，陳胤倩即看出鮑照這種因激生變的詩意中寄託甚深。這種頗具個
性的興寄藝術的應用，使詩歌形成了幽微深遠的藝術的特點。鮑照此
詩體現出來的興寄藝術，與杜牧、王安石的詠史詩的翻案法有相似之
處，從藝術淵源來看，可能比較多的受到曹植及阮籍〈詠懷詩〉那種
寄興深微的藝術的影響。元人劉履《選詩補注》云：「靖節退休後所

---

41 方東樹：《昭昧詹言》（北京市：人民文學出版社，1984年），頁183。
42 錢仲聯：《鮑參軍集注》引（上海市：上海古籍出版社，1980年），頁340。

作之詩，類多悼國傷時托諷之詞，然不欲顯斥，故以〈擬古〉、〈雜詩〉等目名其題云。」[43]鮑照〈擬古八首〉與陶淵明〈擬古九首〉在用意、藝術上是比較接近的，即有意識地用興寄之法借古詠今，如：

> 魯客事楚王，懷金襲丹素。既荷主人恩，又蒙令尹顧。日晏罷朝歸，輿馬塞衢路。宗黨生光輝，賓僕遠傾慕。富貴人所欲，道得亦何懼？南國有儒生，迷方獨淪誤。伐木清江湄，設置守黿龜。（其一）

> 伊昔不治業，倦遊觀五都。海岱饒壯士，蒙泗多宿儒。結髮起躍馬，垂白對講書。呼我升上席，陳醾發瓢壺。管仲死已久，墓在西北隅。後面崔嵬者，桓公舊塚廬。君來誠既晚，不睹崇明初。玉椀徒見傳，交友義漸疏。（其五）

第一首吳汝綸謂「與〈詠史〉同旨」[44]，體現了魏晉常用的詠史興寄法。詩人不用直抒法以表現其情志，而是隱含在「魯客」與「南國儒生」的對比之中，故有含蓄不露深隱幽微的詩美。第五首用管仲與齊桓公君臣相得之典寄其不遇之感，「君來誠既晚，不睹崇明初」，也表現了詩人對劉宋政治的失望、憂懼之情。此外如第八首「石以堅為性，君勿輕素誠」，正如王夫之所說的「一往寄興」[45]。總體來講，鮑照擬古詩是有很自覺的興寄意識的，借古詠今抒情言志，藝術上繼承發展魏晉詠史興寄法，形成了幽微深遠的藝術風貌。

　　謝、鮑之外元嘉諸人大多亦有學古之作，而且也都具有比較自覺

43 《選詩補注》卷五，見〔元〕劉履編：《風雅翼》（臺北市：臺灣商務印書館，1986年，影印文淵閣四庫全書），集部309，第1379冊，頁105。

44 錢仲聯：《鮑參軍集注》引（上海市：上海古籍出版社，1980年），頁335。

45 〔清〕王夫之：《古詩評選》（北京市：文化藝術出版社，1997年），頁235。

的興寄意識，這一點大概與劉宋的現實情勢是有關係的，而最為根本的則是元嘉詩歌情性本質內涵重寄託的要求。如孔欣〈相逢狹路間〉：

> 相逢狹路間，道狹正踟躕。如何不群士，行吟戲路衢。輟步相與言，君行欲焉如？淳樸久已凋，榮利迭相驅。流落尚風波，人情多遷渝。勢集堂必滿，運去庭亦虛。競趨嘗不暇，誰肯眷桑樞？無為肆獨往，只將困淪胥。未若及初九，攜手歸田廬。躬耕東山畔，樂道詠玄書。狹路安足游，方外可寄娛。

〈相逢狹路間〉又名〈長安有狹斜行〉，古辭但寫兄弟三人互為表裡榮耀道路，〈樂府古題〉謂陸機〈長安有狹斜行〉「則言世路險狹邪僻，正直之士無所措手足矣。」[46]孔欣此詩繼承陸機〈長安有狹斜行〉的內涵而發展，托古諷今批評當下那種「勢集堂必滿，運去庭亦虛」淳樸已凋的澆薄的社會風氣。謝靈運同題之作亦表現小人道長君子道消的社會現實下，知己難遇的感慨，前文所舉鮑照〈擬古八首〉其五亦有感於「交友義漸疏」，這些都說明了風氣澆薄確是劉宋士人對社會現實的普遍認識，可見孔欣此詩確是有針對現實的諷諭之旨的。「攜手歸田廬」、「方外可寄娛」等，寄託了詩人的獨善其身的人生志向。又如袁淑〈效古詩〉：

> 諮此倦游士，本家自遼東。昔隸李將軍，十載事西戎。結車高闕下，極望見雲中。四面各千里，縱橫起嚴風。寒煖豈如節，霜雨多異同。夕寐北河陰，夢還甘泉宮。勤役未云已，壯年徒為空。迺知古時人，所以悲轉蓬。

---

46 〔宋〕郭茂倩：《樂府詩集》（北京市：中華書局，1979年），頁508。

這其實是一首邊塞詩，鮑照〈代東武吟〉與此詩很相似，或即受袁淑的影響。元嘉是邊塞詩發展的重要時期，與當時頻繁的南北交戰的背景有關。《宋書》本傳謂袁淑「博涉多通，好屬文，辭采遒艷，縱橫有才辯。」[47]《南史》云：「時魏軍南伐至瓜步，文帝使百官議防禦之術，淑上議，其言甚誕。」[48]這一經歷或許即是袁淑此詩的現實基礎。詩歌托附於西漢，以一個普通士兵顛沛流離的從軍生活，表現「壯年徒為空」生命流逝事業無成的悲傷。劉坦之謂鮑照〈代東武吟〉：「殆亦有所為而作」[49]，其實那些借古之情境的邊塞詩大概都是有所寄託的，只是有些詩歌的寄託比較深微，袁淑此詩即屬於這種類型，但我們還是能夠感受詩人在古代的情境中，寄託自己現實的人生之感，這種人生之感比較豐富，興寄的運用也使詩歌的詩味比較足。

顏延之的詩歌亦較重興寄，其〈五君詠〉可視為一組詠史詩，比較典型地採用了詠史興寄法。這組詩的創作背景，第一章已作了說明，詩人通過阮籍、嵇康等竹林名士寄託自己的思想情感及對現實的不滿，如：

> 阮公雖淪跡，識密鑒亦洞。沉醉似埋照，寓辭類託諷。長嘯若懷人，越禮自驚眾。物故不可論，途窮能無慟。
> 中散不偶世，本自餐霞人。形解驗默仙，吐論知凝神。立俗迕流議，尋山洽隱淪。鸞翮有時鎩，龍性誰能馴。

託嵇、阮等以表現自己狷介孤傲的思想性格，《宋書》謂詠嵇康、阮籍、阮咸、劉伶等「蓋自序也」[50]，可知其寄託。

47　〔梁〕沈約：《宋書》（北京市：中華書局，1974年），頁1835。
48　〔唐〕李延壽：《南史》（北京市：中華書局，1975年），頁699。
49　錢仲聯：《鮑參軍集注》引（上海市：上海古籍出版社，1980年），頁163。
50　〔梁〕沈約：《宋書》（北京市：中華書局，1974年），頁1983。

　　總體來看，元嘉詠史、擬古之作具有比較自覺的興寄意識，這以元嘉詩歌情性本質為基礎，其他如王素〈學阮步兵體詩〉，何偃〈冉冉孤竹生〉，王僧達〈和琅邪王依古〉，吳邁遠〈杞梁妻〉等，都繼承了魏晉詩歌的興寄藝術，這也使元嘉學古不同於一般的模擬之作。

二　詠物興寄法

　　《詩經》基本上是以「物」起興，《楚辭》進一步擴展到以各種神話傳說，魏晉之後比興取象的範圍更加廣泛，但以「物」起興仍是魏晉詩歌興寄藝術中一種很重要的方法。元嘉詩歌繼承魏晉的詠物興寄法，創作了不少較具意蘊的詠物詩，如范泰〈鸞鳥詩〉：

> 神鸞棲高梧，爰翔霄漢際。軒翼颺輕風，清響中天屬。外患難預謀，高羅掩逸勢。明鏡懸高堂，顧影悲同契。一激九霄音，響流形已斃。

魏晉人好用「鳥」的意象寄託思想情感[51]，如王粲〈日暮遊西園〉「上有特棲鳥」，阮籍〈詠懷〉七十九「林中有奇鳥」，嵇康〈五言贈秀才詩〉「雙鸞匿景曜」，范泰〈鸞鳥詩〉大概即受此影響。此詩有一個比較長的序，敘述罽賓王得一鸞鳥，甚愛之，欲其鳴而不得，後用夫人之言，懸鏡以映之，「鸞睹形而悲鳴，哀音沖霄，一奮而絕」，范泰在敘述這一故事後說：「嗟乎，茲禽何情之深。昔鍾子期破琴於伯牙，匠石輟斤於郢人，蓋悲妙賞之不存，慨神質於當年耳。矧乃一舉而隕其身者哉，悲乎！」此詩或托諷交友之道淪落、知音難遇的感慨？未可確言，但其有所寄託則是很明顯的。詠物興寄法的基本內涵是寓意

51　參見錢志熙：〈魏晉詩歌中的飛翔形象〉，《文學遺產》1989年第5期，頁38-45。

於物，與齊梁詩格瑣細的詠物詩有根本的區別，這一點在鮑照詩歌中
表現得比較明顯，如〈贈故人馬子喬六首〉：

> 松生隴阪上，百尺下無枝。東南望河尾，西北隱昆崖。野風振
> 山籟，朋鳥相驚離。悲涼貫年節，蒼翠恆若斯。安得草木心，
> 不怨寒暑移。（其三）

> 種橘南池上，種杏北池中。池北既少露，池南又多風。早寒逼
> 歲晚，衰恨滿秋容。湘濱有靈鳥，其字曰鳴鴻。一抱繒繳痛，
> 長別遠無雙。（其四）

鮑照這組詩學劉楨〈贈從弟詩三首〉的詠物比興之法。劉楨三首托物
言志，寄託了對從弟在人格等各方面的期望，風格古質剛健。鮑照則
托物言情，抒發別離之感，王夫之評「松生隴阪上」一首云：「鮑五
言恆得之深秀，而失之重澀，初不欲以俊逸自居。惟此殊有逸致。然
一往淡遠，正不肯俊語。」[52]所謂的「逸致」即是興寄藝術的運用造
成詩味深遠的藝術美感。如第三首「悲涼貫年節，蒼翠恆若斯。安得
草木心，不怨寒暑移」，用擬人手法寫堅貞如松柏者，亦因寒暑之變
化而有悲涼之感，用物以比朋友離別的憂傷之情。比興的運用使詩歌
審美更具深致。第四首頗為奇特，前六句寫「杏」，後四句一轉，寫
湘濱之靈鳥，造成很大的距離，從藝術上來說，這種巨大的跳躍需要
讀者的理解力、鑑賞力去銜接。明遠這首詩以「池南」、「池北」之杏
艱難的生存環境，象徵詩人與馬子喬二人困苦的生活，雖艱辛但尚能
於池南池北遙遙相對聊為慰籍。而如今則如湘濱之靈鳥，為繒繳所
羈，身不由己，一別永恨。這首詩比興取象獨特，「杏」、「鳥」似毫

---

52 〔清〕王夫之：《古詩評選》（上海市：上海古籍出版社，2011年），頁233。

無聯繫，實則以詩人的情感貫之，語短韻長，內容意韻豐富，王闓運云：「一接便結，尺幅具萬里之規。」[53]即是這種興寄法造成的藝術美感。這組詩中其他數首也都用興寄法，形成比較統一的詩美觀。又如〈詠白雪〉：

> 白珪誠自白，不如雪光妍。工隨物動氣，能逐勢方圓。無妨玉顏媚，不奪素繪鮮。投心障苦節，隱跡避榮年。蘭焚石即斷，何用恃芳堅？

蘭以芳而焚，石因堅而斷，白雪有妍麗潔白之質，且能隨物而動，「因方而為珪，遇圓而成璧」（謝惠連〈雪賦〉）。此詩的興寄是比較明顯的，以蘭、石比「投心障苦節，隱幾避榮年」之士，而以白雪自比，寄託了對人生態度、道路、人格等的選擇。又如〈紹古辭七首〉其一：

> 橘生湘水側，菲陋人莫傳。逢君金華宴，得在玉幾前。三川窮名利，京洛富妖妍。恩榮難久恃，隆寵易衰偏。觀席妾悽愴，睹翰君泫然。徒抱忠孝志，猶為夆菲還。

此篇立意隱紹〈古詩三首〉之「橘柚垂華實」篇，亦當是詩人有感之辭，陳祚明云：「興而比也。」[54]詩歌以橘為比興之象，寄託詩人抱有為之志和才能，而恩情中乖終不見用的感慨。詩人對君臣之間的關係，欲有所諷諭又難以斥言直說，故托興於物，此即《毛詩序》所謂的「主文而譎諫」。〈山行見孤桐〉托興於孤桐，寄其身世悲涼與希冀進用的複雜感情，與〈紹古辭七首〉「橘生湘水側」的內涵相近。〈學

---

53 錢仲聯：《鮑參軍集注》引（上海市：上海古籍出版社，1980年），頁282。

54 〔清〕陳祚明：《采菽堂古詩選》（上海市：上海古籍出版社，2008年），頁594。

劉公幹體五首〉更明確地學習劉楨詠物興寄法，如：

> 胡風吹朔雪，千里度龍山。集君瑤臺上，飛舞兩楹前。茲晨自
> 為美，當避豔陽天。豔陽桃李節，皎潔不成妍。（其三）

> 白日正中時，天下共明光。北園有細草，當晝正含霜。乖榮頓
> 如此，何用獨芬芳？抽琴為爾歌，絃斷不成章。（其五）

「胡風吹朔雪」一首與前文所舉〈代白頭吟〉，其寄寓的內涵相似，
皆是直而被間的自傷之辭，寄託了君臣際遇的感慨，劉履云：「此明
遠被間疏而作，乃借朔雪為喻。詞雖簡短，而託意微婉。蓋其審時處
順，雖怨而謙。」[55]「白日正中時」一篇隱括劉楨〈贈徐幹詩〉：「仰
視白日光，皦皦高且懸。秉燭八紘內，物類無頗偏。我獨抱深憾，不
得與比焉。」詩中「當晝正含霜」用《淮南子》：「鄒衍盡忠於燕惠
王，王信譖而繫之。鄒子仰天而哭，正夏而天為之降霜。」故詩云：
「乖榮頓如此，何用獨芬芳」，仍然寄託了忠而被間、君臣不遇的深
沉感慨。其他數首亦皆用興寄法。元嘉詩歌詠物興寄法在鮑照詩歌中
表現得最為顯著，鮑照與現實的矛盾激烈，情感飽滿，君臣不遇之
悲、朋友別離之感等各種現實情感的寄託，使其詠物具有深厚的蘊
涵，藝術上則受魏晉詩人尤其是劉楨很大的影響，因此形成了深致微
婉的詠物詩美觀。

三　情詩的興寄法

　　情詩的興寄法淵源於屈原《楚辭》以男女喻君臣的創作手法。魏

55　錢仲聯：《鮑參軍集注》引（上海市：上海古籍出版社，1980年），頁360。

晉以來這一比興藝術得到很大的發展，曹植〈雜詩〉、〈七哀詩〉等即
於男女之情的表現中寄託各種現實之感，形成一種很深遠精妙的詩歌
藝術美。情詩是元嘉詩歌一個重要的內容，比較明顯地體現了元嘉詩
歌情性本質，藝術上則學習魏晉雜詩的興寄精神和藝術，形成深婉蘊
藉的詩美觀。

　　元嘉詩人中鮑照的情詩作品較多成就亦大，鮑照繼承魏晉情詩的
興寄精神和藝術，在對愛情的表現中寄託了自己對現實人生的深沉之
感，如〈代陳思王京洛篇〉：

　　　　鳳樓十二重，四戶八綺窗。繡桷金蓮花，桂柱玉盤龍。珠簾無
　　　　隔露，羅幌不勝風。寶帳三千所，為爾一朝容。揚芬紫煙上，
　　　　垂彩綠雲中。春吹回白日，霜高落塞鴻。但懼秋塵起，盛愛逐
　　　　衰蓬。坐視青苔滿，臥對錦筵空。琴瑟縱橫散，舞衣不復縫。
　　　　古來共歇薄，君意豈獨濃。唯見雙黃鵠，千里一相從。

郭茂倩引《樂府解題》云：「鮑照『鳳樓十二重』……始則盛稱京洛
之美，終言君恩歇薄，有怨曠沉淪之歎。」[56]本篇與前文所舉〈代白
頭吟〉「古來共如此，非君獨撫膺」，可能寄寓了相同的現實之感，以
男女愛情的先盛後衰比君臣之間關係的變化，朱乾《樂府正義》曰：
「豈獨女色盛衰，可以觀世變矣。」[57]藝術上受曹植〈雜詩〉、〈七哀
詩〉等明顯的影響，結語「古來共歇薄，君意豈獨濃。唯見雙黃鵠，
千里一相從」，寄興深遠，委婉地表現所遇不終的深沉之感。又如
〈擬行路難十八首〉其九：

　　　　剉蘗染黃絲，黃絲歷亂不可治。我昔與君始相值，爾時自謂可

56 〔宋〕郭茂倩：《樂府詩集》（北京市：中華書局，1979年），頁582。
57 錢仲聯：《鮑參軍集注》引（上海市：上海古籍出版社，1980年），頁152。

　　君意。結帶與君言，死生好惡不相置。今日見我顏色衰，意中
　　索寞與先異。還君金釵玳瑁簪，不忍見之益愁思。

樂府云：「黃檗向春生，苦心隨日長」，首二句以此起興，用詩騷比興
法，以黃絲之不可治喻苦心日長愁緒難理。「我昔」以下用男女之情
的變化，解釋開頭二句突兀而來蘊藏的內涵。此詩的本事、背景，大
概與我們前面所分析的〈代白頭吟〉、〈代陳思王京洛篇〉、〈擬行路難
十八首〉其二等相近，但詩歌情感更為激烈、決絕，頗似樂府〈長相
思〉，寄託了詩人因讒被疏的強烈感慨。

　　元嘉情詩數量較多，表現的內容比較廣泛，以男女愛情托寓君臣
之間的關係，這種興寄法主要繼承發展了楚辭和曹植等魏晉人的情
詩，但元嘉情詩的寄託內涵更廣，元嘉情詩更主要的其實是表現普
通、自然的人情人性，這種情詩不一定具有現實政治的寓意，但從藝
術上來講，仍是運用比興寄託的，形成深婉幽微的詩美。從這一點來
講，興寄某種意義上說也體現為一種詩歌藝術精神，與詩騷相比，其
比興取象更為精微，如謝靈運的〈石門巖上宿〉結語云：「美人竟不
來，陽阿徒晞髮」，用屈原〈九歌〉〈少司命〉：「與女遊兮九河，沖風
至兮水揚波。與女沐兮咸池，晞女髮兮陽之阿。望美人兮未來，臨風
怳兮浩歌。」〈少司命〉是一首深婉的戀愛之歌，屈原應該是有所寄
託的。〈石門巖上宿〉能表現男女之情的唯「美人」二句，其他的皆
為造境，營造一個靜謐幽邈之境，而境中含情，深情緬邈，從藝術上
說這種詩歌是絕去蹊徑不期而得的。詩中「美人」不一定是實指，而
更應該認為是詩人飽滿的詩思所創作出來的詩性意象，這是興寄藝術
的運用而達到的一種深遠的詩境。詩人以男女愛情的失意來寄託人生
極幽微複雜的情意，其所寄託的是什麼內容則無法確言，這種興寄
法，應該說仍是學習魏晉雜詩興寄藝術的，並且深得魏晉雜詩的藝術
精神。又如鮑照〈代別鶴操〉：

雙鶴始起時，徘徊滄海間。長弄若天漢，輕驅似雲懸。幽客時
結侶，提攜遊三山。青繳淩瑤臺，丹羅籠紫煙。海上悲風急，
三山多雲霧。散亂一相失，驚孤不得住。緬然日月馳，遠矣絕
音儀。有願而不遂，無怨以生離。鹿鳴在深草，蟬鳴隱高枝。
心自有所存，旁人那得知。

〈別鶴操〉相傳為商陵牧子所作，以比翼乖離托言夫妻之分離[58]，鮑
照此詩亦以雙鶴比擬男女愛情。「有願而不遂」以下六句，語言極
美，詩意幽婉，寄情很深，或亦有其他隱憂，不能確言，但以興寄法
表現深婉的情感則是可以肯定的。又如吳邁遠〈飛來雙白鵠〉：

可憐雙白鵠，雙雙絕塵氛。連翩弄光景，交頸游青云。逢羅復
逢繳，雌雄一旦分。哀聲流海曲，孤叫出江濆。豈不慕前侶？
為爾不及群。步步一零淚，千里猶待君。樂哉新相知，悲來生
別離。持此百年命，共逐寸陰移。譬如空山草，零落心自知。

《樂府解題》：「古辭云：『飛來雙白鵠，乃從西北來』，言雌病雄不能
負之而去，『五里一反顧，六里一徘徊』。雖遇新相知，終傷別離
也。」[59]吳邁遠此詩即以古辭〈豔歌何嘗行〉首句「飛來雙白鵠」為
題。古辭的情感比較悲苦激烈，如：「躊躇顧群侶，淚下不自知。念
與君離別，氣結不能言。各各重相愛，遠道歸還難。妾當守空房，閉
門下重關。若生當相見，亡者會黃泉。」表現下層人民悲慘的命運及
由此激起的濃烈感情，但語言較為質樸。吳邁遠此詩繼承了樂府古辭

---

58 郭茂倩《樂府詩集》題解：「崔豹《古今注》曰：〈別鶴操〉，商陵牧子所作也。娶
　　妻五年而無子，父兄將為之改娶。妻聞之，中夜起，倚戶而悲嘯。牧子聞之，愴然
　　而悲，乃援琴而歌。後人因為樂章焉。」（頁844）。
59 〔宋〕郭茂倩：《樂府詩集》（北京市：中華書局，1979年），頁576。

的情感內涵，藝術上略去古辭「妻卒被病，行不能相隨」的故事性和
敘事成分，更集中於對情感本身的表現，以雙白鵠寄託男女愛情。相
對古辭而言，吳邁遠此詩文人化的性質很明顯，較為雅致深婉，如結
語云「譬如空山草，零落心自知」以此言情，興寄深微。這是文人詩
興寄藝術的特點，即以興寄法使情感的表現具有深婉蘊藉的藝術美。
這類詩歌又如何偃〈冉冉生孤竹〉：

> 流萍依清源，孤鳥宿深沚。蔭幹相經榮，風波能終始。草生有
> 日月，婚年行及紀。思欲侍衣裳，關山分萬里。徒作春夏期，
> 空望良人軌。芳色宿昔事，誰見過時美。涼鳥臨秋竟，歡願亦
> 云矣。豈意倚君恩，坐守零落耳。

這首學〈古詩十九首〉「冉冉孤竹生」，古辭以「冉冉孤竹生，結根泰
山阿」為比興，喻夫婦互相依託，以蕙蘭花之過時而零落喻愛情當及
時。何偃此詩開頭云：「流萍依清源，孤鳥宿深沚」，亦以物象起興，
詩歌的內容也寄託了對愛情相得、和諧的渴望。從藝術上來講，如
「芳色宿昔事，誰見過時美」，「豈意倚君恩，坐守零落耳」，皆情感
蘊藉寄興深微。

　　從以上的分析來看，魏晉宋詩歌的興寄要比詩騷的比興來得複
雜，不僅僅是一種譬喻連類的寫作方法，魏晉宋人比較清楚地認識到
了興寄藝術的美學本質，興寄不僅是一種抒情的藝術手法，也體現了
詩人所要達到的一種詩美觀，是詩人對詩歌藝術精神和審美本質的認
識。魏晉詩歌如曹植〈雜詩〉、阮籍〈詠懷〉等，藝術上都是深婉微
幽、怨誹而不亂的，抒情審美結合得非常好，這些詩歌都是重興寄
的。元嘉詩人對興寄的認識，受魏晉尤其是曹植、阮籍等人的詩歌的
影響比較明顯，即比較重視藝術化地表現詩歌的情性內涵。這一點其
實就是元嘉詩歌情性本質與審美本質結合的詩學思想的體現。從前面

所舉的元嘉詩歌來看，重興寄的詩歌在藝術上是比較深婉蘊藉的，元嘉詩人的興寄觀主要還是有意識地去實現詩歌的藝術美。前文所分析的元嘉詩歌諸種興寄法，都是繼承魏晉詩歌的，但是興寄的內涵其實是很豐富的，其寄託的內容不一定是情志，也可以寄寓審美、哲理等各方面的內容，元嘉詩歌以興寄法表現理思，體現了對興寄藝術的發展，下文我們將準備要分析這一點。

第三節　元嘉詩歌對興寄藝術的發展

　　魏晉以來，興寄成為傳統詩歌重要的藝術表現手法，同時又是一種重寄託的詩歌精神和詩歌美學[60]。東晉中後期隨著玄言山水詩的發展，興寄也出現了新的變化，即逐漸走向與山水景物的結合，寄理思於山水之中。

　　興寄的取象雖然非常自由而廣泛，但景物是其中最重要的內容，作為興寄淵源的《詩經》比興藝術就都是以物像起興的，從這一點來講，興寄與景物自來存在著內在關聯。劉勰《文心雕龍》〈物色〉云：「四序紛迴，而入興貴閑；物色雖繁，而析辭尚簡。」又說：「是以詩人感物，聯類不窮。流連萬象之際，沈吟視聽之區；寫氣圖貌，既隨物以宛轉；屬采附聲，亦與心而徘徊。」[61]〈物色篇〉論述景物描寫，但劉勰又強調景物描寫要心物結合有情志寄託，故特別拈出「興」來。駱鴻凱注此段云：「自非入乎其內，令神與物冥，亦安能傳其真狀哉？王夫之云：『池塘生春草、明月照積雪、蝴蝶飛南園，皆心中目中與相融洽，一出語時即得珠圓玉潤。』又云：『會景

---

60 陳子昂〈與東方左史虬修竹篇序〉云：「漢魏風骨，晉宋莫傳，然有文獻可徵者。僕嘗暇時觀齊梁間詩，彩麗競繁，而興寄都絕。」這裡「興寄」就不僅是一種藝術手法，而與「風骨」一樣乃是魏晉詩歌重要的詩歌精神和詩歌美學特點。

61 范文瀾：《文心雕龍注》（北京市：人民文學出版社，1958年），頁693。

而生心，體物而得神，則自有靈通之句，參化工之妙，若但於句求巧，則性情先為外蕩，生意索然矣。」[62]也就是說成功的景物描寫，仍然是需要以作者真實飽滿的情性為基礎的。真正令人滿意的寫景詩，往往並不是單純的景物刻畫，而是與情性結合有所寄託的。劉勰論劉宋詩歌的景物描寫云：「窺情風景之上，鑽貌草木之中。吟詠所發，志惟深遠。」可見在劉勰看來「物色」不僅感發詩興，而且在景物的描寫之中也深微地寄託了作者的情志。張嚴《文心雕龍文術論詮》云：「彥和言『近代以來，文貴形似』，實指謝靈運輩所作而言。蓋謝等偏好自然，亦肇端於憤世嫉俗。」[63]這個觀點是很有道理的。從這一點來講元嘉山水景物描寫的這一類詩歌，雖然在藝術風貌上與傳統詩歌的興寄有很大的區別，但這類詩歌其實也是重寄託的，藝術上也體現了對傳統興寄藝術的新的發展。沈約《宋書》〈謝靈運傳論〉謂謝靈運「興會標舉」，鍾嶸〈詩品序〉亦謂其「興多才高」，這裡的「興」主要是指興會、興致、詩性、靈感等，與傳統的「興寄」之「興」的情感的感法、寄寓有所區別。傳統興寄的內涵主要是人生情感，而「興會」、「興致」這一類「興」，如「獨有清秋日，能使高興盡」（殷仲文〈南州桓公九井作詩〉）其內涵較多的是理性化、審美化的性質，主要是在對自然景物的欣賞中獲得的一種哲理或審美上的寄託。這可以說是對詩騷及魏晉詩歌興寄法的一個新的發展。興寄的這一發展，主要由山水景物逐漸得到重視所誘發出來的。謝榛〈四溟詩話〉云：「六朝以來，流連光景之弊，蓋自三百篇比興中來。然抽黃對白，自為一體。」[64]施閏章《蠖齋詩話》亦云：「『江之永矣』四句，止詠歎江、漢，而文王化行南國，許多難言處

62　詹鍈：《文心雕龍義證》（上海市：上海古籍出版社，1982年），卷10引，頁1734。

63　詹鍈：《文心雕龍義證》（上海市：上海古籍出版社，1982年），卷10引，頁1748。

64　〔明〕謝榛：〈四溟詩話〉，《歷代詩話續編》（北京市：中華書局，1983年），頁1138。

含蘊略盡。漢、魏、六朝以來，詩人多用景語，是其遺意。純用賦而無比興，則索然矣。」[65]即指六朝寫景亦繼承和發展了詩騷興寄藝術。元嘉山水詩顯著地體現了這種以寫景為興寄的藝術。從詩史來看，這種興寄法某種程度上乃肇端於東晉玄言詩[66]。

一　東晉玄言詩山水賞悟的興寄法

　　東晉玄言詩以玄理的體悟為主要目標，但又比較注重對自然山水的欣賞。《世說新語》〈賞譽〉載孫綽說：「此子神情都不關山水，而能作文？」[67]可見東晉中後期以來，山水欣賞與文章寫作已存在著密切的關係。但玄言詩人欣賞山水的目的性比較明確，即所謂的「以玄對山水」[68]，也就是說東晉玄言詩人注重山水賞悟的那類詩歌，其實是比較自覺地寄託他們對哲理本體的體悟的。《世說新語》〈品藻〉載孫綽嘗云：「然以不才，時復託懷玄勝，遠詠老、莊，蕭條高寄。」[69]所謂「高寄」即寄其玄勝之情，這是當時玄學士人一個普遍的思維的特點。如孫綽〈三月三日蘭亭詩序〉：「情因所習而遷延，物觸所遇而興感。故振轡於朝市，則充屈之心生；閒步於林野，則遼落之志興。」在山水的遊覽中興寄其「遼落之志」，其所寄之內涵則是後文所說的：「齊以達觀，決然兀矣。焉復覺鵬鷃之二物哉。」[70]又如

65　〔清〕施閏章：〈蠖齋詩話〉，《清詩話》（上海市：上海古籍出版社，1978年），頁378。

66　王運熙、楊明《隋唐五代文學批評》說六朝人言興，除了包含感慨、寄寓之義外，「尚有一種，即表示興會、興致。」「興」的這種含義，在東晉玄言詩中得到了明顯的體現。

67　余嘉錫：《世說新語箋疏》（上海市：上海古籍出版社，1993年），頁478。

68　〔晉〕孫綽：〈庾亮碑〉，《全晉文》（北京市：中華書局，1958年），卷六十二。

69　余嘉錫：《世說新語箋疏》（上海市：上海古籍出版社，1993年），頁520。

70　〔清〕嚴可均校輯：《全晉文》（北京市：中華書局，1958年），卷61。

《世說新語》〈言語〉：「簡文帝入華林園，顧謂左右曰：『會心處不必在遠。翳然林水，便自有濠、濮間想也。』」[71]可見當時人在欣賞山水時，其實往往是有意識地寄託他們對玄理之境的嚮往和體悟的。

　　山水賞悟興寄法在王羲之等人組織的「蘭亭之遊」所作的那組〈蘭亭詩〉中表現得尤為顯著。如王羲之〈蘭亭詩二首〉其二：

> 三春啟群品，寄暢在所因。仰望碧天際，俯瞰綠水濱。廖朗無崖觀，寓目理自陳。大矣造化工，萬殊莫不均。群籟雖參差，適我無非新。

所謂的「寄暢」即在自然山水的欣賞中，寄託對齊物之理的體悟，而達到心靈的清朗順暢。詩人對景物的欣賞及其中所蘊涵的玄理的體悟，由「三春啟群品」所感發出來，而又寄託於各種自然景物的自由生長之中。這種詩歌即比較明顯地體現了興寄藝術。劉師培〈南北文學不同論〉云：「江左詩文，溺於玄風。辭謝雕采，旨寄玄虛。以平淡之詞，寓精微之理。」[72]即指出了玄言詩的興寄性質。玄言詩興寄藝術，與玄學「言意之辨」、寄言出意、寄意於象的思維方法有很密切的關係，王羲之此詩即體現了這一點。王羲之〈答許詢詩〉云：「取歡仁志樂，寄暢山水陰。」更明確地體現東晉詩人在山水欣賞中寄託理悟的自覺意識。玄言詩尤其是〈蘭亭詩〉大體都是按照這種詩學思想而創作的，〈蘭亭詩〉反覆地出現「寄」、「興」、「暢」、「想」、「散」，如：

> 契茲言執，寄傲林丘。（謝安〈蘭亭詩二首〉其二）

---

71 余嘉錫：《世說新語箋疏》（上海市：上海古籍出版社，1993年），頁120。

72 詹鍈：《文心雕龍義證》卷二《明詩》第六注引，頁206。

　　望岩懷逸許，臨流想奇莊。（孫嗣〈蘭停詩〉）

　　端坐興遠想，薄言遊近郊。（郗曇〈蘭亭詩〉）

　　時來誰不懷，寄散山林間。（曹茂之〈蘭亭詩〉）

　　消散肆情志，酣暢豁滯憂。（王玄之〈蘭亭詩〉

　　駕言興時遊，逍遙映通津。（王凝之〈蘭亭詩二首〉其二）

　　散懷山水，蕭然忘機。（王徽之〈蘭亭詩二首〉其二）

　　散豁情志暢，塵纓忽已捐。（王蘊之〈蘭亭詩〉）

　　肆盼岩岫，臨泉濯趾。感興魚鳥，安居幽峙。（王豐之〈蘭亭
　　詩〉）

　　蘭亭詩人在山水中寄託了審美化的心靈感受，或對哲理的領悟。玄言詩人雖然也說「情志」，如上文所舉的「消散肆情志」、「散豁情志暢」等，但其所謂「情志」主要指的是其體悟的玄理，與魏晉詩歌的比興寄託相比，東晉人這種興寄是理性化的。

　　從詩歌藝術上來講，玄言詩對托興取象之「象」的描繪是不充分的，東晉人雖然常常通過自然山水的欣賞去悟道，但道、玄理之境的表現某種程度上遮蔽了他們的詩歌對山水形象的描繪，也就是說玄言詩人內心悟道所獲得的那種審美體驗，與詩歌藝術的審美性質，其實並不是等同的，兩者之間存在很大的歧異，玄言詩人沒真正找到表現他們內心審美感受的藝術途徑。歌德評席勒的詩說：「席勒對哲學的傾向損害了他的詩，因為這種傾向使他把理念看得高於一切自然，甚至消滅了自然。」[73]可以說玄言詩人也存在著這樣的缺陷，玄言詩陷入發展歧途的原因也在這裡。從詩學史來看，玄言詩的意義在於，它將抒情言志的興寄藝術，運用於體玄悟理的詩歌之中，用興寄法表現

73　〔德〕愛克曼著，朱光潛譯：《歌德談話錄》（北京市：人民文學出版社，1978年），
　　頁13。

哲理，發展了興寄藝術，給謝靈運山水詩予很大的啟發。蘭亭詩中有
一些詩歌比較注重寫景，如謝萬〈蘭亭詩二首〉其一：

> 肆眺崇阿，寓目高林。青蘿翳岫，修竹冠岑。谷流清響，條鼓
> 鳴音。玄崿吐潤，霏霧成陰。

這種詩歌還有比較明顯的西晉四言詩那種雅調的性質，也仍然是體道
悟理的，但重視寫景、寓理於景，這是一個很大的發展。湛方生等人
的詩歌更為用力於寫景，或即是對這類蘭亭詩的發展。孫綽〈遊天臺
山賦〉云：「苟臺嶺之可攀，亦何羨於層城，釋域中之常戀，暢超然
之高情。」[74]其所寄託的雖然也是具有玄理性質的「高情」，但賦中景
物描寫比較充分，這一點對元嘉詩人的詩歌寫作或亦有所啟發。謝靈
運等元嘉詩人重視刻畫山水形象的山水詩，與東晉玄言詩有不同的思
想基礎和詩學傾向，但寄理於景、景理結合這種寫作方法，應該說也
是受到蘭亭詩的啟發影響的[75]，並進一步發展了東晉玄言詩以興寄法
言理的藝術。

二　元嘉山水詩對興寄藝術的繼承和發展

　　元嘉山水詩注重以客觀寫實的賦法描繪山水形象，藝術上與東
晉玄言山水詩有很大的區別，但又比較明顯地繼承和發展了東晉玄
言詩山水賞悟的興寄法。《文心雕龍》〈詮賦〉云：「詩有六義，其二
曰賦。賦者，鋪也。鋪采摛文，體物寫志。」[76]劉勰認為作為詩歌藝

---

74 〔清〕嚴可均校輯：《全晉文》（北京市：中華書局，1958年），卷61。

75 〈蘭亭詩〉對謝靈運詩歌的影響可參見拙文：〈蘭亭詩的詩史意義〉，臺灣《國文天
　地》第30卷第12期（2015年5月），頁26-29。

76 范文瀾：《文心雕龍注》（北京市：人民文學出版社，1958年），頁134。

術手法的「賦」，應該將「體物」與「寫志」結合起來，即劉熙載說的：「志因物見」[77]，將情志寄託於「物」的形象描繪之中。謝靈運〈登上戍石鼓山〉「汩汩莫與娛，發春托等躡」，「托」，寄託，即將煩憂孤獨之情寄託於山水遊覽之中。張嚴《文心雕龍文術論詮》認為謝靈運等人的山水詩仍是「肇端於憤世嫉俗」，從這一點來講元嘉山水詩總體上仍是有所寄託的，詩人寄託的需要是興寄藝術的基礎[78]，山水詩興寄藝術的基本性質就是寄情理於山水之景，從藝術上來講也就是追求再現與表現的統一。清人李重華云：「興之為義，是詩家大半得力處。無端說一件鳥獸草木，不明指天時而天時恍在其中；不顯言地境而地境宛在其中；且不實說人事而人事已隱約流露其中。故有興而詩之神理全具也。」又云：「詠物一體，就題言之，則賦也；就所以作詩言之，即興也比也。」[79]也就是說詩人在描寫一個景物時，其實就已在描寫中寄託了引發他創作這首詩歌的詩意，這種詩意的內涵很廣泛，既可以是情感的也可以是審美、哲理的感發。注重景物描寫的元嘉山水詩也具有這種興寄意識，體現了劉勰「體物寫志」的詩學內涵，在再現中達到表現的藝術目的。林庚先生說元嘉山水詩「這種新詩體就是到了想通過更多的『聲色』來表現『性情』的階段，類如畫中『烘云托月』的辦法。……這新體詩因此強調聲色的啟發，使得日常生活之中，隨處都可以喚起豐富的聯想，這些也就類如〈國風〉中的起興了。」[80]山水審美既引發豐富的聯想和想像，又是寄託詩人情性的物象，這就是我們所說的山水詩的興寄法。

　　從創作實踐來看，元嘉山水詩興寄的內涵是比較豐富的，哲理、

77　〔清〕劉熙載：《藝概・賦概》（上海市：上海古籍出版社，1978年），頁96。

78　〔清〕吳喬：《圍爐詩話》云：「無意則賦尚不成，何況比興？」所謂的「意」就是詩人主體的情感內涵，有寄託的需要才能夠發展出興寄的藝術。

79　〔清〕李重華：〈貞一齋詩話〉，《清詩話》（上海市：上海古籍出版社，1978年），頁930。

80　林庚：《中國文學簡史》（北京市：北京大學出版社，1995年），頁173。

情感皆能夠寄託於山水形象之中。謝靈運〈山居賦〉謂山水的欣賞、
描寫能「通神會性，以永終朝」，也就是說能夠在山水中寄託其性情
旨趣，亦即〈述祖德詩〉所說的：「達人貴自我，高情屬天云」，這一
思想與蘭亭詩人「寄暢」的性質相同。元嘉山水詩景理結合、情景結
合的特點，即是興寄藝術的體現。如謝靈運〈石壁精舍還湖中作〉：

> 昏旦變氣候，山水含清暉。清暉能娛人，遊子憺忘歸。出谷日
> 尚早，入舟陽已微。林壑斂暝色，雲霞收夕霏。芰荷迭映蔚，
> 蒲稗相因依。披拂趨南徑，愉悅偃東扉。慮澹物自輕，意愜理
> 無違。寄言攝生客，試用此道推。

從詩人的主觀來講，由所觀賞、描繪的空明澄淨的山水，而體悟道家
澹泊的養生之理，達到「意愜理無違」的那種心靈狀態，這一點與蘭
亭詩人「寄暢山水陰」的性質是相似的，也就是說謝靈運也是有意識
地在山水的賞悟中，寄託其哲理體驗和人生態度。從詩歌藝術上來
講，「慮淡物自輕」二句即是詩人寄託的內容，而描繪的山水形象則
是托興之象。唐代王維等人的山水詩，即往往寄託了禪、道思想意
趣，其藝術特點即寄意於象，如「君問窮通理，漁歌入浦深」，這其
實就是王維對自己詩歌興寄方法的闡述。謝靈運山水詩沒有達到盛唐
山水詩那種藝術水準，大謝山水詩雖然也重視興寄，但他常常對興寄
的內涵加以解說，從詩歌藝術來看，這其實是對興寄的消解和破壞，
以至於後人常常不容易理解大謝山水詩的興寄性質，而認為其詩歌
「酷不入情」。清人黃子雲說：「康樂於漢魏外別開蹊徑，舒情綴景，
暢達理旨，三者兼長，洵堪睥睨一世。」[81]這一說法比較符合謝詩的
實際情況，即謝詩兼有體物、言情、悟理三方面的基本內容，並且其

---

81 〔清〕黃子雲：〈野鴻詩的〉，《清詩話》（上海市：上海古籍出版社，1978年），頁
862。

情理往往是寄託於山水景物的描繪之中的。謝靈運與現實存在著激烈的矛盾，他追求佛、道哲理，希望能以理化情，這恰恰是以真實的人生情感為基礎的，所以說謝靈運山水詩是「肇端於憤世嫉俗」，是追求寄託的。大謝山水詩的興寄內涵比較豐富，既有哲理體悟，亦有比較直接的情感寄託，如〈從斤竹澗越嶺溪行〉：

> 猿鳴誠知曙，谷幽光未顯。岩下雲方合，花上露猶泫。逶迤傍隈隩，迢遞陟陘峴。過澗既厲急，登棧亦陵緬。川渚屢徑復，乘流玩回轉。蘋萍泛沉深，菰蒲冒清淺。企石挹飛泉，攀林摘葉卷。想見山阿人，薜蘿若在眼。握蘭勤徒結，折麻心莫展。情用賞為美，事昧竟誰辯？觀此遺物慮，一悟得所遣。

元代劉履《選詩補注》認為此詩寄託了對盧陵王劉義真的懷念之情[82]，雖不能完全確定，但的確寄託了比較隱微的情感。詩歌描寫詩人在夏天的清晨越嶺溪行，澗底曲折回復，山水幽美靜寂，詩人陷入深邃的孤寂之中，這環境與〈九歌〉中山鬼所處的深山多麼相像，詩人不禁懷念起心中的人來。這個「山阿人」到底是誰？似真似幻，無從知曉，甚至詩人本身也並不確定，而只是在特殊的環境和情感氛圍中充滿詩性的一個意象，其寄託都是很深微的。謝靈運山水詩大多是有所寄託的，謝靈運其實是一個情感很深的人，永初三年被貶為永嘉太守後，孤獨感就一直很明顯地伴隨著他，其詩歌中經常出現的一些句子如「永絕賞心悟」、「幽獨賴鳴琴」、「離群難處心」、「擁志誰與宣」、「惜無同懷客」、「但恨莫與同」、「妙物莫為賞」等等，這些詩句明顯可以看出他孤獨的心境。這種情感比較複雜，不是簡單的懷人，可能也有脫離政治中心、理想無法實現的失落感，所以這種情感的內涵是很深微很豐富的，本身就是一種寄託。濃烈情感的表現與清雅詩風的

---

82 黃節：《謝靈運詩注》引（北京市：人民文學出版社，1958年），頁78。

追求是謝靈運詩歌面臨的一個基本矛盾，就詩人主體心理而言，可以追求以理化情，而從詩歌寫作來講，興寄法則最適合於解決這一矛盾，因此大謝山水詩即形成了黃子雲所說的「舒情綴景，暢達理旨」的內涵，在山水形象中寄託豐富的情理。

　　謝惠連、鮑照、謝莊等元嘉詩人的山水詩受謝靈運的影響比較深，他們的山水詩往往也是重寄託的。如謝惠連〈泛南湖至石帆〉：

> 軌息陸途初，枻鼓川路始。漣漪繁波漾，參差層峰峙。蕭疏野
> 趣生，逶迤白雲起。登陟苦跋涉，睥盼樂心耳。即翫翫有竭，
> 在興興無已。

結句的「興」，就是由山水感發的興致、意趣，山水之美既是引發之興象，又是寄託的意象，像這首詩，其興寄的內涵比較簡單，主要在山水的形象中寄託詩人審美化的意趣。這一點與玄言詩比較相似，但詩人對寄託了審美意趣的山水形象描寫得比較充分。相比較而言，鮑照的思想情感更為複雜，故其山水詩的興寄亦較為深隱，如〈過銅山掘黃精〉：

> 土肪閟中經，水芝韜內策。寶餌緩童年，命藥駐衰曆。矧蓄終
> 古情，重拾煙霧跡。羊角棲斷云，桎口流隘石。銅溪晝沉深，
> 乳竇夜涓滴。既類風門磴，復像天井壁。踸踔寒葉離，瀁瀁秋
> 水積。松色隨野深，夜露依草白。空守江海思，豈懷梁鄭客。
> 得仁古無怨，順道今何惜。

方東樹云：「『空守』四句，自述作意，晦而未亮。」[83]所謂的「作意」，其實也就是詩中所寄託的內涵，這種方法應該說是直接受謝靈

83　〔清〕方東樹：《昭昧詹言》（北京市：人民文學出版社，1984年），頁172。

運的影響的。「空守」四句代表表現了對人生哲理的領悟或人生道路
的選擇，從鮑照強烈的功名進取心來看，所謂的「江海」、「順道」恐
怕也是在對現實的失望的基礎上發展出來的，也就是說這種山水詩裡
還寄託了更為深隱的內涵，如錢仲聯先生注「羊角」二句云：「羊角
峰高，云欲斷而冀見其棲；樌口水小，石當隘而願通其流，以喻年命
不長，庶得大藥，或可以慰終古之情也。」[84]即是在山水形象中寄託
了幽微的情感。其他如〈上潯陽還都道中〉、〈行京口至竹裡〉、〈發後
渚〉等，也都體現了這種將人生情理寄託於山水的描繪之中的興寄
法。又如謝莊〈游豫章西觀洪崖井詩〉：

> 幽願平生積，野好歲月彌。舍簪神區外，整褐靈願垂。林遠炎
> 天隔，山深白日虧。遊陰騰鵠嶺，飛清起鳳池。隱曖松霞被，
> 容與澗煙移。將遂丘中性，結駕終在斯。

描繪寧靜清幽的山水之境，詩人歸隱的思想即由山水之美所興起，又
寄託於山水的形象之中。

　　從以上的分析看，謝靈運等元嘉詩人的山水詩，其實也是重興
寄的[85]，元嘉詩人將情感和人生哲理寄託於山水形象之中，這是對東
晉玄言詩「寄暢山水陰」、「感興魚鳥」等方法的繼承，也是對傳統興
寄藝術的發展，使興寄藝術與山水形象及言理等結合起來，拓展了興
寄藝術的內涵，而且對唐代以後的山水詩也有所啟發和影響[86]。從邏

---

84 錢仲聯：《鮑參軍集注》（上海市：上海古籍出版社，1980年），頁380。

85 參見拙文：〈晉宋之際山水詩的興起與興寄藝術的發展〉，《許昌學院學報》，2008年
　　第6期，頁54-57。

86 陳子昂〈洪崖子序〉：「寄孤興於露月」，〈合州津口別舍弟至東陽峽步趁不及眷然有
　　憶作以示之〉：「孤舟多逸興」，這種托興山水的興寄藝術，在晉宋山水詩中即運用得
　　比較明顯，元嘉時又經謝靈運等人大力發展，唐人重視學習魏晉六朝詩歌藝術，因
　　此，唐詩那種普遍的山水興寄藝術，應該說是源於謝靈運等元嘉詩人的山水詩。

輯上來看，興寄有兩個組成部分，一是詩人要有寄託的需要、寄託的內容，二是要採用「興」的藝術去表現所寄託的內涵。從這一點來講，興寄的詩歌是表現內容與表現藝術的結合。詩學中情性是本，興寄是用，但是在創作實踐中這兩者其實是完全融合為一的，因此可以說興寄不僅是一種藝術手法，其實也是一種藝術精神，這種藝術精神追求的是情性本質與審美本質結合的詩美觀，元嘉山水詩即體現了這一點。

第四節　元嘉詩歌的體物藝術

　　山水景物成為詩歌審美的對象，是元嘉詩歌重要的特點，本書第一章對此已作了深入的分析。對山水形象之美的重視，促進詩歌藝術向體物發展，這是詩歌本質內涵的拓展對藝術的推動，元嘉詩歌重視客觀寫實的體物之法，形成了「文貴形似」的藝術特徵。從藝術發展來看，極物寫貌描繪山水形象之美，是詩史發展到一定階段的產物，即王國維所說的：「人類之興味，實先人生而後自然。故純粹之模山範水，流連光景之作，自建安以前，殆未之見。」[87]這種「模山範水」俟元嘉謝靈運等人出方蔚為大觀，〈靜居緒言〉云：「有靈運然後有山水，山水之蘊不窮，靈運之詩彌旨。山水之奇，不能自發，而靈運發之。」[88]《詩品》評謝靈運、顏延之、鮑照等人的詩歌都謂其有「尚巧似」的特點，主要亦著眼於其詩歌對山水景物的刻畫。與魏晉詩歌的寫景相比，元嘉山水詩的特點在於受賦法明顯的影響，更具有寫實的態度，能隨物宛轉客觀地再現山水形象之美。劉勰所說的：「自近代以來，文貴形似，窺情風景之上，鑽貌草木之中。吟詠所

---

87 王國維：〈屈子之文學精神〉，王國維著，佛雛校輯：《廣《人間詞話》》（上海市：華東師範大學出版社，1990年），頁131。

88 《清詩話續編》（上海市：上海古籍出版社，1983年），頁1632。

發，志惟深遠；體物為妙，功在密附。故巧言切狀，如印之印泥，不加雕削而曲寫毫芥。」[89]即是對元嘉詩歌寫景藝術的概括。《文心雕龍》〈詮賦〉謂「賦」能「寫物圖貌，蔚似雕畫」[90]，清代李重華亦云：「賦為敷陳其事，尚是淺解。須知化工之妙處，全在隨物賦形。」[91]不僅要鋪陳，而且要刻畫逼真，元嘉山水詩體現了賦的這一藝術特徵。

一　元嘉詩歌的寫景藝術

　　客觀真實地描寫景物是元嘉山水詩突出的藝術特徵，其寫實手法是豐富多樣的。詩歌是語言的藝術，抒情、體物等就是通過對語言的不同處理體現出來的，並表現出不同的語言特點。瓦萊理說：「普通的語言並不適於描繪形狀，當然也就更不能指望用它來描述那些使人頭昏目眩的優美形狀了。」[92]這是對詩歌語言藝術功能的清楚的認識。萊辛在提出「詩畫異質」論時即指出語言在描繪上的劣勢。朱光潛先生說：「萊辛推闡詩不宜描寫物體之說，以為詩對於物體美也只能間接地暗示而不能直接的描繪，因為美是靜態，起於諸部分的配合和諧，而詩用先後承續的語言，不易使各部分在同一平面上出現一個和諧的配合來。」「暗示物體美的辦法不外兩種：一種是描寫美所生的影響。……另一種暗示物體美的辦法就是化美為『媚』。『媚』的定義是『流動的美』」[93]語言在描寫形象畫面上確有侷限，這與語言是歷

89　范文瀾：《文心雕龍注》（北京市：人民文學出版社，1958年），頁694。

90　范文瀾：《文心雕龍注》（北京市：人民文學出版社，1958年），頁136。

91　〔清〕李重華：〈貞一齋詩話〉，《清詩話》（上海市：上海古籍出版社，1978年），頁930。

92　〔法〕瓦萊理：〈人與貝殼〉，收入〔美〕M·李普曼編，鄧鵬譯：《當代美學》（北京市：光明日報出版社，1986年），頁351。

93　朱光潛：《詩論》（上海市：上海古籍出版社，2001年），頁123。

時性，而畫面則是共時呈現有關係，因此在對形象的描繪上，語言不如圖畫來得生動直觀而準確。要克服這種侷限，語言就必須向圖畫靠近。同時因為語言藝術最需要讀者參與其中，因此，詩歌必須使用那種比較能引起生動想像的詞語，以傳達其形象，漢字的圖畫性在這方面有其長處[94]，這也是中國詩歌傾向於以直觀的意象來表現的原因。元嘉山水詩人有意識地通過語言的生動性，通過動詞使靜態美向「流動的美」轉化，來實現對自然山水的形象描繪。

（一）深細之筆法

　　元嘉山水詩寫實的手法，體現為對景物真切的刻畫，即鍾嶸、劉勰所謂的「尚巧似」、「巧言切狀」。與魏晉詩歌疏朗的寫景相比，元嘉詩歌的景物刻畫更為精細。如謝靈運〈游南亭〉：「時竟夕澄霽，雲歸日西馳。密林含餘清，遠峰隱半規。久痗昏墊苦，旅館眺郊歧。澤蘭漸被徑，芙蓉始發池。」將初夏雨後初晴的景物描寫得極為真切，「含」、「隱」、「半規」皆極細緻，詩人很靈敏地捕捉到夕陽落山那一刻，光線明暗的對比，及雨後清新濕潤的空氣，形象地描繪了初夏空明澄淨之景，體現了謝靈運山水詩體物深細的特點。又如〈登上戍石鼓山〉：「日沒澗增波，雲生嶺逾疊。白芷競新苕，綠蘋齊初葉」，夕陽落山，山谷岑寂，萬物收縮的感覺，更突顯深澗中波瀾之聲汩汩湧來；云氣山嵐升騰，掩藹隱約之中，勾勒出層巒疊嶂的層次，此為遠景；近則萬物競長，蘋萍初齊。這種寫景要求詩人必須具有敏銳的審美感受力和想像力，又需以細緻精工的筆法出之。大謝成功的山水描寫都體現了這種觀察、審美和刻畫的能力。又如〈登江中孤嶼〉：「亂流趨正絕，孤嶼媚中川。雲日相輝映，空水共澄鮮。」水天相接上下

---

94 韋勒克、沃倫《文學理論》引芬諾羅薩的話說：「中國詩歌中圖畫式的表意文字構成了詩的整個意義中的一部分。」（頁159）在描繪景物形象上，漢字這種性質的優勢更為明顯。

輝映空明瑩澈，這是詩歌給我們的審美感覺，這種美感的營造與王維等盛唐詩人的山水詩那種意象式的處理方法不同，大謝這裡仍然是以深細之筆出之，而又有所轉換，如詩人不直寫其美，而以擬人化的動詞「媚」，描繪孤嶼與江水動靜相映之下富於神態之美，頗得詩人「巧笑倩兮」之法。以精細的寫實之筆描繪山水景物，使現實之美得以昇華，這是其描寫藝術的成功之處。謝靈運的山水大抵皆體現了這一藝術特點，而且對元嘉其他詩人有明顯的啟發。

　　鮑照山水詩受謝靈運的影響，亦多用精工之筆描寫景物，而在細密、雕琢上似有過之。鮑照沒有謝靈運那種敏銳的山水審美感受力，但其氣勢奔放，因此他的景物描寫頗有奇崛的特點。鍾嶸《詩品》說鮑照「善制形狀寫物之詞」，這一特點在山水詩中表現得尤為顯著。如〈登廬山詩〉：「千岩盛阻積，萬壑勢回縈。巃嵸高昔貌，紛亂襲前名。洞澗窺地脈，聳樹隱天經。松磴上迷密，雲竇下縱橫。」寫岩石則其勢回縈欲倒，山中之景物或深入地脈，或上窺蒼天，其狀欲活。以形似之筆，密實之意象，描繪廬山氣象萬千的雄奇險峻之境，展現了神秘而富於想像性的圖畫。又如〈行京口至竹裡〉：「高柯危且竦，鋒石橫複仄。復澗隱松聲，重崖伏雲色。」前兩句用賦筆鋪寫詩人直目所見，「復澗」二句，則用曲筆，尤能表現高竦幽峻之景。「隱」、「伏」二字皆用得工巧，松聲本來即有如隔山而聽之感，正如宋玉〈高唐賦〉說的：「不見其底，虛聞松聲。」通過聽覺寫松聲巧妙地表現了群山深澗的緬邈。「伏」字則以「雲色」寫出重崖之高峻，所以此二句兼寫兩種景，一是遙深之景，一是高峻之景。又如「騰蒨溢林疏，麗日曄山文。清潭圓翠會，花薄緣綺紋。」（〈三日遊南苑〉）枝葉疏朗的樹林，碧草萋萋，若流水一樣瀰漫流淌而出，明麗的陽光下，「陰晴眾壑殊」的山間，光線的明暗交織成文。清潭裡漣漪淺淺，洲渚上花叢澤草輝映成綺。鮑照十分精細地選擇意象和詞語，工巧地表現真實的景物，這些景物描寫可見出鮑照山水詩刻鏤之精工。

（二）用字之錘鍊

　　魏晉詩歌寫景即已重視動詞的使用，如「秋蘭被長阪，朱華冒綠池」（曹植〈公讌詩〉）、「川氣冒山嶺，驚湍激岩阿」（潘岳〈河陽縣作詩二首〉其二）、「浮陽映翠林，回飆扇綠竹。飛雨灑朝蘭，輕露棲叢菊。」（張協〈雜詩十首〉其二）等，這些詩句中動詞的使用，都體現出有意識的錘鍊，使景物生動形象。謝靈運山水詩發展了這一點，常用動詞來銜接山水意象，使山水景物具有動態的活潑新鮮之感。如「白雲抱幽石，綠篠媚清漣」（〈過始寧墅〉），「林壑斂暝色，雲霞收夕霏」（〈石壁精舍還湖中作〉）擬人化的「抱」、「媚」，「斂」、「收」，點逗出山水鮮活生動的神態。「初篁苞綠籜，新蒲含紫茸。海鷗戲春岸，天雞弄和風」（〈於南山往北山經湖中瞻眺〉）則連用「苞」、「含」、「戲」、「弄」四個動詞引起八個意象，描繪萬物自然生長的自由活躍的生命形象。其他如「石室冠林陬，飛泉發山椒」（〈石室山〉），「積石竦兩溪，飛泉倒三山」（〈發歸瀨三瀑布望兩溪〉）四句句法相似，動詞用得皆妙，「冠」、「倒」二字尤奇。「飛泉倒三山」頗有「銀河落九天」的震撼力。這種動詞在謝詩中運用得很多，包括用於句尾的「春晚綠野秀，岩高白雲屯」的「秀」、「屯」，都具有「詩眼」的意義，它們使整句甚至整首詩的形象都活動起來，頗有陸機〈文賦〉：「立片言而居要，乃一篇之警策。」那種強調用字的性質，這一點我們在第四章論述元嘉詩歌的「字法」中再進一步分析。

　　元嘉其他詩人有意地取法大謝，在寫景上皆頗注意動詞的使用。鮑照更傾向於用充滿力度和氣勢的動詞來表現雄奇壯闊之景，如「高岑隔半天，長崖斷千里」（〈登廬山望石門〉），物象宏大，「隔」、「斷」兩個動詞，使「高岑」、「長崖」成為施動者，意象則從雄壯中透出強烈的力度和氣勢。又如「青冥搖煙樹，窮跨負天石」、「旋淵抱星漢，乳竇通海碧」（〈從登香爐峰〉），每一句皆以動詞銜接前後兩個

意象，意象密實，但動詞的使用使意象具主動之狀態，故能以動化滯，意象皆活，如「負」字使靜止之「石」具有蓄勢欲飛之美，「抱」字則頗有曹操「日月之行，若出其中。星漢燦爛，若出其裡。」（〈步出夏門行〉）那種吞吐宇宙的宏偉氣勢。陳祚明評此詩云：「琢字取異，用字必生。」[95]又如「亂流灇大壑，長霧匝高林」（〈日落望江贈荀丞〉），「灇」字寫萬流歸壑的奔騰之感，長霧本是籠罩高林，而此處用描寫急風暴雨的「匝」字，極具速度和力量感，平常的意象因動詞的使用而充滿雄奇之美。方東樹評〈登廬山〉云：「造句奇警，非尋常凡手所能問津。」[96]鮑照山水詩所以能由常出奇，對動詞的選擇和使用是一個重要的原因。再如「三崖隱丹磴，九派引滄流」（〈登黃鶴磯〉），「騰沙鬱黃霧，翻浪揚白鷗」（〈上潯陽還都道中〉），「廣岸屯宿陰，懸崖棲歸月」（〈歧陽守風〉）動詞的使用的確使意象生動活潑起來，具有詩眼的作用和意義。

　　其他如謝惠連〈西陵遇風獻康樂詩五章〉其四：「屯雲蔽曾嶺，驚風湧飛流。零雨潤墳澤，落雪灑林丘。浮氛晦崖巘，積素惑原疇。」連用動詞，很明顯地學習康樂的寫景藝術。〈泛湖歸出樓中望月詩〉「斐斐氣幕岫，泫泫露盈條」，則將「幕」用為動詞，生動地描繪了嵐氣重如帷幕籠罩著山谷的形象，這種表現效果皆源於一「幕」字的使動用法。謝莊〈游豫章西觀洪崖井詩〉「遊陰騰鵠嶺，飛清起鳳池」，〈北宅秘園詩〉「綠池翻素景，秋槐響寒音」，動詞也用得生動準確。孝武帝劉駿的山水詩亦重視用動詞來刻畫景物，如：

　　　　屯煙擾風穴，積水溺雲根。漢潦吐新波，楚山帶舊苑。壞草淩
　　　　故國，拱木秀頹垣。（〈登作樂山〉）

95　〔清〕陳祚明：《采菽堂古詩選》（上海市：上海古籍出版社，2008年），頁581。
96　〔清〕方東樹：《昭昧詹言》（北京市：人民文學出版社，1984年），頁170。

　　平湖曠津濟，菰渚迭明蔿。和風翼歸采，夕氛晦山隅。驚瀾翻
魚藻，頹霞照桑榆。（〈濟曲阿後湖詩〉）

這些寫景句皆連用動詞，體現了元嘉山水詩景物描寫基本的句法特
點。動詞的使用使客觀、複雜的山水景物具有生動的形象，從創作實
踐上看，這是元嘉山水詩一個重要的寫景藝術。

（三）用連綿詞以表現景物形象

　　連綿詞有形容之用，是漢魏以來詩歌常用的一種手法，其作用是
能夠增加詩歌的形象性，這一點在〈古詩十九首〉中表現得尤為明
顯。元嘉人用之於山水景物的描繪中，取得了很大的成功。黃節云：
「雙聲疊韻，在六朝時，詩文家極注意，唐宋以下，此道不講，惟工
部一人，經意為之，康樂詩中此類話極多。」[97]謝詩如「石淺水潺湲，
落日山照耀。荒林紛沃若，哀禽相叫嘯」（〈七里瀨〉），連用「潺湲」、
「照耀」、「沃若」、「叫嘯」四組疊韻字描寫流水潺潺，殘照在山，落
葉紛飛，寒禽悲鳴，描繪出秋季黃昏蕭瑟寂寥的形象。雙聲疊韻在詩
歌中的作用，一是諧調音韻，王國維認為：「苟於詞之蕩漾處多用疊
韻，促節處多用雙聲，則其中鏗鏘可誦，必有過於前人者。」[98]此正
著眼與雙聲疊韻的聲律調節作用，這一點在漢魏古詩中的效果尤為顯
著。另一方面，雙聲疊韻是內容上的隱性重複，可以增強表現力，如
「荒林紛沃若」，「沃若」就增強了荒林中落葉紛紛的形象性[99]。又如

---

97 蕭滌非：〈讀謝康樂詩劄記〉引，葛曉音編：《謝靈運研究論文集》（桂林市：廣西
　師範大學出版社，2001年），頁19。

98 王國維：《人間詞話》，見《王國維文學論著三種》（北京市：商務印書館，2001
　年），頁45-46。

99 王夫之：《薑齋詩話》云：「蘇子瞻謂『桑之未落，其葉沃若』，體物之工，非『沃
　若』不足以言桑，非桑不足以當『沃若』。」謝靈運此處似借之以言落葉之狀（北
　京市：人民文學出版社，1961年，頁142）。

「側徑既窈窕，環洲亦玲瓏」(〈於南山往北山經湖中瞻眺〉)，「蘋萍泛沉深，菰蒲冒清淺」(〈從斤竹澗越嶺溪行〉)，這些雙聲疊韻詞都使所寫景物更為形象。鮑照詩亦多用此法，如：

> 巃嵸高昔貌，紛亂襲前名(〈登廬山〉)
> 嶄絕類虎牙，巑岏象熊耳(〈登廬山望石門〉)
> 浸淫旦潮廣，瀾漫宿云滋(〈送從弟道秀別〉)

「巃嵸」、「巑岏」、「浸淫」、「瀾漫」，雙聲疊韻的使用，從形、聲兩方面增進了所刻畫景物的形象。

此外，元嘉山水詩歌還重視複字的使用，此點似未得到充分認識。複字的作用與雙聲疊韻有相同之處，王夫之云：「用複字者，亦形容之意，『河水洋洋』一章是也。『青青河畔草，鬱鬱園中柳』，顧用之以跌宕。」[100]元嘉山水詩中的複字兼有這兩種作用，如謝詩：

> 莓莓蘭渚急，藐藐苔嶺高(〈石室山〉)
> 弭棹向南郭，波波浸遠天(〈舟向仙岩尋三皇井仙跡〉)
> 活活夕流馳，嗷嗷夜猿啼(〈登石門最高頂〉)
> 鷕鷕翬方雊，纖纖麥苗垂(〈入東道詩〉)

「莓莓」形容蘭渚之茂盛，「藐藐」形容苔嶺高遠[101]。「波波」似不成詞卻形象地描繪波浪翻滾的動態形象及水面蒼茫遼闊之境。複字還有擬聲的作用，〈登石門最高頂〉中「活活」、「嗷嗷」寫「夕流」、「夜猿」之聲，從聲音反襯出深林的幽靜，頗有「蟬噪林逾靜，鳥鳴山更

---

100 〔清〕王夫之：《薑齋詩話》(北京市：人民文學出版社，1961年)，頁144。
101 《詩》〈大雅〉〈瞻卬〉：「藐藐昊天，無不克鞏。」左思〈魏都賦〉：「藐藐標危，亭亭峻趾。」藐藐，高遠之意。

幽」的效果。〈入東道詩〉以「鸝鸝」擬聲，以「纖纖」表形，聲音與形象相結合，生動地描繪出野雉群鳴麥苗競長的田園風光。

　　元嘉詩人對大謝山水詩複字用法似有所借鑑。鮑照詩中複字最多，但用法較為模式化，常有上句寫形，下句擬聲的特點，如「昏昏磴路深，活活梁水急」（〈從庾中郎遊圓山石室〉），「昏昏」寫山路之幽深，「活活」摹流水清響，形、聲結合以狀山間寂靜之感。「萋萋春草秀，嚶嚶喜候禽」（〈和傅大農與僚故別〉）句法與前兩句相似，「萋萋」狀其形，「嚶嚶」表其聲，描繪了「辰物盡明茂」充滿生機的春日之景。表形與擬聲結合是鮑照詩歌中複字的重要用法，如「隱隱日沒岫，瑟瑟谷發風」（〈還都道中三首〉其二），「鱗鱗夕云起，獵獵晚風遒」（〈上潯陽還都道中〉），皆注重形、聲的結合，夕陽沒岫，層雲疊起，風聲蕭瑟，描繪寂寥曠渺之景，又音聲跌宕，極具描寫和表現力。又如「躞躞寒葉離，瀁瀁秋水積」（〈過銅山掘黃精〉），寒葉蕭蕭，秋水淙淙，亦用形、聲結合的寫景之法。「泥泥濡露條，嫋嫋承風栽」（〈三日〉），「泥泥」二字生新地描繪了露水濕潤下碧樹枝條的新鮮之貌，「嫋嫋」既寫風中枝葉的搖曳之狀，又含有微風拂葉的細微柔和之聲，二句細膩地描寫了初春明麗的景物。〈望水〉：「苕苕嶺岸高，照照寒洲爽」，「苕苕」表現嶺岸之高，「照照」則描寫出碧水環繞的沙洲，明亮如玉的玲瓏之狀。鮑照山水詩利用複字形、聲方面的特點，生動描繪了各種形象，又使詩歌音韻諧美。其他如謝惠連〈泛湖歸出樓中望月詩〉：「亭亭映江月，瀏瀏出谷飆。斐斐氣幕岫，泫泫露盈條。」連用四組複字，以描寫各種景物的形象，更接近於大謝，頗有清雅之風。

（四）寫景藝術的發展

　　元嘉詩歌的寫景，以巧似為基本特點，追求精工、真切地刻畫景物的形象。但元嘉詩人極貌寫物、爭價一字之奇的寫作態度，包

含著由寫實向誇飾發展的內在動力，這也是藝術上「變本加厲，踵事增華」的基本規律決定的。從元嘉山水詩的創作實踐來看，謝靈運、謝惠連等人的山水詩受鄴下和西晉詩歌的直接影響，帶有雅調的性質，山水形象比較明麗，雖學習賦家寫實之法，但賦家誇飾之風則尚未明顯。鮑照是元嘉山水詩後期的主要代表，其山水詩學大謝，但鮑照是一個個性鮮明、有自覺藝術追求的詩人，藝術上體現了較多的個人化性質。從詩歌描寫的對象來看，鮑照的活動主要集中在長江中下游地區，長江沿岸的景物比謝靈運所遊覽的浙東南一帶更為壯闊雄奇，因此在山水景物的描寫上，鮑照也較多地運用誇飾之法，以刻畫出氣勢磅礡的壯美之境。如〈登廬山望石門〉：「氛霧承星辰，潭壑洞江汜。嶄絕類虎牙，巑元象熊耳。」雲霧直貫星漢，幽潭巨壑則下通長江，俯觀仰察，詩境壯闊。「嶄絕」、「巑元」字面的形象性已能表現出山的尖銳巉峭的面貌，又用「虎牙」、「熊耳」加以模擬，極力鋪寫廬山的險峻雄奇。比喻是賦家常用之法，鮑照的山水詩也運用極多，如「怪石似龍章，瑕璧麗錦質」（〈從庾中郎遊圓山石室〉），「長城非險壑，峻阻似荊牙」（〈還都至三山望石頭城〉），「淖阪既馬領，磧路又羊腸」（〈登翻車峴〉），「既類風門礙，復像天井壁」（〈遇銅山掘黃精〉）。比喻本身即包含著誇飾的性質，因為喻依只有比喻旨更為有力，更能形象生動地表現所要傳達的意義，比喻才是有效的。鮑照山水詩大量使用比體，即在於比喻能更為有效地刻畫山水景物，黃子雲說鮑照：「善能寫難寫之景。」[102]很重要的一個原因即在於，鮑照善於利用比喻將難寫之景轉化為生動貼切的意象，如用「虎牙」、「熊耳」、「荊牙」、「龍章」、「馬領」、「羊腸」等直觀可想像性的意象，就更能生動直觀地來描繪出景物的特

---

102 〔清〕黃子雲：〈野鴻詩的〉，《清詩話》（上海市：上海古籍出版社，1978年），頁862。

點，「比」的大量運用，是形成鮑照山水詩奇崛的美學特點的原因之一。其他如「埋冰或百年，韜樹必千祀「(〈登廬山望石門〉)，「旋淵抱星漢，乳竇通海碧」(〈從登香爐峰〉)，「關扃繞天邑，襟帶抱尊華」、「攢樓貫白日，摛堞隱丹霞」(〈還都至三山望石城〉)，皆直以賦筆誇飾，頗有賦家包攬宇宙之心，景物雄偉壯闊。何焯《義門讀書記》：「詩至於鮑，漸事誇飾」[103]，主要是就這一類詩歌而言的，體現了元嘉寫景藝術的發展。

二　元嘉詩歌的寫境藝術

　　元嘉山水詩對山水景物的刻畫極為精細，但作為審美對象，山水形象在詩歌中並不是孤立的，成功的山水詩往往具有協調的、整體的審美特點，其景物描寫不是對自然界的簡單複製，而是賦予山水景物以形式，使豐富多樣的山水景物的形象構成審美之境。總體來看，元嘉山水詩還沒有達到唐宋山水詩歌那種藝術境界，但元嘉詩人在對山水的審美中，也開始有意識地組織山水景物，使之具有和諧的圖畫之美，這是「寫境」的主要特點[104]。

(一) 色彩調配以營造畫境

　　色彩是繪畫的生命，詩歌對景物的描寫某種意義上說，也就是要

103　〔清〕何焯：《義門讀書記》(北京市：中華書局，1987年)，頁895。

104　王國維《人間詞話》云：「有造境，有寫境，此理想與寫實二派之所由分。然二者頗難分別。因大詩人所造之境，必合乎自然；所寫之境，亦必鄰於理想故也。」陳良運《中國詩學體系論‧創境篇》分析王國維的觀點認為：「『造境』是無意而寫，得天造之妙；『寫境』是有意而造，得傳移摹寫之力。」從這一分別來講，元嘉詩歌對山水之境的營造，乃屬於「寫境」。王氏云：「境，非獨謂景物也。喜怒哀樂，亦人心中之一境界。故能寫真景物、真感情者，謂之有境界，否則謂之無境界。」我們這裡所謂的「寫境」乃專就元嘉詩歌的山水之境的描寫而言。

通過語言再現繪畫之美。陸機云：「存形莫善於畫」[105]，前文所指出，為追求對景物的生動描寫，詩歌應向圖畫靠近借鑑繪畫的藝術特點，因此各種色彩的搭配對詩歌圖畫之境的營造亦極為重要。魏晉詩歌的景物描寫即已注意到了色彩的搭配，如「菱茨覆綠水，芙蓉發丹池」（曹丕〈於玄武陂作詩〉）、「秋蘭被長阪，朱華冒綠池」（曹植〈公讌詩〉）、「白雲停陰岡，丹葩曜陽林」（左思〈招隱詩二首〉其一），顏色上的選擇、調配，使詩歌描繪的景物具有鮮麗的圖畫之美。謝赫《古畫品錄》中提出繪畫「六法」其中一法即為「隨類賦彩」[106]，這種藝術方法對詩歌的景物描寫亦有借鑑意義。

　　謝靈運本身即是畫家[107]，故其詩歌極重色彩的渲染[108]，這一點對其繪畫藝術自然有所借鑑。大謝山水詩所描繪景物的色彩美主要體現出兩個特點：一是濃墨重彩的妍麗之景；一是淡雅明麗的清新之景。謝詩重視色彩的調配，往往使其描繪的景物具有「符彩相勝」、「蔚似雕畫」的繪畫之美。焦竑〈謝康樂集題辭〉云：「棄淳白之用，而競丹臒之奇；離質木之音，而任宮商之巧。豈非世運相乖，古始易解，即謝客有不得自主者耶？」所謂「不得自主」，其實就是面對富於聲色的自然景物，為描摹得逼真，藝術上不得不注重聲色的講求。如〈晚出西射堂〉：「連鄣疊巘崿，青翠杳深沉。曉霜楓葉丹，夕曛嵐氣陰。」青翠的山色和紅豔的霜葉搭配，在秋陰和暮靄的背景中，更顯出明豔之美，色彩的映襯使諸種景物構成了色調鮮明的圖畫。何焯

105　〔唐〕張彥遠撰，秦仲文、黃苗子點校：《歷代名畫記》〈敘畫之源流〉（北京市：人民美術出版社，1963年），頁3。

106　〔清〕嚴可均校輯：《全齊文》（北京市：中華書局，1958年），卷二十五。

107　俞劍華《中國繪畫史》云：「陳郡陽夏謝氏曰靈運、曰惠連、曰莊、曰約，俱善畫。」（上海市：上海書店，1984年，頁49）張彥遠《歷代名畫記》〈記兩京外州寺觀畫壁〉敘浙西甘露寺之壁畫云：「謝靈運菩薩六壁，在天王堂外壁。」（北京市：人民美術出版社，1963年，頁72）。

108　曹道衡、沈玉成《南北朝文學史》對謝靈運山水詩聲色描繪的藝術技巧也有所分析可以參考，見該書頁56-57。

《義門讀書記》評此詩云：「夕曛陰沉，丹楓轉灼，四語妙於參差掩映。」[109]即注意到謝詩中顏色調配形成的美感。《讀書齋》：「殘紅披徑墜，初綠雜淺深。」則以顏色的變化來表現春夏季節的轉換。又如「原隰荑綠柳，虛囿散紅桃」（〈從遊京口北固應詔〉），桃紅柳綠的盎然春色，畫面鮮明。「遨遊碧沙渚，游衍丹山峰」（〈行田登海口盤嶼山〉）、「銅陵映碧澗，石磴泄紅泉」（〈入華子岡是麻源第三谷〉），丹紅碧綠的調配，描繪出鮮麗的自然之景。〈山居賦〉：「竹緣浦以被綠，石照澗而映紅」，也頗能看出他對視覺效果的重視。謝詩顏色的調配符合繪畫原理，頗有油畫的布色特點。

　　除豔麗之境之外，謝詩也注意清新明麗之畫境的營造。如「白雲抱幽石，綠筱媚清漣」（〈過始寧墅〉），「白芷競新苕，綠蘋齊初葉」（〈登上戍石鼓山〉）白雲在幽深的石上繚繞，綠竹輕拂澄澈的漣漪。白芷則競相抽出嫩芽，綠蘋的新葉齊齊地冒出水面，一片明麗的山水之境。又如「白華縞陽林，紫蘭暵春流」（〈東山望海〉）陽光照耀芳洲，白花點綴碧樹，紫蘭映照春水，明亮而純淨。〈入彭蠡湖口〉：「乘月聽哀狖，浥露馥芳蓀。春晚綠野秀，岩高白雲屯。」詩人從風波勞頓的旅途，突然進入春天的畫鏡，露濕芳草，原野蒼翠，白雲高屯，詩心詩境因之明朗。謝靈運有時還通過統一的色調來描繪形象，如〈登池上樓〉：「池塘生春草，園柳變鳴禽」，則以春草的青翠和園柳的碧綠，這種相近的顏色構成統一的色調，表現生機盎然的明朗畫面。色彩美是繪畫的重要審美內容，對色彩美的重視和巧妙的調配，表明了謝靈運在形象描繪上對繪畫技巧的借鑑和吸收。

　　鮑照也注重通過色彩和明暗對比描繪山水景物。元嘉十二年，鮑照赴荊州途徑大雷[110]，作書與妹，描繪在大雷「西南望廬山」之景云：

109　〔清〕何焯：《義門讀書記》（北京市：中華書局，1987年），頁897。

110　錢仲聯《鮑參軍集注》謂文作於元嘉十六年。丁福林《鮑照集校注》謂作於元嘉十二年（北京市：中華書局，2012年，頁876），茲從丁說。

上常積雲霞，雕錦縟。若華夕曜，嚴澤氣通，傳明散彩，赫似
絳天。左右青靄，表裡紫霄。從嶺而上，氣盡金光，半山以
下，純為黛色。

隨類賦彩、眾色雜陳，絳、青、紫、金、黛皆是強烈的深度色彩，鮑
照似乎缺乏謝靈運那種襯色、互補色調配的意識[111]，而追求奇異、刺
眼的色調。鮑照這種色彩的描繪方法也表現於其山水詩中，如「瑤波
逐穴開，霞石觸風起」（〈登廬山望石門〉），「霜崖滅土膏，金澗測泉
脈」（〈從登香爐峰〉），「瑤波」之碧綠與「霞石」之紅豔，「霜崖」之
白與「金澗」之黃，以鮮豔的色彩描繪出山水之境。〈還都至三山望石
城〉：「攢樓貫白日，摛堞隱丹霞」，雖是形容都城建康城牆樓閣之雄
偉，但「白日」、「丹霞」的色彩對比，也使所描寫之景的形象更為鮮
明可感，頗有顧愷之以「遙望層城，丹樓如霞」形容江陵城的那種畫
意。又如〈遇銅山掘黃精〉：「松色隨野深，夜露依草白」，墨綠的松色
與草葉上潔白晶瑩的露水，構成明淨而富於層次的畫境。重視色彩調
配以描繪山水之境，只是元嘉山水詩寫境藝術之一法，但對繪畫藝術
的借鑑，也表明元嘉詩人在營造整體的、協調的畫鏡上的自覺意識。

（二）散點透視以佈置山水

位置的經營與佈置是構成和諧畫境的必要藝術技巧，《古畫品錄》
「畫有六法」，其中一法即為「經營位置」[112]。唐代張彥遠〈論畫六
法〉云：「至於經營位置，則畫之總要。」[113]古代畫論都主張不要孤
立地描繪一山一水，而應通過位置的經營與佈置，使山水成為互相協

---

111 錢志熙先生說鮑照「寫景物，頗有亂施丹腹的毛病」（《魏晉詩歌藝術原論》，頁
　　355），從鮑照對色彩的處理看，的確存在這方面的缺陷。
112 〔清〕嚴可均校輯：《全齊文》（北京市：中華書局，1958年），卷25。
113 〔唐〕張彥遠：《歷代名畫記》（北京市：人民美術出版社，1963年），頁14。

調的整體。《文鏡秘府論》云：「夫置意作詩，即須凝心，目擊其物，便以心擊之，深穿其境。如登高山絕頂，下臨萬象，如在掌中。以此見象，心中了見，當此即用。」[114]則是主張詩人要以籠罩萬物的整體性的眼光去觀察景物，才能把各種景物協調地描繪出來。元嘉山水詩已體現了這些藝術主張，如謝靈運〈過始寧墅〉：「岩峭嶺稠疊，洲縈渚連綿。白雲抱幽石，綠篠媚清漣。」以上下不同的視角，把岩石、洲渚、白雲、綠竹不同景物組織起來構成和諧的圖畫。這種上下變化的視角，體現的是繪畫中多視點的散點透視法。宗炳〈畫山水序〉說：「去之稍闊，則其見彌小。今張絹素以遠映，則昆閬之形，可圍於方寸之內；豎畫三寸，當千切之高；橫墨數尺，體百里之迥。」宗炳說可以用「絹素」，把遼闊、高大的景物表現於方寸之中，他所說的正是以散透視法按比例遠近佈置物景的原理，這說明了元嘉人對散點透視佈置景物是有自覺的認識的。散點透視「流動著飄瞥上下四方，一目千里，把握全景的陰陽開闔、高下起伏的節奏。」[115]因此，可以比較充分地表現空間跨度比較大的景物。元嘉詩人頗有賦家包攬宇宙之心，追求全景式的景物的描繪，因此極重景物觀察、佈置的經營之法，如謝詩：

> 俯濯石下潭，仰看條上猿。(〈石門新營所住〉)
> 俯視喬木杪，仰聆大壑灇。(〈於南山往北山經湖中瞻眺〉)
> 極目睞左闊，回顧眺右峽。(〈登上戍石鼓山〉)
> 眷西謂初月，顧東疑落日。(〈登永嘉綠嶂山〉)

---

114 〔日〕遍照金剛：《文鏡秘府論》〈南卷〉〈論文意〉(北京市：人民文學出版社，1975年)，頁131。

115 宗白華：〈中國詩畫中所表現的空間意識〉，見《藝境》(合肥市：安徽教育出版社，2000年)，頁39。

又如明遠詩：

> 洞澗窺地脈，聳樹隱天經。松磴上迷密，雲竇下縱橫。（〈登廬山〉）
>
> 雞鳴清澗中，猿嘯白雲裡。瑤波逐穴開，霞石觸峰起。（〈登廬山望石門〉）
>
> 上倚崩岸勢，下帶洞阿深。（〈山行見孤桐〉）

這種「俯仰往還，遠近取與，是中國哲人的觀照方法，也是詩人的觀照方法。」[116]《周易》〈繫辭〉就有「仰以觀於天文，俯以察於地理」、「仰則觀象於天，俯則觀法於地」[117]，此亦為傳統詩歌所繼承，如曹丕詩「俯視清水波，仰看明月光」（〈雜詩〉其一），曹植的「俯降千仞，仰登天阻「（〈朔風詩〉其四），王羲之「仰視碧天際，俯瞰綠水濱」（〈蘭亭詩〉），不勝枚舉[118]。傳統詩歌中仰觀俯察的觀照方式，對元嘉山水詩也有所影響。這種景物經營的藝術，使元嘉詩歌能密實而協調地安排景物，構成和諧的畫境。何焯評謝靈運〈於南山往北山經湖中瞻眺〉云：「俛視喬木四語，可悟畫理。」[119]即在於謝詩以散點透視組織景物的方法，符合繪畫的藝術原理。葛曉音先生認為，以散點透視全面地表現空間萬象的方式，「使山水詩的境界不受具體的時間和固定的視點限制，朝夕之間的風雲變化、陰陽開合、天地之際的山川泉石、草蟲魚鳥，均被詩人組織成一個順應自然

116　宗白華：〈中國詩畫中所表現的空間意識〉，《藝境》（合肥市：安徽教育出版社，2000年），頁53。

117　〔魏〕王弼注，樓宇烈校釋：《周易注》（北京市：中華書局，2011年），頁244、262。

118　參見宗白華：〈中國詩畫中所表現的空間意識〉，《藝鏡》（合肥市：安徽教育出版社，2000年），頁53-54。

119　〔清〕何焯：《義門讀書記》（北京市：中華書局，1987年），頁898。

之道的和諧完整的境界。」[120]從這一點來講，謝靈運等人以散點透視法觀察、組織景物，的確有利於營造諧調的山水景物畫面。

　　元嘉山水詩大多是描寫遊覽過程中觀賞到的各種景物，符合散點透視以流動的角度觀察景物的觀物原理，有利於選取典型性的形象，因此常常能多層次地安排景物，描繪出諧調的山水之境。如謝詩「近澗涓密石，遠山映疏木」（〈過白岸亭〉），由眼前密石嶙峋的溪澗寫到遠處樹木山色相映的疏朗，近景與遠景構成一個具有層次感，又有延伸性的畫面。又如「野曠沙岸淨，天高秋月明。憩石挹飛泉，攀林摘落英。」前兩句寫遠景，空曠的原野與高掛的明月，在一片明淨中構成高遠之境。後兩句則將視角收回，寫詩人當下的盤桓之境。遠近的層次分明，具有空間的深度。這種講究空間層次的構景藝術在鮑照詩歌中也體現得很明顯，如〈從登香爐峰〉：「含嘯對霧岑，延蘿倚峰壁。青冥搖煙樹，穹跨負天石。霜崖滅土膏，金澗測泉脈。旋淵抱星漢，乳竇通海碧。」詩人從所處位置，仰望峰頂煙樹、巨石直入青天，下視則霜崖、金澗遙深無底，「旋淵」二句復以俯視，描繪淵泉倒映星漢，乳竇通於碧海的壯闊形象。以上下變換的視角刻畫安排複雜的景物，描繪出盧山險峻幽深之境。又如〈日落望江贈荀丞〉：「日落嶺雲歸，延頸望江陰。亂流灠大壑，長霧匝高林。林際無窮極，雲邊不可尋。惟見獨飛鳥，千里一揚音。」由遠及近，由下而上，再將目光放遠，描繪了多層次的遼闊緬邈的畫面，黃昏日落的氣氛在畫境得到了形象的渲染。

（三）意境之營造

　　元嘉山水詩體物真切的景物描寫，總體上比較質實，但有些詩歌也表現出了對山水審美境界的追求，某種程度上說有從「寫境」向

---

120 葛曉音：《山水田園詩派研究》（瀋陽市：遼寧大學出版社，1993年），頁40。

「造境」發展的意識。審美對象與認知實體性質不同，現象學美學家英加登認為審美過程中，我們會忽略和隱去審美對象中各種與審美性質無關的細節，「我們在『思想中』，甚至在一種特殊的知覺反映中補充了對象的這些細節，使其在給定條件下有助於造成審美『印象』的最佳條件。」[121]這其實就是審美鑑賞力的體現，也就是克羅齊說的：「要以審美的方式欣賞自然事物，就必須抽去它們外在的和歷史的實在性，使它們的單純的形象離開實際存在而呈現。只有用藝術家的眼光去觀照自然，自然才顯得美。」而且「沒有一種自然美，藝術家碰到它不想稍加潤色。」[122]所以藝術既是對自然美的刻畫和表現，同時也是對自然美的提升。克羅齊甚至認為「如果沒有想像的幫助，就沒有哪一部分的自然是美的。」[123]所謂的「想像」就詩歌來說，其實也就是要有「詩心」，有詩性的審美力。

　　謝靈運對山水景物有很敏銳的審美鑑賞力，能以詩心和靈性傳達出山水微妙之美，因此很容易將讀者帶入山水靈境之中。陸時雍〈詩鏡總論〉：「熟讀謝靈運詩，能令五衷一洗，白雲綠筱，湛澄趣於清漣。」[124]即指出了謝詩的這種審美效果。如「江山共開曠，雲日相照媚」（〈初往新安至桐廬口〉），這種澄明瑩澈之美，不僅是山水的實景，也是詩人內心從現實挫折的陰鬱轉向明淨的展現，詩人明淨的詩心照亮了山水，這就是克羅齊說的「想像的幫助」對自然美的「潤色」。〈登江中孤嶼〉：「亂流趨正絕，孤嶼媚中川。雲日相輝映，空水共澄鮮。」澄明透澈的山水靈境，完全超越了刻畫工巧的藝術層面，

121　〔波蘭〕加登：〈審美經驗與審美對象〉，〔美〕M・李普曼編：《當代美學》（北京市：光明日報出版社，1986年），頁286。

122　〔義〕克羅齊著，朱光潛譯：《美學原理》（北京市：外國文學出版社，1983年），頁109。

123　〔義〕克羅齊著，朱光潛譯：《美學原理》（北京市：外國文學出版社，1983年），頁109。

124　《歷代詩話續編》（北京市：中華書局，1983年），頁1407。

是詩人對自身感受到的審美之境的表達。謝靈運用審美化的意象，使
這種「難寫之境，如在眼前」。又如「昏旦變氣候，山水含清暉」（〈石
壁精舍還湖中作〉），也深得畫境之美。李白〈與謝良輔遊涇川陵岩
寺〉云：「乘君素舸泛涇西，宛似雲門對若溪。且從康樂尋山水，何
必東遊入會稽。」在李白看來，康樂詩歌所描繪的會稽山水之美，可
以使人如身臨其境，這也說明了康樂山水詩能夠傳達出意境。正如謝
靈運謝自己感歎「池塘生春草，園柳變鳴禽」得之神助一樣[125]，謝詩
中諸多空靈的山水之境，的確也可以說是超越了藝術技巧[126]，而具有
絕去蹊徑、不期而得的特點，陸時雍評謝詩：「『白雲抱幽石，綠篠媚
清漣』，不琢而工。『皇心美陽澤，萬象咸光昭』，不淘而淨。『杪秋尋
遠山，山遠行不近』，不修而嫵。『猿鳴誠知曙，谷幽光未顯』，『岩下
雲方合，花上露猶泫』，不繪而工。此皆有神行乎其間矣。」[127]即能
寫景而得神，頗似王國維所說的「造境」，體現了山水詩由寫實向入
神發展，由寫景而臻於造境。

　　謝詩對山水的神韻、意境的營造，首先是其敏銳的山水審美力的
體現[128]；其次與他的淨土信仰，追求心境的澄淨，並在審美中表現潔
淨的佛境有關[129]；同時也發展了東晉玄言詩人明淨空靈的審美趣尚。
應該說佛、玄兩方面是自然地融合於大謝的意識之中的。從藝術上說

---

125 曹旭：《詩品集注》（上海市：上海古籍出版社，2011年），頁372。

126 所謂的「超越藝術技巧」其實也還是指藝術上的錘鍊而不見雕琢之跡，由工而入
　　於妙，即沈德潛《古詩源》所說的：「經營慘澹，鉤深索隱，而一歸自然。」「追
　　琢而返於自然。」（頁132頁）

127 陸時雍：〈詩鏡總論〉，《歷代詩話續編》（北京市：中華書局，1983年），頁1406-
　　1407。

128 譚元春云：「康樂靈心秀質，吐嚼山川。」（毛先舒〈詩辯坻〉引，《清詩話續編》
　　本，頁85）即指大謝的山水審美力。

129 〔唐〕皎然《詩式》〈文章宗旨〉：「康樂公，早歲能文，性穎神澈，及通內典，心
　　地更精，故所作詩，發皆造極，得非空王之助邪？」（北京市：人民文學出版社，
　　2003年，頁118）。

謝詩對山水氣韻之把握與對庾闡、湛方生等人的山水詩，也不無繼承和發展關係，東晉山水詩總體上是比較重視瀅澈空明的境界的，如庾闡〈三月三日詩〉：

> 心結湘川渚，目散沖霄外，清泉吐翠流，綠醴漂素瀨。悠想盼長川，輕瀾渺如帶。

即表現出清朗虛靈的山水之美，又如湛方生〈天晴詩〉：

> 屏翳寢神轡，飛廉收靈扇。青天瑩如鏡，凝津平如妍。落帆修江渚，悠悠極長眄。清氣朗山壑，千里遙相見。

頗有空靈之境。「在東晉士人的意識中，山水自然本來就是玄境的象徵，所以山水觀照中流露出虛恬的意識。只要不涉名理，那麼這種意識是有助於他們對山水境界的體悟，體驗到山水中空曠、靈動的氣韻。」[130]這一點對謝靈運是有影響的。當東晉人靜照山水時，對玄理的體悟與對山水的審美，某種意義上說乃是同一個過程，正是從這一點來講，東晉人的山水審美是心靈化的，這種思維特點在謝靈運的山水觀照中有比較明顯的體現，這也是大謝山水詩中那些空靈之境的形成的一個原因。〈登江中孤嶼〉說：「表靈物莫賞，蘊真誰為藏」，宗炳〈畫山水序〉云：「山水質而有趣靈」，廬山諸道人〈游石門詩序〉云：「霄霧塵集，則萬象隱形；流光回照，則眾山倒影；開合之際，狀有靈焉，而不可測也。」所謂的「靈」皆有山水有神韻之意，這說明了山水藝術產生之初，就已比較清晰地奠定了傳統對山水有靈性之美的認識，這也是謝詩中由質而趨靈的畫境形成的思想基礎。從審美

---

130 錢志熙：《魏晉詩歌藝術原論》（北京市：北京大學出版社，2005年），頁305。

思維來講，謝靈運明顯地受到慧遠「形象本體」之學的影響[131]，因此具有由「形」求「神」的思維特點，這也是大謝一些山水詩形成意境之美的原因。

　　山水的審美意境是多方面的，這一點與詩人主體的情性關係密切。王國維云：「境，非獨謂景物也。喜怒哀樂，亦人心中之一境界。故能寫真景物、真感情者，謂之有境界。」[132]鮑照不具有謝靈運那種山水審美感受力，但其情感更為豐富、深沉，因此其行役、贈答類的山水詩，常常表現出沉鬱深婉之境。如「落日川渚寒，愁雲繞天起」（〈贈傅都曹別〉），寫落日下的川渚，用主觀感覺的「愁」字形象地描繪出自然意象，「繞」描繪出秋雲動態的厚重之感，寫景而得情，情景交融，描繪精工，詩境闊大，句格勁健。又如「陰沉煙塞合，蕭瑟涼海空」（〈還都口號〉）此兩句頗有古詩「枯桑知天風，海水知天寒」那種切實可感又杳無邊際的詩意，「陰沉」、「蕭瑟」既是寫景，又含情感。「合」、「空」二字簡練而形象地描繪出廣闊的詩境，「空」字尤能表現詩人內心的空曠寂寥之感。鮑照行役、贈答類的山水詩，常常創造出情景交融的詩境，如〈上潯陽還都道中〉：

　　　　鱗鱗夕雲起，獵獵晚風道。騰沙鬱寒霧，翻浪揚白鷗。登艫眺
　　　　淮甸，掩泣望荊流。絕目望平原，時見遠煙浮。

「鱗鱗」四句直書所見，興象甚妙，詩境壯闊。「登艫」二句感物興情，以情銜景，上承「鱗鱗」四句，下啟「絕目」二句。「絕目」二句，寫遠煙籠罩的遼闊平原，情景交融詩境深遠綿邈。又如〈發後渚〉：

131　這一點參見本文第一節第三點「慧遠『形象本體』之學對體物的意義」的論述，
　　　及拙文〈論謝靈運山水詩對慧遠佛教美學的創造性發展〉（《南京師範大學文學院
　　　學報》，2006年第3期）。
132　王國維：《人間詞話》，《王國維論著三種》（北京市：商務印書館，2001年），頁31。

涼埃晦平皋，飛湖隱修樾。孤光獨徘徊，空煙視升滅。途隨前
峰遠，意逐後雲結。

「涼埃」四句寫詩人由後渚出發後，回望漸漸退去之景。洲渚上秋陰
寂寂，向後退去的湖泊，終於被樹林隱沒；原野上夕陽微渺，煙霧明
滅。正是一幅江南深秋的秋陰圖，靜謐、潮濕而寂寞，詩人離別的憂
傷猶如圖畫中深深淺淺的墨色，情景融合為一了。

　　謝靈運和鮑照在山水詩意境的創造上，體現了不同的美學特點，
這是他們的情性、鑑賞力的不同所決定的。但對整體的詩境的追求、
營造，都體現了元嘉詩歌在體物藝術上的發展，就如克羅齊所說的這
是對「自然美的提升」，這種「提升」根本而言是詩人創造力和藝術
鑑賞力的發展的結果。

第五節　元嘉詩歌抒情體物的藝術

　　山水詩的發展是元嘉詩歌一個重要的藝術成就，第一章我們指出
了元嘉詩歌抒情體物結合的詩學，從本質上來講，元嘉山水詩是重寄
託的，在描繪自然景物的形象中寄託詩人的思想情感。孫綽〈遊天臺
山賦序〉謂作賦之緣起云：「余所以馳神運思，晝詠宵興，俛仰之
間，若已再升者也。方解縷絡，永托茲嶺，不任念想之至，聊奮藻以
散懷。」[133]孫氏認為賦的寫作緣於其「散懷」的需要，他在賦的描繪
中寄託了他的情懷，這一點揭示了一個基本的寫作原理，即體物寫景
仍是與情感表現結合在一起的[134]。《文心雕龍》〈明詩〉說劉宋初的山
水詩「情必極貌以寫物，辭必窮力以追新。」〈物色篇〉云：「自近代

---

133 〔清〕嚴可均校輯：《全晉文》（北京市：中華書局，1958年），卷61。
134 李仲蒙云：「敘物以言情，謂之賦。情盡物者也。」（楊慎〈升菴詩話〉引，《歷代
　　詩話續編》，頁882）也就是說體物寫景也是與情感結合為一的。

以來，文貴形似，窺情風景之上，鑽貌草木之中。吟詠所發，志惟深遠；體物為妙，功在密附。」皆合情、景二端而言，劉勰認為山水詩的景物描寫要「味飄飄而輕舉，情曄曄而更新」[135]，做到情感寄託與寫景結合，這也是元嘉詩歌在創作實踐中體現出來的詩歌觀念。從詩歌創作實踐來講，情、物二元也無法截然分開，因為對山水景物的欣賞是本於詩人的情性和鑑賞力的，故清人朱庭珍云：

> 作山水詩者，以人心所得，與山水所得於天者互證，……必使山情水性，因繪聲繪色而曲得其真，務期天巧地靈，借人工人籟而畢傳其妙，則以人之性情通山水之性情，以人之精神合山水之精神，並天地之性情、精神相通相合矣。[136]

即強調詩人性情與山水之美的融合，亦王夫之所說的：「情景名為二，而實不可離。神於詩者，妙合無垠。巧者則有情中景，景中情。」任何的藝術創作本身都具有主觀性質，這一基本特點決定了體物與情感不可能截然分開，故王國維云：「感情真者，其觀物亦真。」[137]周振甫先生分析《文心雕龍》〈物色〉，認為情感與景物描寫之間的關係可分為兩種模式：一是「觸景生情」，一是「緣情寫景」。「觸景生情，情由景生，作者的心境比較平靜，沒有激情。」而「緣情寫景」，作者的心情則較為激動，將激動的心情加到景物上去，寄情於景[138]。由於對自然景物的審美價值有自覺的認識，因此相對於魏晉詩歌而言，元嘉詩人更為重視寄情於景。從創作實踐來看，元嘉詩

---

135 范文瀾：《文心雕龍注》（北京市：人民文學出版社，1958年），頁694。

136 〔清〕朱庭珍：〈筱園詩話〉，《清詩話續編》（上海市：上海古籍出版社，1983年），頁2345。

137 王國維：〈文學小言〉，王國維著，佛雛校輯：《廣《人間詞話》》（上海市：華東師範大學出版社，1990年），頁141。

138 周振甫：《文心雕龍注釋》（北京市：人民文學出版社，1981年），頁497。

歌抒情體物雖有「觸景生情」與「緣情寫物」兩種基本的寫作模式，情感的內涵與強度亦有所區別，但就本質而言，元嘉詩人都重視對情性的表現。他們有強烈的尋求寄託的需要，錢志熙先生論述謝靈運山水詩取得突出成就的原因說：「從某種意義上說，不是山水境界構成謝詩的根本精神，並使它超越同時期詩人的山水之作；而是強烈的尋求寄託、尋找心理平衡的願望構成了謝詩的基本精神，使它在一個時期內獨領風騷。」[139]尋求寄託的願望應該說是元嘉詩人所普遍具有的，表現於山水詩中，即尋求將情感寄託於自然景物的審美形象之中，這是元嘉詩歌在藝術上的重要發展，也體現了元嘉詩人抒情與審美結合的詩歌觀念。

緣情綺靡是元嘉詩學思想的核心，而其中情景結合又是這一詩學思想的重要的內容，如謝靈運〈石門新營所住，四面高山，回溪石瀨，修竹茂林〉：

> 躋險築幽居，披雲臥石門。苔滑誰能步，葛弱豈可捫。嫋嫋秋風過，萋萋春草繁。美人游不還，佳期何由敦？芳塵凝瑤席，清醑滿金樽。洞庭空波瀾，桂枝徒攀翻。結念屬霄漢，孤景莫與諼。俯濯石下泉，仰看條上猿。早聞夕飆急，晚見朝日暾。崖傾光難留，林深響易奔。感往慮有復，理來情無存。庶持乘日車，得以慰營魂。匪為眾人說，冀與智者論。

開頭四句緊括詩題，描寫石門周圍的景物。「嫋嫋」以下十句，由景入情，表現了「美人游不還」的孤獨寂寞之情，此十句頗得《楚辭》的抒情風格。「洞庭」二句出自〈九歌〉〈湘夫人〉：「嫋嫋兮秋風，洞庭波兮木葉下」，與〈大司命〉：「結桂枝兮延佇，羌愈思兮愁人」，此

---

139 錢志熙：《魏晉詩歌藝術原論》（北京市：北京大學出版社，2005年），頁368。

皆千古懷人名句，靈運妙手化之，以虛寫實，「空」、「徒」二字尤能見其深情。又續以六句寫景，仍括緊詩題，進一步描繪石門的幽深，在幽眇之景中隱含詩人孤寂之情。從藝術上看，詩人有意通過抒情寫景來營造情景結合的詩美觀。林庚先生說：「山水詩是繼神話之後，在文學創作上大自然的又一次人化。這一詩歌發展的必然階段，便通過謝靈運旅人的心情而表現出來。」[140]這一觀點是很準確的，謝詩即常常在景物描寫中蘊涵其孤寂之情，因此有些詩歌又能實現情景交融的詩美，如〈石門岩上宿〉：

> 朝搴苑中蘭，畏彼霜下歇。暝還雲際宿，弄此石上月。鳥鳴識月棲，木落知風發。異音同致聽，殊響俱清越。妙物莫為賞，芳醑誰與伐。美人竟不來，陽阿徒晞髮。

此詩情景交融詩境清麗，又吸收〈離騷〉和〈九歌〉的意象而具有空靈曼妙之美，如前兩句用〈離騷〉：「朝搴阰之木蘭兮，夕攬洲之宿莽」。「美人」二句則用〈九歌〉〈少司命〉：「與女遊兮九河，沖風至兮水揚波。與女沐兮咸池，晞女發兮陽之阿。望美人兮未來，臨風怳兮浩歌。」開頭二句是虛實結合的寫法，既點明時間是在秋季，也定下了詩人敏感的情感基調，「畏彼霜下歇」用主觀色彩的「畏」字，融入了詩人幽微孤寂的心靈感受。「暝還雲際宿」以下六句描寫環境的淒清，以聽覺寫山間夜晚「鳥鳴」、「木落」、「風發」等清越的聲音，更增加了靜寂之感。如此幽美寧靜之境，獨處山中苦無知音共賞，詩人將孤寂之感都歸為「美人竟不來」，但所謂的「美人」並不一定要指實，而是詩人飽滿的情感所創作出來的詩性的意象。從藝術上看，此詩已屬上乘，抒情寫景融合創造出空靈曼妙的意境。謝靈運

---

140 林庚：《中國文學簡史》（北京市：北京大學出版社，1995年），頁172-173。

山水詩在景物描寫上雖多用客觀寫實之筆，但觸景生情、抒發感慨、寄情於景的意圖還是很明確的，如〈晚出西射堂〉、〈登池上樓〉、〈游南亭〉、〈從斤竹澗越嶺溪行〉、〈於南山往北山經湖中瞻眺〉、〈入彭蠡湖口〉等，這些詩都具有寄情於景的詩美，比較明確地體現了體物緣情的詩歌藝術特點[141]。蕭滌非先生〈讀謝康樂詩札記〉曰：「大抵康樂之詩，首多敘事，繼言景物，而結之以情理，故末語多感傷。」這種概括雖然比較模式化，但指出謝詩融合體物與抒情兩種藝術，這一點還是比較準確的。

　　鮑照繼謝靈運之後創作了不少的山水詩，並進一步將山水題材與贈答、行役等主題結合起來，因此情景結合的藝術上較大謝更為圓熟。從創作實踐來看，鮑照學習謝靈運所作的那些登臨遊覽類的山水詩，如〈登廬山〉、〈登廬山望石門〉、〈從登香爐峰〉等，仍缺乏自己的藝術特點。但贈答、行役一類的詩作，將寫景與抒情結合起來，獲得了一種既有情感內涵又有審美藝術形象的詩美觀，藝術上則有明顯的發展。林庚先生說：「山水詩的興起，是結合著遊子的主題與自然景物而來的。」[142]這一點在鮑照的山水詩中表現得極為顯著。鮑照由於仕途屢遭挫折、人生矛盾十分激烈，因此其詩歌往往具有為情感尋求藝術形象的特點，即主要採用「緣情體物」的寫作方法。從情感內涵來看，鮑詩比謝詩來得強烈，但就本質而言，鮑照仍注重抒情與審美的結合，這一點與又與謝靈運相似，體現了元嘉詩歌體物緣情的藝術特點。如〈登黃鶴磯〉：

　　　　木落江渡寒，雁還風送秋。臨流斷商弦，瞰川悲棹謳。適郢無東轅，還夏有西浮。三崖隱丹磴，九派引滄流。淚行感湘別，

---

141 曹道衡、沈玉成《南北朝文學史》云：「謝靈運刻畫山水帶有鮮明的感情，以情為『景』『理』之間的介體，情、景、理往往能結合得比較成功。」（頁35）。
142 林庚：《中國文學簡史》（北京市：北京大學出版社，1995年），頁172。

　　　　弄珠懷漢遊。豈伊藥餌泰，得奪旅人憂。

方東樹分析此詩曰：「起二句寫時令之景，次二句敘登臨之情；適郢六句正寫望，情事景物；收言己情，應前斷弦悲謳，凡分四段。起句興象，清風萬古，可比『洞庭波兮木葉下』。」[143]「木落」二句，以景寫情，融情入景，使全詩都籠罩在秋色與詩人的情感之中。「三崖」二句寫景疏中見實，詩歌既貫穿著詩人的傷秋之情，而「木落」、「三崖」、「九派」等景物的形象又描繪得極為鮮明，做到情景交融。又如〈還都道中三首〉其二：

　　　　風急訊灣浦，裝高偃檣舳。夕聽江上波，遠極千里目。寒律驚窮蹊，爽氣起喬木。隱隱日沒岫，瑟瑟風發谷。鳥還暮林誼，潮上冰結洑。夜分霜下淒，悲端出遙陸。愁來攢人懷，羈心苦獨宿。

首二句通過「風急」、「裝高」等旅途艱辛寫長江之波浪奔騰，三、四句接續而下，聽覺與視覺結合，描繪了長江壯闊遼遠之境，詩人的形象則在此的襯托下越發顯得渺小，從而巧妙地表現了主體的寂寞、悲傷之感。句法極妙，既描繪了生動的形象，又融合了深沉的情感。「寒律」以下六句描繪仲冬曠渺寂寥之景，將詩人羈旅的愁苦之情寄託於景物的形象之中，也就是克羅齊說的：「情感是有意象的情感，意象是可以感覺到的意象。」[144]克羅齊主張鑑賞力與創作力的統一[145]，

143　〔清〕方東樹：《昭昧詹言》（北京市：人民文學出版社，1984年），頁177。

144　〔義〕克羅齊著，朱光潛譯：《美學原理》（北京市：外國文學出版社，1983年），頁234。

145　克羅齊認為：「下判斷的活動叫『鑑賞力』，創造的活動叫『天才』；鑑賞力與天才在大體上所以是統一的。」「藝術家也應有鑑賞力。」（《美學原理》，頁131）

其實也說明了只有具備對「物」的鑑賞力[146]，才能表現意象之美，真正達到將意象與情感融合的「體物緣情」。王闓運說：「『夕聽』二句，作守風語，更入畫。」[147]也就是具有繪畫之美，其實是情景結合達到的一種審美境界。以描繪「物」的形象之美為基本特點的山水詩，其最為關鍵的即在於對「物」的鑑賞力，心物作為藝術的兩元，只有對兩者都具備的鑑賞力時，才能實現融合。所以從「感物興思」到「體物緣情」，可以說是對「物」的鑑賞力發展的結果。鮑照諸多贈答、行役類詩，如〈發後渚〉、〈上潯陽還都道中〉、〈歧陽守風〉、〈和王丞〉、〈日落望江贈荀丞〉、〈吳興黃浦亭庾中郎別〉、〈送別王宣城〉等，都有意識地尋求抒情寫景結合的詩美觀，這一點直接開啟了齊梁之後重情景交融的詩學思想。方東樹常以「興象」評鮑照詩，如「興象華妙清警」（〈歧陽守風〉）、「興象甚妙」（〈上潯陽還都道中〉）、「興象甚妙」（〈發後渚〉）、「起句興象，清風萬古」（〈登黃鶴磯〉）、「興象尤妙」（〈吳興黃浦亭庾中郎別〉）。「興象」的內涵包括兩個方面：一是起興，此與「感物興思」頗為相似；二是形象，乃「體物」之結果。所謂的「興象」，其實就是「體物緣情」達到的藝術美感。

　　謝、鮑之外，元嘉其他詩人的詩歌創作，也比較明顯地體現了抒情審美結合的詩歌思想。如顏延之〈始安郡還都與張湘諏登巴陵城〉：

> 江漢分楚望，衡巫奠南服。三湘淪洞庭，七澤藹荊牧。經途延舊軌，登閣訪川陸。水國周地險，河山信重複。卻倚雲夢林，前瞻京臺囿。清雰霽岳陽，曾暉薄瀾澳。悽矣自遠風，傷哉千里目。萬古陳往還，百代勞起伏。存沒竟何人，炯介在明淑。請從上世人，歸來藝桑竹。

---

146 關於詩歌創作中的鑑賞力問題可以參見錢志熙《黃庭堅詩學體系研究》之「詩學與創作中的鑑賞力」一節的相關論述。

147 錢仲聯：《鮑參軍集注》引（上海市：上海古籍出版社，1980年），頁309。

起四句由湘州的地理形勢入筆，「經途」二句交代登臨，「水國」六句寫登城所望之景，「悽矣」以下由景入情，虛字「矣」、「哉」用得極妙，將浩渺之情表現出來。《宋書》本傳載顏延之貶官始寧路過湘州時，「為湘州刺史張邵祭屈原文以致其意。」[148]詩人此時雖得還都城，但登城所望目極千里仍不禁有懷古傷今之情，將所見所感與懷古融合，置身於歷史的時空背景之中，具有渾厚的蒼茫感。顏延之其他一些詩歌雖不是山水詩，但也比較注重抒情寫景的結合，如〈北使洛〉：「伊瀍絕津濟，臺館無尺椽。宮陛多巢穴，城闕生雲煙。王猷升八表，嗟行方暮年。陰風振涼野，飛雲瞀窮天。」「宮陛」二句、「陰風」二句，皆善能寫景，在描繪故國蕭條殘敗之景中寄寓了詩人深沉的黍離之悲。〈還至梁城作詩〉：「息徒顧將夕，極望梁城分。故國多喬木，空城凝塞雲。丘隴填郊郭，銘志滅無文。木石局幽闥，黍苗延高墳。」此首與〈北使洛〉是顏延之的代表作，寫北使洛陽歸途中所見所感，「故國」二句簡練地描寫出蕭索陰沉之景，其中蘊涵著濃郁的故國之思。王夫之謂謝詩「情不虛情，情皆可景；景非滯景，景總含情。」顏延之這兩首詩即頗有這種情景交融之美。

其他如謝惠連，其詩歌創作主要集中在與其族兄謝靈運交往時，因此也明顯地受到了大謝寫景藝術的影響，但他又善於學習南朝民歌藝術[149]，因此抒情寫景結合得較好，詩風較大謝來得婉轉清麗，如〈擣衣詩〉：

衡紀無淹度，晷運倏如催。白露滋園菊，秋風落庭槐。蕭蕭莎雞羽，烈烈寒螿啼。夕陰結空幕，宵月皓中閨。美人戒裳服，端飾相招攜。簪玉出北房，鳴金步南階。櫩高砧響發，楹長杵

148 〔梁〕沈約：《宋書》（北京市：中華書局，1974年），頁1892。
149 鍾嶸《詩品》謂其「才思富捷」，「又工為綺麗歌謠，風人頁一。」（曹旭：《詩品集注》，頁372）。

聲哀。微芳起兩袖，輕汗染雙題。紈素既已成，君子行未歸。
裁用筍中刀，縫為萬里衣。盈篋自余手，幽緘俟君開。腰帶准
疇昔，不知今是非。

這首是典型的南朝情詩，其風情已頗開齊梁。「白露」六句寫景，渲
染思婦所處清寂之境，其所選之意象如「白露」、「庭槐」、「寒螿」、
「夕陰」、「宵月」等，皆具有典型意義，詩歌的成功之處在於使這些
具有象徵意義的意象仍具有生動可感的形象，且象中含情。其他如謝
莊〈北宅秘園詩〉：「夕天霽晚氣，輕霞澄暮陰。微風清幽魄，餘日照
青林。收光漸摠歇，窮園自荒深。綠池翻素景，秋槐響寒音。伊人儻
同愛，弦酒共棲尋。」由清麗之景而發結語那種幽微之情。

　　總體來看，元嘉詩歌情景交融圓美流轉的作品還不是太多，但元
嘉詩人有意識地通過描寫自然景物的審美形象來表現其情性，創造出
抒情與寫景結合的詩美觀，這一詩歌創作實踐體現了元嘉詩歌情性本
體與審美本質結合的詩學思想，也開了齊梁詩歌情景交融的法門。

第三章

擬古與新變
──復變之中的元嘉詩歌

　　元嘉是詩史上承上啟下的重要時期，清人錢木庵論五言詩的發展云：「張、陸學子建者也，顏、謝學張、陸者也，徐、庾學顏、謝者也。」[1] 結合此數人的詩歌創作來看，可以清楚地看出魏晉到齊梁的詩歌發展脈絡，顏、謝等代表的元嘉詩歌正是這一詩史的中間環節。這一階段的詩歌體現了複變結合的藝術特點，也就是學古與新變結合。元嘉體既繼承魏晉，亦蘊涵著新的因素，即陸時雍所說的「古之終律之始也」[2]，其所謂雕琢、排偶、聲色之類者，皆繼承魏晉而有新的發展，這乃是文學藝術踵事增華變本加厲的必然結果。胡應麟《詩藪》云：「宋人一代，康樂外，明遠信為絕出。上挽曹劉之逸步，下開李杜之先鞭。第康樂麗而能淡，明遠麗而稍靡。淡故居晉宋之間，靡故涉齊梁之軌。」[3] 這其實是元嘉詩歌的古和今的問題。風格上的「麗而淡」、「麗而靡」是元嘉詩歌學古與新變的結果在藝術上的直觀表現，但元嘉詩學中的古今問題遠較胡氏所說的要來得複雜。從詩學來講，學古與新變的內涵是豐富的、多層次的。魏晉南朝是擬古極興盛的時期，留下了很多以擬、代、紹等為題的詩歌。學古本身就是元嘉詩人學習傳統詩歌的一個重要的途徑，特別是在東晉玄言詩

1　〔清〕錢木庵：〈唐音審體〉，《清詩話》（上海市：上海古籍出版社，1978年），頁780。

2　〔明〕陸時雍：〈詩鏡總論〉，《歷代詩話續編》（北京市：中華書局，1983年），頁1406。

3　〔明〕胡應麟：《詩藪》（上海市：上海古籍出版社，1979年）外編，頁149。

造成漢魏晉詩歌藝術傳統斷層的背景下，元嘉詩人的學古具有很明顯的自覺性，元嘉詩人通過自覺的學古有意識接續魏晉詩歌藝術傳統。卡西爾《語言與神話》說：「我們若不在某種程度上重複或重構某一藝術作品因之得以誕生的創作過程，我們對它就不能有所理解或有所感受。」[4]這裡所說的其實就是對典範的學習，對典範之所以成為典範的體認，因此這種重複或者重構是一個複雜的過程，某種意義上說也是一種創造。布呂納季耶說：真正推動文學前進的是內在的因果關係，其中最關鍵的是作品對作品的影響[5]。這其實就是強調學習前人作品在文學創作中的重要作用。清人冒春榮《葚原詩說》云：「作詩不學古人則無本，徒學古人，拘之繩尺，不敢少縱，則無以自立。『擬議以成變化』，乃詩家之要論也。」[6]即在創作實踐上，學古與新變的結合。作為詩學的一對基本範疇和詩歌發展的基本規律，學古與新變是結合在一起的，從邏輯上來講，任何一首詩歌包括摹擬之作，它本身或多或少都有新的質素，這種新的質素就是詩歌的新變。相應的，任何一種創新都是在特定的藝術傳統之中進行的，都無法完全擺脫對傳統的學習和繼承，毫無根源、完全獨立的新變是不存在的，韋勒克、沃倫《文學理論》說：「無論是一齣戲劇、一部小說，或者一首詩，其決定因素不是別的，而是文學傳統和慣例。」[7]也強調了對文學傳統的學習、繼承在創作中的意義。從這一點來講，學古與新變是辨證統一的，在具體的創作上，學古與新變是多層次的，體現在諸多方面。

4　〔德〕卡西爾著，於曉等譯：《語言與神話》（北京市：生活・讀書・新知三聯書店，1988年），頁194-195。

5　劉象愚：〈韋勒克與他的文學理論〉，見劉象愚譯：〈序言〉，《文學理論》（杭州市：江蘇教育出版社，2005年），頁17。

6　《清詩話續編》（上海市：上海古籍出版社，1983年），頁1583。

7　〔美〕韋勒克、沃倫：《文學理論》（杭州市：江蘇教育出版社，2005年），頁79。

第一節　元嘉學古思潮與詩歌傳統的繼承

　　元嘉學古最根本的意義是對魏晉詩歌藝術傳統的體認和繼承。東晉玄言詩「理過其辭，淡乎寡味」[8]，割斷了漢魏以來注重情性本質的詩歌傳統，但這種詩史發展的中斷，也使得晉宋之際的詩人在反撥東晉文學觀念時，對漢魏詩歌的情性本質有自覺的繼承意識。晉宋之際的文人在玄言詩將詩歌引入歧途之後，自覺將目光轉向了漢魏晉詩歌，因此普遍地激發出一股文學的復古思潮。《南史》載南平穆王劉鑠「有文才，未弱冠，擬古三十餘首，時人以為亞跡陸機。」[9]又《宋書》〈王微傳〉載王微與從弟僧綽書論文學創作云：「且文詞不怨思抑揚，則流澹無味。文好古，貴能連類可悲，一往視之，如似多意。」[10]王微主張文學創作應該具有「怨思抑揚」的情性本質，而且他將文學的這種情感本質與「古」聯繫起來，說明宋人對漢魏晉詩歌情性本質是有明確的認識的。范曄《後漢書》〈文苑傳贊〉云：「情志既動，篇辭為貴。抽心呈貌，非雕非蔚。殊狀共體，同聲異氣。言觀麗則，永監淫費。」[11]這是范曄對後漢文學觀念的總結，結合〈獄中與諸甥侄書〉可以看出，范曄的情性觀乃淵源於後漢的文學觀念。應該說晉宋之際的文人是有意識地繼承和把握整個漢魏晉的文學思想的，當時盛行的復古思潮主要是從文學觀念和藝術原則上來進行，帶有基礎性和宏觀性的特點，因此對整個南朝詩歌都產生了很深遠的影響。

　　從詩學的發展來看，東漢中後期以後詩學發展的核心是，詩歌情性本質觀不斷釐清和確立的階段。東漢中後期詩人開始擺脫雅頌的文學觀念，極有成效的一點是通過對楚辭及西漢騷體文學「發憤抒情」

8　曹旭：《詩品集注》（上海市：上海古籍出版社，2011年），頁28。

9　〔唐〕李延壽：《南史》（北京市：中華書局，1975年），頁395。

10　〔梁〕沈約：《宋書》（北京市：中華書局，1974年），頁1667。

11　〔南朝宋〕范曄：《後漢書》（北京市：中華書局，1973年），頁2658。

的情性本質的回顧和學習。建安詩歌承漢末，其慷慨悲壯的詩風最大
程度地實現了這一詩歌本質。鄴下、正始及西晉詩歌因社會政治情勢
的變化，詩歌由激揚外露向深沉精微發展，但主張詩歌表現自然情性
這一詩歌本質觀念則沒有變化。陸機〈文賦〉倡「詩緣情而綺靡」
論，可以說是在新的環境中對「發憤抒情」的一種改造[12]。在漢魏晉
宋這一詩歌藝術系統中，「發憤抒情」與「緣情」作為情性本質的具
體之表現方法，對不同的詩人產生不同的影響，形成或重氣骨、或重
辭藻等不同的詩風，但兩者又有相通之處。陸機即將「緣情」與「發
憤」結合起來，如〈思歸賦〉序謂作賦的緣起：「懼兵革未息，宿願
有違，懷歸之思，憤而成篇。」賦云：「悲緣情以自誘，憂觸物而生
端，晝輟食而發憤，夜假寐而興言。」因情感沉鬱而發憤成文。〈弔
魏武文〉序謂自己為著作郎時，見魏武遺令，痛感賢愚貴賤同歸於
盡，情思沉鬱，「於是遂憤懣而獻弔云爾」。可見其「緣情」之情的內
涵是很廣的，包括「發憤」之情。又如潘岳〈秋興賦〉序云：「夫送
歸懷慕徒之戀兮，遠行有羈旅之憤。」這種所謂的「憤」指的也是離
別之情特別沉摯的狀態。可以說西晉人的「緣情」論，其內涵仍是與
「發憤抒情」相通的，他們的文學觀念也是以情性為本的。《文心雕
龍》〈情采〉：

> 昔詩人篇什，為情而造文；辭人頌賦，為文而造情。何以明其
> 然？蓋風雅之興，志思蓄憤，而吟詠情性，以諷其上，此為情
> 而造文也；諸子之徒，心非郁陶，苟馳誇飾，鬻聲釣世，此為
> 文而造情也：故為情者要約而寫真，為文者淫麗而煩濫。而後
> 之作者，採濫忽真，遠棄風雅，近師辭賦；故體情之制日疏，

---

12 滕福海〈「發憤」：「詩言志」向「緣情」說發展的樞紐〉一文可參考。載徐中玉、
　　郭豫適主編：《古代文學理論研究》（上海市：華東師範大學出版社，2004年）。

逐文之篇日盛。故有志深軒冕，而泛詠臯壤；心纏機務，而虛
述人外，真宰弗存，翩其反矣。[13]

劉勰這裡雖然提出風雅、諷諭，但他對當時文風的批評不是在於其不
合乎儒家詩教，而在於其虛情的弊病。在劉勰看來，文章應該是情感
郁陶充沛的產物，即所謂的「志思蓄憤」，從這一點來看，劉勰也繼
承了「發憤抒情」的內涵，劉勰「為情造文」的核心即文章應以真情
實感為基礎，這一詩歌本質觀就是對魏晉詩歌創作實踐的總結。

　　元嘉詩人對漢魏晉詩歌的學習是多方面的，不同詩人也有不同的
理解，如謝靈運、顏延之、鮑照等人都在現實感受的基礎上重新體悟
了詩歌的情感本質，並自覺地學習漢魏晉詩歌以構建其情性本體觀。
從創作實踐來看，元嘉詩人都親身經歷晉宋漢之際開始的復古思潮，
元嘉大部分詩人都有擬古之作，謝靈運、謝惠連、鮑照等人的詩歌創
作就都是從學古開始的。如謝靈運前期的詩歌創作，就主要是學習陸
機的擬樂府詩。大謝身處晉宋易代之際，其心境與陸機比較接近，藝
術上借感物而寄興亡崇替之感、生命流逝之悲。如我們前文分析過的
〈悲哉行〉，從物象寫起，在物象中寄託情感，即是典型的「感物興
思」的寫法，遵循魏晉詩歌重興寄的寫作原則。謝靈運其他一些擬樂
府如〈長歌行〉、〈燕歌行〉、〈折楊柳行〉等，也都是重抒情的。從藝
術上來看，謝靈運擬樂府模擬之跡雖然比較明顯，未能自成一家，但
仍比較明顯地體現了對魏晉詩歌抒情原則的學習和繼承。作於任秘書
監期間（元嘉三年到五年）的〈擬魏太子鄴中集八首〉，學習鄴下詩
人抒情言志的寫法，序云：「歲月如流，零落將盡，撰文懷人，感往
增愴。」顯然也寄託了其自身的感慨。可以說對元嘉詩人而言，學古
很重要的一點就是對詩歌傳統和原則的學習和體認。

---

13 范文瀾：《文心雕龍注》（北京市：人民文學出版社，1958年），頁538。

　　學古之作也是鮑照詩歌重要的組成部分[14]，尤其是樂府詩取得了極高的成就。鮑照詩歌抒情性很強，蕭子顯《南齊書文》〈學傳論〉謂其：「發唱驚挺，操調險急，雕藻淫豔，傾炫心魄。」[15]從抒情的強度來說，這一概括基本上還是比較恰當的。鮑照詩歌根源於其現實的人生矛盾，如〈代白頭吟〉、〈代東武吟〉、〈代貧賤苦愁行〉、〈擬行路難十八首〉、〈擬古八首〉等，這些詩歌都是情感飽滿的，所以鮑照比較自然地接續了晉宋詩歌的復古思潮。在藝術上則有更進一步的發展，鮑照的創作完全遵循魏晉詩歌抒情言志的原則，與現實矛盾的不斷深化，使他的一些詩歌直接繼承了漢魏及楚騷「發憤抒情」的詩歌精神，情感熱烈深沉，藝術上絕去蹊徑，創造性地發展了詩歌的情性本質，形成獨特的詩美觀。如〈擬行路難十八首〉：

奉君金巵之美酒，玳瑁玉匣之雕琴，七彩芙蓉之羽帳，九華蒲萄之錦衾。紅顏零落歲將暮，寒光宛轉時欲沉。願君裁悲且減思，聽我抵節行路吟。不見柏梁銅雀上，寧聞古時清吹音。（其一）

對案不能食，拔劍擊柱長歎息。丈夫生世會幾時？安能蹀躞垂羽翼？棄置罷官去，還家自休息。朝出與親辭，暮還在親側。弄兒床前戲，看婦機中織。自古聖賢盡貧賤，何況我輩孤且直。（其六）

兩首詩的藝術手法不同，第一首用沉摯之情運豔麗之詞，形成獨特的風格，頗近楚辭。第六首則全用直抒，以質實的語言發其沉鬱悲慨之

---

14 這裡所謂的「學古」之作，包括鮑照的擬古詩和樂府詩。

15 〔梁〕蕭子顯：《南齊書》（北京市：中華書局，1972年），頁908。

情，王夫之評此詩云：「土木形骸，而龍章鳳質固在。」[16]很形象地揭示這種詩的詩美觀不在於辭藻，而在於最直接、最完全地體現詩歌的情性本質。無論是以豔麗辭藻表現奇崛之情，還是直接的抒情言志，對真實情性的表現乃是鮑照詩歌的基本本質，這一點鮑照是直接繼承漢魏晉詩歌的。

　　元嘉其他詩人也有不少的學古之作，如顏延之〈從軍行〉、〈秋胡行〉，謝惠連〈塘上行〉、〈燕歌行〉、〈代古詩〉，袁淑〈效曹子建白馬篇〉、〈效古詩〉，劉鑠〈擬行行重行行〉、〈擬明月何皎皎〉、〈擬青青河邊草〉，王微〈雜詩二首〉，湯惠休〈怨詩行〉，王素〈學阮步兵體詩〉等。王僧達有〈和琅邪王依古詩〉一篇，說明學古也是文人士人之間相互唱和的一種寫作方式。從創作實踐看，劉宋人學古是多方面的，學習的對象也各不相同，但他們的學古主要還是基於對漢魏晉詩歌寫作原則的體認而進行的，因此劉宋詩人大多能通過學古，體認魏晉詩歌的情性本質和審美原則，這一點對劉宋整個詩歌創作都有深遠的影響。如顏延之〈從軍行〉：

> 苦哉遠征人，畢力幹時艱。秦初略揚越，漢世爭陰山。地廣旁無界，岊阿上參天。嶠霧下高鳥，冰沙固流川。秋飆冬未至，春液夏不涓。閩烽指荊吳，胡埃屬幽燕。橫海或飛驄，絕漠皆控弦。馳檄發章表，軍書交塞邊。接鏑赴陣首，卷甲起行前。羽驛馳無絕，旌旗晝夜懸。臥伺金柝響，起候亭燧燃。遨矣遠征人，惜哉私自憐。

《樂府解題》云：「〈從軍行〉皆軍旅苦辛之辭。」[17]顏延之此詩受陸

16　〔清〕王夫之：《古詩評選》（北京市：文化藝術出版社，1997年），頁48。

17　〔宋〕郭茂倩：《樂府詩集》（北京市：中華書局，1979年），卷32引，頁475。

機〈從軍行〉明顯的影響，詩意、句子都頗相對應，但顏氏此詩情感悲慨，得建安之風，與〈北使洛〉〈還至梁城作詩〉等都表現了沉摯的情感。說明顏延之的學古也是頗重視對魏晉詩歌情性本質的學習和繼承的。顏、謝、鮑之外，劉宋學古還有不少的佳作如：

> 桑妾獨何懷，傾筐未盈把。自言悲苦多，排卻不肯舍。妾悲叵陳訴，填憂不銷冶。寒雁歸所從，半途失馮假。壯情抃驅馳，猛氣捍朝社。常懷雲漢漸，常欲復周雅。重名好銘勒，輕軀願圖寫。萬里度沙漠，懸師踏朔野。傳聞兵失利，不見來歸者。奚處埋旍麾，何處喪車馬？拊心悼恭人，零淚覆面下。徒謂久別離，不見長孤寡。寂寂掩高門，廖廖空廣廈。待君竟不歸，收顏今就櫬。（王微〈雜詩〉其一）

> 眇眇陵長道，遙遙行遠之。回車背京里，揮手從此辭。堂上流塵生，庭中綠草滋。寒螿翔水曲，秋兔依山基。芳年有華月，佳人無還期。日夕涼風起，對酒長相思。悲發江南調，憂委子矜詩。臥看明鏡晦，坐見輕紈緇。淚容不可飾，幽鏡難復治。（劉爍〈擬行行重行行〉）

王微主張為文應「怨思抑揚」，鍾嶸〈詩品序〉所提數家之體中有「王微風月」[18]，所謂的「風月」也就是善寫兒女之情[19]。王氏〈雜

18　曹旭：《詩品集注》（上海市：上海古籍出版社，2011年），頁486。

19　曹旭《詩品集注》引許文雨《詩品講疏》：「江文通〈雜體詩〉有王徵君微〈疾〉一首，中云：『清陰往來遠，月華散前墀。』寫風月也。原詩自有此。」又云：王法國諸人以為：王微今存〈四氣詩〉一首，寫四時美景。其詩云：「蘅若首春華，梧楸當夏翳。鳴笙起秋風，置酒飛冬雪。」王微「風月」詩，當指此。（頁468）其實「風月」非必專指自然界之清風明月，還可以之男女情感。從其〈雜詩〉來看，「王微風月」當有謂其善寫男女之情之意。

詩〉二首就是這種詩風的典型，所舉這一首融邊塞、閨怨兩種主題，從思婦的角度表現了下層士人身死邊塞的悲劇命運，情感哀苦沉痛，學習陳琳〈飲馬長城窟〉的寫作原則。劉鑠現存〈擬古詩十九首〉數首，〈擬行行重行行〉寫思婦的哀怨情意纏綿，沈德潛以為「頗臻古意」[20]。從寫作實踐來看，元嘉詩人比較自覺地通過學古體認和繼承漢魏晉詩歌的情性本質。元嘉詩人學古比較廣泛，形成的詩風也不同，但是元嘉學古詩與一般的模擬不同，總體上看它們是以表現詩人的真情實感為旨歸的，這是元嘉詩歌情性本質的基本內涵，這一點與元嘉詩人通過的學古體認、繼承漢魏晉詩歌密切相關。

第二節　元嘉詩歌的擬古之法

　　元嘉詩歌藝術淵源於魏晉，這是詩歌史上一個普遍的認識，東漢後期到魏晉，五言詩逐漸從樂府脫胎出來發展為純粹的詩歌藝術，建安諸人通過自己的創作實踐，奠定了五言詩的典範，形成了「五言騰踴」的詩歌高潮。但從詩學的發展來看，魏晉南北朝時期詩學尚不發達，詩學理論、術語，包括對詩歌創作規律的總結都還是不夠充分的。因此魏晉南北朝時期缺乏後代那種詩學傳授風氣，詩人對詩歌典範的學習，只能通過個人在學習的實踐中加以體認，具體的方法就只有從擬古入手[21]。

　　從文學史來看，擬古的淵源甚早，《漢書》〈揚雄傳〉載揚雄有感於屈原自沉，而反〈離騷〉之意作〈反離騷〉，「又旁〈離騷〉作重一篇，名曰〈廣騷〉。又旁〈惜誦〉以下至〈懷沙〉一卷，名曰〈畔牢愁〉。」《漢書》本傳又說他傾慕司馬相如之賦「每作賦，常擬之以為

20　〔清〕沈德潛：《古詩源》（北京市：中華書局，1963年），卷10，頁223。
21　參見錢志熙：《黃庭堅詩學體系研究》有關魏晉南北朝擬古興起的論述，見該書頁165。

法式。」可見模擬是一種很重要的學習和創作的方法，西漢騷體賦就大多就是直接模擬屈原的作品的。東漢辭賦文章模擬仿效的現象更為普遍，典型的如枚乘〈七發〉，東漢之後傅毅、崔駰、馬融、張衡，直至建安徐幹、王粲、曹植等人皆有繼作，以至《文選》特立「七體」一類，范文瀾謂：「漢魏以下文人，幾無不作七。」[22]確可說明東漢以來文學創作中模擬風氣之盛。「七體」之外，東漢以來的文章中又有「設問」體，「神女賦」系列，「閒情賦」系列，「連珠」系列等等，都是奕世繼作，可以看出當時文學創作互相學習仿效的狀況。從詩歌來看，漢末文人五言詩，本身就是學習漢樂府的結果，建安詩人五言詩的創作，也主要是通過學習樂府和古詩進行的，胡應麟《詩藪》云：「子建〈雜詩〉，全法〈十九首〉意象。」[23]建安詩人對古詩的學習是比較明顯的，只是這種學習較多的是整體性的，主要體現為對詩歌典範、詩歌傳統、詩歌精神的體認，因此也較多地顯示出創造的性質。西晉詩人對樂府、古詩的學習則已更多地轉向藝術技巧上，如傅玄、陸機，其基本特點是在語言風格和藝術技巧上求變化，注重修辭和文字的錘鍊，這一點也體現了詩藝的自覺和發展，對元嘉擬古有很明顯的影響。元嘉擬古承續了魏晉以來的擬古潮流，方法上對魏晉擬古有所綜合和發展，從元嘉擬古詩來看，其具體的擬古方法大體可以歸納為數種：擬篇法、擬體法、借古法[24]。本節準備從創作實踐具體論述元嘉詩歌的擬古方法。

---

22 范文瀾：《文心雕龍注》（北京市：人民文學出版社，1958年），頁258。

23 〔明〕胡應麟：《詩藪》（上海市：上海古籍出版社，1979年，第2版），內篇卷2，頁30。

24 廈門大學莊筱玲碩士論文《魏晉擬古詩初論》對擬古方法有所分析，可以參見。

一　擬篇法

擬篇法即以具體的詩篇為模擬對象的擬古方法，其基本特點是比較重視藝術技巧的學習，在主題、意象、結構形式等方面，都受到模擬對象比較明顯的影響。越是對文學性質和規律缺乏抽象概括能力的時代，這種擬作法就越普遍。總體來看，魏晉時期的擬古即以擬篇法為主，如陸機有〈擬古詩十九首〉十四首，又擬建安文人樂府詩，如〈苦寒行〉、〈短歌行〉擬曹操同題之作，〈燕歌行〉擬曹丕，〈門有車馬客行〉擬曹植〈門有萬里客〉等。魏晉詩人中陸機最重視藝術技巧，其擬作也體現了這一特點，某種意義上說，擬篇法其實乃是一種詩歌藝術的學習之法，但從後人的角度來看，模擬具體篇章的作品其藝術成就往往不甚高，黃子雲即批評陸機詩歌云：「平原五言、樂府，一味排比敷衍，間多硬句，且踵武前人步伐，不能流露性情，均無足觀。」[25]這代表了後人一種普遍的態度。但是從詩歌藝術技巧的學習、發展上來看，擬篇法也還是有其自身的價值和意義的，因為擬篇雖然在主題、詩意等方面受制於所擬對象，但在藝術上需要有所變化，不能完全是亦步亦趨的，翁方剛云：「班婕妤〈怨歌行〉云：『出入君懷袖，動搖微風發』，已自恰好。至江文通擬作，則有『畫作秦王女，乘鸞向煙霧』之句，斯為刻意標新矣。迨劉夢得又演之曰：『上有乘鸞女，蒼蒼網蟲遍』。即此可悟詞場祖述之秘妙也。」[26]所謂的「祖述之秘妙」即擬作在詩歌語言上的學習和變化，可見擬篇的作品具有改寫的性質，這一點頗似黃庭堅所說的「換骨法」，即「不易其意而造其語」。有些擬篇法的作品，甚至還有黃氏所謂「奪胎法」的性質，

25　〔清〕黃子雲：〈野鴻詩的〉，《清詩話》（上海市：上海古籍出版社，1978年），頁861。

26　〔清〕翁方剛：〈石洲詩話〉，《清詩話續編》（上海市：上海古籍出版社，1983年），頁1385。

即「窺入其意而形容之」[27]，重視語言修辭等藝術上的發展。

　　元嘉詩歌雖然屬於魏晉宋這一詩歌藝術系統，但魏晉詩歌傳統受到東晉玄言詩的中斷，因此元嘉詩歌對傳統詩歌藝術較少自然的繼承，而體現為較多的自覺學習的因素，因此擬篇法的創作也較為興盛，可以說這是元嘉詩人學習魏晉詩歌藝術的基本途徑。

　　元嘉擬篇法也有一個內在發展過程，前期謝靈運、謝惠連、顏延之等人的擬作比較重視藝術技巧上的學習，在語言、修辭、形式等方面模擬原作之跡較明顯，注意保持原作的風貌。如謝靈運〈長歌行〉：

　　　倏爍夕星流，昱奕朝露團。粲粲烏有停，泫泫豈暫安。徂齡速飛電，頹節騖驚湍。覽物起悲緒，顧己識憂端。朽貌改鮮色，悴容變柔顏。變改苟催促，容色烏盤桓。亹亹衰期迫，靡靡壯志闌。既慚臧孫慨，複愧楊子歎。寸陰果有逝，尺素竟無觀。幸賒道念戚，且取長歌歡。

此詩擬陸機〈長歌行〉，詩意也與陸詩一樣，表現時間流逝生命短暫之悲。藝術上大量使用對偶句，幾與陸詩一一對應，又頗似已意所出，可看出大謝模擬技巧之高，鍾嶸謂其「尚巧似」，非但指景物刻畫之工，亦是其藝術功力之體現，這也表現在他的模擬之作上。其他如〈悲哉行〉、〈折楊柳行〉、〈君子有所思行〉等皆擬陸機同題之作。總體來看，大謝擬古的基本特點是藝術技巧上的變化，主題、詩意、風格等方面則與原作保持對應，這也是謝靈運樂府詩未能自成一體的基本原因，但這種擬古方法也體現了元嘉前期擬古詩的一個特點，這時期的詩人比較重視通過對具體篇章的模擬學習各種藝術技巧。日人

27　〔宋〕惠洪：《冷齋詩話》（北京市：中華書局，1988年），卷1，頁15-16。

藤井守考察謝靈運第二次歸隱始寧，認為謝靈運的樂府詩是在與謝惠連等人的「文章賞會」中，「在短時間內集中創作的」[28]。《宋書》〈謝靈運傳〉載：「靈運既東還，與族弟惠連、東海何長瑜、潁川荀雍、泰山羊璿之，以文章賞會，共為山澤之遊，時人謂之四友。」[29]這與東晉末謝混組織的「烏衣之遊」的性質頗為相似，這種「文章賞會」也與「烏衣之遊」的「文義賞會」一樣，包含了文學欣賞、創作等方面的互相切磋。在「文章賞會」互相唱和的過程中創作樂府詩是可以理解的，謝靈運就曾與顏延之在宋文帝面前同作〈北上篇〉，王僧達有〈和琅邪王依古詩〉以擬古相唱和，說明擬作確是當時文人間互相展現藝術技巧是一種方法。從藝術上來看，同題擬作因主題、形式等都被限定，因此比較容易判定藝術技巧上的優劣。建安時期曹氏兄弟與王粲等七子常有同題的詩賦，雖與劉宋這種同題擬作不完全相同，但性質上卻是相似的，都帶有藝術賞會、競賽的意味[30]。這種創作形式最主要的意義即在於藝術上的互相切磋和促進。謝惠連的擬樂府〈悲哉行〉、〈燕歌行〉、〈豫章行〉、〈鞠歌行〉、〈長安有狹邪行〉、〈塘上行〉，與大謝一樣都是模擬陸機的，恐怕也確是在「文章賞會」的互相切磋中創作的，如〈豫章行〉：

> 軒帆遡遙途，薄送瞰遏江。舟車理殊緬，密友將遠從。九里樂
> 同潤，二華念分峰。集歡豈今發？離歎自古鐘。促生靡緩期，
> 迅景無遲蹤。緇鬢迫多素，憔悴謝華葦。婉娈寡留晷，窈窕閒

28　藤井守：〈謝靈運的樂府詩〉，《日韓謝靈運運研究譯文集》（桂林市：廣西師範大學出版社，2001年），頁81。

29　〔梁〕沈約：《宋書》（北京市：中華書局，1974年），頁1774。

30　王瑤認為這種同題共作的情形「自然容易區別出作者們才力的高小，於是自然地更影響了作者們寫作時要求揣摩和模擬前人的動機，想試著衡量一下自己和前人成功作品之間的輕重。」（〈擬古與作偽〉，《中古文學史論集》〔上海市：上海古籍出版社，1982年〕，頁76）。

淹龍。如何阻行止，憤慍結心胸。既微達者度，歡戚誰能封。
願子保淑慎，良訊代徽容。（謝惠連）

泛舟清江渚，遙望高山陰。川陸殊途軌，懿親將遠尋。三荊歡
同株，四鳥悲異林。樂會良自苦，悼別豈獨今。寄世將幾何？
日昃無停陰。前路既已多，後途隨年侵。促促薄暮景，亹亹鮮
克禁。曷為複以茲，曾是懷苦心。遠節嬰物淺，近情能不深？
行矣保嘉福，景絕繼以音。（陸機）

對比謝惠連與陸機的這兩首詩，可以清楚地看出其對應是極為緊密
的。詩意「皆言別離，言壽短景馳，容華不久。」[31]藝術上重對仗，
模擬之跡十分明顯，有些句子如「舟車」六句與陸詩「川陸」六句至
有亦步亦趨之嫌。二謝擬陸機樂府詩諸篇大抵都是有這種特點。其他
如顏延之〈從軍行〉、荀昶〈擬相逢狹路間〉、〈擬青青河邊草〉，孔欣
〈相逢狹路間〉（擬陸機〈長安有狹邪行〉）、〈置酒高堂上〉（擬曹植
〈野田黃雀行〉，袁淑〈效曹子建白馬篇〉，鮑照〈代陳思王白馬
篇〉、〈擬阮公夜中不能寐〉、〈代陸平原君子有所思行〉等，這些擬作
都有意地保持原作的藝術風貌。張溥《漢魏六朝百三家集》〈袁忠憲
集題辭〉謂袁淑：「其摹古之篇，風氣竟逼建安。」[32]沈德潛評劉鑠
〈擬行行重行行〉「頗臻古意」[33]，可見元嘉擬篇之作，其實也是有意
識地以複為變，把握漢魏晉的詩歌的審美理想和藝術傳統。

　　劉宋後期隨著時代藝術風格的發展，擬篇之作也開始體現出新的
審美趣味和藝術風貌。由於重情文學思想的引導，因此這時期的擬古

31　〔宋〕郭茂倩：《樂府詩集》引《樂府解題》，頁501。
32　〔明〕張溥：《漢魏六朝百三家集題辭》（北京市：人民文學出版社，1981年），頁
　　179。
33　〔清〕沈德潛：《古詩源》（北京市：中華書局，1963年），卷10，頁223。

主要集中在對漢魏晉情詩的模擬上，如鮑照〈代陳思王京洛篇〉、〈代白頭吟〉、〈代別鶴操〉、〈擬行路難十八首〉（其一、其二、其三）等，鮑令暉〈擬青青河畔草〉、〈擬客從遠方來〉，何偃〈擬冉冉孤竹生〉，湯惠休〈怨詩行〉（擬曹植〈七哀詩〉），吳邁遠〈飛來雙白鵠〉（擬古辭〈豔歌何嘗行〉），劉爍〈擬行行重行行〉、〈擬明月何皎皎〉、〈擬青青河邊草〉、〈三婦豔詩〉（擬〈長安有狹邪行〉）等。劉宋詩人擬作的這些情詩，風格上往往更為綺麗，如：

> 白露秋風始，秋風明月初。明月照高樓，白露皎玄除。迫及涼風起，行見寒林疏。客從遠方來，贈我千里書。先敘懷舊愛，末陳久離居。一章意不盡，三複情有餘。願遂平生志，無使甘言虛。（劉爍〈擬孟冬寒氣至〉）

> 明月照高樓，含君千里光。巷中情思滿，斷絕孤妾腸。悲風蕩帷幄，瑤翠坐自傷。妾心依天末，思與浮雲長。嘯歌視秋草，幽葉豈再陽。暮蘭不待歲，離華能幾芳？願作張女引，流悲繞君堂。君堂嚴且秘，絕調徒飛揚。（惠休〈怨詩行〉）

從所舉兩首來看，基本的特點是以綺麗、新巧的語言改變古詩的高古淳厚。如劉爍所擬這首，主題與古詩一致，都是表現久別相思之情，古詩比較質樸，劉爍擬作則筆法細膩，如「白露」六句描繪深秋之景，融情入景渲染孤寂相思之情。詩風清婉流麗，或融入南方新音樂的因素。惠休〈怨詩行〉模仿曹植〈七哀詩〉，曹詩是興寄之作，以思婦寄寓政治之情，詩風沉鬱深致，惠休則以綺麗情思，刻畫幽怨的思婦形象，情感纖細，風格亦較柔弱。整體上來看，劉宋後期的擬篇之作，藝術上更重視刻畫之功，具有黃庭堅所說的「窺入其意而形容之」的「奪胎法」的特點。鍾嶸《詩品》引其從祖鍾憲之言云：「大

明、泰始中，鮑、休美文，殊已動俗。」[34]所謂的「動俗」其實是鮑照、惠休代表的新的審美趣尚得到了普遍的認同，蕭子顯《南齊書》〈文學傳論〉謂源於鮑照的「雕藻淫豔，操調險急」已成為當時詩歌重要一體。顏延之「立休、鮑之論」[35]，其原因恐怕即在於對鮑、休詩歌審美風格的不滿。鮑照等人的擬篇之作，也與當時新的審美風尚相吻合，即以輕巧綺麗改變古詩質樸高古的風貌，這一點體現了擬篇法的發展。

二　擬體法

建安「五言騰踴」標誌著文人五言詩的興盛，魏晉一些著名詩人在創作實踐中形成了自己的風格特點，因此魏晉南北朝出現了不少以詩人命名的詩體，如仲宣體、劉公幹體、阮步兵體、景陽體、陶彭澤體、謝靈運體等等，劉宋之後出現了專門模擬前代詩人風格的擬古，這是對特定詩體的學習，因此這種擬古法可稱之為「擬體法」。

魏晉南北朝最著名的擬體創作是江淹的〈雜體詩三十首〉，模擬漢魏晉宋主要詩人的代表風格。其序云：「今作三十首詩，學其文體，雖不足品藻淵流，庶亦無乖商榷云爾。」可見擬體之前需要對所擬詩體有一個自覺研尋的過程，包括對所擬作家的作品體制特點、藝術手法、語言特點等，即對詩歌法度進行研究概括，從中提煉出一個可供模擬的基本範式。從這一點來看，擬體與魏晉以來的辨體具有密切關係，兩者皆重辨析的方法，因此都能促進對詩學範疇的理解。桐城派重要文論家姚鼐嘗云：「近人每云作詩不可摹擬，此似高而實欺人之言也！學詩文不摹擬，從何得入！須專摹擬一家，已得似後，再

---

34 《歷代詩話》（北京市：中華書局，1980年），頁21。
35 《歷代詩話》（北京市：中華書局，1980年），頁20。

易一家，如是數番之後，自能熔鑄古人，自成一體。若初學未能逼似，先求脫化，必全無成就。譬如學字而不臨帖，可乎！」[36]即強調了模擬詩體的意義。江淹大量的擬體之作即有此性質。「擬體」其實是文體學在創作實踐中的運用。從邏輯上講，「擬體」之前需要進行「辨體」，即研究所擬之體的內在規範，這屬於古代文體學範疇。中國古代辨體、尊體意識本身就蘊涵著向這種理想化的審美規範發展的內在動力，即對典範之「體」的嚮往與追求。文體學對文體的美學的分析與確定，其實也為創作確立了一個理想的目標，所以傳統文體學的根本目標並不侷限於對文本審美範式的分析，而是指向如何實現這種審美目標上，也就是說文體學本身就蘊涵著有明確目標的創作方法論。辨體是文學創作的必要條件，魏晉南朝辨體思想的發達，就是創作實踐的需要。辨體包含著對文體的內在規範、寫作藝術進行深入的分析、總結[37]，這說明了古代文體學包含了文體的創作方法這一內涵。擬體以辨體為基礎，是文體學在創作實踐上的具體運用，因此包含了比較明顯的詩學學習的因素，有助於了解整個詩歌傳統和詩學源流，這是擬體法的詩學意義。

　　從創作實踐來看，擬體法也有不同的類型，簡單而言可分為兩種，一種是「學其文體」，注重對詩歌法度的學習；另一種則從模擬對象的角度，不僅學其文體且效其思想情感，這就不僅要研尋模擬對象的詩體特徵，而且要分析其處境、揣摩其思想情感，這一點與代言體詩歌有相似之處。如王粲〈為潘文則作思親詩〉，曹丕〈寡婦詩〉，曹丕、曹植同題的〈代劉勳妻王氏雜詩〉，陸機〈為顧彥先贈婦詩二首〉、〈為陸思遠婦作詩〉，陸雲〈為顧彥先贈婦詩往返四首〉等，這類詩歌都需要詩人以他人的角度來寫作。元嘉擬體詩中也有一些作品具

---

36 〔清〕姚鼐：〈尺牘與紆任〉，《惜抱軒詩文集》（上海市：上海古籍出版社，1992年）。

37 吳承學〈中國古代文體學學科論綱〉也認為文體研究包括對語言形式，如字法、句法、章法與格律等方面的分析（《文學遺產》2005年第1期）。

有這種代言體的特點，如謝靈運〈擬魏太子鄴中集八首〉。鄴下詩歌的主要題材主要是公宴、贈答二類，但大謝所擬鄴下諸人之體並不侷限於此，而是從綜合的角度，從能代表其風格特點的各種詩歌中概括出詩體特點。如〈擬王粲詩〉序云：「遭亂流離，自傷情多」，這其實是王粲在建安時期的詩歌特點，從擬作來看，一些具體的詩句如「伊洛既燎煙，函崤沒無象。整裝辭秦川，秣馬赴楚壤。沮漳自可美，客心非外獎。」李善即引王粲〈七哀詩〉「西京亂無象」、「復棄中國去，委身適荊蠻。」數語為其注腳。「沮漳」二句則用〈登樓賦〉「挾清漳之通浦，倚曲沮之長洲」、「雖信美而非吾土兮，曾何足以少留」，又用〈七哀詩〉「荊蠻非吾土，何為久滯淫」，將王粲建安時期的詩歌中那種悲鬱之情，轉化到鄴下詩歌中來，綜合成大謝對仲宣體的認識[38]。從各首擬詩前面的小序來看，如謂徐幹「袁本初書記之士，故敘喪亂事多。」劉楨「卓犖偏人，而文最有氣，所得頗經奇。」應瑒「汝潁之士，流離世故，頗有漂薄之歎。」曹植「公子不及世事，但美遨遊，然頗有憂生之嗟。」這些小序從人生的現實經歷解釋鄴下諸人詩風特點的形成，這說明謝靈運在以代言方式模擬鄴下詩歌詩體之前，對鄴下詩人的的詩體之形成、發展、特點等方面，是有一個自覺而深入的研究的，這一點也就是我們所說的擬體法的詩學意義，對了解魏晉詩歌傳統、詩學源流都有其價值。又如鮑照〈學陶彭澤體〉：

> 長憂非生意，短願不須多。但使樽酒滿，朋友數相過。秋風七
> 八月，清露潤綺羅。提瑟當戶坐，歎息望天河。保此無傾動，
> 寧復滯風波。

---

38 參見梅家玲：〈漢晉詩賦中的擬作、代言現象及相關問題〉，《漢魏六朝文學新論──擬代與贈答篇》（北京市：北京大學出版社，2004年），頁41-42。

此詩以陶淵明的角度，表現曠達之懷。鍾嶸《詩品》評陶詩：「文體
省淨，殆無長語。篤意真古，辭興婉愜。」[39]鮑照所擬這首亦頗得陶
詩特點，質樸自然又情意深厚。黃節謂：「明遠此篇，當是雜擬而
成。」[40]即雜擬淵明諸詩而成，如開頭二句出〈九日閒居〉：「世短意
長多，斯人樂久生」。「但使」二句出〈移居〉「過門更相呼，有酒斟
酌之」。「秋風」四句，出〈擬古〉：「佳人美清夜，達曙酣且歌。歌竟
長歎息，持此感人多。」可見鮑照也是通過對陶詩的綜合研究才得出
其詩體特點加以模擬的。

　　元嘉另一種擬體法則重在對詩體特點的學習，相對於代言式的擬
體而言，這種擬體法更具有主動性和創作的意味，即以古體寫自身的
現實之感，如鮑照的〈學劉公幹體五首〉，王素〈學阮步兵體詩〉，劉
義恭殘篇〈擬陸士衡詩〉，其他一些學古詩，如袁淑〈效古詩〉，王僧
達〈和琅邪王依古詩〉，鮑照〈古辭〉等，這些沒有明確說明學習對
象的詩歌，其實主要也是學習古體的。擬體的基本特點是能得前人的
詩體特點，如鮑照〈擬劉公幹體詩五首〉：

　　　荷生綠泉中，碧葉齊如規。迴風蕩流霧，珠水逐條垂。彪炳此
　　　金塘，藻耀君玉池。不愁世賞絕，但畏盛明移。（其四）

此詩托物言情，學習劉楨〈贈從弟詩三首〉詠物興寄之體，其體物藝
術則學公幹〈公讌詩〉「芙蓉散其華，菡萏溢金塘。」結語又頗有公
幹之氣，只是在隨著鄴下政治情勢的變化，劉楨卓犖奇絕之氣亦轉向
沉鬱，如〈贈徐幹詩〉「仰視白日光，皪皪高且懸。兼燭八紘內，物
類無頗偏。我獨抱深憾，不得與比焉。」鮑照擬詩的結語其情感內涵

<hr>

39　曹旭：《詩品集注》（上海市：上海古籍出版社，2011年），頁336。
40　錢仲聯：《鮑參軍集注》引（上海市：上海古籍出版社，1980年），頁363。

與此相近，藝術上則更為深婉，可見鮑照對公幹詩歌的發展變化是有明確認識的。聯繫我們前對鮑照詩歌的分析來看，此詩也明顯寄託了鮑照的現實之感。這組擬詩都採用興寄之體，第一首「聖靈燭區外，小臣獨見遺」，亦可見其現實之感。總體上來看，這組擬詩是頗為高古的，也就是以古體寫今情形成的詩美觀。鮑照詩歌用比興寄託之體的極多，我們在第二章已有分析，這一點與鮑照學劉楨等魏晉重興寄的詩體或亦有關係。又如王素〈學阮步兵體詩〉：

> 沈情發遐慮，紆鬱懷所思。彷彿聞蕭管，鳴鳳接嬴姬。聯綿共雲翼，嬿婉相攜持。寄言芳華士，寵利不常期。涇渭分清濁，視彼穀風詩。

頗有阮籍諷世之意，如「寄言芳華士，寵利不常期」，即有阮籍那種洞察人類命運的冷靜、犀利和深沉，甚得嗣宗詩體。其他如王僧達〈和琅邪王依古〉：

> 少年好馳俠，旅宦遊關源。既踐終古跡，聊訊興亡言。隆周為藪澤，皇漢成山樊。久沒離宮地，安識壽陵園。仲秋邊風起，孤蓬卷霜根。白日無精景，黃沙千里昏。顯軌莫殊轍，幽途豈異魂。聖賢良已矣，抱命復何怨。

這種詩雖然不明言學何體，但詩歌勁健有質感，如「仲秋」四句寫景即頗為精勁，其風格繼承漢魏風骨，以古體寫邊塞，這一點也開了鮑照邊塞詩的先聲。這種學古詩其實也包含比較明顯的擬體性質，但其模擬的範疇比具體指明擬某體寬泛得多，它學習的是漢魏晉五言古體詩。

三　借古法

　　元嘉還有一類擬古詩託名擬古，但並不模擬具體的風格或詩體，這種擬古詩只借古典的情景，其性質是出以己意以學古，發思古之幽情。晉宋以來這種託名擬古的詩歌，很多具有借古諷今的性質，如陶淵明的〈擬古詩九首〉，元代劉履《選詩補注》云：「靖節退休後所作之詩，類多悼國傷時諷刺之詞，然不欲顯斥，故以〈擬古〉、〈雜詩〉等名其題云。」[41]可見陶氏借古法的擬古其實也就是借古詠今。元嘉詩歌繼承和發展了陶淵明開創的借古法，一方面繼承了陶淵明以古體寫今情、借古詠今的特點；另一方面則發展出以今體寫古意的新的借古法。

　　元嘉擬古詩中有不少以借古法創作的作品，總體上還有古體的藝術特點，如袁淑〈效古詩〉，鮑照〈擬古八首〉、〈古辭〉等。袁淑〈效古詩〉我們在第二章已作了分析，以一個漢代士兵的身分來表現其現實之感，藝術上採用了托古詠今的借古法，總體上看是有所寄託的。鮑照作過〈學陶彭澤體〉，對陶淵明的詩歌有所研尋，因此其〈擬古八首〉等，藝術上可能也受到陶氏〈擬古九首〉那種借古法的影響，題材豐富多樣，意旨幽微。當然鮑照借古詠今的擬古詩，其產生的根源恐怕主要也在於對現實有所感而不欲顯斥，如：

> 束薪幽篁裡，刈黍寒澗陰。朔風傷我肌，號鳥驚思心。歲暮井賦訖，程課相追尋。田租送函谷，獸薨輸上林。河渭冰未開，關隴雪正深。笞擊官有罰，呵辱吏見侵。不謂乘軒意，伏櫪還至今。（〈擬古八首〉其六）

41 〔元〕劉履：《選詩補注》卷五（臺北市：臺灣商務印書館，1986年，影印文淵閣四庫全書），集部309，第1370冊，頁105。

> 蜀漢多奇山，仰望與雲平。陰崖積夏雪，陽谷散秋榮。朝朝見
> 雲歸，夜夜聞猿鳴。憂人本自悲，孤客易傷情。臨堂設樽酒，
> 留酌思平生。石以堅為性，君勿輕素誠。(〈擬古八首〉其八)

第六首塑造了一個抱負無法實現的下層貧賤之士的形象，他貧苦辛酸、屢被官吏驅使侵罰，結語「不謂乘軒意，伏櫪還至今」，蘊涵了詩人很深現實的感慨。第八首寫離別以寄慨，寫景突兀而來忽然而收，形象豐美，王夫之謂：「一往興寄。入手顧與輕微，庶幾其來無端，其歸不竭也。夫人情固自如此，詩何可不然哉？」[42]鮑照〈擬古八首〉詩意豐富，前文已對其中幾首作過分析，或詠歷史人物以寄其抱負（如其一、其二），或塑造遊俠、儒生、貧賤之士等形象以表現其人生遭際（如其三、其五、其六），沈確士云：「〈擬古〉諸作，得陳思、太沖遺意。」[43]此數首確能得古詩之旨，其藝術由陶淵明〈擬古九首〉而上溯之魏晉。

　　另一方面，元嘉詩人又發展出以今體寫古題的借古法，如鮑照〈紹古辭七首〉，與〈擬古八首〉的豐富題材相比，〈紹古辭〉則全以男女之情表現節操或幽思，但構思新巧，語言清麗，甚少〈擬古八首〉那種古意，而是元嘉新的詩歌風格，如：

> 暖歲節物早，萬萌競春達。春風夜便娟，春霧朝晻靄。軟蘭葉
> 可采，柔桑條易捋。怨咽對風景，悶瞀守閨闥。天賦愁民命，
> 含生但契闊。(〈紹古辭七首〉其七)

立意用語皆較生新，方東樹評此詩說：「字字清新，而通篇造語生

---

42 〔清〕王夫之：《古詩評選》(上海市：上海古籍出版社，2011年)，頁235。
43 錢仲聯：《鮑參軍集注》引（上海市：上海古籍出版社，1980年），頁347。

辣。」[44]其所謂的「紹古」大概僅是繼承古詩思婦主題，中國傳統詩歌男女之情常有所寄寓，不能否認鮑照這組詩也有更隱微的內涵，但從詩風來看，則與漢魏古詩完全不類，其新巧之處已開齊梁。像「離心壯為劇，飛念如懸旗」（其二），「徒蓄巧言鳥，不解款心曲」（其三），「不怨身孤寂，但念星隱隅」（其六）等構思、語言都很新巧。其〈學古詩〉寄託更少，著力描繪「兩少妾」之容貌，「嬿綿好眉目，閑麗美腰身。凝膚皎若雪，明豔色如神。驕愛生盼矚，聲媚起朱脣。矜服雜緹纋，首飾亂瓊珍。調弦具起舞，為我唱梁塵。」風格非常綺豔，結語云：「齊衾久兩設，角枕已雙陳。願君早休息，留歌待三春。」已開宮體詩的風格。蕭子顯謂鮑照詩「淫豔」，並指出其為齊梁綺豔詩風之源，從這類詩歌來看確有其道理。其他如顏竣〈淫思古意〉，鮑令暉〈古意贈今人詩〉等，就更明確地借古之情景來表現今之審美趣味，如：

> 寒鄉無異服，衣氈代文練。日月望君歸，年年不解綎。荊揚春
> 早和，幽冀猶霜雪。北寒妾已知，南心君不見。誰為道辛苦，
> 寄情雙飛燕。形迫杼煎絲，顏落風催電。容華一朝盡，惟餘心
> 不變。（鮑令暉〈古意贈今人詩〉）

其「古意」也只表現在對思婦主題的繼承，表現懷人之情，藝術上則是具有其「清巧」的特點[45]。這類詩歌對齊梁人是有影響的，齊梁以今體寫「古意」的詩歌很多，這種審美風尚就是劉宋後期詩歌的延續。

　　從元嘉擬古詩中我們可以概括出以上幾種基本的擬古之法，但應該說這幾種擬古方法，有時是無法完全分清的，有些擬古詩兼有不同

---

44 〔清〕方東樹：《昭昧詹言》（北京市：人民文學出版社，1984年），頁185。
45 〔梁〕鍾嶸《詩品》〈下品〉謂鮑令暉詩「嶄絕清巧，擬古尤勝。」（曹旭：《詩品集注》，頁592。）

擬作方法，具有綜合性的特點。比如謝靈運等人擬陸機樂府詩，雖是
對具體篇章的模擬，但也不能缺乏對陸機樂府詩的詩體特點研尋和學
習。又如鮑照的〈擬古八首〉，我們雖把它歸入借古法，但這組詩本
身都具有古體的特點，也就是我們說的以古體寫今情，對漢魏晉詩體
是有明確的學習的。總體來講，就如我們在論述過程中強調的，元嘉
詩人的擬古就其本質而言，可以說是一種學古，他們有意識地通過對
前人的學習，包括各種具體的藝術技巧、詩體形式、語言特點、主題
模式等的學習，來繼承漢魏晉以來的詩歌傳統和詩學源流。尤其是通
過學古體認漢魏晉詩歌的情性本質，在整個元嘉詩學中具有宏觀性、
基礎性的意義，正是這一點使元嘉詩歌成為魏晉詩歌系統的最後一個
發展階段。同時，正如我們在論述借古法中所分析指出的，元嘉擬古
詩歌中也蘊涵著新的因素、新的風格特點，甚至直接開啟了齊梁詩
歌，這一點也是與整個元嘉詩歌那種複變結合、承上啟下的歷史性質
相一致的。

第三節　元嘉詩歌的學古與新變

　　復、變是傳統詩學的一個基本範疇，劉勰《文心雕龍》〈通變〉
即專門論述復與變的關係，其所謂「望今制奇，參古定法」[46]，就是
從詩歌發展史中總結出來的一個基本規律，這一詩學觀念在魏晉宋的
詩歌創作實踐中是表現得很明顯的。作為一個基本的詩學範疇和詩歌
創作規律，復、變是互為表裡辨證統一的，吳喬《圍爐詩話》云：
「詩道不出乎變復。變，謂變古；復，謂復古。變乃能成復，復乃能
變，非二道也。」[47]也就是說復、變是結合在一起的，單純的學古或

---

46 范文瀾：《文心雕龍注》（北京市：人民文學出版社，1958年），頁521。
47 〔清〕吳喬：《圍爐詩話》，《清詩話續編》（上海市：上海古籍出版社，1983年），
　　頁471。

新變都不存在。沈德潛云：「詩不學古，謂之野體。然泥古不能通變，猶學書者但講臨摹，分寸不失，而己之神理不存也。作者積久用力，不求助長，充養既久，變化自生，可以換卻凡骨矣。」[48]也就是說新變應在學古的基礎上進行，通過學習積累而實現發展變化。《文心雕龍》〈通變〉云：「夫設文之體有常，變文之數無方，何以明其然耶？凡詩賦書記，名理相因，此有常之體也；文辭氣力，通變則久，此無方之數也。名理有常，體必資於故實；通變無方，數必酌於新聲：故能騁無窮之路，飲不竭之源。」[49]劉勰認為為文之體應學習繼承前代的作品以保持常體，而成體的「文辭氣力」則應追求創新，二者結合才能進入自由、廣闊的創作之途。前文論述了元嘉詩歌表現範疇、本質內涵的拓展，這些都是繼承魏晉而進一步發展的，可見詩之「本體」也有一個通變的問題，這一點說明了學古與新變是詩學的一個基本問題，它涉及到詩歌體用等諸多層面。從詩史的發展來看，在不同的發展階段，學古與新變具有不同的具體內涵。陸時雍云：「詩至於宋，古之終而律之始也。體制一變，便覺聲色俱開。」[50]所謂「體制一變」指的就是元嘉體，它是古體向近體發展的關鍵環節，從這一點來講，元嘉體本身就是學古與新變的結果。東晉玄言詩對漢魏晉詩歌傳統的中斷，雖然主要是一種負面意義，但是從整個詩歌史來看，每經過一次詩歌發展的斷裂，詩歌傳統也會隨之推陳出新一次，在接續傳統的基礎之上進入一個新的發展階段。元嘉詩歌正處於這樣一個發展階段之上，體現了古與新結合的特點。

　　晉宋之際是詩歌發展變化的重要的時期，馮班《嚴氏糾謬》〈詩

48　〔清〕沈德潛：〈說詩晬語〉，《清詩話》（上海市：上海古籍出版社，1978年），頁525。

49　范文瀾：《文心雕龍注》（北京市：人民文學出版社，1958年），頁519。

50　〔明〕陸時雍：〈詩鏡總論〉，《歷代詩話續編》（北京市：中華書局，1983年），頁1406。

體〉云：「潘、張、左、陸以後，清言既盛，詩人所作，皆莊老之讚頌，顏、謝、鮑出，始革其制。元嘉之詩，千古文章於此一大變。請具論之。漢人作賦，頗有模山範水之文，五言則未有。後代詩人之言山水，始於康樂。士衡對偶已繁，用事之密，始於顏延之，後世對偶之祖也。」[51]馮氏認為元嘉詩歌在對偶、用事等諸多方面都具有新變的特點，山水詩的發展興盛更是「千古文章於此一大變」的重要內涵。元嘉山水詩藝術上的創新，是詩歌史上一個普遍的認識，如劉勰《文心雕龍》〈明詩〉謂元嘉山水詩「儷采百字之偶，爭介一字之奇，情必極物以寫貌，辭必窮力以追新。」這是魏晉詩歌所未有的，《物色》篇亦強調元嘉山水詩藝術上新變的特點。王士禎〈雙江唱和集序〉云：「漢魏間詩人之作，亦與山水了不相及。迨元嘉間謝康樂出，始創為刻畫山水之詞，務窮幽極渺，抉山谷水泉之情狀。」[52]無名氏〈靜居緒言〉謂謝靈運詩「天機道心，悠然冥會，時以《易》理見奇，予語成趣，深於自得而不踏前塵。」[53]這些都強調謝靈運代表的元嘉山水詩在藝術上的創新性質。山水詩的產生、發展及其藝術上創新性的特點，本書第一、二章已有具體的闡述，這裡要指出的是，即使是在後人看來最具創新性質的元嘉山水詩，也仍是學古與新變辨證統一的產物，劉勰《文心雕龍》〈明詩〉云：「宋初文詠，體有因革。莊老告退，而山水方滋。」[54]即說明宋初山水詩之體有繼承和革新的基本特點。

　　從藝術上來看，元嘉山水詩與魏晉詩歌寫景藝術，有比較明顯的學習和發展的關係。對自然景物的形象作審美上的關注和描摹，從鄴

---

51 〔清〕馮班：《鈍吟雜錄》卷五《嚴氏糾謬》（北京市：中華書局，2013年）。

52 詹鍈：《文心雕龍義證》卷二《明詩第六》注引，頁208。

53 《清詩話續編》（上海市：上海古籍出版社，1983年），頁1632。

54 范文瀾：《文心雕龍注》（北京市：人民文學出版社，1958年），頁67。

下詩人才開始比較顯著地發展起來[55]，如王粲〈雜詩〉：「曲池揚素波，列樹敷丹榮」，〈詩〉：「幽蘭吐芳烈，芙蓉發紅暉」，劉楨〈贈徐幹詩〉：「步出北門寺，遙望西苑園。細柳夾道生，方塘含清源。輕葉隨風轉，飛鳥何翩翻。」王粲數句描寫得尤為明麗。鄴下公宴詩景物描寫成分進一步增加，藝術上也有所發展，如曹氏兄弟的詩歌：

> 兄弟共行游，驅車出西城。野田廣開闊，川渠互相經。黍稷何鬱鬱，流波激悲聲。菱茨覆綠水，芙蓉發丹池。柳垂重陰綠，向我池邊生。乘渚望長州，群鳥讙嘩鳴。萍藻氾濫浮，澹澹隨風傾。忘憂共容與，暢此千載情。（曹丕〈於玄武陂作詩〉）

> 公子敬愛客，終宴不知疲。清夜遊西園，飛蓋相追隨。明月澄清影，列宿正參差。秋蘭被長阪，朱華冒綠池。潛魚躍清波，好鳥鳴高枝。神飆接丹轂，輕輦隨風移。飄颻放情意，千秋長若斯。（曹植〈公讌詩〉）

這些詩歌中景物的形象得到比較自覺的關注，雖然筆法疏朗，即劉勰所謂的「不求纖密之巧，唯取昭析之能」[56]，但與魏晉詩歌感物興思相比，其景物描寫已開始具有寫實性質，具有刻畫景物形象的藝術自覺。西晉詩歌的景物描寫繼承鄴下，景物描寫在詩歌創作中得到進一步的重視，寫景詩的數量及詩中的寫景成分都有很大的增長，如：

---

55 王士禎〈雙江唱和集序〉云：「《詩》三百五篇，於興觀群怨之旨，下逮鳥獸之名，無弗備矣。獨無刻畫山水者，間有有之，亦不過數篇，篇不過數語，如『漢之廣矣』，『終南何有』之類而止。漢魏間詩人之作，亦與山水了不相及。」（詹鍈：《文心雕龍義證》卷二《明詩第六》注引，頁208）。

56 范文瀾：《文心雕龍注》（北京市：人民文學出版社，1958年），頁67。

杖策招隱士，荒塗橫古今。岩穴無結構，丘中有鳴琴。白雲停
陰岡，丹葩曜陽林。石泉漱瓊瑤，纖鱗或浮沉。非必絲與竹，
山水有清音。何事待嘯歌，灌木自悲吟。秋菊兼餚糧。幽蘭間
重襟。躊躇足力煩，聊欲投吾簪。（左思〈招隱詩二首〉其一）

大火流坤維，白日馳西陸。浮陽映翠林，回飆扇綠竹。飛雨灑
朝蘭，輕露棲叢菊。龍蟄暄氣凝，天高萬物肅。弱條不重結，
芳蕤豈再馥。人生瀛海內，忽如鳥過目。川上之歎逝，前修以
自勗。（張協〈雜詩十首〉其二）

從詩歌主題來講，招隱、雜詩等都不是純粹的寫景詩，但在西晉這類
詩歌中，景物描寫往往是重要的部分，構成其詩藝很重要的一個特
點。如陸機〈招隱詩〉、左思〈招隱詩二首〉、張協〈雜詩十首〉，又
如潘岳〈河陽縣作詩二首〉、〈在懷縣作詩二首〉，郭璞〈遊仙詩十九
首〉，這些詩歌都是抒情寄託的，但也都包含了顯著的景物描寫成
分，初步體現了抒情體物在藝術上的結合[57]。從景物描寫藝術上來
看，魏晉詩歌的景物描寫也體現出寫實的風格，鍾嶸評張協詩云：
「巧構形似之詞。……詞采蔥蒨，音韻鏗鏘。」[58]張協的詩歌刻畫自
然景物相當細緻，有意識地追求一種逼真的形象美，如所舉的〈雜詩
十首〉其二，「浮陽」以下四句，描繪了八種不同的景物，善於用顏
色、動詞等描繪景物的形象。魏晉詩歌中，不少詩句也都體現出這種
細緻的寫景，像上文所舉的這幾首詩，「秋蘭被長阪，朱華冒綠池」、

---

57 葛曉音先生認為：「陸機和左思的招隱詩，已可視為最初的完整的山水詩。其中遣
　 詞造句的精工麗密、全面鋪敘的結撰方式，以及抒情中雜有玄理的結尾，都對謝靈
　 運的山水詩有直接的啟示。」(《山水田園詩派研究》〔瀋陽市：遼寧大學出版社，
　 1993年〕，頁12)。

58 曹旭：《詩品集注》(上海市：上海古籍出版社，2011年)，頁185。

「白雲停陰岡，丹葩曜陽林」，其藝術都與張協詩相似。又如潘岳
〈河陽縣作詩二首〉其二「川氣冒山嶺，驚湍激岩阿。歸雁映蘭畤，
遊魚動圓波。」陸機〈招隱詩〉：「輕條象云構，密葉成翠幄。激楚佇
蘭林，回芳薄秀木。」這些詩句都比較注意景物形象的描繪。鍾嶸評
謝靈運詩云：「其源出於陳思，雜有景陽之體，故尚巧似，而逸蕩過
之。」[59]謂鮑照詩「其源於二張。善制形狀寫物之詞。得景陽之諔
詭，含茂先之靡嫚。」[60]元嘉詩歌源於魏晉是南朝人的普遍認識，鍾
嶸更具體地指出，謝、鮑等人的山水詩藝術受張協的影響，從前面的
分析來看，魏晉詩歌寫實性的景物描寫藝術對元嘉山水詩確有直接的
影響。王世貞云：「謝靈運天質奇麗，運思精鑿，雖格體創變，是潘
陸之餘法也，其雅縟乃過之。」[61]這一點是有道理的，包括寫景藝
術、詩歌體制等方面，謝靈運等元嘉詩人對魏晉詩歌確是有一個繼承
和發展的問題。黃侃〈詩品講疏〉云：

> 夫極貌寫物，有賴於深思，窮力追新，亦資於博學，將欲排除
> 膚語，洗蕩庸音，於此假塗，庶無迷路。世人好稱漢魏，而以
> 顏謝為繁巧，不悟規摹古調，必須振以新詞，若虛響盈篇，徒
> 生厭倦，其為蔽害，與剿襲玄語者政複不殊。以此知顏謝之
> 術，乃五言之正軌矣。[62]

黃氏認為「極物寫貌」、「窮力追新」的元嘉詩歌，是以元嘉詩人的
「深思」、「博學」為基礎的，其實也可以說是基於元嘉詩人審美力的

---

59 曹旭：《詩品集注》（上海市：上海古籍出版社，2011年），頁201。

60 曹旭：《詩品集注》（上海市：上海古籍出版社，2011年），頁381。

61 〔明〕王世貞：〈藝苑卮言〉，《歷代詩話續編》（北京市：中華書局，1983年），頁
994。

62 詹鍈：《文心雕龍義證》卷二《明詩第六》注引，頁209。

提高和藝術技巧的積累，而這本身就是一個不斷學習的結果。「規摹古調，振以新詞」的元嘉詩歌，明確地體現了學古與新變的基本特點。

　　從詩歌源流上來看，還有一點應該注意的是，殷仲文、謝混對元嘉詩歌學古與新變的意義。沈約《宋書》〈謝靈運傳論〉論述晉宋之際詩歌的發展變化說：「自建武逮義熙，曆載將百，雖綴響聯辭，波屬云委，莫不寄言上德，託意玄殊，遒麗之辭，無聞焉爾。仲文始革孫、許之風，叔源大變太元之氣。爰逮宋氏，顏、謝騰聲。靈運之興會標舉，延年之體裁明密，並方軌前秀，垂範後昆。」[63]所謂的「前秀」就是西晉潘、陸諸人，沈約認為顏、謝諸人繼承晉宋之際殷仲文、謝混對詩歌變革的努力，並由此而學習西晉「縟旨星稠，繁文綺合」的詩風。元嘉詩歌景物描寫形成的典麗、雅縟的藝術特點，比較明顯的是源於西晉詩歌的。鍾嶸〈詩品序〉云：「永嘉時貴黃、老，尚虛談。於時篇什，理過其辭，淡乎寡味。爰及江表，微波尚傳：孫綽、許詢、桓、庾諸公詩，皆平典似《道德論》。建安風力盡矣。先是郭景純用俊上之才，變創其體；劉越石仗清剛之氣，贊成厥美。然彼眾我寡，未能動俗。逮義熙中，謝益壽斐然繼作。元嘉中有謝靈運，才高詞盛，富豔難蹤，固已含跨劉、郭，凌轢潘、左。」[64]鍾嶸認為謝靈運詩歌雖特點鮮明，但仍是處於晉宋的文學源流之中的，這一思想與沈約相似，而他們可能都受到檀道鸞《續晉陽秋》關於晉宋之際詩歌藝術源流觀的影響[65]。從元嘉詩人的角度來講，他們對詩歌

63　〔梁〕沈約：《宋書》（北京市：中華書局，1974年），頁1778-1779。

64　曹旭：《詩品集注》（上海市：上海古籍出版社，2011年），頁28。

65　《世說新語》〈文學〉劉孝標注引檀道鸞《續晉陽秋》云：「正始中，王弼、何晏好莊、老玄勝之談，而世遂貴焉。至江左李充尤盛。故郭璞五言始會合道家之言而韻之。（許）詢及太原孫綽轉相祖尚，又加以三世之辭，而詩、騷之體盡矣。詢、綽並為一時文宗，自此作者悉體之。至義熙中，謝混始改。」余嘉錫認為沈約《宋書》〈謝靈運傳論〉、鍾嶸〈詩品序〉關於晉宋之際詩風之流變的論述「並導源於檀氏」（余嘉錫《世說新語箋疏》，頁266）。

源流的看法，雖缺乏像沈約、鍾嶸這樣的理論表述，但應該說他們也有意識地將自己的創作置於魏晉以來的詩歌傳統之中，這一點不僅明顯地表現於擬古詩上，也體現於元嘉整體的詩歌創作之中。在接續魏晉詩歌傳統以變革東晉玄言詩中，謝混、殷仲文起了明顯的作用[66]，直接啟發了謝靈運等元嘉詩人。從創作實踐來看，殷、謝二人的創作比較明顯地具有回復鄴下和西晉詩風的特點，如：

> 四運雖鱗次，理化各有准。獨有清秋日，能使高興盡。景氣多明遠，風物自淒緊。爽籟驚幽律，哀壑叩虛牝。歲寒無早秀，浮榮甘凤隕。何以標貞脆？薄言寄松菌。哲匠感蕭晨，肅此塵外軫。廣筵散汎愛，逸爵紆勝引。伊余樂好仁，惑袪吝亦泯。猥首阿衡朝，將貽匈奴哂。（殷仲文〈南州桓公九井作詩〉）

> 悟彼蟋蟀唱，信此勞者歌。有來豈不疾，良游常蹉跎。逍遙越城肆，願言屢經過。回阡被陵闕，高臺眺飛霞。惠風蕩繁囿，白雲屯曾阿。景昃明禽集，水木湛清華。褰裳順蘭沚，徙倚引芳柯。美人愆歲月，遲暮獨何如？無為牽所思，南榮戒其多。（謝混〈游西池詩〉）

殷、謝二人流傳下來的詩歌甚少，但在晉宋之際的詩壇享有盛名，從

---

[66] 余嘉錫云：「沈約以仲文、叔源並舉，而鍾嶸論詩之正變，殊不及殷氏，與道鸞之論若合符契。固知晉、宋之際，於詩道起衰就弊，上摧孫、許，下開顏、謝，叔源為首功。……當晉末詩體初變，殷、謝本自齊名。而衡其高下，殷不及謝，故檀論鍾序，並略而不數也。由是觀之，益壽之在南朝，率然高蹈，邈焉寡儔。革歷朝之積弊，開數百年之先河，其猶唐初之陳子昂乎？」（《世說新語箋疏》，頁266-267）鍾嶸《詩品》置謝混於中品，殷仲文於下品，又云：「義熙中，以謝益壽、殷仲文為華綺之冠。殷不競矣。」（曹旭：《詩品集注》，頁524）殷、謝之高下，此處姑置而不論，但二人在晉宋之際實皆有變革詩體之功。

所舉的這兩首詩來看，其藝術和風格與鄴下和西晉詩歌都頗為相似，大抵由言理轉向抒情，以感物興思為體。謝混〈游西池詩〉語言更為清麗，景物描寫清新自然，正是鄴下以來的寫景之法。殷、謝代表了晉宋之際的詩人有意識地通過學習、回復鄴下、西晉詩歌以革新東晉玄言詩，殷、謝二人在詩學史上的意義，也主要體現在這一點上。殷、謝作為名士兼文壇領袖，他們的詩歌創作對晉宋之際的詩風具有指向作用，也容易得到時人的回應。所以晉末宋初的詩人，如謝瞻、謝靈運、顏延之等，他們的詩歌寫景也都有清新的特點，體現了當時詩歌發展的主流。但殷、謝變革詩風的努力，其實也是以復為變，本身就是一種學古與新變的結合，即將鄴下、西晉詩歌抒情言志、體物寫景與玄言詩人的山水賞悟結合起來，鍾嶸云：「晉宋之際，殆無詩乎？義熙中，以謝益壽、殷仲文為華綺之冠。」[67]所謂「華綺」即是學習西晉詩風而形成的詩體特點。這一點對元嘉詩人有直接的啟發，元嘉山水詩雖然體現出較多的創變的特點，但這種創變也是從學習鄴下、西晉詩歌開始的，元嘉詩人繼承殷、謝變革詩歌的努力，接續了魏晉詩歌重抒情寄託的傳統，並進一步發展了體物藝術，形成了體物緣情的藝術特點。只是在晉、宋這樣一個詩史轉折、詩藝自覺的時代，元嘉山水詩主要顯示出其新變的特點，而它對傳統詩歌的學習、繼承則某種程度上被遮蔽了，從這一點來講，元嘉山水詩也是學古與新變的結合。

---

67 曹旭：《詩品集注》（上海市：上海古籍出版社，2011年），頁524。

第四章

詩法意識的自覺與元嘉體的詩法

　　詩歌藝術就其實質而言，乃是一種藝事，任何一種藝術都具有自身的形式和法度，詩歌亦如此，故姜夔云：「守法度曰詩」[1]。格羅塞在《藝術的起源》中說：「詩歌是為達到一種審美目的，而用有效的審美形式，來表示內心或外界現象的語言表現。」[2]這一定義雖然簡單，卻說明了詩歌的基本性質，所謂的「有效的審美形式」即需要詩法的講求才能實。因此從邏輯上來講，詩歌從其一產生起就在其自身中存在著詩法[3]，詩法也就是使詩歌成為詩歌的形式和手法。就成功的詩歌而言，「法」或「法度」是體現於「作」之中，而不是抽象地獨立於作品之外，體和用是妙合無垠地結合在一起的[4]。然而正因為詩法的這一特點，因此詩歌創作中的法則，常常沒有得到自覺和充分的認識。魏晉作為文學自覺的第一的階段，同時也是詩歌藝術自覺的第一階段，體現了由自然抒發到藝術經營的詩歌發展特點，詩歌技巧和法度意識在創作中日趨明確，但詩人仍很少對自己的創作之法進行

1　姜夔：〈白石道人說詩〉，《歷代詩話》（北京市：中華書局，1980年），頁681。

2　〔德〕格羅塞著，蔡慕暉譯：《藝術的起源》（北京市：商務印書館，1984年，第2版），頁175。

3　揭奚斯《詩法正宗》：「學問有淵源，文章有法度。文有文法，詩有詩法，字有字法。凡世間一能一藝，無有不法。得之則成，失之則否。」（張健：《元代詩法校考》〔北京市：北京大學出版社，2001年〕，頁315。）

4　元人論詩法云：「夫作詩之法，只是自己性情中流出。這個道理，亙古亙今，徹上徹下，未嘗有絲毫間隔，亦無絲毫形跡，觸處皆是，隨感而發大似色裡裹青，水中鹽味。」「詩興定法不可拘，……若有個硬樁的法，便是模故紙相似，何可謂之詩？」（舊題范德機門人集錄〈總論〉，張健：《元代詩法校考》，頁200）即指出詩法的特點，此自是卓識，比元人一般的詩格之論高明許多。

理論上的總結和闡述，這時期的詩學主要的仍蘊涵於詩歌寫作實踐之中，元嘉詩學也體現了傳統詩學的這一基本特點。但元嘉作為魏晉詩歌藝術系統的最後一個階段，又是詩史上的古體向近體發展的關捩時期，元嘉詩人的詩歌創作中體現了很明確的詩法意識。本章將分析元嘉體的詩法意識的自覺和發展，及元嘉體的詩法內涵。

第一節　元嘉詩人詩法意識的自覺

一　詩法與詩歌語言的關係

詩歌發展的總的趨勢是藝術經營的意識和能力不斷地增強，特別是那些處於詩歌史上重要的變化時期，往往也是詩法意識尤為自覺的時期。沈曾植概括詩歌史發展上三個重要的階段為「三關」之說，曰：元嘉、元和、元祐[5]，「三關」皆是詩史上重要的創變時期，也是詩法發展的重要時期，故沈氏認為學詩者只有通此三關方為名家。元和、元祐不僅體現出新的詩歌發展特點，而且有豐富的詩學理論的闡述，相對而言，元嘉詩人很少對詩法發表見解，但從詩歌創作實踐來看，劉宋時期的詩學，「無論是其在專家詩的造詣，還是在一般士群中的普及，與前面幾個時代相比，都有很大的發展。就詩歌創作而言，像陶淵明、謝靈運、顏延之、鮑照諸家，其詩學與詩藝方面的造詣，都已遠遠超過前此東晉孫、許之流，甚至比西晉潘、陸一輩，造詣都更顯專門。」[6]謝靈運、顏延之、鮑照諸人的創作即重視人工錘鍊，表現出對章法、句法、字法的自覺運用，已具有了明確的法度意識。

5　錢仲聯：《沈曾植集校注》（北京市：中華書局，2001年），頁261。

6　錢志熙：《中國詩歌通史·魏晉南北朝卷》（北京市：人民文學出版社，2012年），頁325。

　　詩歌是語言的藝術，馬拉美曾告訴畫家德加說：「人們不用什麼念頭來寫詩，而是用一些詞。」[7]這是關於詩歌藝術實質最簡單的說法，當然馬拉美的話中還隱含另一含義即：運用詞的寫作中需要相應的形式和技巧。因此任何詩法最終都要落實為具體的語言的處理方法上，詩歌的藝術價值只能在對語言的追求中獲得，正如雅各森所說的：「我認為詩學涉及的首要問題是：究竟是什麼東西使一段語言表達成為藝術品？」[8]這種使詩歌語言超越日常交流話語而成為具有審美價值的藝術品，正是詩歌的形式和藝術技巧，可以說任何詩歌，包括最原始、最自然的詩歌本身都包含著藝術技巧與形式。克羅齊論述藝術形式的重要性說：

> 詩人或畫家缺乏了形式，就缺乏了一切，因為他缺乏了自己。詩的素材可以存在於一切人的心靈，只有表現，這就是說，只有形式，才能使詩人成為詩人。[9]

克羅齊所說的「形式」即是「表現」，這是藝術存在的先決條件，其內涵大體即是藝術技巧與藝術的法度規範，就詩歌而言，相當於我們所說的「詩法」。詩法是詩歌區別於普通的語言素材的基本的規定性，從這一點來講，詩法其實也可以說就是詩歌語言之法[10]。黃庭堅〈刻先大人詩跋〉說：「先大人平生刻意於詩，語法類皆如此。」所

7　〔法〕達維德・方丹著，陳靜譯：《詩學——文學形式通論》（天津市：天津人民出版社，2003年），頁81。

8　〔俄〕雅各森：《語言學與詩學》，見趙毅衡編選：《符號學文學論文集》（天津市：百花文藝出版社，2004年），頁170。

9　〔義〕克羅齊，朱光潛譯：《美學原理》（北京市：外國文學出版社，1983年），頁33。

10　韋勒克、沃倫《文學理論》：「語言是文學藝術的材料。我們可以說，每一件文學作品都只是一種特定語言中文字語彙的選擇。」（頁195）就詩歌而言，對文字語彙的選擇即是詩歌的造語之法。

謂「語法」即造語之法，錢志熙先生認為黃氏所說的「語法」一詞的
內涵與「詩法」大體相似，這一點也說明了詩法不是外在的形式，而
是體現於詩歌語言之中的，詩法與詩歌語言是天然的融合在一起的。
詩歌語言雖然屬於整個語言系統，但又高於一般的語言，因為語言無
法完全準確地表現事物，這就是陸機〈文賦〉發「言不稱意，意不逮
物」的感歎的原因。而詩歌語言卻必須比一般語言更為精純，更有表
現力[11]，詩歌的藝術價值即體現於此。劉熙載說：「文不能言之者，詩
或能言之」[12]，即指出詩歌語言比一般語言更具表現力的特性，法國
結構主義理論家熱奈特也說：「詩歌給語言缺陷付了酬勞。意思是
說，詩歌對語言做了修正、彌補、補償；做了充實、取代、激發，使
語言更為充實了。詩歌絕不是偏離語言，而是通過語言缺陷的補償，
使詩歌得以完善起來。詩歌恰恰是立足於語言的缺陷之中而臻於完善
的。」[13]詩歌是使有缺陷的語言達到精純的藝術，對不完善的語言的
完善即是對語言的提煉、昇華的過程，也是詩歌的藝術過程，這一過
程需要詩人的藝術經營。所以「詩歌是靠勞動和技藝才能獲得的」，
這其實即說明了詩法意識及詩法經營對詩歌的意義。「詩歌，藝
術──這是一種勞動，是疲憊不堪的不眠之夜和孜孜不倦學習的成
果。」[14]正是對詩歌藝術的自覺追求，使詩歌由自然詩轉向文人詩，
體現出與自然抒發不同的特徵。元嘉詩歌正處於這樣一個發展階段

---

11 法國結構主義理論家熱奈特認為「正是語言的這種缺陷成為詩歌存在的理由，詩歌
　就是由語言的缺陷而存在的。如果語言都是完美的話，詩歌就不復存在了，否則任
　何話語都成了詩歌，因此，沒有語言是完美的。」（〈詩的語言，語言的詩學〉，《符
　號學文學論文集》〔天津市：百花文藝出版社，2004年〕，頁543。）

12 〔清〕劉熙載：〈詩概〉，《清詩話續編》（上海市：上海古籍出版社，1983年），頁
　2443。

13 〔法〕熱奈特：〈詩的語言，語言的詩學〉，《符號學文學論文集》（天津市：百花文
　藝出版社，2004年），頁542。

14 〔俄〕維謝洛夫斯基，劉寧譯：《歷史詩學》（天津市：百花文藝出版社，2003年），
　頁421。

上，元嘉詩歌的諸多特點也正是由詩法的自覺和發展而體現出來的。

二　「文筆說」與元嘉詩人詩法意識的自覺

　　元嘉詩歌詩法意識的自覺有其特定的歷史生成背景。晉宋之際，詩歌的發展中出現了一些急需解決的詩學問題，比如如何反撥東晉玄言詩對詩歌藝術價值的損害、純粹的詩歌語言藝術脫離了音樂系統的發展、山水作為詩歌表現範疇的確立與體物的藝術的發展等等，這些都是元嘉詩歌面臨的詩學實踐問題。對這些課題的探索促使了元嘉詩法意識的自覺。詩學問題實質上就是詩歌語言的問題，元嘉詩歌面臨的詩學課題，歸根而言就是詩歌要求建立一套新的語言系統，以適應詩歌變革和發展的需要。元嘉詩人的詩法意識即在詩歌的這種內在要求中明晰起來，這一點在元嘉時興起的「文筆」之辯中表現得很明顯，因為「文筆說」對「文」和「筆」的區分，其實就明確地體現了對詩歌語言獨特性的自覺認識。因此，對「文筆說」的詩學意義還有必要進行深入的分析。

　　「文筆」二字最初指的是作品或寫作的才能，這個意義出現甚早，如王充《論衡》〈超奇〉云：「（周）長生死後，州郡遭憂，無舉奏之吏，以故事結不解，徵詣相屬，文軌不尊，筆疏不續；豈無憂上之吏哉，乃其中文筆不足類也。」[15]這裡所說的「文筆」指的是寫作才能。魏晉時「文筆」更為常見，如《晉書》〈袁宏傳〉：「（桓）溫重其文筆，專宗書記。」[16]〈王鑒傳〉云：「少以文筆著稱」[17]，〈范堅傳〉云：「父子並有文筆傳於世」[18]，前兩條的「文筆」也是指寫作才

15　〔漢〕王充：《論衡》（上海市：上海人民出版社，1974年），頁214。
16　〔唐〕房玄齡：《晉書》（北京市：中華書局，1974年），頁2391。
17　〔唐〕房玄齡：《晉書》（北京市：中華書局，1974年），頁1889。
18　〔唐〕房玄齡：《晉書》（北京市：中華書局，1974年），頁1990。

能，後一條則泛指著作。可見在魏晉時，「文筆」是一個寬泛的概念，還不具有我們所說的「文筆說」的理論意義。具有理論意義的「文筆」出現於劉宋初，劉勰《文心雕龍》〈總術〉云：「今之常言，有文有筆。以為無韻者，筆也；有韻者，文也。夫文以足言，理兼詩書，別目兩名，自近代耳。」[19]這是關於文筆說一條明確的記載，劉勰認為文筆說是「近代」以來才出現的概念，結合《文心雕龍》其他篇章看，劉勰所謂的「近代」實際上指的就是劉宋[20]。《宋書》〈顏竣傳〉云：「太祖問延之：『卿諸子誰有卿風？』對曰：『竣得臣筆，測得臣文。』」[21]顏延之也將「筆」和「文」對舉，指兩類不同的文體，說明文筆說在劉宋初確已產生。按劉勰的說法「文」是韻文，「筆」則是散文，韻文的範圍很廣，《文心雕龍》中〈辨騷〉至〈哀悼〉九篇，所列舉十四種文體皆是韻文。但魏晉南北朝時，韻文最主要的是詩，所以在劉勰所處的齊梁時期，又出現了「詩筆」之說，如《南齊書》〈晉安王子懋傳〉載齊武帝之言曰：「文章詩筆，乃是佳事」[22]；《南史》〈沈約傳〉：「謝玄暉善於詩，任彥升工於筆」[23]，以「詩筆」代替了「文筆」。「詩筆」的內涵與「文筆」並沒有太大的區別，只是以詩歌代替韻文更加突出了詩歌的地位。「文筆」或者「詩筆」的詩學意義不在於作為區分韻文和散文的一個概念，而在於體現了從劉宋開始，人們對詩歌語言獨特性的認識。范曄〈獄中與諸甥侄書〉云：

---

19 范文瀾：《文心雕龍注》（北京市：人民文學出版社，1958年），頁655。

20 如〈定勢篇〉云：「自近代辭人率好詭巧，原其為體，訛勢所變。厭黷舊式，故穿鑿取新。」而〈通變篇〉云：「宋初訛而新」。〈明詩篇〉說：「宋初文詠，體有因革，莊老告退，而山水方滋。情必極貌以寫物，辭必窮力以追新，此近代所競也。」其「近代」皆指劉宋。

21 〔梁〕沈約：《宋書》（北京市：中華書局，1974年），頁1959。

22 〔唐〕蕭子顯：《南齊書》（北京市：中華書局，1972年），頁710。

23 〔唐〕李延壽：《南史》（北京市：中華書局，1975年），頁1413。

> 手筆差異，文不拘韻故也。吾思乃無定方，特能濟難適輕重，
> 所稟之分，猶當未盡。但多公家之言，少於事外遠致，以此為
> 恨，亦無意於文名故也[24]。

所謂的「事外遠致」、「公家之言」分別指的就是「文」和「筆」，范
曄從押韻和題材兩方面來區分「文筆」，所謂的「事外遠致」乃是個
人的情懷旨趣，因此使用的是有審美價值的語言，明顯區別於「公家
之言」的實用性語言。從范曄這段話還可以看出「文」、「筆」在人們
心目中的地位是有高下之別的，這一點也說明了劉宋人對詩歌語言的
自覺意識。

　　「文筆說」從其產生的劉宋初就不僅僅是一種文學分類方法，它
不是從體裁而是從語言技巧上來區分文筆。正因為「文筆說」體現出
對文學語言的自覺重視，因此可以說「文筆說」包含了很豐富的詩學
內涵[25]，逯欽立先生云：「晉宋以來文體與文體觀念的變化以及各種體
制的消長等重要問題，都可由文筆說的演變，就其相互關係上，闡發
南朝文學的嬗變大勢及其所以如此之故。」[26]「文筆說」雖然到了梁
代蕭繹《金樓子》〈立言〉才在理論上作了比較完整的闡述，包括對
詩歌語言的美學本質才有比較清晰的規定[27]，但是追求詩歌語言獨特

24　〔梁〕沈約：《宋書》（北京市：中華書局，1974年），頁1830。
25　參見拙文〈文筆說與南朝文學觀念的發展及文學創作的關係〉，收入《中古文學雜
　　論》（上海市：上海三聯書店，2015年），頁169-181。
26　逯欽立：《漢魏六朝文學論集》（西安市：陝西人民出版社，1984年），頁367。
27　蕭繹《金樓子》〈立言〉曰：「至如不便為詩，如閻纂，善為章奏如伯松，若此之
　　流，泛渭之筆。吟詠風謠，流連哀思者，謂之文。……筆退則非為成篇，進則不云
　　取義，神其巧惠，筆端而已。至如文者，惟須綺縠紛披，宮徵靡曼，唇吻遒會，情
　　靈搖盪。」（許逸民：《金樓子校箋》〔北京市：中華書局，2011年〕，頁966）詩歌
　　語言的特點是否就是如蕭氏所說的還可以討論，但蕭氏的確明顯的體現了重視詩歌
　　語言的意識。但是還應該看到，對詩歌語言的自覺意識不是蕭繹一個人突然提出來
　　的，它仍然有一個繼承和發展的過程，我認為它與劉宋初出現的「文筆說」是有明

性的自覺意識，卻是在「文筆說」產生之初的劉宋就開始出現。從邏輯上講，「文筆說」是在詩歌語言區別於其他語言的內在要求的基礎上發展起來的，從主體看，它與魏晉以來的辨體具有相似的思想根源，它們共同指向了各種文體包括詩歌的獨特的、質的規定性。可以說一種文體區別與其他文體最本質的乃在於其語言特點上，但相比較而言，辨體主要就體裁而言，因此較為清晰和簡單。各種體裁大多具有一套具體形式規則可以把握，比如詩、賦、銘、誄、章、表、奏、啟等文體從體裁上是比較容易界定的，即使是詩歌內部中五言與七言、古詩與樂府、古體與近體，它們之間的區別仍然是相對明確的。而詩歌語言與普通語言、散文語言之間並沒有截然的區別，它們使用的是同一套語言，詩歌語言不等於是注重修辭的形象語言，不用修辭手段的語言也有可能具備高度的文學性[28]，中國傳統詩歌中，經語、史語、俗語入詩都說明了這一點。同時也沒有完全區別於普通語法的詩歌語法，「並不存在一種像普通語法一樣穩定的詩歌語法。詩歌語法比之普通語法，是一個活躍多變，始終沒有完全固定的法則體系。」[29]所以，不能為詩歌語言劃定明確的範圍，也無法為其確立各種必須遵循的具體規則，否則最終必然抑止詩歌語言的發展活力。但這一點並沒有否定詩歌語言具有自身的法則，而是說詩歌語言的法則不是抽象的、外在的，也不是完全封閉的、獨立於一般語言的，而是在詩歌創作中生動靈活的體現，這一點頗如《莊子》「輪扁斫輪」那種「口不能言，有數存於其間」，也就是宋人所謂的「活法」。呂本中〈夏均父集序〉云：「學詩當識活法。所謂活法者，規矩具備，而能出於規

顯的淵源關係的。也就是說，劉宋初的「文筆說」已具有區分詩歌語言與散文語言的自覺意識。

28 參見〔俄〕佩列韋爾澤夫著，寧珂等譯：《形象詩學原理》（北京市：中國青年出版社，2004年），頁35。

29 錢志熙：《黃庭堅詩學體系研究》（北京市：北京大學出版社，2003年），頁177。

矩之外，變化不測，而不背於規矩也。是道也，蓋有定法而無定法，無定法而有定法。知是者，則可以與語活法矣。」[30]其闡述方式頗如老子「道可道，非常道」，並以此來表現「活法」的基本特點，與「道」一樣，「活法」也是難以言傳卻又是生動地存在的。杜牧〈注孫子序〉云：「後人只有讀武書予解者，因而學者，猶盤中走丸。丸之走盤，橫斜圓直，計於臨時，不可盡知，其必可知者，是如丸之不能出於盤也。」[31]這一譬喻所談者雖是兵法，但也可移以用來說明詩法的特點，就如丸之走盤一樣是極為靈活多變的，但又不能超出詩歌的法度規範。任何一種詩歌，即使是最為自然化的詩歌，本身也都包含著法度的意義，厄爾‧邁納說：「沒有無成規的藝術」[32]，吳喬〈答萬季埜詩問〉云：「又問『詩與文之辨』，答曰：『二者豈有異？但體制辭語不同耳。』」[33]也說明了詩文之別乃在於體制法度和語言特點上，從這一點來講，對詩歌語言的重視，即體現了詩人對詩歌法則的自覺意識。詩歌語言包含著詩法，二者既自然地融合在一起卻又不能簡單地劃等號，詩法只能在詩歌語言的表現中體現出來，而反過來說，語言只有在詩歌的形式中用於藝術的目的才能成為詩歌語言，詩歌語言的獨特性離不開詩法的運用，俄國形式主義文論家什克洛夫斯基即指出這一點：「我們所指的有藝術性的作品，就其狹義而言，乃是指那些用特殊程式創造出來的作品，而這些程式的目的就是要使作品盡可能被感受為藝術作品。」[34]所謂的「程式」其實就是各種藝術形式和手法，即通過運用各種藝術手法實現作品的藝術性。

　　詩歌作品藝術性的實現，一是由於藝術上自覺的探索，二是詩人

30　〔宋〕劉克莊：《後村先生大全集》（四部叢刊本）卷九十五《江西詩派》引錄。

31　〔唐〕杜牧：《樊川文集》（上海市：上海古籍出版社，2007年），頁152。

32　〔美〕厄爾‧邁納：《比較詩學》（北京市：中央編譯出版社，1998年），頁140。

33　《清詩話》（上海市：上海古籍出版社，1978年），頁27。

34　〔俄〕什克洛夫斯基：〈關於散文理論〉，收入方珊：《形式主義文論》（濟南市：山東教育出版社，1994年），頁49。

獨特的創造力。就具體詩人來說，這兩方面不是截然分開的，但具有不同的比重[35]。對古典主義詩人來說，對詩歌寫作技巧的探索是其藝術發展的一個動力，正因為對藝術形式的重視，古典主義詩人往往被批評為形式主義，與注重藝術天才和自由抒發的浪漫主義相比，古典主義表現出更多的知性特點[36]，這也促使了文學的藝術自覺的產生和發展。劉宋初詩人吸取了西晉詩歌創作經驗，但由於山水景物作為獨立的審美客體的確立，要極物寫貌，則需窮力追新，需爭價一字之奇，這直接促使了對詩歌藝術技巧的雕琢。宋初詩人如謝靈運、顏延之、謝莊皆博極群書，因此用事、對偶也開始成為詩人自覺追求的藝術技巧。在對藝術技巧的重視上，古典主義與俄國形式主義有相似之處，托馬舍夫斯基即認為，對技巧的熱衷是文學的強大動力，是文學流派發生變革的源泉，「作家及其最熱心的讀者，首先是熱心於寫作技巧，而這種興趣幾乎是文學最強大的動力。刻意追求職業上、寫作上的創新、追求新的技巧，一直是文學中最進步的形式和流派特徵。」[37]從這一點來講，元嘉詩人對詩歌語言的重視，其實也就是詩法意識的自覺。方東樹說謝靈運詩是「學者之詩」，又曰：「大約陶、阮諸公，皆不自學詩來。惟鮑、謝始有意作詩耳。」[38]方氏所謂的「學詩」、「有意作詩」其實就是指鮑、謝等元嘉詩人才自覺地把詩歌

---

35 參見錢志熙：《黃庭堅詩學體系研究》（北京市：北京大學出版社，2003年），頁31。

36 韋勒克、沃倫《文學理論》：「在類型學上存有著兩種相對的『心神迷亂』和『心神專一』的類型，一種是自發性、著迷性或預言性的詩人，另一種是『製造者』。製造者主要指受過基本訓練的、有熟練技巧的、有責任心的工藝型作家。」浪漫主義、表現主義和超現實主義詩人都屬於「心神迷亂」型，而文藝復興時期和新古典主義時期的詩人則是「製造者」。但他們又認為一般的作家和詩人是這兩種類型的結合，既創作激情與藝術技巧訓練相結合。（頁88-89）中國傳統的古典主義詩人可以說即屬於「製造者」這一類型，他們更重視對藝術技巧的學習和掌握。

37 〔俄〕托馬舍夫斯基著，方珊等譯：〈主題〉，《俄國形式主義文論選》（北京市：三聯書店，1989年），頁108。

38 〔清〕方東樹：《昭昧詹言》（北京市：人民文學出版社，1984年），頁166。

視為一種學問之道的藝事[39]，這是詩法意識自覺的表現。詩法意識的自覺對元嘉詩歌的發展具有重要的意義，元嘉詩歌也在對藝術技巧的講求中，表現出重辭藻、對仗、用事等美學特徵，這一點將在下文詳細論述。

第二節　元嘉體詩法的歷史淵源

　　元嘉詩歌總體而言屬於古典主義詩歌範疇，因此謝靈運、顏延之、鮑照等元嘉詩人對詩歌藝術技巧都極為重視，「對於古典主義來講，認可、繼承、研究文學遺產是一個重要的課題，前人的作品成為他們創作的出發點。」[40]而對前代作品的研究、總結，就是一個詩學學習過程，元人所謂：「學詩須先將古人諸般體面熟讀數首為式，使其胸中有主而不妄動，然後安排佈置，自合法度。諺云：『好詩記得三千首，不會吟詩也解吟。』此言雖俚，至理存焉。」又說：「但看古人所作，便是悟得詩法。」[41]即通過對前代作品的學習，以領悟作詩之法。東晉玄言詩帶來的詩歌發展困境，使元嘉詩人有意識地去學習魏晉詩歌藝術傳統，成為詩歌藝術自覺的一個契機，體現在創作實踐上，就是元嘉詩歌中技巧因素得到了顯著的增加。鍾嶸評謝靈運、顏延之、鮑照等人的詩皆言其「尚巧似」，這是詩歌中技巧性因素增加的結果，後人對元嘉詩歌這種藝術性質有明確認識，如鍾嶸稱建安詩歌是「自然英旨」，而顏、謝諸人則與此相對的「尚巧似」，也就是皎然《詩式》所謂的「不見作用」與「尚於作用」的區別，范溫《潛溪詩眼》云：「建安詩辨而不華，質而不俚，風調高雅，格力遒壯。

---

39 「學詩」一詞的含義可以參見錢志熙：《黃庭堅詩學體系研究》緒論頁9-11的論述。

40 錢志熙：〈論〈文賦〉體制方法之創新及其歷史成因〉，《求索》1996年第1期，頁89-93。

41 舊題范德機門人集錄：〈總論〉，張健：《元代詩法校考》（北京市：北京大學出版社，2001年），頁203、208。

其言直致而少對偶，指事而綺麗，得風雅騷人之氣骨，最為近古。一變而為晉、宋，再變而為齊、梁。」[42]又如清人方東樹《昭昧詹言》極稱謝、鮑等人詩歌錘鍊雕琢之工，云：「鮑不及漢、魏、阮公之渾浩流轉，然故約之煉之，如制馬駒，使就羈勒，一步不肯放縱，故成此體。故謝、鮑兩家，皆能作祖。」[43]從這些批評可以看出，元嘉詩歌與漢魏建安詩有人工與自然的區別，這是詩法意識自覺，詩歌由自然抒發向藝術經營發展的結果，也說明了元嘉詩歌創作中蘊涵著比較豐富的詩法內涵。

　　元嘉詩人沒有留下關於詩法的理論闡述，元嘉詩歌豐富的詩法內涵是體現於寫作實踐之中的。元嘉詩人對傳統詩歌的學習和繼承比較廣泛，既包括詩歌本體觀等根本問題，也包括詩歌寫作技巧等具體的詩法，錢志熙先生說：「以前人作品為出發點的創作，某種意義上也可以說是建立在文學整理、文學批評派的基礎上的創作。」[44]所以，古典主義詩人往往具有比較清晰的詩學史意識和藝術經營意識，元嘉詩人即顯著地體現了這一點。元嘉詩人不僅繼承了傳統詩歌的情性本質內涵，而且對漢魏晉詩歌藝術也有深入的研尋和學習。在廣泛學習的基礎上，元嘉詩人積累了對詩法的明確認識，他們的創作就體現了他們的詩法成果。從詩歌藝術技巧這一層面來說，西晉詩歌是元嘉詩人最直接的學習對象，可以說西晉詩歌藝術是元嘉詩歌詩法的直接淵源。鍾嶸《詩品》分析了魏晉南北朝諸多詩人的藝術淵源，在其看來元嘉詩歌藝術大抵皆出於西晉詩歌，如說謝靈運詩：「其源出於陳思，雜有景陽之體，故尚巧似，而逸蕩過之。」[45]評顏延之詩云：「其源出

---

42 范溫：〈潛溪詩眼〉，收入郭紹虞輯：《宋詩話輯佚》（北京市：中華書局，1980年），頁315。

43 〔清〕方東樹：《昭昧詹言》（北京市：人民文學出版社，1984年），頁166。

44 錢志熙：〈論〈文賦〉體制方法之創新及其歷史成因〉，《求索》1996年第1期，頁89-93。

45 曹旭：《詩品集注》（上海市：上海古籍出版社，2011年），頁201。

於陸機。尚巧似。體裁明密，情喻淵深，動無虛散，一字一句，皆致意焉。」[46]評鮑照詩云：「其源出於二張，善制形狀寫物之詞。」[47]除了上品的謝靈運源於曹植外，顏、鮑皆源於西晉詩人，結合起來看，西晉陸機、張協等人的創作是元嘉詩歌藝術的近源。陸機注重辭藻，其語言典麗密實直啟顏延之，而張協「巧構形似之詞」的寫景藝術又影響了謝靈運和鮑照[48]。謝靈運受陸機影響亦十分明顯，其擬樂府即直接以陸機樂府詩為底本，吳淇《選詩定論》引李東陽之語曰：「謝詩，六朝之冠也，然其體始於陸平原。」引王世貞云：「康樂天質奇麗，運思精鑿，雖體格創變，是潘陸餘法，其縟乃過之。」[49]總體而言，元嘉詩法如排偶、麗辭、用事、章法、句法、煉字等大抵皆由西晉詩歌而來，陸時雍所謂．：「詩至於宋，古之終而律之始也。體制一變，便覺聲色俱開。」[50]元嘉詩歌這種特點其實也是在西晉詩歌基礎上的踵事增華，清人錢木庵《唐音審體》云：「五言詩始於漢元封，盛於魏建安，陳思王其弁冕也。張陸學子建這也，顏謝學張陸也，徐庾學顏謝者也。其先本無排偶，晉排偶之始也。」[51]簡潔地指出了六朝的詩法源流。清人毛先舒云：「倘乙太康為古法，則存其法者，功在謝靈運。」[52]非但大謝，元嘉其餘諸人亦皆學太康詩法。從以上的簡要分析可以看出，西晉詩歌詩法思想乃是元嘉詩法直接的淵源。

　　元嘉詩人對傳統詩歌的學習是多方面的，學習魏晉詩歌的法度是

---

46 曹旭：《詩品集注》（上海市：上海古籍出版社，2011年），頁351。

47 曹旭：《詩品集注》（上海市：上海古籍出版社，2011年），頁381。

48 黃子雲〈野鴻詩的〉云：「景陽琢辭，實祖太沖，而寫景漸啟康樂。」（《清詩話》）

49 〔清〕吳淇：《選詩定論》卷十四，清康熙刻本。

50 〔明〕陸時雍：〈詩鏡總論〉，《歷代詩話續編》（北京市：中華書局，1983年），頁1406。

51 〔清〕錢木庵：〈唐音審體〉，《清詩話》（上海市：上海古籍出版社，1978年），頁780-781。

52 〔清〕毛先舒：〈詩辯坻〉，《清詩話續編》（上海市：上海古籍出版社，1983年），頁41。

一個重要的方面。在面對東晉玄言詩造成的困境下，對魏晉詩歌的學習成為元嘉詩歌的藝術起點，所以元嘉詩歌中擬古（包括擬樂府）是一個很顯著的特點。元嘉擬古風氣就是在西晉陸機等人的擬古啟發下盛行起來的，同時又把陸機等西晉詩人作為學習模擬的對象。西晉擬古方法主要是擬篇法，即以某一先行作品作為模擬的對象，因體制、主題、題材等都被所擬作品規定好了，所以這種擬法有很大的侷限性，其下者往往只能在原作的基礎上對某些字詞語句加以修改置換，如傅玄的〈擬四愁詩〉即機械模仿張衡而缺乏獨特的藝術價值。但陸機的擬古則比較能把握所擬作品的法度、重視詩歌語言的創新。陸機在闡述其創作理論時，提出「文」、「意」、「物」三要素，〈文賦〉云：「恆患意不稱物，文不逮意」這裡所謂的「物」其含義是很廣泛的，相當於寫作的對象，而「意」則是這個寫作對象在詩人意識中形成的意象，這一創作原理與克羅齊的思想很接近。從這一創作思想來講，擬作的對象其實也是陸機創作原理中的「物」，它以整體的意象反映於詩人的意識之中，體現在藝術上是陸機的詩歌比較重視立意[53]，因此在詩法上重視完篇的章法法度。如〈苦寒行〉，曹操原詩是寫行軍途中的既目所見，古質自然較少法度安排，而陸機的擬作則有意識地表現「苦寒」這個「意」，以整飭的對偶描寫行軍途中的環境及露宿、飲食等行軍事件，脈絡清晰，章法、句法皆有法度可尋。陸機在其創作中體出現明顯的法度意識，對學習陸機的元嘉詩人有直接的影響。謝靈運、顏延之的擬古詩即大多具有比較整嚴的章法。元嘉詩人對法度的重視表現在他們大量採用擬體法，如鮑照〈學劉公幹體〉、〈學陶彭澤體〉，王素〈學阮步兵體〉，謝靈運〈擬魏太子鄴中集詩八首〉雖沒標出「體」，但亦是擬體。「擬體」是對所擬詩人的整體詩歌

---

53 參見拙文〈玄學「言意之辨」與陸機〈文賦〉的理論建構〉，《文藝理論研究》2009年第2期，頁124-129。

的體制與風格的模擬，其前提則是對所擬詩人的詩歌法度的認識和提煉，這一點在本書第三章已作了論述。《詩品》張華條載：「謝康樂云：『張公雖複千篇，尤是一體耳。』」[54]這一點說明謝靈運對張華詩歌的法度、風格有深入的分析和認識。元嘉詩人關於這方面的言論記載雖然很少，但是從他們的擬作看，像謝靈運這樣的法度意識應該是很普遍的。元嘉擬古詩還一類可稱為「借古法」，這種擬古不是對具體作品或詩人的模擬，而只借古人的時空背景進行創作，如鮑照〈擬古八首〉、〈紹古辭七首〉及他大部分樂府詩，王僧達〈和琅邪王依古〉等，這種擬法其實是以復為變，是對整個傳統詩歌藝術的學習，因此更需要對詩歌的法度有明確的認識，才能真正做到「師其意而不師其辭」超越機械的模仿。黃節說：「漢詩渾成，無一定作法，至康樂、明遠，則段落分明，章法謹嚴矣。」[55]這即是元嘉詩歌法度意識在創作中的表現。

　　從西晉詩歌來看，我們從理論上所分析的詩法，如章法、句法、字法等在創作中都已有明顯的體現，錢志熙先生認為魏晉南北朝詩歌創作的法則體系已經建立起來，尤其是陸機和劉勰對創作法則的建構，「甚至從理論的完整與深入來說，已經達到了中國古代創作法則的理論的高峰。」[56]〈文賦〉對文學創作的各種問題如命意、譴辭、體式、聲律、文術、文病、文德、文用等即有系統深刻的闡述[57]，但陸機對元嘉詩人詩法的影響主要不是在他的理論闡述上，而在於其詩歌創作中體現的法度意識和詩法系統。郝立權論陸機詩歌的「體變」說：

---

54 曹旭：《詩品集注》（上海市：上海古籍出版社，2011年），頁275。

55 蕭滌非：〈讀謝康樂詩劄記〉引，收入葛曉音編：《謝靈運研究論文集》（桂林市：廣西師範大學出版社，2001年），頁11。

56 錢志熙：《黃庭堅詩學體系研究》（北京市：北京大學出版社，2003年），頁181。

57 參見錢志熙：〈論〈文賦〉體制方法之創新及其歷史成因〉，《求索》1996年第1期，頁89-93。

考其體變，蓋有三焉：兩京以來，文詠迭興。貞臣黃鵠之制，降將河梁之篇，並緣性致情，不為藻繪。下逮曹王，偶意漸發。茲則事資複對，不尚單行。命筆裁篇，貴於偶合，導齊梁之先路，綰兩晉之樞機。此其一也。漢魏之頃，敷辭貴樸。假彼吟唱，寫茲性靈，安雅為宗，比興是尚。茲則聯字合趣，契機入巧，申歌西路，則照景同眠，安寢北堂，則瑤蟾入幄。此其二也。書稱言志，禮戒雷同，凡厥詠歌，必由己出。茲則軌范囊篇，調辭務似。神理無殊，支體必合。摹擬之途既開，附會之辭屢見。此其三也。弘之三變，鬱為時尚，遂使兩都馳譽，三張減價。茂先歎其槃才，仲偉許為膏澤，蓋有由也。[58]

郝氏所論陸詩之「體變」，概而言之就是對偶、麗辭和模擬三端，這其實也是西晉詩歌普遍存在的藝術特點。對偶是詩歌句式範疇的概念，麗辭則屬於語言的錘鍊，模擬則如我們上文所分析的，主要是就立意章法而言，所以這三點大體上可以與詩法論中句法、字法及章法相對應，這樣說當然比較刻板，但就陸機而言大體上還是可以成立的。詩法中的章法方面前文已做了分析，西晉詩歌句法和字法對元嘉詩法也有很深的影響。

　　對偶是西晉詩歌句法的重要特點，在四聲平仄的聲律論出現之前，西晉詩人對詩歌句法的形式之美作了有益探索。如陸機的詩歌，其對偶句比重已經很大，許學夷《詩源辯體》說建安詩如曹植「秋蘭被長阪，朱華冒綠池」等句「皆文勢偶然，非用意俳偶也。用意俳偶，自陸士衡始。」[59]所謂的「用意俳偶」也就是有意識地追求對偶的工整，有具有自覺的句法意識。相對於漢魏詩歌來說，對偶是西晉

58　郝立權：《陸士衡詩注》〈自序〉（北京市：人民文學出版社，1958年），頁2。
59　〔明〕許學夷：《詩源辯體》（北京市：人民文學出版社，1987年），頁88。

詩歌很突出的句法特點。西晉以前的詩句總體上是自然流暢的，語序符合人的思維順序而較少跳躍，所以在性質上仍與散文語言比較接近，但這一特點卻又與詩歌作為一種獨特的語言的基本性質相悖，詩歌語言的獨特性是詩歌的內在要求。錢志熙先生說：「詩歌比之散體之文，最大的特點就是句（包括兩句構成的聯）相對全篇大大地突出起來。」[60]詩句在篇中突顯出來，要求詩歌句與句之間要有較大的距離，具有相對的獨立性，同時又具有形式上的對稱之美，對偶在這方面即能造成這種效果。費袞《梁谿漫志》說：「（詩）用語助太多或令文氣卑弱。」[61]即指出了詩歌句法區別於散文句法的必要性。漢字單音節和圖畫式的性質，也為詩句的對偶提供了語言文字上的自然便利。與古詩的渾然流轉相比，西晉陸機等人的詩歌開始具有跳躍、層次分明的特點，這與詩句的對偶密切相關。從這一點來說西晉詩歌的對偶，其實是包含了詩人對詩歌藝術比較深入的認識的，陸機等西晉詩人句法思想看起來雖然比較簡單，但影響卻很深遠，元嘉詩人的句法觀念即直接淵源於陸機諸人。許學夷曰：「漢魏五言如大篆，元嘉顏謝五言如隸書。米元章云：『書至隸興，大篆古法大壞矣。』猶予謂詩至元嘉而古體盡亡也。此理之自然，無足為怪。」[62]許學夷所謂的「古法亡」其實就是謝靈運、顏延之等元嘉詩人排偶雕刻的句法取代漢魏古詩自然流暢的散文式句法。許氏又說：「作詩出於智力者，亦可以智力求；出於自然者，無跡可求也。故今人學靈運者多相類，學靖節者百無一焉。」[63]謝詩之所以可以由智力求，即在於其中包含著比明顯的法度，而具有理性性質的法度是有跡可尋可以被學習的，而出於自然者則無跡可求不可得而學。西晉詩歌與元嘉詩歌在這方面

60 錢志熙：《黃庭堅詩學體系研究》（北京市：北京大學出版社，2003年），頁193。

61 〔宋〕費袞：《梁谿漫志》（上海市：上海書店，1990年），卷6。

62 〔明〕許學夷：《詩源辯體》（北京市：人民文學出版社，1987年），頁108。

63 〔明〕許學夷：《詩源辯體》（北京市：人民文學出版社，1987年），頁103。

比較相似，詩人的創作體現了較多的理性色彩。鍾嶸說謝詩：「名章迴句，處處間起」[64]，佳句之多實有句法之故，即黃庭堅所謂「句法窺鮑謝」，而元嘉諸人的句法主要還是在對偶上用力，這一法則乃淵源於西晉詩歌。

　　西晉詩法表現在另一點字法，即對詩歌字詞、用語的錘鍊，注重詩歌語言的綺麗精妍。劉勰《文心雕龍》〈章句〉云：「夫人之立言也，因字以生句，積句以成章，積章而成篇。」[65]字是語言的基本單位，而句則是詩歌的基本單位，但字詞只有在詩句中才能突顯其藝術的價值，就如瓦萊理所說的：

> 一個字眼或一個韻律的偶然發現，如果沒有那關鍵的寫作勞動去把他們費力地融進詩篇中去的話，它們就毫無價值。[66]

沒有一種語言天生就屬於詩歌語言，詩歌語言不等同於華美、生動、形象的語言，詩歌不是簡單的辭藻的堆砌，只有用藝術手法將其恰當地安排在詩歌形式之中，也就是在詩句中語言之間互相配合共同構成詩歌藝術形象、實現詩歌的表現目的，這樣的語言才是詩歌語言。從這一點來講，字法其實是包含在句法之中的，只能於句法中講字法。但詩句又由字詞構成，范溫《潛溪詩眼》云：「煉字不如煉句，則未安也，好句要需好字。」[67]可見詩歌字句之間很難分開，宋人最重置字，即所謂的詩眼，魏慶之《詩人玉屑》即有「一字之工」條專論字法，字法可以說是詩法向精微化發展的產物。魏

64　曹旭：《詩品集注》（上海市：上海古籍出版社，2011年），頁201。

65　范文瀾：《文心雕龍注》（北京市：人民文學出版社，1958年），頁570。

66　〔法〕達維德・方丹：《詩學──文學形式通論》（天津市：天津人民出版社，2003年），頁88。

67　〔宋〕范溫：《潛溪詩眼》，《宋詩話輯佚》（北京市：中華書局，1980年），頁321。

晉時期，由於詩歌對偶的發展，擬古寫作中推陳出新自創新詞的趨勢，以及「巧構形似之詞」、「極物寫貌」的寫景藝術發展的需要，極大地促使了詩人有意識地去錘鍊字詞。許學夷說五言由建安至太康，「體漸俳偶，語漸雕刻」[68]，詩句的俳偶和詩歌語言的雕刻是同步發展的，許氏例舉陸詩如「飛閣纓虹帶，層臺冒雲冠」，「和氣飛清響，鮮云垂薄陰」等句，曰「斯可稱工」，這些詩句不僅對仗工整，造語亦工，如「虹帶」、「雲冠」皆為麗辭，而「纓」、「冒」、「飛」、「垂」則頗有字法。從理論上看，陸機等人對造語之法也有所闡述，〈文賦〉云：「立片言而居要，乃一篇之警策。雖眾辭之有條，必待茲而效績。」即有強調用字的字法之意。相對漢魏古詩的渾然流暢，西晉詩歌詩句在全篇中突顯出來，而字詞也開始在句中突顯出來，這種特點在元嘉詩歌中表現得更為明顯，許學夷云：「五言自士衡至靈運，體盡俳偶，語盡雕刻，不能盡舉。然士衡語雖雕刻，而佳句尚少，至靈運始多佳句矣。」[69]在許氏看來，佳句與詩歌字詞的雕刻是有很大關係的，謝詩多佳句其原因在於重句法字法的雕琢，元嘉諸人其實皆有這一特點，在造語上繼承西晉的思想而更加發展，方東樹云：「下字成句，須以康樂為法，無一字輕率滑易，此山谷所以可法。」[70]評鮑照詩云：「明遠以俊逸有氣勢為獨妙，而字字煉，步步留，無一步滑。」[71]蕭子顯說鮑詩「雕藻淫豔」[72]，就元嘉詩歌來看，「雕藻」的確都是很明顯的，體現了元嘉詩人重視詩歌語言錘鍊的字法意識。

　　法度是藝術區別於一般材料而具有獨特價值的內在品質，故克羅

68　〔明〕許學夷：《詩源辯體》（北京市：人民文學出版社，1987年），卷7，頁87。

69　〔明〕許學夷：《詩源辯體》（北京市：人民文學出版社，1987年），卷7，頁109。

70　〔清〕方東樹：《昭昧詹言》（北京市：人民文學出版社，1984年），卷5，頁136。

71　〔清〕方東樹：《昭昧詹言》（北京市：人民文學出版社，1984年），卷6，頁165。

72　〔梁〕蕭子顯：《南齊書》（北京市：中華書局，1972年），頁908。

齊說藝術就是賦予形式，因此任何一種創作本身都需要遵循著特定藝術的法則。但如何在極具主觀能動性的藝術創作中遵循藝術的內在法則使創作不失正軌，是一個很微妙的方法問題，故劉勰強調「術」，劉勰認為「文場筆苑，有術有門」，因此應努力探索、掌握作文之術。《文心雕龍》〈總術〉云：「若夫善弈之文，則術有恆數，按部整伍，以待情會，因時順機，動不失正。數逢其極，機入其巧，則義味騰躍而生，辭氣叢雜而至。視之則錦繪，聽之則絲簧，味之則甘腴，佩之則芬芳，斷章之功，於斯盛矣」[73]只有掌握了創作方法，才能使靈感、技巧結合，創作出有文采、音律、情味的好文章。就詩歌而言，劉勰所謂的「術」也就是詩法。詩法不僅是指客觀存在於詩歌之中的法度規範，也是詩人在創作中過程中為實現詩歌的內在法則而採取的藝術方法。但是就詩人主體來說，並不是都能自覺地意識到這一點，而詩歌由自然抒發向藝術經營發展，作者對詩歌法度的認識是一個很重要的條件。從前面這兩節的分析看，元嘉詩人對詩法是有自覺的認識的，他們在學習魏晉詩歌，恢復被東晉玄言詩中斷的詩歌藝術傳統的過程中，藝術上主要就是學習魏晉，尤其是西晉陸機等人的創作之法並進一步發展，元嘉體成為詩歌古體與近體的轉折，與元嘉詩人詩法意識的自覺是有密切關係的。元嘉詩人雖然甚少對詩法作理論上的闡述，但他們卻是詩法的自覺實踐者。

第三節　元嘉體詩法的基本內涵

　　詩法作為詩歌創作的法度規則是一個綜合的有機體，是內在於詩歌創作的具體實踐之中的，對詩人來說，真正能指導創作的不是外在的、抽象的詩法概念，也不像晚唐人所提倡的「詩格」，而是活法，

---

73 范文瀾：《文心雕龍注》（北京市：人民文學出版社，1958年），頁656。

正因為詩法的這一性質，因此，即使詩人意識到了詩法在創作中的作用，也不一定能夠把它表述出來，所以杜甫以前「詩法」這一概念是很少見的，但詩法的意識和詩法的內涵卻是不斷地在發展，前面兩節中，我們已分析了元嘉體詩法意識的自覺及其淵源，這一節我們將在此基礎上，討論元嘉體詩法的發展及其基本內涵。作為一個有機整體的詩法，分而言之，其基本的內涵主要包括：章法、句法、字法和用事之法。

一　章法

　　章法是詩歌結構、脈絡的安排之法，是詩人整個構思過程的一種藝術體現，特別是自然抒發、以情性為詩的古詩，往往隨著詩人的運思而變化，顯示出很大的主觀靈活性，但仍然要遵循一定的章法，故劉勰云：「宅情曰章。」[74]〈詩友傳燈錄續〉云：「又云煉句不如煉字，煉字不如煉意，意何以煉？答曰『煉意或謂安排章法，慘澹經營耳。』」[75]將煉意解釋為安排章法似有簡單化之嫌，但指出煉意與章法之間的內在關係，則是有道理的。近體詩產生之後，起承轉合成為章法的基本準則。近體詩產生之前章法雖較少定數，但仍有一些基本的法度規則，這就是〈詩友傳燈錄續〉所說的以「煉意」為基礎的藝術經營，所以詩人有不同的「意」往往也會有不同的章法藝術，而章法之經營又是為了更完整準確地表現「意」，「意」和章法構成了一種辨證的關係，這是詩歌章法的一個基本準則，包括近體詩的章法也仍要遵循這一原則。立意與章法的這一辨證關係具有「活法」的性質，這是古詩的章法極其自由靈活的原因。

---

74 范文瀾：《文心雕龍注》（北京市：人民文學出版社，1958年），頁570。

75 《清詩話》（上海市：上海古籍出版社，1978年），頁158。

　　首先把「意」作為文學的要素的大概是陸機，從「意」與章法的辨證關係看，具有自覺的章法思想也當以陸機為先[76]。陸機〈文賦〉提出了「文」、「意」、「物」文學三要素：「夫放言遣辭，良多變矣。妍蚩好惡，可得而言；每自屬文，尤見其情。恆患意不稱物，文不逮意。」陸機這裡其實是提出了一個文學創作原理，即文學創作不是直接去描寫「物」，而是表現「物」在詩人意識中形成的「意」，詩人首先把「物」抽繹成一個完整生動的意象，再用藝術手法把這個意象表現出來。陸機這一文學創作原理與克羅齊所論述的創作的過程性質上頗為相似，克羅齊認為審美創作的全過程可以分為四個階段：

> 一諸印象；二表現，即心靈的審美的綜合作用；三快感的陪伴，即美的快感，或審美的快感；四由審美事實到物理現象的翻譯（聲音、音調、運動、線條與顏色的組合之類）。[77]

所謂的「諸印象」就是主體對客體的直感印象，相當於陸機的「物」；「表現」即相當於陸機從「物」抽繹出的「意」；而「翻譯」則與陸機的「文」相似，即運用各種藝術手法把主體意識所綜合的意象表現出來。因此從陸機的創作原理來看，「文」包含了創作中所需要的一切藝術方法。完整、準確地表現「意」需要講求章法，只有對作品做通盤的考慮才能做到篇章完整，避免〈文賦〉所說的：「或仰逼於先條，或俯侵於後章」這種文病的出現。其他如「選義按部，考辭就班」，「苟達變而識次，猶開流而納泉」，也都是從章法經營而言。其後范曄〈獄中與諸甥侄書〉也說：「常謂情志所托，故當以意

---

76 參見拙文〈玄學「言意之辨」與陸機〈文賦〉的理論建構〉，《文藝理論研究》2009年第2期，頁124-129。

77 〔義〕克羅齊，朱光潛譯：《美學原理》（北京市：外國文學出版社，1983年），頁105-106。

為主,以文傳意。以意為主,則其旨必見,以文傳意則其辭不流。」范曄認為為文時,先需立意才能將文章的主旨明確地表現出來,同時也可避免文章流蕩蕪蔓。其所說的「意」是關於如何寫作的一個通盤考慮,這應該受到陸機的影響。范曄又說:「此中情性旨趣,千條百品,屈曲有成理,自謂頗識其數。」[78]所謂的「數」即有安排章法之意。從范曄對「意」的闡述來看,也明顯的包含有立意以成章法的內涵。錢志熙先生論述黃庭堅的章法思想說:「山谷對於章法,有兩個基本的思想,一是立意為章法的根本,在立意、盡意中自然地形成一首詩歌的章法;二是強調篇章結構的完整,即『成章』。」[79]陸機的創作思想是「文」以「逮意」,「逮意」是成文的基本原則,其實已包含了與黃庭堅比較接近的章法思想,當然,陸機沒有如山谷表述得那麼明確[80]。「立意」是陸機創作的基本思想,從其詩歌創作實踐來看,也的確是具有「立意」、「盡意」以成章法的詩法特點。如上文所舉過的擬曹操〈苦寒行〉,陸機即先立下征人「苦寒」這個「意」,然後以這個主旨為基礎進行藝術安排,與原作相比陸機擬作的章法分明脈絡清晰表現更為集中。陸機的五言詩亦有經營章法以盡意的特點,如〈招隱詩〉,以招隱為題旨,開頭四句寫準備入山尋找隱士,中間十句描寫隱居的山水環境,後四句則表現因山水之美而嚮往隱居的情感,章法分明,比較準確完整地把題意表現出來。陸機的詩歌大體而言皆具有「窺入其意而形容之」的特點,即通過藝術經營以表現所立之「意」,因此立意以成章乃陸機章法的基本思想,這一點對元嘉體章法的影響是很明顯的。

　　元嘉謝靈運、鮑照諸人詩歌的章法,清人方東樹所論頗詳,其論

78　〔梁〕沈約:《宋書》(北京市:中華書局,1974年),頁1830。

79　錢志熙:《黃庭堅詩學體系研究》(北京市:北京大學出版社,2003年),頁199。

80　黃庭堅〈論作詩文〉論述了其章法思想:「始學詩,要須每作一篇,輒須立一大意,長篇須曲折三致焉,乃為成章。」

大謝云：

> 謝公每一篇，經營章法，措注虛實，高下淺深，其文法至深，
> 頗不易識。每一篇經營章法，皆從古人來，高妙深曲，變化不
> 可執。[81]

方氏對謝詩章法認識是比一些簡單概括的模式深刻得多的，如黃節即
說：「大抵康樂之詩，首多敘事，繼言景物，而結之以情理，故末語
多感傷。」[82]這種認識主要還是形式上的，忽視了謝靈運詩歌創作實
踐中存在著靈活變化的章法藝術。元嘉詩歌章法繼承了陸機以立意為
基礎而靈活多變。劉勰《文心雕龍》〈章句〉云：「宅情曰章」[83]，也
就是說藝術地安排情理即成章法，這是對章法思想極為簡潔明了的概
括。趙執信〈談龍錄〉云：「始學詩，期於達意。久而簡澹高遠，興
寄微妙，乃可貴尚。」[84]所謂「達意」即完篇以盡意，此即章法之基
礎。方東樹也認識到了這一點：「求通其辭，求通其意，固學詩學文
之要旨；而於謝詩，尤宜依此二語用功。」其論謝詩之章法云：「謝
詩起結順逆，離合插補，慘澹經營，用法用意極深。然究不及漢、
魏、阮公、杜、韓者，以邊幅拘隘，無長江大河，渾瀚流轉，華嶽、
滄海之觀，能變態易人之神志。此存乎義理本源，及文法高妙，非關

---

81 〔清〕方東樹：《昭昧詹言》（北京市：人民文學出版社，1984年），卷5，頁131-132。

82 蕭滌非〈讀謝康樂詩劄記〉，見葛曉音編：《謝靈運研究論文集》，頁11；羅宗強亦說：「他的山水詩在結構上有一個基本的模式，這就是先敘述遊覽過程或遊覽緣起，接以景色描寫，最後是感慨或議論。」（《魏晉南北朝文學思想史》，頁190）；宋緒連：〈謝靈運山水詩歌結構初探〉（《遼寧大學學報》，1985年第5期），戴建業：〈論謝靈運的情感結構及其詩歌的形式結構〉（《華中師大學報》，1991年第1期），亦有相關論述。

83 范文瀾：《文心雕龍注》（北京市：人民文學出版社，1958年），頁570。

84 〔清〕趙執信：〈談龍錄〉，《清詩話》（上海市：上海古籍出版社，1978年），頁315。

篇什長短也。」又云:「觀康樂詩,純是功力。如挽強弩,規矩步武,寸步不失。如養木雞,伏伺不輕動一步。自命意顧題,佈局選字,下語如香象渡河,直沉水底。」[85]前後雖褒貶不一,但皆認識到章法與命意之關係,此即極有識見。其論鮑照云:

> 欲學明遠,須自廬山四詩入,且辨清門徑面目,引入作澀一路,專事煉字煉句煉意,驚創奇警,無一筆涉習熟常境。[86]

所謂「煉意」即經營章法。在方氏看來鮑照詩歌章法也以立意為根本,章法藝術實「存乎義理本源」,章法之渾浩流轉乃在於用意之深,從這一章法思想來講,章法不是表面的形式之談,而是表現了詩歌的體用關係,是在創作中對詩歌本體的靈活生動的表現。

　　從創作實踐來看,立意以成章的章法思想在元嘉詩歌中得到了比較明顯的體現。元嘉詩人很重視立題,相對於文人擬樂府多用舊題,古詩詩題甚少有特點,這是一個很重要的發展,因為立題其實就是命意,是對整首詩的主旨的提煉,清人徐增〈而庵詩話〉云:「吾嘗語作詩者:須要向題意上透出一層,見識到那裡,字句亦隨到那裡,方有第一等詩作出來。」[87]即指出了詩歌立題的意義,黃子雲甚至說:「賦詩先須做題,題不古,詩亦不必作。」[88]也點出制題之重要性。就章法而言,則是在切題、盡題的基礎上自然形成靈活變化的章法法度。元嘉詩人重視詩歌命題,以謝靈運最具代表性,陳祚明說:「康

---

85 〔清〕方東樹:《昭昧詹言》(北京市:人民文學出版社,1984年),卷5,頁135、134。

86 〔清〕方東樹:《昭昧詹言》(北京市:人民文學出版社,1984年),卷6,頁169。

87 〔清〕徐增:〈而庵詩話〉,《清詩話》(上海市:上海古籍出版社,1978年),頁433。

88 〔清〕黃子雲:〈野鴻詩的〉,《清詩話》(上海市:上海古籍出版社,1978年),頁857。

樂最善命題，每有古趣。」[89]陳衍〈石遺室詩話〉也說：

> 康樂制題，極見用意。然康樂後，無逾老杜者，柳州不過三數
> 題而已。杜詩如〈早秋苦熱堆案相仍〉……皆隨意結構，與唐
> 人尋常詩題，迥不相同者，宋人則往往效之[90]

又云：

> 康樂詩，記室贊許允矣。至其制題，正復妙絕今古。倘張天如
> 所謂出處語默，無一近人者耶？柳州五言刻意學陶、謝，兼學
> 康樂制題，如〈湘口館瀟湘二水所會〉、〈登蒲州石磯望江口潭
> 島深回斜對香零峰〉等題，皆極用意。[91]

清末民初人曾習經〈壬子八九月讀書題詞〉之〈謝康樂集〉云：

> 漫道凡夫聖可齊，不經意處耐攀躋。後人率爾談康樂，且向前
> 賢學制題。

謝靈運詩歌的制題之所以受到後人的重視，在於制題與立意存在著密
切的關係，制題是對詩歌創作意旨的一個抽繹提煉。在創作上，詩歌
在制題之後「切題盡題成為寫作的主要任務」[92]，黃子雲說六朝詩有

89　〔清〕陳祚明：《采菽堂古詩選》（上海市：上海古籍出版社，2008年），卷17。

90　陳衍：〈石遺室詩話〉，見《陳衍詩論合集》（福州市：福建人民出版社，1999年），
　　頁80。

91　陳衍：〈石遺室詩話〉，見《陳衍詩論合集》（福州市：福建人民出版社，1999年），
　　頁78。

92　錢志熙：〈齊梁擬樂府詩賦題法初探──兼論樂府詩寫作方法之流變〉，《北京大學
　　學報》1995年第4期，頁60-65。

不可學者四，其一即「不細意貼題而模棱成章」[93]，可見制題成為詩歌寫作程式的環節後，切題就成為詩歌藝術的基本要求，否則乃為失題，而這一點直接促使了詩歌章法的經營。從元嘉詩歌來看，不僅謝靈運山水詩篇篇有題，如〈石壁精舍還湖中作〉、〈於南山往北山經湖中瞻眺〉等，元嘉其他詩人也都重視制題，如鮑照〈登廬山望石門〉、〈從臨海王上荊初發新渚〉，顏延之〈還至梁城作詩〉、〈始安郡還都與張湘州登巴陵城樓作詩〉，謝惠連〈泛南湖至石帆詩〉，謝莊〈游豫章西觀洪崖井詩〉等皆各自有題。詩題對詩歌的內容及詩人的運思、創作程式有制約作用，制題成為創作的一個重要程式後，詩人就須以題義為主旨經營章法以達到切題盡題，元嘉詩歌的章法即從立意、制題這裡發展出來。清人方東樹論述謝、鮑諸人的詩歌章法即強調由題意層層推進的章法特點，如論謝詩云：「大約謝詩顧題交代，則如發之就櫛，毫髮不差。」[94]這是由對謝詩具體篇章的分析得出的結論，也說明了詩題對章法的意義。

　　元嘉詩歌章法還受到體物緣情的二元結構的影響。體物與情理二元結構，構成了元嘉體章法的基本要素，形成了體物寫景與抒情悟理二者之間運動變化的章法藝術特點。如謝靈運〈石門新營所住，四面高山，回溪石瀨，修竹茂林〉，詩題以小序的性質點出了石門周圍的美麗風光。開頭四句緊括題意，對詩題所提的景物更詳瞻地加以描寫。「嫋嫋」以下十句，由景入情，表現了「美人游不還」的孤獨寂寞之情。又續以六句寫景，仍括緊詩題，進一步描繪石門的幽深。結尾則由情景入理，以莊老之理來消弭孤獨憂傷之情。體物寫景與抒情悟理交織變化，形成了回環往復的章法藝術。謝靈運很多詩歌其實都不是所謂的「三段式」章法所能概括的，特別是歸

---

93 黃子雲：〈野鴻詩的〉，見《清詩話》（上海市：上海古籍出版社，1978年），頁852。
94 〔清〕方東樹：《昭昧詹言》（北京市：人民文學出版社，1984年），卷5，頁146。

隱始寧之後，謝詩在切題盡題及體物情理的二元運動變化中，其章法藝術是靈活多變的，王夫之評〈入彭蠡湖口〉云：「一意迴旋往復，以盡思理。」[95]即說明了謝詩的章法特點，方東樹說學謝詩當「取其華妙章法」[96]，這一點是有道理的。謝惠連、鮑照等其他元嘉詩人都受到謝靈運詩歌章法藝術的影響，如謝惠連〈泛湖歸出樓中望月詩〉開頭六句敘題，接以六句正寫所望之景，結語四句由景入情抒詩興之懷，章法正由切題盡題與體物緣情發展而來。鮑照山水詩藝術「多規摹大謝」[97]，陳祚明評〈登廬山〉詩云：「其源亦出於康樂。」[98]王闓運評〈從庾中郎遊圓山石室〉云：「數首非不刻意學康樂，然但務琢句，不善追神。」[99]因刻意學習，且對山水藝術的領悟有待深入，故鮑照前期山水詩人工的痕跡比較明顯，章法也顯得較為刻板，如〈登廬山〉、〈登廬山望石門〉、〈從登香爐峰〉、〈從庾中郎遊圓山石室〉等詩的章法，主要還是從形式上學習大謝永嘉時期的山水詩章法藝術，因此比較缺乏靈活變化的藝術個性。鮑照後期行役贈答類詩歌，因仕途偃蹇及對現實的深刻認識，山水寫景與抒情融為一爐，表現了體物緣情結合的圓融的章法藝術。如〈登黃鶴磯〉，方東樹分析此詩曰：「起二句寫時令之景，次二句敘登臨之情；適郢六句正寫望，情事景物；收言己情，應前斷弦悲謳，凡分四段。」[100]情景交融，緊扣詩題，章法靈活完整。其他如〈發後渚〉、〈日落望江贈荀丞〉、〈送別王宣城〉、〈還都道中三首〉等都體現了元嘉詩歌成熟的章法藝術特點。

95　王夫之：《薑齋詩話》（北京市：人民文學出版社，1961年），頁144。

96　〔清〕方東樹：《昭昧詹言》（北京市：人民文學出版社，1984年），卷6，頁169。

97　吳汝綸：《鮑參軍集選》，見錢仲聯：《鮑參軍集注》引（上海市：上海古籍出版社，1980年），頁454。

98　錢仲聯：《鮑參軍集注》引（上海市：上海古籍出版社，1980年），頁264。

99　錢仲聯：《鮑參軍集注》引（上海市：上海古籍出版社，1980年），頁272。

100　〔清〕方東樹：《昭昧詹言》（北京市：人民文學出版社，1984年），頁177。

　　從以上的分析來看，元嘉體雖包含諸多詩類，但元嘉詩人大多都有比較明確的章法意識，在制題立意、切題盡題的寫作程式及體物與情理的二元結構中，形成了靈活多變的章法藝術。

二　句法

　　句是詩歌的基本單位，句法則是造成詩歌獨特風格特點的最重要的法度。元嘉體基本的句法特點是對偶，許學夷說元嘉詩歌：「體盡俳偶，語盡雕刻」[101]，古今諸多學者對元嘉詩歌具體的對偶形式也都有所探討[102]。但對偶的各種類型是歸納出來的成規，本身是有限的，也沒有指向句法作為造語之法的精神實質。《文心雕龍》〈麗辭〉云：

> 若氣無奇類，文乏異采，碌碌麗辭，則昏睡耳目。必使理圓事密，聯璧其章，迭用奇偶，節以雜佩，乃其貴耳。[103]

劉勰所謂「麗辭」乃專就對偶而言，但劉勰並不侷限於對仗的形式，他認為句子應以「事圓理密」為旨歸，以「精巧」、「允當」為準的，應通過造語之工而自然成對。六朝是對偶形式極為發達的時期，劉勰正是從句法藝術來看待當時的文學現象，因此超越了對偶形式的侷限而形成其深刻的句法思想。對偶是詩句在篇章中突顯其獨立性的一種

101　〔明〕許學夷：《詩源辯體》（北京市：人民文學出版社，1987年），卷7，頁108。

102　嚴羽《滄浪詩話》說：「靈運之詩，已是徹首尾成對句矣。」王世貞《藝苑卮言》云：「今人以俳偶之罪歸之三謝。」日人古田敬一《中國文學的對句藝術》認為六朝是駢文的極盛期，謝靈運更是集對句之大成，並把謝詩的對偶分為俯仰對、朝夕對、合掌對、視聽對和色彩對五類。羅宗強根據王力《漢語詩律學》歸納的二十八種對句，將元嘉詩歌的對句概括為二十五種（《魏晉南北朝文學思想史》，頁210-212）。

103　周振甫：《文心雕龍注釋》（北京市：人民文學出版社，1981年），頁385。

藝術形式，西晉以來詩人就比較自覺地發展各種對偶方式，到元嘉時期，中國古典詩歌各種對偶種類基本都已出現，但元嘉詩歌的句法並不是僅在對偶形式上來講求，與齊梁「致力於宮商，研精對偶，文已馳於新巧，義又乖於典則」成為「駢麗之末流」[104]者不同，元嘉詩人是通過對偶形式來追求造語之工，如許學夷所說的：「士衡語雖雕刻，而佳句尚少，至靈運始多佳句矣。」[105]這一變化體現了元嘉詩人不僅重視對偶，而且更注重對偶句的句法藝術，不僅追求對偶的變化和工整，而且也要求詩句要有「精巧」、「允當」的藝術價值。從這一點來講，元嘉詩歌的句法藝術不能僅從對偶這一形式來闡述。劉勰概括出四種對偶句法：

> 麗辭之體，凡有四對：言對為易，事對為難，反對為優，正對
> 為劣。言對者雙比空辭者也；事對者，並舉人驗者；反對者，
> 理殊趣合者也；正對者，事異義同者也[106]

從劉勰的闡述來看，對句的難易優劣主要的並不在於對仗形式上的工整與否，而在於句子的藝術表現力，這是從句法來談對偶，比之形式之論深刻得多，而真正的佳句其本質也在具有於藝術表現力。鍾嶸說謝詩「名章迴句，處處間起」，其實不僅是謝靈運，顏延之、鮑照等元嘉詩人詩中可句摘的佳句亦較之前代大為增加，所謂「迴句」、「佳句」固然具有很豐富的美學內涵，但造語之工是其第一層要求，特別是在重視雕琢語言的元嘉時期，追求造語之工是造成佳句「處處間起」的重要原因，杜甫詩云：「為人性僻躭佳句，語不驚人死不休。

---

104 黃侃：《文心雕龍劄記》〈麗辭篇〉（北京市：中國人民大學出版社，2004年），頁160。

105 〔明〕許學夷：《詩源辯體》（北京市：人民文學出版社，1987年），卷7，頁109。

106 范文瀾：《文心雕龍注》（北京市：人民文學出版社，1958年），頁588。

焉得思如陶謝手，令渠述作與同遊。」所謂「陶謝手」指善造佳句的
奇妙的藝術手法，這一點也說明元嘉詩歌佳句的大量出現即是詩人追
求造語之工的結果。

　　元嘉造語之工的句法思想，也主要體現於元嘉詩歌創作實踐中。
相對於漢魏古詩的質樸渾然，元嘉詩歌的詩句顯得更為精巧，即嚴羽
所說的：「漢魏古詩，氣象混沌，難以句摘，晉以還方有佳句。」[107]
詩歌由自然抒寫向藝術經營發展，具有「工」的特點。錢志熙先生
說：「法與工，其實是表裡相依的兩個概念，用法是為了求工，法則
體現為工。論詩者凡論到工字，其實質即在尚法。」[108]從這一點來
講，元嘉詩歌的確是比較重法的，元嘉詩歌佳句在全篇中突顯出來，
即是講求句法的結果。方東樹論詩頗重法度，其論大謝句法云：「下
字成句，須以康樂為法，無一字輕率滑易。」又云「造語工妙」、「造
句清爽秀韻，又極老成古樸。」[109]論鮑照詩則云：「明遠句法工妙」、
「鮑詩全在字句講求」[110]，又云：「謝、鮑、杜、韓造語，皆極奇險
深曲，卻皆出以穩老，不傷巧。」[111]不惟謝、鮑二人，元嘉其他詩人
亦頗重句法，如《南史》載鮑照謂顏延之詩「雕繢滿眼」，許學夷亦
稱顏詩「體盡俳偶，語盡雕刻」又舉顏詩「故國多喬木，空城凝塞
雲」等以為佳句[112]，又云：「謝宣遠、謝惠連五言，篇什不多，而俳
偶雕刻，其語實工，與靈運相類。」[113]許氏甚至謂鮑照詩「漸入律

107　〔宋〕嚴羽：〈滄浪詩話〉，《歷代詩話》（北京市：中華書局，1980年），頁695。

108　錢志熙：《黃庭堅詩學體系研究》（北京市：北京大學出版社，2003年），頁194。

109　〔清〕方東樹：《昭昧詹言》（北京市：人民文學出版社，1984年），卷5，頁129、
　　　132、136。

110　〔清〕方東樹：《昭昧詹言》（北京市：人民文學出版社，1984年），卷6，頁164、
　　　167。

111　〔清〕方東樹：《昭昧詹言》（北京市：人民文學出版社，1984年），卷5，頁137。

112　〔明〕許學夷：《詩源辯體》（北京市：人民文學出版社，1987年），卷7，頁113。

113　〔明〕許學夷：《詩源辯體》（北京市：人民文學出版社，1987年），卷7，頁115。

體」，可見造語之工確是元嘉詩歌的基本特點。

　　元嘉詩歌追求造語之工，一方面是西晉以來詩歌藝術發展的趨勢，同時與東晉以來士人崇尚清言品鑒也有很大的關係，《世說新語》集中地記載了東晉士人對語句警策之美的追求。東晉人還重視摘取、評論詩賦中的佳句，如《世說新語》〈文學篇〉中記載謝安與子姪評論《詩經》中的佳句；又如王孝伯問其弟：「古詩中何句為最」；范榮期讀孫綽〈天臺山賦〉「每至佳句，輒云：『應是我輩語』。」這些說明東晉人評論、創作詩賦時重視語句之美的風氣。這種風氣對元嘉詩人句法思想的形成有重要的影響，謝靈運詩歌中「名章迴句，處處間起」實際上也是他有意識地在詩歌創作中繼承東晉名士之風的一種體現。

　　當然，元嘉詩人追求詩歌句法，最直接的原因是元嘉詩人面臨的詩學實踐課題的需要。元嘉詩學一個重要的特點是，在抒情言志之外體物寫景成為詩歌藝術的另一個淵藪，開闢了新的詩歌寫作領域。詩歌創作中體物寫景的風氣雖然在西晉時即有明顯的發展，張協等人即體現了「尚巧似」的藝術風氣，但惟有在元嘉山水詩產生之後，這種注重刻畫的藝術手法才全面發展起來，並在整個詩歌領域內產生深刻的影響。鍾嶸說謝靈運「內無乏思，外無遺物」，以及元嘉謝、顏、鮑等人都共同具有的「尚巧似」的藝術特點，都說明了元嘉詩歌的藝術傾向，實由自然抒發轉向體物真切的藝術經營。劉勰《文心雕龍》〈物色〉云：

　　　　自近代以來，文貴形似，窺情風景之上，鑽貌草木之中。吟詠
　　　　所發，志惟深遠；體物為妙，功在密附。故巧言切狀，如印之
　　　　印泥，不加雕削，而曲寫毫芥；故能瞻言而見貌，即字而知時
　　　　也。[114]

---

114 范文瀾：《文心雕龍注》（北京市：人民文學出版社，1958年），頁694。

這段話比較準確地概括了元嘉以來，講究體物的詩歌藝術風尚，也就是追求形似，通過文字直觀、準確、完整地把物的形象呈現出來，這是元嘉詩學面臨的一個重要的實踐課題，元嘉詩人必須在這一詩學課題上發展出自己的藝術處理方法。〈物色〉篇中劉勰進一步說：「若乃山林皋壤，實文思之奧府，略語則缺，詳說則繁。」[115]指出體物詩的藝術困難，當然面對任何一種藝術對象，主體都不可能完全準確地加以表現，但只有主體具有藝術的自覺意識，才會有「恆患意不稱物，文不逮意」這樣的認識，反過來說，也惟有這種言不盡意之感才能促使詩人努力通過藝術經營儘量地接近、呈現物的完整形象。從這一點來講，元嘉詩人追求「不加雕削，曲寫毫芥」是離不開對詩法特別是句法的講求的。梅堯臣說詩家之能事當「狀難寫之景，如在目前；含不盡之意，見於言外。」[116]這與蘇軾所謂的繫風捕影的「體物之妙」[117]頗為相似，〈書李伯時山莊圖〉中蘇軾進一步闡述說：「雖然，有道有藝。有道而不藝，則物所形於心，而不形於手。」[118]即強調藝術手法對「求物之妙」的必要性。但「求物之妙」亦無一定之法，而當如劉勰說的「隨物宛轉，與心徘徊」[119]，紀昀評此二句云：「極盡流連之趣，會此方無死句。」[120]從劉勰、蘇軾的論述看，他們所強調的亦是活法。

　　元嘉詩人雖然沒有對體物寫景之法作理論上的闡述，但他們在創作中其實是體現了這種「隨物宛轉」的活法思想的。元嘉詩歌中為人所稱道的佳句，也的確能夠曲盡物情，如方東樹舉大謝〈過白岸

---

115 范文瀾：《文心雕龍注》（北京市：人民文學出版社，1958年），頁695。

116 〔宋〕歐陽修：〈六一詩話〉，《歷代詩話》（北京市：中華書局，1980年），頁267。

117 〔宋〕蘇軾：〈與謝民師書〉，《蘇軾文集》（北京市：中華書局，1986年），頁1418。

118 〔宋〕蘇軾：〈書李伯時山莊圖〉，《蘇軾文集》（北京市：中華書局，1986年），頁2211。

119 范文瀾：《文心雕龍注》（北京市：人民文學出版社，1958年），頁693。

120 周振甫：《文心雕龍注釋》引（北京市：人民文學出版社，1981年），頁493。

亭〉:「近澗涓密石,遠山映疏木。空翠難強名,漁釣易為曲」而曰:
「句法新造」;〈登永嘉綠嶂山〉:「澹瀲結寒姿,團欒潤霜質。澗委水
屢迷,林迴岩愈密。」曰:「句法勁峭,無凡庸平常率漫。」[121]又舉
鮑照「霞石觸峰起」(〈登盧山望石門〉)、「穹跨負天石」(〈從登香爐
峰〉)曰:「句法峭秀」;〈登黃鶴磯〉:「木落江渡寒,雁還風送秋」,
曰:「孟公『木落雁南渡,北風江上寒』全脫化此句,可悟造句之
法。若云:『秋風送雁還』,『寒風送秋雁』,『木落雁南渡』,皆不及此
妙。」[122]所舉這些詩句皆能隨物宛轉準確地呈現表現對象的形象,是
造語工巧的典型,可以看出方氏所謂的「句法」其實就是造語之工,
這一點也符合元嘉詩人的句法思想。前人所稱賞的元嘉詩人的佳句,
大抵皆是生動的寫景句,如許學夷列舉大謝「曉霜楓葉丹,夕熏嵐氣
陰」,「白雲抱幽石,綠筱媚清蓮」等,顏延之「流雲藹青闕,皓月鑒
丹宮」,「庭昏見野陰,山明望松雪」等以為佳句。許氏對佳句有其自
己的看法,他認為:「古人佳句,五言為多,大抵五字摹寫,而景色
宛然在目,所以為難。」[123]認為佳句在於能真切地呈現景物的形象。
謝榛〈四溟詩話〉云:「趙章泉謂『作詩貴乎似』,此傳神寫照之
法。」[124]亦拈出體物真切為準的。尤其是在山水勃興的元嘉,寫物真
切的確是佳句一個比較直觀、顯著的標準。但正如上文所引的蘇軾的
觀點,「不藝」則物即無法被真切地呈現出來。「藝」的內涵當然很廣
泛,但對佳句來說,「藝」即是句法,惟有造語之工的句法才能創造
佳句,漢魏古詩固然亦有名句,但往往是不期而得,與元嘉詩歌通過

---

121 〔清〕方東樹:《昭昧詹言》(北京市:人民文學出版社,1984年),卷5,頁146、
　　147。

122 〔清〕方東樹:《昭昧詹言》(北京市:人民文學出版社,1984年),卷6,頁168、
　　177。

123 〔明〕許學夷:《詩源辯體》(北京市:人民文學出版社,1987年),卷7,頁110。

124 〔明〕謝榛:《四溟詩話》,《歷代詩話續編》(北京市:中華書局,1983年),頁
　　1164。

造語之工而創造的佳句性質不同，所以前人認為古詩無句，「至謝乃有句可摘」[125]，這一看法自有其道理。陸時雍《詩鏡總論》云：「謝康樂詩，佳處有字句可見，不免硜硜以出之，所以古道漸亡。」[126]所謂「硜硜以出之」即運造語之法以鍛煉成句[127]。王闓運評鮑照〈從登香爐峰〉、〈從庾中郎遊圓山石室〉曰：「但務琢句」[128]，這說明煉句乃嘉詩歌中普遍存在的句法。

　　句法由工巧而入於自然是元嘉詩歌句法的另一重要思想。這裡所謂的「自然」與古詩「略不作意」的自然其含義不同，謝榛謂謝靈運「池塘生春草」句，「造語天然，清景可畫，有聲有色，乃是六朝家數，與乎『青青河畔草』不同。」[129]這是元嘉詩歌與古詩在「自然」上的質的區別，古詩乃自然的流露和抒寫，元嘉詩句則由雕琢而入自然。沈德潛說：「陶詩合乎自然，不可及處，在真在厚。謝詩追琢而返於自然，不可及處，在新在俊。」[130]明確地區分了兩種「自然」，靖節之「自然」是指詩歌是自然情性的流露[131]，康樂之「自然」則是指藝術技巧琢磨而臻於自然不見人工之跡。由造語之工而返於自然的句法思想在元嘉詩歌中是表現得比較明顯的，元嘉詩人對此也有所闡述，如謝靈運〈山居賦〉云：

125　〔清〕王壽昌：《小清華園詩談》卷上，《清詩話續編》（上海市：上海古籍出版社，1983年），頁1857。

126　〔明〕陸時雍：《詩鏡總論》，《歷代詩話續編》（北京市：中華書局，1983年），頁1407。

127　陸時雍《詩鏡總論》評謝靈運詩：「『林壑斂暝色，雲霞收夕霏』，語饒霽色，稍以椎煉得之。」

128　錢仲聯：《鮑參軍集注》引（上海市：上海古籍出版社，1980年），頁272。

129　〔明〕謝榛：《四溟詩話》，《歷代詩話續編》（北京市：中華書局，1983年），頁1164。

130　〔清〕沈德潛：《古詩源》（北京市：中華書局，1963年），頁152。

131　參見拙文〈玄學與陶淵明詩歌考論〉有關陶詩的「自然」的闡述，《中國韻文學刊》2013年第1期，頁14-19。

　　覽者廢張、左之豔辭，尋臺、皓之深意，去飾取素，倘值其
　　心耳。

結合〈山居賦序〉：「詩人之賦麗以則。文體宜兼，以成其美。」可知
靈運的藝術觀是不廢人工的，即兼重麗、則，主張雕琢藻飾而又返於
自然，所以「去飾去素」並不是完全否定人工，而是「飾而返於
素」，《文心雕龍》〈情采〉說：「衣錦褧衣，惡文太章；賁象窮白，貴
乎反本。」[132]就是指由文彩返於自然，與謝靈運所說相近。《南史》
〈顏延之傳〉載：

　　延之嘗問鮑照己與謝靈運優劣，照曰：「謝五言如初發芙蓉，
　　自然可愛，君詩如鋪錦列繡，亦雕繢滿眼。」[133]

鍾嶸《詩品》亦載惠休之言曰：

　　謝詩如芙蓉出水，顏如錯彩鏤金。延年終身病之。[134]

可見「自然」確是元嘉詩歌藝術的審美理想。當然在重詩法的元嘉時
期，自然也只能是由工巧而入於自然，也就是「以自然為工」[135]，皎
然說謝靈運「為文真於情性，尚於作用，不顧辭采而風流自然。」[136]
其含義即由「作用」而入於自然。「工」與「自然」其實是藝術發展
的不同層次，從這一點來講，「自然」不僅與句法並不矛盾，而且是

---

132 范文瀾：《文心雕龍注》（北京市：人民文學出版社，1958年），頁538。
133 〔唐〕李延壽：《南史》（北京市：中華書局，1975年），頁881。
134 曹旭：《詩品集注》（上海市：上海古籍出版社，2011年），頁351。
135 〔元〕陳繹曾：〈詩譜〉，《歷代詩話續編》（北京市：中華書局，1983年），頁630。
136 李壯鷹：《詩式校注》（北京市：人民文學出版社，2003年），頁118。

需要句法的講求才能達到自然。《南史》載：「（靈運）每有篇章，對惠連輒得佳語。嘗於永嘉西堂，思詩竟日不得，忽夢惠連，即得『池塘生春草，園柳變鳴禽』，大以為工。」[137]〈謝氏家錄〉載康樂又云：「此語有神助，非我語也。」[138]由這兩條不同的記載可見工巧而不露痕跡也就是自然，而自然又體現為真正的工，這是元嘉詩歌工巧與自然這一辨證的句法思想的基本內涵。後人對元嘉詩歌句法的闡述，也往往是對元嘉詩人這一句法思想的發揮，如王世貞云：「三謝詩固自琢磨而得，然琢磨之極，妙亦自然。」[139]方東樹謂大謝「造語工妙」，鮑照「句法工妙」，又云：「謝公造句極巧，而出之不覺，但見其渾成，巧之至也，以人巧造天工。」[140]葉矯然曰：「顏擅雕鏤，而〈秋胡行〉、〈五君詠〉不減芙蕖出水。」[141]都指出了元嘉詩歌句法由造語工巧而入於自然的特點。如謝靈運〈初去郡〉「野曠沙岸淨，天高秋月明」，〈過始寧墅〉「白雲抱幽石，綠篠媚清漣」，〈登江中孤嶼〉「雲日相暉映，空水共澄鮮」，皆自然有韻致之美。又如如鮑照〈紹古辭七首〉：「徒畜巧言鳥，不解款心曲。」結語有餘韻，此乃由句法之妙而得。〈王昭君〉「即事轉蓬遠，心隨雁路絕」，頗有唐人氣象。這些都是句法由工入於自然而得的。論法度而至於自然是詩歌藝術最為精微之處，其中包含著明確的法度意識，因此由造語之工而追求自然，既不至於自然亦不失為精工，前人說元嘉詩歌「自然者十之一，雕刻者十之九」[142]，是比較符合元嘉詩歌的實際情況的。總體而

---

137 〔唐〕李延壽：《南史》（北京市：中華書局，1975年），頁537。

138 曹旭：《詩品集注》（上海市：上海古籍出版社，2011年），頁372。

139 〔明〕王世貞：《藝苑巵言》，《歷代詩話續編》（北京市：中華書局，1983年），頁960。

140 〔清〕方東樹：《昭昧詹言》（北京市：人民文學出版社，1984年），卷5，頁133。

141 〔清〕葉矯然：《龍性堂詩話》初集，《清詩話續編》（上海市：上海古籍出版社，1983年），頁959。

142 〔明〕許學夷：《詩源辯體》（北京市：人民文學出版社，1987年），卷7，頁109。

言，元嘉詩歌句法以精工為主，又包含著追求自然的思想，因此元嘉詩人雖重法度又不為法所拘限，其句法也體現於創造風格之美，深秀、峻潔、密麗、凝鍊等皆是句法運用之功，這正是所謂的活法，也是元嘉詩歌具有堅實風格的原因。

三　字法

詩歌俳偶的發展同時也伴隨著語言雕琢，二者構成了辨證的兩個方面，詩句的俳偶促使了語言的雕琢，而語言的雕琢又推動了俳偶向工整發展。正如前文所論，詩句的俳偶和詩歌語言的雕琢大體上對應著詩法中的句法和字法，從這一點來說，元嘉詩歌「語盡雕琢」[143]本身即包含著字法的講求。陸機〈文賦〉云：「立片言而居要，乃一篇之警策。雖眾辭之有條，必待茲而效績。」《呂氏童蒙訓》論陸機這一觀點曰：「此要論也，文章無警策，則不足以傳世，蓋不能竦動世人。如杜子美及唐人詩無不如此。但晉宋間人專致力於此，故失於綺靡，而無高古氣味。」[144]所謂的「警策」含義固然比較廣泛，但置字之工亦是其中重要的內涵。鍾嶸《詩品》評顏延之云：「其源出於陸機。尚巧似，體裁明密，情喻淵深，動無虛散，一字一句，皆致意焉。」[145]所謂的「一字一句，皆致意」即具有煉字煉句的意味。顏延之的詩歌在當世即有「雕繢滿眼」、「錯彩鏤金」之評，這種藝術特點自然是包含著字法的講求的。應該說元嘉詩人的創作實踐中都比較明顯地體現了字法意識，如清人方東樹說：「如康樂乃是學者之詩，無一字無來處率意自撰也，所謂精深。」「下字成句，須以康樂為法，

---

143 〔明〕許學夷：《詩源辯體》（北京市：人民文學出版社，1987年），卷7，108。

144 〔宋〕蔡夢弼：〈杜工部草堂詩話〉引，《歷代詩話續編》（北京市：中華書局，1983年），頁200。

145 曹旭：《詩品集注》（上海市：上海古籍出版社，2011年），頁351。

無一字輕率滑易，此黃山谷所以可法。」[146]謂鮑照詩云：「字字煉，步步留，以澀為體，無一步滑。」「專事煉字煉句煉意」又云：「南豐學鮑學韓，字字句句，與之同工。」[147]在方氏看來，似乎謝、鮑字法已開黃庭堅、曾鞏等宋人之先，謝、鮑字法自然不及山谷等宋人之精細，但元嘉詩歌中有自覺的字法意識則是可以肯定的。後人常常感覺到元嘉詩歌語言雕琢，至於具體的雕琢方法，元嘉詩人既缺乏理論上的闡述，後人也沒有注意去把這種語言雕琢的字法勾勒出來。從創作實踐來看，元嘉詩歌字法主要體現為兩點，一是用字之工，一是下字生新。

　　用字之工是詩歌藝術經營的發展結果。西晉以來隨著詩歌語言的雕琢，不僅詩句在篇章中突顯出來，字也在詩句中突顯出其價值，宋人強調「一字之工」[148]、句眼，都是字在句中的地位突顯出來的結果。當然，用字之工也只能是在句中體現出來，字本身應該是句的合理構成部分，所以劉勰《文心雕龍》〈章句〉說：「句之清英，字不妄也。」[149]字與句兩者是一種辨證的關係，字法首先應該處理好與句的關係。元嘉詩歌處於「古之終而律之始」[150]的轉折階段，已蘊涵著律詩的諸多特點，如趙翼《甌北詩話》云：「自謝靈運輩始以對屬為工，已為律詩開端。」[151]許學夷也說：「明遠五言，既漸入律體，中復有成律句而綺靡者。」[152]所以律詩的置字之法，在元嘉詩歌中已開

146　〔清〕方東樹：《昭昧詹言》（北京市：人民文學出版社，1984年），卷5，頁131、136。

147　〔清〕方東樹：《昭昧詹言》（北京市：人民文學出版社，1984年），卷6，頁165、166、169。

148　魏慶之：《詩人玉屑》卷六專列有「一字之工」條。

149　范文瀾：《文心雕龍注》（北京市：人民文學出版社，1958年），頁570。

150　〔明〕陸時雍：〈詩鏡總論〉，《歷代詩話續編》（北京市：中華書局，1983年），頁1406。

151　〔清〕趙翼：《甌北詩話》（北京市：人民文學出版社，1963年），卷12，頁175。

152　〔明〕許學夷：《詩源辯體》（北京市：人民文學出版社，1987年），卷7，頁116。

始得到初步的發展。范希文〈對床夜話〉云：

> 子建詩：「朱華冒綠池」，古人雖不於字面上著工，然「冒」字
> 殆妙。陸士衡「飛閣纓虹帶，層臺冒雲冠。」……顏延年云：
> 「松風遵路急，山煙冒壟生。」謝靈運：「蘋萍泛沉深，菰蒲
> 冒清淺」，皆祖子建。[153]

謝榛《四溟詩話》亦云：

> 陳思〈白馬篇〉：「俯身散馬蹄」，此能盡馳馬之狀。〈鬥雞
> 詩〉：「角落輕毛散」，善形容鬥雞之勢。「俯」、「落」字有力，
> 與「散」字相應。然造語太工，六朝之漸也。[154]

可見用字工巧從曹植即已體現出來，西晉詩歌除陸機外，如潘岳：
「川氣冒山領，驚湍激岩阿。歸雁映蘭時，遊魚動圓波。」（〈河陽縣
作詩二首〉其二），左思「白雲停陰岡，丹葩耀陽林」（〈招隱詩二
首〉其一），張協「浮陽映翠林，回飆扇綠竹。飛雨灑朝蘭，輕露棲
叢菊。」（〈雜詩十首〉其二）詩中如「冒」、「動」、「耀」、「扇」、
「灑」等皆頗為工巧且使詩歌的形象生動鮮明。結合前面所舉曹植等
人的詩句看，魏晉詩歌確已開始重視用字之工，其下字常於五言第三
字著力，呂本中《童蒙訓》引潘邠老言曰：

> 五言詩第三字要響，如圓荷浮小葉，細麥落輕花，「浮」字、

153　〔宋〕范希文：《對床夜話》，《歷代詩話續編》（北京市：中華書局，1983年），頁
　　411。
154　〔明〕謝榛：《四溟詩話》，《歷代詩話續編》（北京市：中華書局，1983年），頁
　　1206。

「落」字是響字也。所謂響者，致力處也。[155]

從這一點來講，魏晉詩歌用字工巧處已符合宋人的字法規則。但建安詩歌總體而言還是比較質樸自然的，而西晉詩歌的藝術技巧主要的還是重對仗，像這類追求用字工巧的詩歌仍是少數，此即許學夷所謂：「太康體雖漸入俳偶，語雖漸入雕刻，其古體猶有存者。」比較普遍地追求用字工巧的應該說從元嘉時才開始出現，胡應麟《詩藪》云：「何仲默云：『陸詩體俳語不俳，謝則體語具俳。』可謂千古卓識。」[156]即以陸、謝為代表指出了太康與元嘉詩歌之間的差異。從創作實踐來看，元嘉詩歌的置字之法繼承魏晉詩歌而有更加發展的，即重視用字的錘鍊，尤其是於第三字的著力，這種字法在元嘉詩歌中是比較普遍的[157]，如謝詩：

　　　白雲抱幽石，綠篠媚清漣。(〈過始寧墅〉)
　　　石室冠林陬，飛泉發山椒。(〈石室山〉)
　　　近澗涓密石，遠山映疏木。(〈過白岸亭〉)
　　　密林含餘清，遠峰隱半規。(〈游南亭〉)
　　　亂流趨正絕，孤嶼媚中川。(〈登江中孤嶼〉)
　　　林壑斂暝色，雲霞收夕霏。(〈石壁精舍還湖中作〉)

155　〔宋〕魏慶之：《詩人玉屑》引（上海市：上海古籍出版社，1978年），卷6，頁140。

156　〔明〕胡應麟：《詩藪》（上海市：上海古籍出版社，1979年），內編卷二，頁29。

157　羅宗強《魏晉南北朝文學思想史》論述了顏延之詩歌的動詞用法並認為：「延之善於用動詞表現一種莊嚴典重之感」（頁207）。黃水雲《顏延之及其詩文研究》也認為顏延之詩歌中「動詞方面的煉字也極苦思之能事，延之常常貫注精神與字的運用，而賦予整個句子以活躍的生命，而且在兩個對仗工整的句子中，往往運用靜與動的對比字眼，使整個畫面上的情景顯得更生動、鮮明，而有一種立體感。」（臺北市：文史哲出版社，1989年），頁136-138。

初篁苞綠籜，新蒲含紫茸。海鷗戲春岸，天雞弄和風。(〈於南山往北山經湖中瞻眺〉)

蘋萍泛沉深，孤蒲冒清淺。(〈從斤竹澗越嶺溪行〉)

積石竦兩溪，飛泉倒三山。(〈發歸瀨三瀑布望兩溪〉)

皆可見出於第三字頗具爐錘之功，謝詩中這類詩句還可以舉出不少，其他元嘉詩人這種字法的詩句也很多，如鮑照詩：

高岑隔半天，長崖斷千里。(〈登廬山望石門〉)

青冥搖煙樹，窮跨負天石。旋淵抱星漢，乳竇通海碧。(〈從登香爐峰〉)

亂流讜大壑，長霧匝高林。(〈日落望江贈荀丞〉)

騰沙鬱黃霧，翻浪揚白鷗。(〈上潯陽還都道中〉)

攢樓貫白日，摛堞隱丹霞。(〈還都至三山望石城〉)

復澗隱松聲，重崖伏雲色。(〈行京口至竹裡〉)

涼埃晦平皋，飛湖隱修樾。(〈發後渚〉)

廣岸屯宿陰，懸崖棲歸月。(〈歧陽守風〉)

又如顏延之詩：

春江壯風濤，蘭野茂萋英。(〈車駕幸京口侍遊蒜山詩〉)

松風遵路急，山煙冒壠生。(〈拜陵廟作詩〉)

流雲藹青闕，皓月鑒丹宮。(〈直東宮答鄭尚書道子詩〉)

陰風振涼野，飛雲瞀窮天。(〈北使洛詩〉)

故國多喬木，空城凝塞雲。(〈還至梁城作詩〉)

清氛霽岳陽，曾暉薄瀾澳。(〈始安郡還都與張湘州登巴陵城樓作詩〉)

其他如：

> 屯雲蔽曾嶺，驚風湧飛流。零雨潤墳澤，落雪灑林丘。浮氛晦
> 崖巘，積素惑原疇。（謝惠連〈西陵遇風獻康樂詩五章〉其四）

> 屯煙擾風穴，積水溺雲根。漢潦吐新波，楚山帶舊苑。壞草淩
> 故國，拱木秀頹垣。（劉駿〈登山作樂詩〉）

> 和風翼歸采，夕氛晦山嵎。驚瀾翻魚藻，艷霞照桑榆。（劉駿
> 〈濟曲阿後湖詩〉）

> 遊陰騰鵠嶺，飛清起鳳池。（謝莊〈游豫章西觀洪崖井詩〉）
> 夕天霽晚氣，輕霞澄暮陰。微風清幽幌，餘日照青林。（謝莊
> 〈被宅秘園詩〉）

上面所舉的這些詩句大多於第三字上見功力。從魏晉詩歌的個別例
子到元嘉詩歌中的普遍重視，體現了元嘉詩人的講究煉字的字法意
識的發展。黃庭堅云：「謝康樂、庾義城之於詩，爐錘之功不遺力
也。」[158]劉克莊〈江西詩派小序〉也說：「康樂一字百煉乃出」[159]，
這其實是元嘉詩人普遍具有的特點。從所舉的這些詩句看，元嘉詩歌
比較顯著地體現出字法運用的大抵皆是寫景句，一個基本的規則就是
以動詞銜接兩個景物意象，使之具有動態的活潑新鮮之感，在生動地
表現景物的同時達到置字之工。從這一點來講，元嘉詩歌字法雖然主
要是於第三字錘鍊並基本上是用動詞，仍顯得比較簡單，但從創作實

---

158 〔宋〕胡仔：《苕溪漁隱叢話・後集》（北京市：人民文學出版社，1982年），卷1。
159 〔宋〕劉克莊：〈江西詩派小序〉，《歷代詩話續編》（北京市：中華書局，1983年），
　　頁481。

踐來看，這一字不是孤立的而是與前後的意象結合在一起共同實現景
物描寫的目的，所以真正的元嘉詩歌字法不是「五言第三字要響」這
樣一個形式，而體現於創作實踐中的活法，以置字穩切、生動表現對
象為目的。元嘉詩歌用動詞以寫景，增強了詩歌的藝術表現力，這一
點我們在第二章分析元嘉詩歌的寫景藝術中已提到過。杜甫、李商隱
及黃庭堅等宋人詩歌中句眼可以是五言、七言中的任何一個字，相對
於元嘉詩歌字法主要是五言的第三字來得廣泛、靈活得多[160]，但宋人
主張用字穩健的字法精神對元嘉詩歌字法而言也仍是適合的[161]。除了
在動詞使用上注重錘鍊之外，元嘉詩歌還有一些頗見字法之功的，如
鮑照〈贈傅都都曹別〉「追憶棲宿時，聲容滿心耳」，王闓運〈相綺樓
說詩〉說：「『聲容滿心耳』句，苦思情真，非相思深者，不知其佳
切。非極煉不能作此五字。」[162]這在元嘉詩歌中也還能找出不少。

　　元嘉詩歌字法的另外一點是下字生新。意象或詞語的反覆使用會
使其由個性的、具象的向社會性、抽象象徵的意義發展，也可以說是
個性化語言的喪失，同時造成對詩歌表現能力的損害，比如某些詞，
如月、柳、雁等意象在中國傳統詩歌中就往往是象徵意義而缺少新鮮
之感了[163]。而詩歌的藝術價值乃在於它的獨特性，在於其精煉的表現

---

160 顏延之：「遄矣遠征人，惜哉私自憐」（〈從軍行〉），「悽矣自遠風，傷哉千里目」
　　（〈始安郡還都與張湘州登巴陵城樓作詩〉）「矣」、「哉」這種副詞都有煉字的意
　　味，且於第二字，但元嘉詩歌中這種例子還比較少見。

161 吳可《藏海詩話》云：「『便可披襟度鬱蒸』，『度』字又曰『掃』，不如『掃』字奇
　　健。蓋『便可』二字少意思，『披襟』與『鬱蒸』是眾人語，『掃』字是自家語。
　　自家語最要置得穩當，韓退之所謂『六字尋常一字奇』是也。」

162 丁福林：《鮑照集校注》引（北京市：中華書局，2012年），頁529-530。

163 歐陽修《六一詩話》載宋初九僧以詩名於世，「時有進士許洞者，善為詞章，俊逸
　　之士也。因會諸詩僧分題，出一紙，約曰：『不得犯此一字。』其字乃山、水、
　　風、雲、竹、石、花、草、雪、霜、星、月、禽、鳥之類，於是諸詩僧皆擱筆。」
　　（《歷代詩話》，頁266）這一記載其實也說明了語言的反覆使用、缺乏變化，會造
　　成對詩歌藝術價值的損害。

能力，從這一點來講，字法也是詩歌保持其藝術價值的內在需求。而字法除了煉字之外，另一點在於推陳出新，其中最直接的一點即用生新字代替陳、熟字以獲得新的表現效果，陳師道所謂「寧僻毋俗」[164] 所指的即是這一點。劉勰《文心雕龍》〈通變〉云：「宋初訛而新」[165]，〈定勢〉云：

> 自近代辭人，率好詭巧，原其為體，訛勢所變，厭黷舊式，故穿鑿取新；察其訛意似難，而實無他術也，反正而已。故文反正為乏，辭反正為奇。效奇之法，必顛倒文句，上字而抑下，中辭而外出，回互不常，則新色耳。[166]

劉勰認為劉宋初詩文有求新取異的特點，這一特點主要表現為兩方面：一是顛倒文句，另一點是用新奇字詞。顛倒文句屬於句法問題，而用字新奇則是字法的範疇。清人孫德謙《六朝麗指》講訛體其中一點即講到訛字：「有不用本字，其義難通」，「如任彥升為范始興作〈求立太宰碑表〉『阮略既泯，故首冒嚴科』，故即固字。」「又〈北山移文〉『道帙長殯』，此殯字借為埋沒意。」[167]這可以作為劉勰觀點的例證，雖然劉勰和孫氏都沒有具體舉出元嘉詩歌為例，但元嘉詩歌字法重生新去陳熟在創作中也有明顯的體現。黃節云：「漢魏六朝時好因古語改為新詞，觀康樂〈緩歌行〉：『飛客結靈友』，不用羽人而用『飛客』，〈鞠歌行〉譬如『虬兮來風云』，又〈登池上樓〉：『潛虬媚幽姿』，不曰龍而曰虬可知。〈苦寒行〉云：『寒禽叫悲壑』，夫壑而

164　陳師道：《後山詩話》，《歷代詩話》（北京市：中華書局，1980年），頁311。
165　范文瀾：《文心雕龍注》（北京市：人民文學出版社，1958年），頁520。
166　范文瀾：《文心雕龍注》（北京市：人民文學出版社，1958年），頁531。
167　〔清〕孫德謙：《六朝麗指》，收入周振甫：《文心雕龍注釋》引（北京市：人民文學出版社，1981年），頁343。

曰悲者，……此則為康樂創語。」[168]這其實是以借代語替換人們熟悉的詞語；又如「望爾志尚隆，遠嗣竹劍聲」(〈命學士講書〉)，「竹劍」用《爾雅》〈釋地〉：「東南之美者，有會稽之竹劍。」此處以「竹劍」代指東南之人的美譽。謝靈運文不如詩，但我們讀其〈山居賦〉及其自注，則頗可了解其用語之法。

　　在用語生新上，鮑照也極為突出，如〈歲暮悲〉「妍言逐丹壑」，以「丹壑」代指「咸池」一類的日落處的名詞；〈還都口號〉：「維舟歇金景，結棹俟昌風」，以「金景」、「昌風」代指西日、秋風；〈登雲陽九里埭〉：「既成雲雨人，悲緒終不一」，「雲雨人」用王粲「風流雲散，一別如雨」，代指離別。這些都是有意地追求詩歌語言的新奇，其具體的方法當然是多樣的，借代字的使用就是傳統詩歌的常用方法。借代的字詞因自身的形象性和新奇陌生之感，而比陳熟之詞更易引起注意，也因此更能突顯其表現力，但是如這類可資借代的詞是有限的，因此元嘉詩人更多的是使用自造語來達到新奇的效果。王世貞說六朝多強造語[169]，汪師韓列舉了謝詩大量「不成句法」者，其實都是追求用語之新奇造成的。黃節先生注鮑照〈吳興黃浦亭與庾中郎別〉「溫念終不渝，藻志遠存追」云：「本集〈河清頌〉：『蠢爾藻性』，〈舞鶴賦〉：『鐘浮曠之藻質』，〈淩煙樓銘〉：『藻思神居』及此篇之『藻志』，皆明遠自造詞。《詩品》所謂『善制形狀寫物之詞』者也。」[170]又如〈紹古辭七首〉其六「君子事河源，彌祀闕還書」，不用「彌年」而言「彌祀」，語新。〈學古〉「北風十二月，雪下如亂巾」，以「亂巾」形容雪，富於新奇的想像力。鮑照詩中這種「自造

---

168 蕭滌非：〈讀謝康樂詩歌劄記〉，收入葛曉音：《謝靈運研究論集》(桂林市：廣西師範大學出版社，2001年)，頁13。

169 〔明〕王世貞：《藝苑卮言》，《歷代詩話續編》(北京市：中華書局，1983年)，頁961。

170 錢仲聯：《鮑參軍集注》引 (上海市：上海古籍出版社，1980年)，頁291。

語」很多，如此篇「奔景易有窮，離袖安可揮。歡觴成悲酌，歌服成泣衣。」之「離袖」、「歡觴」、「悲酌」、「歌服」、「泣衣」亦皆是。〈與荀中書別〉「勞舟厭長浪，疲斾倦行風」，「疲斾」之語頗出人意表。〈代苦熱行〉：「昌志登禍機」，「昌志」猶壯志而字生。〈擬古八首〉其七「秋螢扶戶吟」，「扶」字生新。又如〈和王丞〉「限生歸有窮，長意無已年」，「限生」二字亦為自造，方植之曰：「『限生』二句，字澀，即『人生不滿百』意，陶公衍之為五字，更言簡意足。此二句雖再衍，而但見新妙，不見其襲。句重字澀，可悟造語之妙在人也。」[171]〈玩月城西門廨中〉「歸華先委露，別葉早辭風」，「歸華」、「別葉」都是自造語。〈采菱歌七首〉其二「含傷拾泉花，縈念采雲萼」，「泉花」即菱花，這也是鮑照的自造詞。鮑照等元嘉詩人創造了很多的這類自造詞，這可以說是一個很值得注意的現象，正如黃節所說的這類自造詞是以「形狀寫物」為目的的，亦即增強詩歌的表現力。方東樹云：「讀鮑照詩，於去陳言之法尤嚴，只是一熟字不用。然但易之以生而不典，則空疏杜撰亦能為之；徒用典而不切，無真境真味，則又如嚼蠟、吃糙米飯。既取真境，又加奇警，所以為至。」[172]可見所謂的「去陳言」乃是以表現力為旨歸的，不以詩歌藝術表現為旨歸的杜撰則非字法之義。謝靈運〈山居賦〉：「輯采雜色，錦爛云鮮」，自注云：「《詩》云：『錦衾有爛』，故雲錦爛。」這一例子直觀地說明謝靈運等元嘉詩人的「強造語」的特點，雖新奇卻又有出處並非杜撰，方東樹說謝詩：「無一字無來處率意自撰」，也是有道理的。所以元嘉詩歌自造語雖多但並不是新奇辭藻的簡單堆砌，而是以追求新奇的表現效果為目標。元嘉詩歌自造語的字法也仍是追求詩歌藝術表現力的的活法。

171 〔清〕方東樹：《昭昧詹言》（北京市：人民文學出版社，1984年），卷6，頁174。
172 〔清〕方東樹：《昭昧詹言》（北京市：人民文學出版社，1984年），卷6，頁165。

四　用事

　　用事是中國傳統詩歌重要的特點，特別是西晉以來，隨著文化學術的積累與詩歌藝術經營的發展，用事成為詩歌寫作中重要的藝術手法。用事根本上說也是一種語言藝術，包括用典故和用語兩個方面，從這一點來講，用事在文人詩中是一直存在著的。西晉以前，如曹植、阮籍等人的詩歌中用事雖然逐漸增多，但主要仍表現出自然切意的詩美特徵，鍾嶸認為這時期的詩歌特點是「直尋」，並非沒有注意到建安以來詩歌用事的增多，而是對這種用事而自然的詩歌藝術的肯定。西晉詩歌由建安詩歌的現實主義和阮籍、嵇康的浪漫主義轉變為古典主義，因此對文化典籍和前人作品的研究，成為西晉詩人創作的一個重要課題和基本出發點[173]，陸機〈文賦〉所謂：「述先士之盛藻」，「頤情志之典墳」，「游文章之林府，嘉麗藻之彬彬」，「收百世之闕文，采千載之遺韻」，即強調對前代文章的學習，並視之為文學藝術的一個淵藪，這一點自然促使了用事的發展。

　　用事由自然切意發展為自覺的藝術講求，是從西晉陸機等詩人那裡開始的，追求詩歌的典雅是用事增多的一個重要原因，典故和經史詩文成語中往往積澱著豐富的文化內涵，因此用事有助於使詩歌形成典雅之美。劉勰《文心雕龍》〈體性〉列舉八體，以典雅為首，云：「典雅者，熔式經誥，方軌儒門者也。」[174]即以儒家經典入詩有助於形成典雅之體，可見南朝人對用事在詩歌寫作中的價值和意義是有明確認識的。但劉勰所說的其實只是用事之一種，用事以形成典雅的詩美也不侷限於用儒家經典，總體上看，一般的事典因自身內涵的豐富，因此都能使詩歌形成典雅之美。從藝術形式上看就是「能使詩

173　參見錢志熙：〈論〈文賦〉體制方法之創新及其歷史成因〉，《求索》1996年第1期，
　　　頁89-93。
174　范文瀾：《文心雕龍注》（北京市：人民文學出版社，1958年），頁505。

歌在簡練的形式中包容豐富的、多層次的內涵，而且使詩歌顯得精緻、富贍而含蓄。」[175]用事的這一特點契合了元嘉詩歌追求增加詩歌質感的詩學實踐要求，因此元嘉詩歌的用事乃必然之勢且有更進一步的發展，表現於創作中即元嘉詩人擴大了用事的範圍和詩歌中用事的容量。

　　元嘉詩歌用事之多前人已有論述，如鍾嶸云：「顏延之、謝莊尤為繁密，於時化之，故大明泰始中，文章殆同書抄。」[176]蕭子顯《南齊書》〈文學傳論〉所論三體之文章，其二曰：「次則緝事比類，非對不發，博物可嘉，職成拘制。或全借古語，用申今情，崎嶇牽引，直為偶說，唯睹事例，頓失清采。」[177]這一體的特點是對偶和用事，其近源實出於顏延之、謝莊[178]。張戒《歲寒堂詩話》亦謂：「詩以用事為博，始於顏光祿」[179]。元嘉詩歌用事之博不惟顏延之、謝莊而已，實為元嘉一代詩歌之風氣，王世懋《藝圃擷餘》云：「古詩兩漢以來，曹子建出而始為宏肆，多生情態，此一變也。自是作者，多入史語，然尚不能入經語。謝靈運出，而易辭莊語，無所不為用矣，剪裁之妙，千古為宗，又一變也。」《師友詩傳續錄》載王士禎云：「以莊易入詩，始謝康樂。」[180]沈德潛《說詩晬語》云：「曹子建善用史，謝康樂善用經。」[181]方東樹亦云：「古人不經意字句，似出己意，便文白道，而實有典，此一大法門，惟謝、鮑兩家尤深嚴於此。」[182]都說明了元嘉詩歌重用事的特點。元嘉用事之風的興盛，客觀上是文化

175 葛兆光：《漢字的魔方》（瀋陽市：遼寧教育出版社，1999年），頁130。

176 曹旭：《詩品集注》（上海市：上海古籍出版社，2011年），頁228。

177 〔梁〕蕭子顯：《南齊書》（北京市：中華書局，1972年），頁908。

178 參見王運熙：《中古文論要義十講》（上海市：復旦大學出版社，2004年），頁192。

179 《歷代詩話續編》（北京市：中華書局，1983年），頁452。

180 〔清〕劉大勤編：〈師友詩傳續錄〉，《清詩話》（上海市：上海古籍出版社，1978年），頁155。

181 《清詩話》（上海市：上海古籍出版社，1978年），頁524。

182 〔清〕方東樹：《昭昧詹言》（北京市：人民文學出版社，1984年），卷5，頁128。

積累要求詩歌對其加以表現，及反撥東晉玄言詩平淡詩風的詩學實踐課題的需要，主觀上說則與詩人知識的淵博有直接的關係，東晉後期「玄談之風稍減之後，文史之學成了士人攻習的主要藝學。」[183]謝靈運即是一個學識淵博的學者，精於佛、道，又是史家，《隋書》〈經籍志二〉載他撰《晉書》三十六卷[184]，《隋書》〈經籍志四〉又載他編《賦集》九十二卷、《詩集》五十卷、《詩集抄》十卷、《詩英》九卷等[185]；顏延之亦編有類書《纂要》。謝靈運嘗云：「若殷仲文讀書半袁豹，則文才不減班固。」[186]此可見元嘉人對淵博知識在創作中的作用的重視[187]，這是古典詩學的一個重要特點。元嘉詩歌用事之風與當時重博學的學風也是密切相關的[188]。劉勰《文心雕龍》〈事類〉云：「夫經典沉深，載籍浩瀚，實群言之奧區，而才思之神皋也。」[189]應該說這一思想在元嘉人那裡就已明確了。顏延之〈纂要〉的編著目的即在為創作提供典故辭藻之用，〈庭誥〉云：「觀書貴要，觀要貴博，博而知要，萬流可一。詠歌之書，取其連類含章，比物集句，采風謠以達民志，《詩》為之祖。」[190]「比物」、「連類」近於比興之義，然結合「觀書貴要」數句「似亦可理解為用事典以比物、以連類。」[191]可見用事實乃元嘉詩歌重要的詩學思想。但是詩歌如何去表現文化上的積

183　錢志熙：《中國詩歌通史‧魏晉南北朝卷》（北京市：人民文學出版社，2012年），頁319。

184　〔唐〕魏徵：《隋書》（北京市：中華書局，1973年），頁955。

185　〔唐〕魏徵：《隋書》（北京市：中華書局，1973年），頁1082-1083。

186　〔唐〕房玄齡：《晉書》（北京市：中華書局，1974年），頁2605。

187　晉宋之際學風由清通玄虛轉向博學精研，對文學的發展起到了重要的推動作用，錢志熙《魏晉詩歌藝術原論》第六章〈晉宋之際詩歌的因與革〉第一小節「學風轉變與文學的興起」有深入的論述可以參考。

188　這一點具體的可參見譚東颿：〈論顏詩「以用事為博」〉，《求索》1997年第2期，頁94-97。

189　范文瀾：《文心雕龍注》（北京市：人民文學出版社，1958年），頁615。

190　〔清〕嚴可均輯：《全宋文》（北京市：中華書局，1958年），頁2637。

191　羅宗強：《魏晉南北朝文學思想史》（北京市：中華書局，1996年），頁208。

累和進展，如何使詩歌文化內涵的增加與詩歌自身的藝術價值得到較好的結合，這即是需要講求藝術經營的地方[192]，也就是對用事之法的探索。

　　元嘉詩人很少直接對用事之法作理論上的表述，惟顏延之〈庭誥〉：「觀書貴要，觀要貴博，博而知要，萬物可一。」數語可視為提出一種「博」與「要」相結合的用事原則。《文心雕龍》〈事類〉：「是以綜學在博，取事貴約，校練務精，捃理須核，眾美輻輳，表裡發揮。」[193]劉勰這一用事之法似即對顏延之的發揮，可以說「博」與「要」就是元嘉詩歌用事之法的基本原則。所謂的「博」，如前文所說的，表現為詩歌中用事範圍的擴展，從元嘉詩歌的創作實踐看，不僅魏晉詩人常採擷的《詩經》、《楚辭》及史傳等仍被元嘉詩人廣泛地化用，而且《周易》、《論語》、《老子》、《莊子》乃至佛典亦大量地進入元嘉詩歌之中，如前文所引《師友詩傳續錄》云：「以莊易入詩，始謝康樂。」沈德潛《說詩晬語》云：「謝康樂善用經。」方東樹亦指出：「康樂全得力一部莊理。其於此書，用功甚深，兼熟郭注。……觀康樂所言，即其所潤《涅槃經》也，故當非余人所及。」[194]沈曾植論元嘉關之通法云：「尤須時時玩味《論語》皇疏，乃能運用康樂，乃亦能運用顏光祿。」又云：「當盡心於康樂、光祿二家。康樂善用易，光祿善用書，經訓菑畬，才大者盡容耦獲。」[195]黃節說謝靈運詩「合《詩》、《易》、聃、周、《騷》、辯、仙、釋以成之。」[196]從以上

---

192 王鐘陵《中國中古詩歌史》：「使事用典的風氣，詩歌的走向律化，都是文化積累的表現。問題的關鍵在於，文化的這種積累要以一種恰當的方式融入文學的創作之中，應有助於而不是妨礙對情性的抒發。」（南京市：江蘇教育出版社，1988年，頁592）。

193 范文瀾：《文心雕龍注》（北京市：人民文學出版社，1958年），頁616。

194 〔清〕方東樹：《昭昧詹言》（北京市：人民文學出版社，1984年），卷5，頁139。

195 錢仲聯：《沈曾植集校注》（上海市：上海古籍出版社，2001年），頁262。

196 黃節：《謝康樂詩注》〈序〉（北京市：人民文學出版社，1958年）。

所引前人這些觀點看，元嘉詩歌用事的取材範圍的確有了很大的擴展，體現了「博」的用事原則和特點。但只有「博」很容易形成鍾嶸所批評的「競須新事」、「殆同書抄」的偏執的用事之風，這種過猶不及的用事之法明顯滯礙詩歌的健康發展，也影響詩歌的語言品質及藝術價值，即蕭子顯所說的「唯睹事例，頓失精彩」[197]。鍾嶸雖認為這種偏執的用事之法是顏延之、謝莊發展出來的，但從創作實踐來看，顏延之的詩歌雖用事容量極大[198]，但因能「博而知要」，所以雖不免有斧鑿之跡，但總體上仍沒有出現後學者「殆同書抄」的弊端[199]。

　　在「博」的基礎上，元嘉詩歌用事亦強調「要」。所謂「要」其含義大體如劉勰所說的：「取事貴約，校練務精，捃理須核」，不僅有簡要的意思還有精切的含義，所以「要」在用事之法中尤為根本，惟有「要」才能使文章典籍豐富的材料成為符合美學原則的詩歌語言。馮班云：「余不能教人作詩，然喜勸人讀書，有一分學識，便有一分文章。但古今十分貫穿，自然才力百倍。相識中多有天性自能詩者，然學問不深往往使才不盡。多讀書則胸次自高，出語多與古人相應，一也；博識多知，文章有根據，二也；所見既多，自知得失，下筆取

197　〔梁〕蕭子顯：《南齊書》（北京市：中華書局，1972年），頁908。

198　黃水雲《顏延之及其詩文研究》分析統計〈北使洛〉二十六句中用事的有十句，〈和謝監靈運詩〉三十六句更有二十七句用事。參見該書頁四章頁四點「喜用古事」。

199　〈詩品序〉：「大明泰始中，文章殆同書抄。近任昉王元長等，詞不貴奇，競須新事，爾來作者，浸以成俗。遂乃句無虛語，語無虛字，拘攣補衲，蠹文已甚。」《南齊書》〈文學傳論〉也說當時的詩歌「緝事比類，非對不發，博物可嘉，職成拘制。唯睹事例，頓失清采。」甚有「轉為穿鑿」者。但這種弊端的形成，不能完全歸罪於用事本身，其根本原因乃在不精於用事之法。《詩品》論顏延之詩云：「又喜用古事，彌見拘束，雖乖秀逸，是經綸文雅才。雅才減若人，則蹈於困躓。」鍾嶸其實也就是指出「用事」與「詩才」的關係，只有具備足夠的藝術才能，靈活掌握用事之法，才能避免用事形成的弊端。顏詩用事的密度並不比齊梁詩歌小，其能免於「困躓」之境，即在於他能掌握「博」與「要」辯證的用事之法，而不是如齊梁人那樣使事以炫博。

捨，三也。」[200]斯言實得作詩三昧。從這一點來講，「博」又是
「要」的基礎，惟有廣博地吸取各種知識方能培養「要」的識力，所
以「博」和「要」是元嘉詩歌用事原則辨證統一的兩個方面。方東樹
云：「玩謝、鮑、玄暉所讀書，亦不甚多，但能精熟浹洽，故用來穩
切，異於後人撏撦餖飣也。」[201]所謂「讀書不甚多」不一定準確，但
用事「穩切」卻說明了謝靈運等元嘉詩人用事的基本原則，不是使事
以炫博而是用事以達意，元嘉詩歌的用事之法是以此為基礎而靈活多
變的。

　　正如前文所說，經過東晉詩歌尤其是淡乎寡味的玄言詩對詩歌的
損害，元嘉詩歌面臨著增加詩歌質感的詩學實踐課題，元嘉詩法大體
皆以這一詩學課題為出發點，用事更是直接針對這一詩學課題而發
展。增加詩歌之質感，就本質而言也就是增強詩意，《詩人玉屑》引
王安石云：「詩家病使事太多，蓋皆取其與題合者類之，如此乃是編
事，雖工何益？若能出己意，借事以相發明，則用事雖多，亦何所
妨。」[202]這裡即說明了用事亦當以詩意表現為旨歸。從詩歌寫作實踐
來看，魏晉以來用事之法也有一個明顯的發展，這就是許學夷所說
的：「漢魏人詩，但引事而不用事，如〈十九首〉：『誰能為此曲，無
乃杞梁妻？』『仙人王子喬，難可與等期。』曹子建『思慕延陵子，
寶劍非所惜。』王仲宣『竊慕負鼎翁，願厲朽鈍姿。』等句，皆引事
也。至顏謝諸子，則語既雕刻，而用事實繁，故多有難明耳。秦漢與
六朝人文章亦然。」[203]從許氏所舉的漢魏詩歌來看，其用事是比較完
整地引述典故原文，正如許氏所說的這與秦漢文章的用事方法相近，

---

200 〔清〕馮班：《鈍吟雜錄》卷三《正俗》（臺北市：臺灣商務印書館，1969年，四
　　庫全書珍本）。
201 〔清〕方東樹：《昭昧詹言》（北京市：人民文學出版社，1984年），卷5，頁139。
202 〔宋〕魏慶之：《詩人玉屑》（上海市：上海古籍出版社，1978年），卷7，頁147。
203 〔明〕許學夷：《詩源辯體》（北京市：人民文學出版社，1987年），卷7，頁115。

從語言來看，這種用事法對典故的轉述當然也是散文化的，注重事典的完整性和連貫性，常以兩句來引述。元嘉詩歌「體盡排偶，語盡雕刻」[204]，因此散文化的用事法自然也需要有所發展。

首先，元嘉詩人重視用事與對偶的結合。如謝靈運〈初去郡〉：「無庸方周任，有疾像長卿。畢娶類尚子，薄遊似邴生。」〈述祖德二首〉其一：「段生蕃魏國，展季救魯人。弦高犒晉師，仲連卻秦軍。」兩首詩都以對偶的形式連用四個典故，將典故安排於對仗的形式之中是謝詩中很常見的用法，也是元嘉詩歌普遍的用事之法。如顏延之〈贈王太常僧達詩〉：「玉水記方流，璿源載圓折。」〈夏夜呈從兄散騎車長沙詩〉：「九逝悲空思，七襄不成文。」皆用典而對仗工整。又如鮑照〈代放歌行〉：「一言分珪爵，片善辭草萊。豈伊白璧賜，將起黃金臺。」〈代白頭吟〉：「申黜褒女進，班去趙姬升。周王日淪惑，漢帝益嗟稱。」兩首皆是一句用一典，且互相對仗。相對於漢魏詩歌的散文化用事之法，元嘉詩歌重視用事與對仗結合，不僅使用事的密度增大，同時也體現了用事方法上的新的發展。

其次，元嘉詩人重視對所用之事的提煉。如顏延之〈和謝監靈運詩〉：「弱質慕端操」，《左傳》〈襄公三十年〉：「鄭子產如陳……陳國亡也，其君弱植……內惟省以端操。」詩中「弱質」、「端操」即提煉《左傳》以成。「惜無雀雉化」，用《國語》〈晉語〉：「趙簡子歎曰：『雀入於海為蛤，雉入於海為蜃。』」之語。這種重視提煉的用事法在顏延之的詩歌中是比較多的，又如〈秋胡行〉：「三陟窮晨暮」「三陟」概括《詩經》〈周南〉〈卷耳〉「陟彼崔嵬」、「陟彼高岡」、「陟彼砠矣」三章的詩意，以表現旅途的艱辛[205]。這種用事法在元嘉其他詩人的詩歌中亦有所表現，如謝靈運〈還舊園作，見顏范二中書〉：「投

---

204 〔明〕許學夷：《詩源辯體》（北京市：人民文學出版社，1987年），卷7，頁108。
205 諶東飆〈顏詩用典與詩的律化〉對顏延之用事法的發展有比較詳細的闡述，可以參看《求索》1994年第6期。

沙理既迫，如邛願亦愸。」這兩句概括《史記》賈誼被貶長沙事及司
馬相如與卓文君還臨邛事，以表現詩人自身的處境與失望之情。又如
〈永初三年七月十六日之郡初發都〉：「愛似莊念昔，久敬曾存故」，
前句出《莊子》〈徐無鬼〉：「子不聞夫越之流人乎？去國數日，見其
所知而喜；去國旬日，見所嘗見於國者而喜；及期年也，見似人者而
喜矣。不亦去人滋久，思人滋深乎？」後句出《論語》〈公治長〉：
「晏平仲善與人交，久而敬之。」《韓詩外傳》：「曾子曰：『……久交
而中絕之，此三費也。」謝詩這兩句即是對三個典故的概括和提煉。
鮑照詩中這種用事法亦運用得頗多，如〈採桑〉：「抽琴試抒思，薦佩
果成託。」用《韓詩外傳》孔子南游適楚，道遇處女之事，及〈神仙
傳〉鄭交甫江濱遇二女事。以「抽琴」、「薦佩」概括兩個內涵豐富的
典故，可見詩人對典故的提煉之功。〈代白頭吟〉：「梟鴟遠成美，薪
芻前見陵。」前句用《韓詩外傳》和《新序》〈雜事〉「田饒事魯哀
公」，後句用《史記》〈汲黯傳〉黯謂漢武帝曰：「「陛下用群臣，如積
薪耳，後來者居上。」皆加以概括提煉而成。又如〈從拜登京峴〉：
「深德竟何報，徒令田陌空。」後一句用《後漢書》：「陳藩諫桓帝
曰：『當今之世，有三空之厄，田野空，朝廷空，倉庫空。」鮑照這
裡用之以表現自己無政績可言的慚愧之情，從表達詩意的角度對典故
進行了加工。元嘉詩人對典故的提煉，與用典的對仗化其實也是相應
的，對仗要求對典故更加精練，而典故的提煉又促使了對仗更為工
整，兩者構成辨證的過程。

　　總體上來看，元嘉詩人的用事方法是比較多樣的，既有對典故、
語言比較客觀、完整的引述，也出現了很多對典故、語言進行概括、
提煉、加工、截取等具體的用事之法，雖然還未能如賀方回所說的：
「用事工者如己出」[206]，但的確較魏晉詩歌的用事更具有主觀能動性

---

206 《王直方詩話》，收入郭紹虞：《宋詩話輯佚》（北京市：中華書局，1980年），頁
　　92。

的特點。元嘉詩歌用事方法的新的發展，使詩歌語言更為精煉，明確地體現了以表達詩意為目標的自覺的用事意識和用事原則。應該說元嘉詩歌大量的用事確使詩歌更具文化內涵的質感，元嘉詩歌用事之法當然也可以歸納出不同的形式，如用典、用語、用意諸名目，從創作實踐來看，元嘉詩歌中還存在很多缺乏熔裁的用事的詩例，但元嘉詩歌用事的基本原則是指向詩意的表現的。元嘉詩人雖缺少對用事的理論表述，但仍存在著一個體現於具體創作實踐之中的活的用事原則，即用事以增強詩歌的表現效果。元嘉詩歌重典故之間的對仗，與及從表達詩意的角度對典故加以提煉，這些具體的用事之法，也開了後世詩歌用事的法門。

正如本節開頭所說的，詩法是一個綜合的有機體，我們在論述的過程中雖然把這一綜合體分為章法、句法、字法和用事之法數端，但在創作中這幾個方面其實是綜合起作用的。元嘉詩人很少就詩法問題做理論上的闡述，但作為一個重藝術經營的相對獨立的詩歌發展階段，元嘉詩歌中是存在著詩法系統的。元嘉詩學總體而言屬於古典主義詩學，古典主義詩學的特點，是重視藝術技巧的學習和講求。元嘉詩人重視對前代尤其是魏晉詩歌藝術的學習，這種學習很大程度上說是對詩法的領悟和學習。而詩法本身又是精微的，各種具體的形式規則往往並不能真正的表達出詩法的精神實質，根本而言詩法乃與創作融合在一起，法而無法才是詩法的最根本的精神內涵，並且也才是詩法在創作中真正自由運用的一種狀態。元嘉詩人極少言及法度，主要是缺乏理論表述的習慣，以及詩學理論術語上的欠缺，並不代表他們的創作達到了法而無法的境界，但其創作中存在著具體可把握的法度則是肯定的，本節即主要從創作實踐來勾勒這一點。

第五章
元嘉體的詩體特徵

　　詩法與詩歌語言的關係已在第四章作了論述，從本質上說詩法就是詩歌的造語之法，任何詩法最終都要落實和體現於詩歌語言的處理之中。因此自然抒發與藝術經營的詩法作為詩學的兩個要素，隨著其在詩學中比重的變化，必然對詩歌產生深刻的影響。元嘉是中國傳統詩歌由古體向近體轉變的關捩時期，也就是詩歌由自然抒發漸入於藝術經營的階段，詩歌創作中的法度意識日益自覺，這一詩學變化直觀地體現於詩歌語言的變化之上，並對元嘉體的詩體特徵的形成產生了重要的影響。本章將具體分析元嘉體詩法指向的詩歌語言及其形成的風格與體制特徵。

第一節　元嘉體的詩歌語言特點

一　詩法與詩歌語言的獨立

　　第四章分析了「文筆說」的興起與元嘉詩人詩法意識之間的關係，某種意義上說重視詩歌語言自身的特點與詩法的講求二者是辨證統一的過程。詩歌語言的獨特性需要詩法的講求，而追求獨立的詩歌語言又是詩法意識自覺的體現。詩歌語言是根植在普通語言的基礎之上的，要超越一般的語言系統形成具有審美價值的詩歌語言，需要對語言材料進行藝術化的處理，這是詩歌語言的藝術經營[1]，也就是詩

1　韋勒克、沃倫《文學理論》：「文體學的核心內容之一正是將文學作品的語言與當時語言的一般用法相對照。」（頁198）也就是說，對文學作品語言的研究，其核心之

法。從詩歌語言的性質來講，詩歌藝術的發展其實就是對普通語言的不斷超越，法國結構主義學者熱奈特認為詩歌乃是對語言的缺陷的彌補，詩歌藝術使語言向精純化發展[2]，從而使詩歌語言超越實用功能，而以自身的審美價值獨立存在。司馬光云：「在心為志，發口為言，言之美者為文，文之美者為詩。」[3]宋末舒岳祥在〈劉士元詩序〉中說：「詩貴成，成貴專。……不專則不成也。詩者，言之最精也，而可以不專者，能之乎？」[4]皆強調了詩歌語言的獨特性。俄國形式主義學者雅各森從語言本身分析詩歌的本質，他認為詩歌性：「表現在詞使人感覺到是詞，而不是所指之對象的表示者或者情緒的發作。表現在詞、詞序、詞義及其外部和內部形式不只是無區別的現實引據，而都獲得了自身的分量和意義。」[5]也就是說詩歌性即表現為詩歌語言自身的審美價值，表現於詞的使用的藝術，而不在於其傳達功能甚至不在於其所傳達的意義。然而語言作為詩歌的藝術材料，要成為具有藝術價值的詩歌語言，必需詩人對之進行藝術加工，形式主義對這一點認識得很清楚，日爾蒙斯基說：「任何藝術都使用取自自然界的某種材料。藝術用其特有的程式對這一材料進行特殊的加工；結果是自然事實（材料）被提升到審美事實的地位，形成藝術作品。把自然界的原材料與加工過的藝術材料加以比較，我們就能發現

一就是對文學作品語言特殊用法的研究，用法上的獨特性並由此獲得特別的表達力是文學語言與一般語言的區別的重要原因。

2　〔法〕熱奈特：〈詩的語言，語言的詩學〉，收入趙毅衡編：《符號學文學論文集》（天津市：百花文藝出版社，2004年），頁542。

3　〔宋〕司馬光：《傳家集》〈趙朝議文稿集序〉（北京市：商務印書館，1937年），卷69。

4　〔宋〕舒岳祥：《閬風集》（臺北市：臺灣商務印書館，1969年，四庫全書珍本），卷10。

5　〔俄〕雅各森：〈何謂詩〉，收入胡經之、王嶽川：《文藝學美學方法論》（北京市：北京大學出版社，1994年），頁191。

藝術的加工程式。」[6]又說：「詩的材料不是形象，也不是激情，而是詞。詩便是用詞的藝術，詩歌就是語文史。」[7]即說明了藝術經營對詩歌語言的必要性。形式主義強調詩歌語言與散文語言的區別，在創作實踐中這即需要詩法的應用，也可以說，詩法是形成獨立的詩歌語言的必要條件。

從詩歌的發展來看，雖然詩歌最早來自於民歌，但詩歌一產生即存在著對口語進行藝術加工的性質，並且這種藝術化是在不斷地發展的，使詩歌語言不斷地向精純化發展，從而也離其產生之源的日常語言越來越遠。中國古典詩歌很明顯地體現了人類詩歌的這一共性，具體來看，建安以前的詩歌主要還是一種自然詩，雖然詩歌語言藝術化日趨增強，但總體上與日常語言仍然是比較接近的，詩歌語言的傳達功能仍較為明顯，體現為對「言志」的詩歌本體的強調，而對作為詩之「用」的詩歌語言藝術本身仍缺乏自覺的意識。直到陸機〈文賦〉「詩緣情而綺靡」之論出，將詩歌的情感本質與詩歌語言自身之「綺靡」並提，才明確地給予作為「用」的語言藝術以充分的重視，使詩歌進入了重語言藝術經營的發展階段。詩歌體用二元雖然是自來存在的，但在陸機「詩緣情綺靡」之論提出之前，作為藝術技巧的「用」是處於從屬的地位的，詩歌是語言的藝術這一屬性並沒有被自覺和充分地認識到，也可以說，詩法還是無意識地體現於自然的抒發之中的。

從陸機等西晉詩人的寫作實踐來看，他們的詩歌語言大多具有「綺靡」的文人化色彩[8]，與漢魏以前的古詩有人工與自然之別。西晉詩歌綺麗的語言體現了對漢魏古詩質樸的、散文化的語言某種程度的偏離和超越，這種超越或者說語言的詩化不是自然實現的，而是通

6　〔俄〕日爾蒙斯基：〈詩學的任務〉，收入什克洛夫斯基著，方珊等譯：《俄國形式主義文論選》（北京市：生活・讀書・新知三聯書店，1989年），頁213。

7　〔俄〕日爾蒙斯基：〈詩學的任務〉，收入什克洛夫斯基著，方珊等譯：《俄國形式主義文論選》（北京市：生活・讀書・新知三聯書店，1989年），頁217。

8　范文瀾：《文心雕龍注》（北京市：人民文學出版社，1958年），頁6。

過藝術經營而達到的，如以對仗來改變古詩連貫流暢的語言，以綺麗雕琢的語言代替古詩樸素自然的日常化語言。越是個性化的語言就越需要詩人具有自覺的詩法意識和藝術技能。從詩史的發展來看，個體詩學產生以前，詩歌的創作帶有自發的、偶然的性質，不是通過藝術技巧而是情感的激發，即所謂的「感於哀樂，緣事而發」，而且在集體意識之下，個人的創作往往都會被同化為集體意識，而使個人的創作迅速普遍化。從這一點來講，在「詩歌是靠勞動和技藝才能獲得的意識」[9]產生以前，很難出現個性化的語言，甚至詩歌語言的獨特性也無法真正的體現出來，詩歌與日常化的群體語言極為接近。從中國古典詩歌看，不僅《詩經》中的風詩、漢代民間樂府的語言具有閭里歌謠式的口語性質，即使是漢魏古詩的語言與散文語言甚至口語也是大體吻合的，這種詩歌語言所需要的藝術技巧比較少，因此也顯得較為質樸自然。但是古詩語言與口語、散文語言過於相似，雖然容易讓人感到質樸自然、親切熟悉，但是它也使詩歌的獨立品格受到損害。可見詩歌語言的獨立對詩歌獨特的藝術價值是至為重要的。形式主義者即強調詩歌語言在整個語言系統中的獨立性，如雅庫賓斯基把語言分為日常語言和詩性語言兩大系統[10]，日爾蒙斯基則把語言分為：實用語、科學語、演說語和詩性語[11]。什克洛夫斯基也強調：「建立科學的詩學要求我們從一開始便承認存在著詩歌語言和散文語言，兩者的規律各不相同。」[12]形式主義學者主張通過對散文語言有意識的偏離和超越來建立具有獨特性的詩歌語言系統，而這一點即是通過詩法的

9　〔俄〕維謝洛夫斯基，劉寧譯：《歷史詩學》（天津市：百花文藝出版社，2003年），頁421。

10　見〔法〕托多羅夫：《俄蘇形式主義文論選》（北京市：中國社會科學出版社，1989年），頁25。

11　〔俄〕日爾蒙斯基：〈詩學的任務〉，收入《俄國形式主義文論選》（北京市：生活‧讀書‧新知三聯書店，1989年），頁221。

12　見〔法〕托多羅夫：《俄蘇形式主義文論選》（北京市：中國社會科學出版社，1989年），頁31。

講求、經營而實現的。因此越是詩歌法度意識明確的時期，對詩歌語言的要求也就越高，其獨立性也就表現得越為明顯，陸機〈文賦〉「詩緣情而綺靡」之論的提出，說明了詩歌語言獨特價值開始得到重視，這是與詩法意識的自覺相適應的，此點在元嘉詩歌中表現得尤為明顯。

二　元嘉體詩歌語言的發展

　　元嘉是詩法意識不斷自覺和發展的重要時期，與此相應的是其詩歌語言也有多方面的發展，首先表現為對仗的大量使用，造成跳躍的節奏與漢魏古詩連貫流暢的意脈和語序形成鮮明的對比。

　　相對於漢魏古詩質樸自然的語言特點，元嘉詩歌綺麗的、重節奏化的語言是一個顯著的發展。從語言的性質來看，漢魏古詩主要是以日常語言的邏輯和語序構成的，《文鏡秘府論》南卷〈論文意〉評〈古詩十九首〉云：

　　　　語近而意遠……不以力制，故皆合於語，而生自然。[13]

謝榛〈四溟詩話〉也說：

　　　　平平道去，且無用工字面，若秀才對朋友說家事，略不作意。[14]

這一特點與人們日常的思維習慣是相應的。共時呈現的印象需要被改編為歷時性的語言表達出來，因此各種詞語須按一定的邏輯順序排列，理性要求這些印象又不能不交代它們的時空、因果關係，因此越

13　〔日〕遍照金剛：《文鏡秘府論》（北京市：人民文學出版社，1975年），頁141-142。
14　〔明〕謝榛：《四溟詩話》，《歷代詩話續編》（北京市：中華書局，1983年），頁1178。

是需要清晰而準確地表達，就越需要加進「何、但、乃、而、且、焉、豈、與、之、於」等等虛詞來連接各個邏輯成分，通過這些並不表示任何實在印象的虛詞的參與和語序的整理，思維才轉換成語言，共時呈現的印象才被編成歷時的語句[15]。然而過於普遍化和社會化的詩歌語言會對詩歌自身的表現力造成損害，引起人們的漠視和厭倦，費袞《梁谿漫志》說：「（詩）用語助太多或令文氣卑弱。」[16]即指出了這一點。在詩法意識自覺的時期，人們對詩歌語言過於口語化散文化的問題就會有清楚的認識。

中國古典詩歌由自然抒發向藝術經營發展過程中，對仗作為一種藝術形式之所以首先被發展起來，也在於它符合變革詩歌語言散文化的要求，也就是由對仗而形成與古詩自然流暢的語言相對的跳躍的節奏感。古詩自然也有其節奏，而且由於與音樂的關係比較密切，如〈古詩十九首〉等往往是聲情婉轉的，自然形成優美的節奏韻律，但這種節奏主要是音樂性的[17]，從語言藝術形式來看，古詩的節奏大體只靠句末押韻來形成，因此比較和緩，與其音樂性質相應。文人詩在脫離音樂之後，詩歌語言由自然樸素向「綺靡」發展時，這種和緩的音樂性節奏就不適合新的詩歌語言特點，從建安曹植等人的詩歌即可看出，詩歌語言的綺麗化是與對仗的發展同步的，構成了文人詩語言的兩個重要特點。陸機〈文賦〉云：「暨音聲之疊代，若五色之相宣」，即強調了詩歌語言的審美和節奏，在詩歌聲律被發現之前，詩歌語言的節奏要求，只能以對仗來實現，相對於古詩僅以句末押韻來控制兩句詩的節奏，對仗在造成兩句間的聲音和意義的對立中也使詩

---

15 參見葛兆光：《漢字的魔方》（瀋陽市：遼寧教育出版社，1999年），頁56。

16 〔宋〕費袞：《梁谿漫志》（上海市：上海書店，1990年），卷6。

17 鍾嶸〈詩品序〉云：「古曰詩頌，皆被之金竹，故非調五音，無以諧會。若『置酒高堂上』、『明月照高樓』，為韻之首。故三祖之詞，文或不工，而韻入歌唱。此重音韻之義也，與世之言宮商者異矣。」這種可入管弦以歌唱的詩歌，其節奏、音韻主要都是音樂性的。

句形成自身的節奏感，如「秋蘭被長阪，朱華冒綠池」（曹植〈公宴詩〉），「清川含藻景，高岸被華丹」（陸機〈日出東南隅行〉），「川氣冒山嶺，驚湍激岩阿」（潘岳〈河陽縣作詩二首〉其二），這種詩句其實就形成了「二一二」的句式，其自身即具有很明顯的節奏感。魏晉詩歌中這類詩句還是偶爾出現，但在元嘉詩歌中這種詩句就已十分普遍了，這一點我們在分析元嘉詩歌的字法時即已作了論述。元嘉詩歌大量出現的「二一二」句式，很多已包含著句內對，如「白雲抱幽石，綠篠媚清漣」（謝靈運〈過始寧墅〉），「白雲」、「幽石」與「綠篠」、「清漣」既兩兩相對又各自成對，這種例子是很多的，又如「近澗涓密石，遠山映疏木」（謝靈運〈過白岸亭〉），「涼埃晦平皋，飛湖隱修樾」（鮑照〈發後渚〉），「流雲藹青闕，皓月鑒丹宮」（顏延之〈直東宮答鄭尚書道子詩〉），「陰風振涼野，飛雲瞀窮天」（顏延之〈北使洛詩〉），這種句內對不僅是意義上的而且也是節奏上的，使詩句具有強烈的節奏感。因此，即使句內對並不一定很工整，但元嘉詩歌普遍存在的「二一二」這種句式形式，使這個「一」的前後自然形成兩個音節，仍可以使句內強烈的節奏感得以保留[18]。而且由於對仗的發展，特別是「二一二」句式的普遍使用，詩歌中的各種虛詞就就大量被省略，《文鏡秘府論》南卷〈定位〉說：「之、於、而、以、間句常頻，對（句）有之，讀則非便，能相迴避，則文勢調矣。」[19]即說明了句中虛詞的省略對詩歌節奏的意義。

　　後人往往覺得元嘉詩歌生澀典重，缺乏樂府和古詩節奏聲韻的婉轉之美，其實是沒有注意到兩種詩歌節奏的性質之別，與音樂關係密

---

18 從節奏形式和節奏意義上來講，這種句式甚至可以說與楚辭、楚歌那種「兮」字的用法似乎是有相近之處的，只是在「二一二」句式中的「一」主要是實詞，而楚辭和楚歌則是虛詞的「兮」，這也說明了在漢詩聲律被發現之前，漢語詩歌對節奏的追求和發展，這一點還可以再進一步研究。

19 〔日〕遍照金剛：《文鏡秘府論》〈南卷〉〈定位〉（北京市：人民文學出版社，1975年），頁159。

切的樂府、古詩是一種成熟的音樂性節奏，而元嘉詩歌則開始通過語言藝術形式自身來實現詩歌的節奏要求[20]，從詩歌語言形式本身來追求詩歌的音樂美，而不求助於外在音樂[21]。但在聲律說產生之前，元嘉詩歌對節奏藝術的探索還不夠成熟，仍然帶有稚拙的特點，因此很難與成熟的樂府、古詩相比，但元嘉詩人對詩歌語言節奏仍是有自覺的認識的，而且體現了詩歌節奏的新的發展性質。趙翼《甌北詩話》云：「自謝靈運輩始以對屬為工，已為律詩開端。」[22]對仗和聲律是律詩的兩個基本的形式要素，從這一點來講，趙翼所謂的「為律詩開端」，其實是說明了元嘉詩歌已開始把對仗和節奏聲律結合起來。顏延之、謝莊、范曄等人甚至已對聲律有所認識[23]，也體現了對創作實踐中普遍出現了新的節奏現象的初步總結[24]。元嘉詩歌通過對仗而形成的強烈節奏，使其與漢魏古詩口語化散文化的詩歌語言具有顯著的

---

20 韋勒克、沃倫《文學理論》：「詩中的『音樂性』與音樂中的『旋律』是根本不同的東西：這種音樂性的意思是指詩中語音模式的某種佈局、避免輔音的累積，從而獲得一種韻律上的效果。」（頁142）

21 沈約《宋書》〈謝靈運傳論〉：「夫五色相宣，八音協暢，由乎玄黃律呂，各適物宜。欲使宮羽相變，低昂互節，若前有浮聲，則後須切響。一簡之內，音韻盡殊，兩句之內，輕重悉異。妙達此旨，始可言文。」這是關於詩歌語言音樂美的創造準則。元嘉詩人儘管如沈約所說的仍是「此秘未睹」，但他們對詩歌語言節奏的探索和追求，卻為這種聲律論的產生奠定了基礎。

22 〔清〕趙翼：《甌北詩話》卷十二，收入《清詩話續編》（上海市：上海古籍出版社，1983年），頁1341。

23 范曄〈獄中與諸甥姪書〉云：「性別宮商，識清濁，斯自然也。觀古今文，人多不全了此處。縱有會此者，不必從根本中來。……年少中，謝莊最有其分。」鍾嶸〈詩品序〉引王融論聲律云：「宮商與二儀俱生，自古詞人不知之。惟顏憲子乃云：『律呂音調』，而其實大謬。唯見范曄、謝莊頗認之耳。」

24 韋勒克、沃倫《文學理論》：「詩歌與音樂之間的合作是存在的，但最好的詩歌很難進入音樂，而最好的音樂也不需要歌詞。」（頁143）從中國傳統詩歌來看，詩樂分離之後，詩歌藝術更明確地體現了自身的發展特點和規律，雖然音樂性仍是詩歌藝術的一個重要追求，但從劉宋開始，詩人們就比較自覺地從詩歌自身的內在形式來探索詩歌的音樂性要求，這種探索最終促使了永明聲律說的出現，對中國傳統詩歌產生了深遠的影響。

區別，同時也為永明近體詩奠定了形式基礎。

　　元嘉詩歌語言的另一個特點是注重雕琢錘鍊。與漢魏古詩重視傳達功能突顯意義而埋沒語言相對，元嘉詩歌明顯表現出對詩歌語言自身形式之美的追求。陳繹曾《詩譜》云：「凡讀《文選》詩，分三節，東都以上主情，建安以下主意，三謝以下主辭。」[25]即指出了元嘉詩歌注重語言自身的藝術特點。林庚先生說：「語言原是建築在抽象的概念之上的，藝術卻需要具體鮮明的直接感受；詩歌作為最單純的語言藝術，除了憑藉語言外別無長物；換句話說，它所惟一憑藉的，乃是它所要求突破的。這正是藝術上面臨的惟一矛盾。」[26]詩歌這一矛盾也就是要在抽象的語言上尋求鮮明的直接感受，這一點正如維謝洛夫斯基所說的：「我們不是通過抽象，而是通過調節、特徵來思考的，我們需要花費精力來把抽象用語轉化為形象用語。」[27]對詩歌來說，這正是需要詩法的地方，惟有通過藝術的慘澹經營這一矛盾才能得以處理，而真正的藝術往往體現於對矛盾處理之上，如果沒有語言本身的這一矛盾，詩歌本身也就沒有產生的必要，詩歌藝術正是在對語言這種矛盾的不斷突破上體現出來。從詩歌藝術的這一性質來講，追求語言之美是詩歌藝術的當然之務。陳祚明《采菽堂古詩選》評鮑照詩云：

　　　　所微嫌者，識解未深，寄託亦淺，感歲華之奄謝，悼遭逢之岑寂，惟此二柄，布在諸篇。
　　　　夫詩惟情與辭，情辭合而成聲。鮑之雄渾，在聲，沉摯在辭。而於情，反傷淺近，不及子山，乃以是故。然當其會心得意，含

---

25 〔元〕陳繹曾：《詩譜》，《歷代詩話續編》（北京市：中華書局，1983年），頁625。

26 林庚：〈問路集序〉，《新詩格律與語言的詩化》（北京市：經濟日報出版社，2000年），頁3-4。

27 〔俄〕維謝洛夫斯基：《歷史詩學》（天津市：百花文藝出版社，2003年），頁455。

咀宮商，高揖機、云，遠符操、植，則又非子山所能競爽也。[28]

按陳祚明的觀點，鮑照雖「識解未深」，其詩之情亦「傷於淺近」，但其聲辭可取，故其詩歌仍具獨特之藝術價值，不失為名家。而且從詩歌所表現的主題來看，就如韋勒克所說的：「多數詩歌的理性內容往往被誇大了，如果我們對許多以哲理著稱的詩歌作點分析，就往往會發現其內容不外是講人的道德或者的命運無常之類的老生常談。」[29]既然詩歌的主題其實並沒有太多的新的變化，如果詩歌的語言形式沒有新的發展，則詩歌亦將失去其特殊的藝術魅力和價值。按韋勒克的意思，詩歌的新變主要的還是在於語言與形式的創新上。相對傳統詩歌來說，元嘉詩歌的思想主題並沒有太多的變化，如謝詩表現玄佛之理，鮑詩表現生命流逝與遭遇的感歎等，皆是魏晉以來常見的主題，元嘉詩歌之所以能推陳出新，主要即在於對詩歌語言形式的講求。鍾嶸〈詩品序〉批評劉宋以來人們對詩歌的態度是「獨觀謂為警測，眾睹終淪平鈍」，即說明了時人對詩歌創新的重視。蕭子顯《南齊書》〈文學傳論〉說：「在乎文章，彌患凡舊，若無新變，不能代雄。」[30]這種求新的意識從元嘉時期就已自覺起來。從創作實踐來看，真正的創新其實往往都是體現於詩歌語言形式上的，元嘉詩歌在表現範疇上雖然有明顯的拓展，但這一點也明顯地體現於元嘉詩歌典麗繁富的語言特點，對漢魏古詩質直自然的語言的超越，南朝人對元嘉詩歌語言這一特點是有很明確的認識的。如鮑照謂顏延之「鋪錦裂繡，雕繢滿眼。」[31]惠休亦謂顏詩「錯彩鏤金」[32]，沈約《宋書》〈顏延之傳〉

28　〔清〕陳祚明：《采菽堂古詩選》（上海市：上海古籍出版社，2008年），頁563。

29　〔美〕韋勒克、沃倫：《文學理論》（杭州市：江蘇教育出版社，2005年），頁123。

30　〔梁〕蕭子顯：《南齊書》（北京市：中華書局，1972年），頁908。

31　〔唐〕李延壽：《南史》（北京市：中華書局，1975年），頁881。

32　曹旭：《詩品集注》（上海市：上海古籍出版社，2011年），頁351。

云：「延之與陳郡謝靈運俱以詞彩齊名。」鍾嶸《詩品》說謝詩：「才高詞盛，富豔難蹤」、「麗典新聲，絡繹奔會。」蕭子顯《南齊書》〈文學傳論〉論鮑照體「發唱驚挺，操調險急，雕藻淫豔，傾炫心魄。亦猶五色之有紅紫，八音之有鄭衛。」[33]元嘉詩歌語言的這種特點是重藝術雕琢的必然結果，元嘉詩人有意識地通過藝術經營造成富豔的語言來超越漢魏古詩的質直和玄言詩的平淡。陸時雍謂晉宋之際詩歌的特點是「聲色大開」[34]，即指出了元嘉詩歌整體的語言特點。雅各森認為：詩歌藝術的價值在於「讓人感覺到詞本身」，元嘉詩歌也具有這一特點，即通過藝術經營而使詩歌語言自身得以突顯。

　　從創作實踐來看，元嘉詩歌重雕琢的語言特點確是表現得十分明顯的。語言是所指和能指的結合，因此具有表意和寫形的雙重功能，詩歌語言也沒有違反語言的這一基本性質，但是不同的詩歌對這兩方面的重視是不同的，元嘉詩歌重寫形的形象性與漢魏古詩重達意二者之間具有明顯的區別，這也造成了詩歌語言風貌的歧異。如顏延之〈車駕幸京口三月三日侍游曲阿後湖作詩〉：「神御出瑤軫，天儀降藻舟。萬軸胤行衛，千翼汎非浮。彫云麗璿蓋，祥飆被彩斿。」[35]鮑照〈擬行路難十八首〉其一：「奉君金卮之美酒，瑇瑁玉匣之雕琴，七彩芙蓉之羽帳，九華蒲萄之錦衾。」這種語言的確是「錯彩鏤金」、「雕藻淫豔」的，比之漢魏古詩，語言的聲色是大大增加了，元嘉詩歌中這類語言還可以找出不少，如顏延年〈贈王太常〉中「方流、圓折、九泉、丹穴、國華、朝列、邦戀、鄉鬖」皆是典麗之詞。鮑照樂府詩中辭藻華麗的尤多，如〈代白紵舞歌辭四首〉其一「吳刀楚制為

---

33 〔梁〕蕭子顯：《南齊書》（北京市：中華書局，1972年），頁908。
34 〔明〕陸時雍：《詩鏡總論》，《歷代詩話續編》（北京市：中華書局，1983年），頁1406。
35 毛先舒〈詩辯坻〉云：「若〈蒜山〉、〈曲阿〉諸篇，典飭端麗，自非小家所辦。」（《清詩話續編》本，頁85）。

佩褘，纖羅霧縠垂羽衣。含商咀徵歌露晞。珠履颯沓紈袖飛。」〈擬
行路難十八首〉其一、其二、其三等亦富於辭藻之美。謝靈運贈答詩
亦多藻麗之體。辭藻華麗固然是元嘉詩歌語言的一個特點，但這種華
麗的語言主要依靠修辭來實現，修辭的手段是有限的，而且詩歌的語
言並不等於辭藻華美的語言，維謝洛夫斯基《歷史詩學》第三章〈詩
歌的語言與散文的語言〉中對詩歌語言的獨特性有明確的論述：

> 法國帕爾納斯派詩人斷言，詩歌就像音樂和繪畫一樣，具有各
> 自的特殊語言，具有各自特殊的美。詩是什麼呢？它不在於激
> 情，因為最熱情的情人也能用雖感人，卻並不具有詩意的詩句
> 來表達自己的情感；它也不在於思想的真理，因為地質學、物
> 理學、天文學的最偉大的真理也未必屬於詩歌領域。最後，它
> 也不在於辭藻的華美動聽。與此同時，包括辭藻華美，真理，
> 激情都能成為高度富於詩意的——只是要具備一定的條件，而
> 這些條件正是詩歌語言的特殊品質所包含的：它應當通過聲音
> 的組合而引起、暗示——形象或情緒，這些聲音如此緊密地同
> 那些形象或情緒聯繫在一起，以致好像是他們顯而易見的體
> 現。[36]

詩歌作為最精純的語言藝術，既最講究表達的準確性又最重視語言自
身的形式之美，只有達到這一詩歌二元性的結合，才能完整地實現詩
歌的內涵和質的規定性。漢魏古詩重表達而語言則自然質樸，就語言
自身的審美價值來講仍是有所欠缺的。但漢魏古詩質樸自然的語言對
內容的表達來說是足夠的，體和用得到自然的統一，因此在後人看來

---

36 〔俄〕維謝洛夫斯基：《歷史詩學》（天津市：百花文藝出版社，2003年），頁449-
　 450。

漢魏古詩具有不可企及的高古自然之美，陶淵明詩歌的自然也主要是這樣一種性質。但是隨著詩歌表現對象的豐富，質樸自然的語言就會顯出不夠用之憾，從這一點來講，對詩歌語言的錘鍊乃是詩歌特別是文人詩發展的必然趨勢，而唯有適應藝術發展的趨勢和規律，才能真正的取得藝術成就，魏晉之後詩歌的綺麗化發展即是這種藝術發展規律的體現。

　　從創作實踐來講，元嘉詩歌語言的發展主要的還不在於辭藻的華美上，而在於詩歌表達功能與審美功能的結合上有進一步的發展。而詩歌語言的發展其實即通過句法、字法、用事等詩法的運用而實現的，從元嘉詩歌看，真正體現出詩歌語言獨特性的往往即是重詩法的地方。許學夷認為詩至謝靈運「語盡雕刻」且佳句始多，如「曉霜楓葉丹，夕曛嵐氣陰」，「春晚綠野秀，岩高白雲屯」，「岩下雲方合，花下露猶泫」，顏延之「故國多喬木，空城凝塞雲」，「庭昏見野陰，山明望松雪」，鮑照「揚氛紫煙上，垂彩綠雲中」等句，許氏認為已漸入律體[37]，這些詩句皆有「工」的特點，即方東樹所說的「造語工巧」，「句法工妙」，「工」的含義既指詩歌準確工妙地描寫出對象，又指語言本身具有形象性。前文論述元嘉詩歌的句法、字法都指出了元嘉詩歌詩法都有指向「工」的特點，不僅佳句甚多，其煉字亦體現了這一語言特點，如「白雲抱幽石，綠篠媚清漣」（〈過始寧墅〉），「密林含餘清，遠峰隱半規」（謝靈運〈游南亭〉）；「松風遵路急，山煙冒壟生」（顏延之〈拜陵廟作詩〉）；「故國多喬木，空城凝塞雲」（顏延之〈還至梁城作詩〉）；「亂流灇大壑，長霧匝高林」（鮑照〈日落望江贈荀丞〉）；「廣岸屯宿陰，懸崖棲歸月」（鮑照〈歧陽守風〉），大抵皆於第三字著力，形象生動地描寫出對象，未見藻彩但詩歌語言因表現力而使其自身突顯出來，這種詩句已頗見錘鍊之功。元嘉詩歌語言特

---

37 〔明〕許學夷：《詩源辯體》（北京市：人民文學出版社，1987年），卷7，頁116。

點主要是體現在這裡的，也就是說，主要是通過藝術經營來造成獨特的詩歌語言，超越了一般的修辭達成的雕藻。元嘉是體物詩學發展的重要時期，與漢魏詩歌抒情語言的自然性相比，體物詩更需要語言藝術技巧，某種程度上說這也是其詩學實踐的內在要求，瓦萊理認為：「普通的語言並不適於描繪形狀，當然也就更不能指望用它來描述那些使人頭昏目眩的優美形狀了。」[38]元嘉詩人面對或優美或壯麗變化多端的自然山水景物，要準確地描繪出對象，對語言進行錘鍊就是必要的，「巧言切狀」的語言是錘鍊的結果，這是與漢魏古詩質樸自然的語言迥異的。

　　從詩史的發展來看，元嘉是詩歌由自然抒發向藝術經營發展的轉折，與漢魏詩歌相比，元嘉詩歌的人工化是很明顯的，體現在語言上，是由自然流暢向重視雕琢和節奏發展，某種程度上已表現出後世詩歌藝術錘鍊的性質。但是從整個中國古代詩歌藝術系統來講，元嘉詩歌仍處於詩歌藝術化的前期，許學夷說：「五言自士衡至靈運，其語益工，故其拙處益多，此理之自然，無足為怪。」[39]「理之自然」是藝術發展的必然過程，這種「拙」其實是藝術還沒有成熟的結果，這是藝術發展必然付出的代價，而且「工」也是一個以後揆前的相對的概念，元嘉詩歌語言的雕琢和藝術化是相對於漢魏詩歌語言的自然質樸而言的。但是元嘉詩歌對語言藝術化的探索，還是為古代詩歌開闢了一條嶄新的道路，也留下了廣闊的發展餘地。從後人的眼光來看，元嘉詩歌語言還存在著不成熟的稚拙的缺點，從審美鑑賞的角度說，這類詩歌自然不宜評價過高，但在研究詩學發展時，元嘉詩歌對語言藝術的探索卻是需要給予足夠的關注的，這也是元嘉體的一個重要的特點。

38　〔法〕瓦萊理：〈人與貝殼〉，收入〔美〕M‧李普曼：《當代美學》（北京市：光明日報出版社，1986年），頁351。

39　〔明〕許學夷：《詩源辯體》（北京市：人民文學出版社，1987年），卷7，頁111。

第二節　元嘉「三體」的形成與特點

　　緒論裡提出恢復詩歌的藝術價值、增加詩歌的質感，是元嘉詩歌最基本的詩學實踐課題，元嘉詩歌的發展是以此為目標而展開的。

　　晉宋之際人對玄言詩的藝術缺陷有普遍的認識，正是這一點使恢復傳統詩歌藝術價值，成為晉宋之際詩歌發展的一個基本課題。但不同的詩人對詩歌實踐課題有不同的理解和回應，特別是對具有自覺創作意識的作家而言這一點是很明顯的，因此通觀詩史我們可以發現，即使是在同一個詩人集團之中，那些有成就的詩人其藝術仍然是具有自己鮮明的特點的，這既有才性方面的原因，也與詩人對詩學傳統的繼承及自身的詩學觀有重要的關係。元嘉詩人的創作總體上來看，具有比較明顯的個體性特點，因此在元嘉體這一大的時代風格之下，不同詩人的創作也存在著不同的特點，其中最具代表性的就是蕭子顯所說的「三體」，《南齊書》〈文學傳論〉云：

> 今之文章，作者雖眾，總而為論，略有三體。一則啟心閑繹，託辭華曠，雖存巧綺，終至迂迴，宜登公宴，本非準的，而疏慢闡緩，膏肓之病，典正可采，酷不入情。此體之源，出靈運而成也。次則緝事比類，非對不發，博物可嘉，職成拘制。或全借古語，用申今情，崎嶇牽引，直為偶說，唯睹事例，頓失清采。此則傅咸《五經》，應璩指事，雖不全似，可以類從。次則發唱驚挺，操調險急，雕藻淫豔，傾炫心魄，亦猶五色之有紅紫，八音之有鄭、衛，斯鮑照之遺烈也。[40]

第一和第三體，分別由謝靈運和鮑照所開創。第二體蕭子顯雖認為導

---

40 〔梁〕蕭子顯：《南齊書》（北京市：中華書局，1972年），頁908。

源於傅咸、應璩，但其「緝事比類」好用典的特點，其實更直接源於顏延之、謝莊等劉宋詩人，鍾嶸〈詩品序〉謂：「顏延、謝莊尤為繁密，於時化之。故大明泰始中，文章殆同書抄。」[41]即指出了顏延之等對當時詩壇用事之風的影響。可以說，蕭子顯所謂的「三體」，即是元嘉三大家謝靈運、顏延之、鮑照所開創的三種詩歌藝術風格。這三種詩體之間的差異雖然很明顯，但都是對晉宋之際恢復詩歌藝術價值、增加詩歌質感這一詩學實踐課題的回應，是謝、顏、鮑對詩歌藝術探索的結果。元嘉詩人之間互相影響是存在的，如謝靈運、顏延之對鮑照等稍後的詩人即有比較明顯的影響，但元嘉詩人沒有結成詩人集團，沒有提出共同的詩歌主張，他們對晉宋之際的詩學實踐有自己的判斷，並由性之所近而選擇不同的詩歌道路。可以說，三體乃是謝、顏、鮑面對當時代共同的詩學課題，各自做出不同的回應而形成的。

一　謝靈運體的形成及特點

蕭子顯所說的謝靈運一體主要指的是山水詩，山水詩產生的思想基礎本書第一章已有深入的探討，這是山水詩產生所必要的、具有普遍意義的文化思想基礎，但是對具體詩人而言，如何去理解和接受這種文化思想，並在詩歌寫作中對其進行創造性的發展，仍是一種非常個人化的行為，正是這一點使同一時代背景下的不同詩人的創作仍具有各自的藝術特色。從蕭子顯對謝詩的評論來看，如「啟心閑繹，託辭華曠」、「典正可采，酷不入情」等，他比較明顯地看到了謝靈運詩歌受玄言詩影響的特點，雖然從本書第一、二章的分析來看，謝靈運山水詩藝術並不是根源於東晉玄言詩的，但從大謝的家族背景、人格

41　曹旭：《詩品集注》（上海市：上海古籍出版社，2011年），頁228。

取向等方面來講，他在寫作過程中受到玄言詩的影響，這一點還是比較明顯地存在的。晉宋之際門閥政治的解體，使自然名教合一的人格模式失去了現實基礎，人格模式產生了分化，一部分人放棄了門閥士族統一的人格模式，另一部分人則更為自覺地以維護這種人格模式為己任，如謝氏家族的謝混、謝靈運等人。與東晉門閥士人相比，在自然名教合一的人格模式受到破壞之後，謝靈運等對這一人格模式的堅持，比較明顯地體現出自覺、獨立的性質，正是這一具有個性化的人格本體，使謝靈運的詩歌與玄言詩具有不同的本質內涵，這一點我們在第一章第二節已做了分析。但對東晉門閥士族人格模式的繼承，又使謝靈運在思想情感等方面與東晉門閥士人有相似的一面，最明顯的即體現在對玄遠和雅量之風的繼承和堅持。表現在詩歌創作上，是謝靈運山水詩有意識地避免直接、強烈的情感抒發，而將人生矛盾激發的複雜情感寄託於山水形象的描寫及言理之中。謝詩這種山水興寄法，發展了玄言詩寄玄理於山水的藝術，其成功之處在於它對山水的描寫更充分、更形象。謝靈運有意要在詩歌中保持那種清雅之美，這是與其人格特點相應的。總體來講，謝靈運山水詩雖亦根源於其人生矛盾，並寄託了他的現實之感，但從主觀來看，謝氏受東晉士人的影響比較排斥情感的直接抒發，而客觀方面，則是大謝還沒有較好地掌握情景交融的詩歌藝術。因此激烈的人生矛盾與對清雅詩風的追求，成為大謝的山水詩中存在的一個基本矛盾，蕭子顯所謂「啟心閑繹，託辭華曠」、「典正可采，酷不入情」，主要即指謝詩帶有東晉玄言詩那種矜持的、貴族式的雅調的詩風特點。

　　從另一方面來講，大謝詩體特點的形成也與他對傳統詩學的繼承及自身的詩學觀密切相關。山水詩寫景藝術受鄴下公宴詩比較明顯的影響，蕭子顯說謝詩「宜登公宴」某種程度上可以說是指出了謝詩的藝術淵源，這一點我們在論述元嘉山水詩的學古與新變中已做了分析。晉宋之際詩歌的發展是以復為變的，沈約《宋書》〈謝靈運傳

論〉所說的「始革孫、許之風，大變太元之氣」的殷仲文、謝混，他們的創作就明顯是學習鄴下、西晉詩歌的。謝靈運與其從叔謝混關係密切，晉末曾同為「烏衣之游」以文雅相娛，因此其詩歌明顯受到謝混的影響。鄴下公宴詩以「狎風月，玩池苑，述恩榮，敘酣宴」[42]為基本內容，具有雅調的性質，西晉詩歌總體上更重視典雅之美，大謝山水詩在學習鄴下、西晉詩歌時，也繼承了這種重典雅的詩美觀。這是謝詩形成「託辭華曠」、「典正可采」的風格特點的一個重要原因。同時謝靈運又繼承了東晉玄言詩人山水賞悟的詩學思想，在藝術上則自覺學習鄴下、西晉詩人的寫景藝術而進一步發展。〈山居賦〉在描繪湖中景物之後說：「此皆湖中之美，但患言不盡意，萬不寫一耳。」可以說重視客觀再現山水景物之美是謝靈運詩學的重要內涵，而不斷地追求體物寫真則是這一詩學發展的重要動力。大謝再現主義的詩學是對傳統表現主義詩學的一個重大發展，體現在詩歌寫作實踐上，就是主觀的抒情減少，客觀的描寫增多，因此在詩美觀上與魏晉詩歌的就有明顯的區別。某種意義上來講，謝靈運受玄、佛思想的影響，追求以理化情，在詩歌寫作上則是寄理思於客觀的山水描繪之中，這一點使其詩歌還帶有玄理的色彩，這也是謝靈運山水詩給人以「酷不入情」之感的一個原因。謝靈運〈山居賦〉序云：「揚子云：『詩人之賦麗以則』，文體宜兼，以成其美。」正如前文所論，謝靈運這裡體現了詩、賦互相相容的文體觀念[43]。謝氏本身就是賦家，對賦法的掌握得很純熟，其詩歌寫作受賦法的影響是很明顯的，故黃節謂其「以賦體施於詩」[44]。紀昀云：「鋪采摛文，盡賦之體。」[45]也就

---

42 范文瀾：《文心雕龍注》（北京市：人民文學出版社，1958年），頁66。

43 參見張佳音：〈文體宜兼，以成其美——論謝靈運的詩賦互動〉，《中國文化研究》2005年第1期，頁164-168。

44 黃節：《謝靈運詩注序》（北京市：人民文學出版社，1958年）。

45 周振甫：《文心雕龍注釋》（北京市：人民文學出版社，1981年），頁82。

是說，賦這種文體的基本特點要鋪寫聲貌，講究辭采，謝靈運山水詩即帶有這種賦體特點。鍾嶸說謝詩：「其源出於陳思，雜有景陽之體。故尚巧似，而逸蕩過之，頗以繁蕪為累。嶸謂若人興多才高，寓目輒書，內無乏思，外無遺物，其繁富宜哉。」[46]鍾嶸認為謝體的基本特點主要有兩點，一是在描寫景物上「尚巧似」；二是「寓目輒書」描寫對象繁富而造成藝術上有繁蕪之感。鍾嶸對謝詩特點及形成這一特點的原因的闡述得比較明確。劉勰云：「物色雖繁，而析辭尚簡。使味飄飄而輕舉，情曄曄而更新。」[47]要求簡潔地描寫景物，才能形成明快的詩歌風格，而這恰恰是善於「寓目輒書」長篇鋪寫的謝靈運山水詩無法達到的。蕭子顯謂南齊時學謝體的詩歌「終至迂迴」，即是指受謝靈運影響的詩歌寫景拖逤繁蕪。蕭剛〈與湘東王書〉批評梁代京師文體說：「又時效謝康樂裴鴻臚文者，亦頗有惑焉，何者？謝客吐言天拔，出於自然，時有不拘，是其糟粕。……是為學謝則不屆其精華，但得其冗長。」[48]在蕭剛看來，謝體之「糟粕」在於詩體「冗長」，其含義與蕭子顯所說的「迂迴」相似，而造成這種弊病乃是寫作過程中「時有不拘」造成的，也就是蕭道成說的：「康樂放蕩，作體不辨有首尾。」[49]可見詞句與結構的繁蕪、疏慢，確是謝靈運山水詩的缺陷，這也是當時的詩歌所無法完全避免的通病[50]。

　　總體來看，蕭子顯對源於謝靈運的這一體的概括並不完全符合謝詩的實際，蕭子顯其實是從齊梁人學謝靈運體的創作實踐而概括出這一體的特點的，但這一體存在的諸多缺陷，在謝靈運山水詩中確也大多有所體現。其最基本的問題一是仍帶有玄理色彩，具有雅調的特

46　曹旭：《詩品集注》（上海市：上海古籍出版社，2011年），頁201。

47　范文瀾：《文心雕龍注》（北京市：人民文學出版社，1958年），頁694。

48　〔清〕嚴可均輯校：《全梁文》（北京市：中華書局，1958年），卷11。

49　〔唐〕李延壽：《南史》（北京市：中華書局，1975年），頁1081。

50　參見王瑤：〈玄言・山水・田園——論東晉詩〉，《中古文學史論集》（上海市：上海古籍出版社，1982年），頁125-126。

點；二是藝術上以賦體入詩，體物精工，同時也有賦體那種「繁類以成豔」的特點。寫景的精工與詩體的冗長，這看似矛盾的兩方面是共同存在於謝靈運詩歌之中的，即蕭子顯所說的「雖存巧綺，終至迂迴」。結合這兩點起來看，可以說謝靈運對情、理、景三者之間關係的處理藝術還沒有成熟，所以其山水詩藝術總體上有「疏慢闡緩」不夠明快直截的缺陷，這一點在謝朓等齊梁詩人那裡才得到比較好的解決。謝靈運自身的才性及詩學觀，決定了他更重視景、理的表現，而對情感的表現則較為隱晦，從藝術上來看，謝靈運還沒有完全達到「景中有情，情中有景，妙合無垠」這種「神於詩者」[51]的藝術高度，謝詩藝術上的成功與缺點都很明顯，這也是齊梁人常常從正反兩方面評價謝詩的原因。但是從詩史來看，謝詩的成就畢竟是主要的、具有開創意義的，故鍾嶸既批評其「頗以繁蕪為累」，又不禁讚揚其「名章迥句，處處間起，麗典新聲，絡繹奔會。譬猶青松之拔灌木，白玉之映塵沙，未足貶其高潔也。」[52]這種具體寫景的工巧精緻與整體風格的繁蕪，構成了大謝體的基本特點。

二　顏延之體的形成及特點

　　顏延之代表的以用事和對仗為基本特點的一體，是繼承和發展魏晉詩歌藝術的結果。對仗在曹植等人的詩歌中開始得到比較明顯的發展，陸機等西晉詩人的詩歌中，對仗更成為一個重要的藝術手段，這是西晉以來注重藝術的風氣的體現。顏延之詩學源於陸機，鍾嶸謂顏詩：「其源出於陸機，尚巧似。體裁綺密，情喻淵深，動無虛散，一句一字，皆致意焉。又喜用古事，彌見拘束。雖乖秀逸，是經綸文雅

51　〔清〕王夫之：《古詩評選》（上海市：上海古籍出版社，2011年），頁217。
52　曹旭：《詩品集注》（上海市：上海古籍出版社，2011年），頁201。

才。」[53]注重用事和對仗是南朝人對顏延之詩歌藝術特點的基本認識。從創作實踐來看，通過用事、對仗形成典雅的風格，是顏延之詩歌重要的詩美觀。顏氏守儒攻文繼承家風形成儒家的思想性格，因此比較適應劉宋的皇權政治，顏氏前期的創作主要是廟堂詩歌，但總體來看，顏延之的詩歌都具有典雅的藝術特點，這不僅是廟堂文學的特點使然，也是顏延之為增加詩歌質感、恢復詩歌傳統價值以變革東晉玄言詩，所選擇的詩歌藝術途徑。這種詩歌藝術途徑與顏延之的思想、人格特點及其詩學觀密切相關。顏氏屬於次等士族，這種家族以儒學和文史之學為基本的文化特點，因此儒家的思想和人格特點決定顏氏的創作總體上是屬於儒家詩學的，其重要的一個特點即追求典雅的詩美。鍾嶸說顏氏「是經綸文雅才」，不僅是指其廟堂文學的創作才能，也是指他那種雅正的詩風，即方東樹所謂的：「崇竑典則，有海嶽殿閣氣象。」[54]顏氏雖有狷介憤激的一面，但其詩歌總體上仍是比較典質的，後期一些詩歌具有精勁之美，但亦不出這一基本的詩美範疇。這其實是顏延之對詩歌審美本質的理解在藝術上的體現，詩歌創作是圍繞著實現詩歌本質觀而進行的，從這一點來講，顏延之詩歌寫作中用事、對仗、辭藻等藝術手法都是指向典雅這一詩歌審美本質觀的。對仗之法從魏晉以來就顯著地發展起來，胡應麟《詩藪》云：「晉宋之交，古今詩道之大限乎。魏承漢後，雖浸尚華靡，而淳樸餘風，隱約尚在。……士衡、安仁一變，而排偶愈工，淳樸愈散，漢道盡矣。」[55]排偶大開確是元嘉詩歌的一大特點，這一點在顏延之的詩歌中表現得極為明顯，相對於陸機等人的詩歌，顏氏詩歌之排偶實有變本加厲之勢，不僅體現在對句的數量增多，而且在對仗藝術上更加工巧謹嚴，形成典則雅正的風格。

---

53 曹旭：《詩品集注》（上海市：上海古籍出版社，2011年），頁351。

54 〔清〕方東樹：《昭昧詹言》（北京市：人民文學出版社，1984年），卷5，頁159。

55 〔明〕胡應麟：《詩藪》（上海市：上海古籍出版社，1979年），外編卷2，頁143。

　　另一點是用事，這一點我們在第四章已有分析。曹植等人雖已開此風，但至元嘉詩歌用事之風方盛。許學夷云：「漢魏人詩，但引事而不用事。……至顏謝諸子，則語既雕刻，而用事實繁，故多有難明耳。」[56]顏延之學問淵博，又編類書《纂要》，故其詩歌用事之博為前人之未有，經、史、子、集皆能入於吟詠。從廣義的角度來看，用事包括用語、用典，則顏延之詩幾句句有出處。黃水雲《顏延之及其詩文研究》以《和謝監靈運詩》為例，分析各詩句之語言的出處，其用事之廣博可為驚歎[57]。顏延之詩歌總體上都是崇尚用事的，同時用事又與排偶相結合，因此形成典雅整嚴之美。面對玄言詩詩味淡薄的弊端，這其實也是一種救弊之方，鍾嶸所謂：「詞既失高，則宜加事義，雖謝天才，且表學問。」[58]雖語帶嘲諷，但從詩史來看，這其實是詩歌文人化過程中之必經的階段。顏詩之所以能在南朝產生影響並自成一體，說明以學問入詩確為傳統詩歌的發展開闢了新的道路，這一點對杜甫及宋代詩人都是有影響的。

　　顏氏詩學以排偶、用事為基本方法，其佳處在有典雅質實之美，但詩法不精者極易出現流弊。劉勰《文心雕龍》〈事類〉云：「學貧者，迍邅於事義；才餒者，劬勞於辭情。」才與學是詩學兩大要素，「才為盟主，學為輔佐，主佐合德，文采必霸，才學偏狹，雖美少功。」[59]鍾嶸批評齊梁學顏體之弊云：「詞不貴奇，競須新事，而來作者，寖以成俗，遂乃句無虛語，語無虛字，拘攣補衲，蠹文已甚。」[60]這種弊端的形成其實即是由於「才學偏狹」，不能比較好地互相配合以實現詩歌藝術價值。從詩史發展來看，從淡乎寡味的玄言詩發展到為以

56　〔明〕許學夷：《詩源辯體》（北京市：人民文學出版社，1987年），卷7，頁114。
57　黃水雲：《顏延之及其詩文研究》第四章之「喜用古事」一節分析該詩「全詩三十六句中含有二十七句的故事及典故」（臺北市：文史哲出版社，1989年），頁144-146。
58　曹旭：《詩品集注》（上海市：上海古籍出版社，2011年），頁228。
59　范文瀾：《文心雕龍注》（北京市：人民文學出版社，1958年），頁615。
60　曹旭：《詩品集注》（上海市：上海古籍出版社，2011年），頁228。

學問為能事，乃由一個弊端走向另一個弊端，本身也是對詩歌藝術價值的損害，因此引起南朝人的不滿。方東樹云：「顏延之每起莊重典則，橫闊涵蓋，有冠冕制作體勢，興象固佳。但久恐有流弊，成為裝點門面，可憎也。」[61]蕭子顯所批評的其實就是齊梁人學顏體而成的這種流弊，這些藝術上的缺陷在顏延之詩中當然也所體現，許學夷即指出顏延之一些詩歌「艱澀深晦，殆不可讀。其意欲法雅頌，實雅頌之屬耳。」[62]某種程度講這是顏延之詩歌創作中存在的才不勝學所造成的，但顏延之的詩歌並不完全是「唯睹事例，頓失清采」的，總體上看顏延之比較善於以對仗和用事實現典雅質實的詩美，其中一些作品如〈北使洛〉、〈還至梁城作詩〉[63]、〈五君詠〉[64]等還具有精勁之美，這是顏體的基本特點，也是其在詩史上的價值。

三　鮑照體的形成及特點

　　相對於謝靈運和顏延之等元嘉詩人的詩歌，鮑照詩歌在體裁、題材、風格等方面都更為複雜多樣。蕭子顯雖然是從負面的影響來總結鮑照這一體的特點，但從其闡述中可總結出鮑照體的兩個基本特點：一是氣勢盛，二是辭藻豔麗。何焯評鮑照〈詠史詩〉云：「不脫左思窠臼，其壯麗則明遠本色。」[65]劉師培評鮑照詩歌也說：「明遠樂府，固妙絕一時，其五言詩亦多淫豔，特麗而能壯，與梁代稍別。」[66]可

61　〔清〕方東樹：《昭昧詹言》（北京市：人民文學出版社，1984年），卷5，頁161。

62　〔明〕許學夷：《詩源辯體》（北京市：人民文學出版社，1987年），卷7，頁113。

63　何焯《義門讀書記》卷四十七：「顏延之〈北使洛〉，擬陸士衡〈赴洛〉詩，與下〈還至梁城〉首，在顏集中亦為清拔。」又謂〈始安郡還都與張湘州登巴陵城樓作〉有「清壯」之美。

64　何焯：《義門讀書記》卷四十六：「五篇簡煉道緊，後人多方摹擬終不能及。」

65　何焯：《義門讀書記》，卷四十六。

66　劉師培：《中國中古文學史講義》（上海市：上海古籍出版社，2000年），頁97。

見這兩點還是比較能夠概括鮑照詩歌的基本風格特點的。

　　鮑照詩體特點的形成，既源於其自身的情性，同時也有其詩學淵源。鮑照自然真率的人格形成與其出身及現實中的遭遇密切相關，本書第一章已對此作了分析。這種人格和情性特點使鮑照自然地擺脫玄言詩的影響，他的詩歌比較直接地表現他的現實之感，這與「感於哀樂，緣事而發」的漢樂府及慷慨抒情的建安詩歌相近，從這一點來講，鮑照詩歌較多地繼承漢魏詩學。與謝靈運、顏延之相比，鮑照的詩歌更有以情性為詩的自然性質，但鮑照詩歌仍是重藝術經營的，方東樹云：「明遠雖以俊逸有氣為獨妙，而字字煉，步步留，以澀為厚，無一步滑。凡太澀則傷氣，明遠獨俊逸，又時出奇警，所以獨步千秋。」[67]鮑詩能以厚為體，而運以俊逸之氣，此其藝術之長處。詩之能厚不僅是表現內容上的充實，本身也是藝術上的成熟及功力的體現，下筆輕率則或成平鈍或流於蕪蔓滑易，皆非有真味有質感之詩。故方東樹極強調鮑照詩歌在字句上的講求和錘鍊，如：「鮑詩全在字句講求，而行之以逸氣，故無駑蹇緩弱平鈍、死句懈筆。」[68]可以說鮑照也具有自覺的詩學意識，鮑照因自身的情性特點而比較自然地繼承了漢魏詩歌抒情言志的詩歌本質，但與漢魏詩歌相比，鮑照則更具有自覺經營的意識，重視語言的錘鍊，並運之以氣，從而形成壯麗詩風。在玄言詩歌造成的詩歌發展困境的背景下，這本身就是自覺的詩學探索的結果。

　　從創作實踐來看，鮑照詩歌「發唱驚挺，操調險急」這種強烈的藝術感染力，根源於其慷慨的情感。鮑照來自下層，仕途淹蹇歷盡挫折，目睹各種不平等和黑暗現實，因此存在著激烈的人生矛盾，內心憤激發而為詩故情感熱烈氣勢極盛。鮑照詩歌多方面地表現了下層人

67　〔清〕方東樹：《昭昧詹言》（北京市：人民文學出版社，1984年），卷6，頁165。
68　〔清〕方東樹：《昭昧詹言》（北京市：人民文學出版社，1984年），卷6，頁164。

民的生活和情感，內容很廣泛如邊塞、豔情、贈別、詠懷等大多情感熱烈，像〈擬行路難十八首〉、〈代陳思王京洛篇〉、〈代白頭吟〉、〈代東武吟〉、〈日落望江贈荀丞〉、〈秋日示休上人〉、〈吳興黃浦亭與庾中郎別〉、〈贈傅都曹別〉、〈擬古八首〉等，這些詩歌的基本特點是情感深厚，又注重排偶、辭藻等修辭手法，形成沉厚質感與藻麗結合的詩美。蕭子顯所批評的：「雕藻淫豔，傾炫心魄」，即是其詩歌華麗的語言特點。鮑照詩歌濃郁的情感源於其激烈的人生矛盾，這一點繼承了漢魏抒情言志的詩歌本質觀，而在寫作藝術上，鮑照則比較明顯地繼承和發展魏晉以來講究藝術技巧的傳統。鍾嶸謂鮑照詩「其源出於二張，善制形狀寫物之詞，得景陽之諔詭，含茂先之靡嫚，骨節強於謝混，驅邁疾於顏延。總四家而擅美，跨兩代而孤出。」[69]張華、張協等西晉詩人代表了詩歌重藝術經營和審美的發展方向，鍾嶸說張華詩「巧用文字，務為妍冶」，張協「巧構形似之言」、「調彩蔥菁，音韻鏗鏘」，劉勰亦說：「晉世群才，稍入輕綺，張潘左陸，比肩詩衢，采縟於正始，力柔於建安；或析文以為妙，或流靡以自妍。」[70]在排偶、辭藻、煉字等方面，鮑照都明顯地學習了西晉詩人的藝術技巧，並善於吸收各人的長處加以融合。從魏晉南朝的詩史發展來看，鮑照詩歌之所以能擅美於當時，不僅在於其詩歌根源於激烈的人生矛盾，很重要的一點還在於他自覺地面對漢魏晉以來的整個詩學史，將繼承漢魏抒情言志的詩歌本質與學習西晉詩歌的藝術技巧結合起來，以表現其複雜的現實之感，從這一點來講，鮑照也具有自覺的詩學史意識，他具有回顧漢魏詩史以展開其創作的自覺，對扭轉詩歌發展歧途的詩學實踐課題有明確的認識，他的詩歌藝術的形成與這一詩學課題有密切的關係。

---

69 曹旭：《詩品集注》（上海市：上海古籍出版社，2011年），頁381。
70 范文瀾：《文心雕龍注》（北京市：人民文學出版社，1958年），頁67。

　　蕭子顯謂鮑照一體「猶五色之有紅紫，八音之有鄭、衛」，其實就是指鮑照體具有「俗」的特點，鍾嶸亦說鮑照詩：「貴尚巧似，不避危仄，頗傷清雅之調。故言險俗者，多以附照。」[71]可見南朝人認為「俗」也是鮑照體的一個特徵。從蕭子顯、鍾嶸的評論及鮑照的詩歌來看，所謂的「俗」主要是藝術上的，即對情感的表現過於袒露和激烈，不符合當時「清雅」的審美風尚。其次與詩歌題材也有關，鮑照詩歌廣泛地表現征夫、思婦、貧士等下層人的生活，尤其是豔情詩的寫作，也是引起當時人不滿的一原因[72]。《南史》〈顏延之傳〉云：「延之每薄湯惠休詩，謂人曰：『惠休制作，委巷中歌謠耳，方當誤後生。』」[73]惠休詩多學南朝民歌而作側麗之辭，顏延之即批評惠休的這類詩歌。又如《南史》〈袁廓之傳〉謂：「於時何個亦稱才子，為文惠太子作〈楊畔歌〉，辭甚側麗，太子甚悅。廓之諫曰：『夫〈楊畔〉，既非典雅，而聲甚哀，殿下當降意〈簫韶〉，奈何聽亡國之響。」[74]可見時人對豔情詩的態度。而鮑照在豔情詩的發展上是起過承上啟下的作用的，劉師培認為鮑照、惠休等的豔情詩開啟了梁代宮體詩風[75]。另外，鮑照樂府詩多用七言雜言體，恐怕也是鮑照體被南朝人批評為「俗」的一個原因[76]。總體上來看，蕭子顯雖然對鮑照體持批評態度，卻也能夠比較準確地把握鮑照詩歌的基本特點。

　　從以上的簡要分析來看，謝、顏、鮑代表的元嘉三體之間雖然存在顯著的差異，但都是詩人面對玄言詩的發展困境，對如何恢復詩歌

71　曹旭：《詩品集注》（上海市：上海古籍出版社，2011年），頁381。

72　曹道衡：〈論鮑照詩歌的幾個問題〉，對鮑照詩歌「險俗」特點的形成有詳細的分析可以參考（《中古文學史論文集》〔北京市：中華書局，2002年〕）。

73　〔唐〕李延壽：《南史》（北京市：中華書局，1975年），頁881。

74　〔唐〕李延壽：《南史》（北京市：中華書局，1975年），頁709。

75　劉師培：《中國中古文學史講義》（上海市：上海古籍出版社，2000年），頁97。

76　傅玄〈擬四愁詩序〉即說七言「體小而俗」。林庚認為：「他（鮑照）之『頗傷清雅』，也正是他之所以能夠衝破五言的侷限，而大力建立起七言詩的緣故。」「七言比五言是更為豪放的、比較俚俗的。」（《中國文學簡史》，頁170-172）。

傳統的藝術價值、增加詩歌質感這一詩學實踐課題，所做出的自覺探
索的結果。在相同的詩學背景下，謝靈運等人選擇的詩歌道路雖各不
相同，但他們都有繼承魏晉詩歌傳統的詩學意識，並通過自己的探索
和創作為詩歌開闢了新的發展途徑，這是三體共同具有的詩學史意
義。從藝術風格來講，元嘉詩歌的發展雖然是多歧的，但三體之間也
存在著某些共同的性質，正如本書第一章所分析的，謝靈運等人的詩
歌都以情性為本，繼承魏晉詩歌藝術傳統重新恢復了詩歌的傳統價
值，同時又都重視藝術技巧，從這一點來講，三體與元嘉體之間不是
矛盾，而是辨證統一的，三體共同構成了時代之詩，而元嘉體則是存
在於這一時代之詩之間的藝術共同性。

第三節　元嘉體的風格特徵

　　元嘉詩歌雖然具有多樣的風格，但這種多樣性中仍存在著某種共
同之處，這就是我們所要探討的元嘉體這一時代之詩的詩美特點。風
格是藝術作品所體現出的一種直觀的審美特徵，詩歌風格是詩歌本體
和詩歌藝術相結合的審美體現。從創作實踐來看，詩歌固然不能脫離
體用二端，但詩歌所體現之本體、所採用之體裁、題材、所使用之藝
術技巧等，在具體的詩歌中常常都會有所不同，從這一點來講，每一
首詩歌都有自己的風格。所以風格又是一個多層次的概念，包括有作
品風格、作家風格、流派風格、時代風格等諸種類型。我們所研究的
元嘉體風格即屬於時代風格。雖然每個作家都有其獨特之處，但是同
一個文學時期中，他們的作品仍會體現出一些同質性，這就構成了群
體風格或時代風格。中國古代文論中稱之為「體」，如建安體、太康
體、元嘉體等，都含有時代風格之意。但「體」比風格的內涵更廣，
如元嘉體，其外在直觀地表現為風格特點，而內涵則可以說是一個詩
學體系，也就是形成這一風格特點的內在原因。胡震亨《唐音癸籤》

云：「作詩大要不過二端，體格聲調興象風神而已。體格聲調有則可循，興象風神無方可執。」[77]但這種「無方可執」的「興象風神」卻又是通過「有則可循」的「體格聲調」體現出來，此即張謙宜《絸齋詩談》所說的：「煉句逐字雖近跡象，神明即寓其中。」[78]可見風格與詩學之間密切相關。本文這一節也將主要從詩學的角度來探討元嘉體風格的形成及其特徵。

一　元嘉五言體的風格特點

元嘉體這一範疇雖出現得比較晚，但對元嘉詩歌的風格特點，南朝人已有明確的認識。如鮑照評顏延之詩云：「鋪錦列繡，雕繢滿眼」[79]，沈約《宋書》〈謝靈運傳論〉謂顏詩「體裁明密」，《宋書》〈顏延之傳〉謂顏延之與謝靈運「俱以詞彩齊名。」[80]鐘榮《詩品》謂謝靈運：「才高詞盛，富豔難蹤」，「頗以繁富為累」；又云「顏延謝莊，尤為繁密」；謂鮑照「不避詭仄，頗傷清雅之調」。蕭子顯《南齊書》〈文學傳論〉所論文章三體，謝靈運代表的一體雖「酷不入情」，但其言辭亦有「巧綺」的特點；近源實為顏延之的一體，重用事和對仗，其特點是繁密；鮑照代表的一體則是「發唱驚挺，操調險急，雕藻淫豔，傾炫心魄。」以上這些大體皆以作家風格立論，但是綜合諸家評論起來看，還是可以發現元嘉詩歌具有富麗密實這樣一個共同特點。對元嘉詩歌的時代風格，鐘嶸、劉勰其實也有所總結，如鐘嶸認為謝、顏、鮑等人的詩歌皆有「尚巧似」的特點，劉勰也說劉宋詩歌

77　〔明〕胡震亨：《唐音癸籤》（上海市：上海古籍出版社，1981年），卷2。

78　〔清〕張謙宜：《絸齋詩談》卷三，《清詩話續編》（上海市：上海古籍出版社，1983年），頁811。

79　〔唐〕李延壽：《南史》（北京市：中華書局，1975年），頁881。

80　〔梁〕沈約：《宋書》〈顏延之傳〉（北京市：中華書局，1974年），卷73。

有「貴形似」，重視體物的特點[81]。關於「尚巧似」劉勰所論甚詳，也就是講求體物的藝術技巧，這種藝術技巧影響下形成的詩歌風格主要是以精工為特點。綜合南朝人對元嘉詩歌特點的認識，簡而言之，元嘉五言的基本風格是富麗精工。總體上看，這比較能夠概括元嘉五言詩基本的美學特點。與漢魏詩歌質樸自然的風格相比，元嘉五言詩這一風格有明顯的藝術經營色彩。

　　元嘉五言詩富麗精工這一整體風格中，更具體地看，可分為「富麗」與「精工」兩個方面，從沈約、劉勰、鍾嶸、蕭子顯等人對元嘉詩人風格特點總結看，這也是南朝人的基本看法。富麗既指辭藻的繁富又指所表現內容的充實。鍾嶸謂謝靈運「若人學多才博，寓目輒書，內無乏思，外無遺物，其繁富，宜哉！」[82]所謂的「內無乏思」亦即「才高詞盛」之意，而「外無遺物」之「物」則與陸機所說的「意不稱物，言不逮意」之「物」含義相同，指的即是文學表現的內容，可見鍾嶸所說的「繁富」乃就辭藻與內容兩方面而言，即才思盛，辭藻富麗，詩歌表現內容豐富。劉勰所說的「功在密附」其含義亦與此相似，一方面是「情必極貌以寫物」造成內容上的繁富，另一方面則是為表現內容而發展出的豐富的辭藻。元嘉詩歌富麗的美學特點與體物詩學的發展密切相關。陸機〈文賦〉云：「詩緣情而綺靡，賦體物而瀏亮」，從分體的角度闡明了文學藝術的特點，但自西晉以來，「緣情」與「體物」已不斷地在詩歌藝術中融合起來。從具體的創作情況來看，元嘉詩歌不僅在寫物方面由「唯取昭晰之能」[83]轉變為「功在密附」[84]，而且由於體物和緣情的結合，元嘉詩歌表現內容的範圍也得到了很大的擴展。從詩歌創作實踐來看，元嘉山水詩大多

---

81 范文瀾：《文心雕龍注》（北京市：人民文學出版社，1958年），頁694。
82 曹旭：《詩品集注》（上海市：上海古籍出版社，2011年），頁201。
83 范文瀾：《文心雕龍注》（北京市：人民文學出版社，1958年），頁66。
84 范文瀾：《文心雕龍注》（北京市：人民文學出版社，1958年），頁694。

是寫景與言情悟理結合在一起，極力地刻畫山水景物的形象，並將情理寄託於山水形象之中。如謝靈運的山水詩，幾乎都存在著體物與情理的二元結構，不僅寫景繁富而且詩歌內容整體風貌也具有密實的特點，正如白居易〈讀謝靈運詩〉所說的：「大必籠天海，細不遺草樹。豈惟玩景物，亦欲攄心素。」不僅體物而且表現情理。元嘉詩人受謝靈運這一寫作藝術的影響是很明顯的，其時的山水寫景皆有細緻刻畫的特點，鮑照登臨遊覽類山水詩如〈登廬山〉、〈從登香爐峰〉、〈從庾中郎遊圓山石室〉等，皆直接規摹大謝，體物情理結合，詩風密實。其他如謝惠連、謝莊、孝武帝劉駿等人，大體亦不出此範疇。此風之所及，贈答、行役、雅頌諸體，亦皆融入體物手法，如謝靈運〈登臨海嶠初發強中作，與從第惠連，見羊何共和之〉、〈酬從弟惠連〉，謝惠連〈西陵阻風獻康樂〉，鮑照〈日落望江贈荀丞〉、〈吳興黃浦亭庾中郎別〉、〈送別王宣城〉等，富麗的寫景和抒情大變兩晉四言贈答詩典雅虛美之風。行役類如顏延之〈北使洛〉、〈還至梁城作〉，鮑照〈上潯陽還都道中〉、〈還都至三山望石頭城〉、〈發後渚〉等皆融入景物描寫而具有富麗密實之風貌。元嘉時雅頌體也與山水相結合，劉宋的君主、王室、名公巨卿及周圍的文人，在盛行的山水遊覽中創作了大量應詔應教的雅頌體山水詩[85]。從藝術上來說，雅頌體山水詩與文人山水詩是無法相提並論的，但從整個魏晉南朝的雅頌詩歌來看，劉宋雅頌詩歌因結合了山水題材，發揮了體物藝術，仍較有富麗密實的特點，如顏延之〈應詔觀北湖田收詩〉、〈車駕幸京口侍遊蒜山作詩〉、〈車駕幸京口三月三日侍游曲阿後湖作詩〉，鮑照〈蒜山被始興王命作〉等，皆表現出與魏晉典雅虛美的雅頌詩不同的時代風格。

　　元嘉五言另一風格特點是精工。元嘉是重詩法的時期，精工即是

85　參見錢志熙〈論晉宋之際山水審美意識的發展特點及其在山水詩藝術中的體現〉第三部分「劉宋時期以山水為雅頌的現象」的相關論述（《原學》第二輯）。

在詩法講求的基礎上形成的詩歌審美特點。元嘉詩人大多皆有「尚巧似」的藝術傾向，「尚巧似」也就是追求精切地刻畫事物，即劉勰所說的「巧言切狀，如印之印泥」，要做到這一點，在藝術上就必須「窮力追新」。杜夫海納論述風格與技巧的關係說：

> 風格是作者出現的地方。其所以如此，是因為風格含有真正是技巧的東西：某種處理材料的方式，即收集和調配石頭、顏料和聲音的方式。為了創造審美對象，風格非要材料這樣安排、簡化或組合不可。通過這些調配，人不斷給自然做補充，不斷肯定自己對一切材料和一切模式的自由。但這些技術手段還必須顯得是為一種獨特的想法或看法服務。[86]

所謂的「獨特的想法或看法」根本而言即是藝術目的，也就是說技巧必須為實現藝術目的服務，就這一點而言可以說「風格就是技巧」[87]。元嘉詩歌重視詩法是精切體物的必然要求，所以元嘉詩歌精工的風格特點是與詩法的講求密切相關的。第四章論述元嘉詩法一節中，我已指出元嘉詩法有句法、字法等具體內涵，元嘉詩歌精工的詩歌風格與此兩法關係尤為密切。句法與字法是互相聯繫的，句法中包含著字法，元嘉詩歌句法、字法皆追求造語用字之工，它們促使了作為詩歌基本單位的詩句向凝鍊精工發展，如「白雲抱幽石，綠篠媚清漣」（謝靈運〈過始寧墅〉），「積石竦兩溪，飛泉倒三山」（謝靈運〈發歸瀨三瀑布望兩溪〉）；「陰風振涼野，飛雲瞀窮天」（顏延之〈北使洛詩〉），「故國多喬木，空城凝塞雲」（顏延之〈還至梁城作詩〉）；「高岑隔半天，長崖斷千里」（鮑照〈登廬山望石門〉），「亂流灇大壑，長

---

86 〔法〕杜夫海納：《審美經驗現象學》（北京市：文化藝術出版社，1996年），頁135-136。

87 〔法〕杜夫海納：《審美經驗現象學》（北京市：文化藝術出版社，1996年），頁134。

霧匝高林」（鮑照〈日落望江贈荀丞〉）；「浮氣晦崖巇，積素惑原疇」
（謝惠連〈西陵遇風獻康樂詩五章〉其四）；「游陰騰鵾嶺，飛清起鳳
池」（謝莊〈游豫章西觀洪崖井詩〉），這些詩句皆有重錘鍊而成的精
工的特點，鍾嶸謂大謝「名章迴句，處處間起」，其實元嘉詩歌佳句
已普遍地增多，即許學夷所說的詩「至靈運始多佳句」，而在許氏看
來佳句的增多乃是元嘉普遍存在的雕刻之風的結果[88]。方東樹謂謝詩
「造語工妙」[89]又云「明遠句法工妙」[90]，謂謝惠連「句句著力」[91]亦
指出元嘉詩歌具有精工的特點。

　　從以上分析來看，元嘉詩歌富麗的風格似是詩歌題材內容擴展的
結果，而精工則由詩法講求、經營的而成，但這兩方面又是結合在一
起的。從元嘉詩歌實際情形來看，富麗與精工這兩種似乎存在內在矛
盾的詩歌美學，卻又共同構成了元嘉五言詩基本的風格特點，使其與
漢魏詩歌有整體的區別。鍾嶸既說謝靈運「富豔難蹤」、「頗以繁蕪為
累」，又謂其「名章迴句，處處間起」，劉勰謂劉宋詩歌「情必極貌以
寫物，辭必窮力以追新」，正如我們上文分析的，其實也是從富麗與
精工兩個方面而言。孫月峰稱大謝山水詩「絕精縟」[92]，所謂「精
縟」其實也是精工與富麗的相結合之意。從整個體物詩學來看，詩歌
表現內容的擴展與技巧的追求都是其內在要求，內容的擴展需要技巧
的發展與之相適應才能實現體物的藝術目的，而且技巧之講求、語言
之雕琢、用事之發展等方面也是形成富麗詩風的一個原因。朱自清先
生說：「從陸氏起，『體物』和『緣情』漸漸在詩裡通力合作，他有意
地使用『體物』來幫助『緣情』的綺靡。」又說：「『形似』不是『緣

---

88 參見〔明〕許學夷：《詩源辯體》（北京市：人民文學出版社，1987年），卷7。

89 〔清〕方東樹：《昭昧詹言》（北京市：人民文學出版社，1984年），卷5，頁129。

90 〔清〕方東樹：《昭昧詹言》（北京市：人民文學出版社，1984年），卷6，頁167。

91 方東樹評謝惠連〈西陵遇風獻康樂詩五章〉第四章語（《昭昧詹言》，卷5，頁158）。

92 黃水雲：《顏延之及其詩文研究》（臺北市：文史哲出版社，1989年），頁150。

情』而是『體物』，現在叫做『描寫』，卻能幫助發揮『緣情』的作用。」[93]朱自清先生對「體物緣情」這一詩學理論的認識是很精到的，可以說元嘉詩歌富麗精工的風格即是這一詩學發展的直接的結果，從這一點來講，富麗與精工又是辨證統一的。元嘉具體詩歌中，富麗或不免繁蕪，雕琢時成滯體，且不同的詩人、不同的作品，具有不同的風格特點，但富麗精工卻是元嘉體五言的基本風格。

二　元嘉樂府詩的風格特點

　　就詩體而言，元嘉體主要可分為五言和樂府兩體[94]，不同的體裁對詩歌風格的影響是極為明顯的，因此在討論元嘉體的風格時不能不注意到這兩種不同體裁之間的區別。建安五言詩由樂府發展而來，與漢樂府的音樂系統還有直接的聯繫，因此建安文人五言詩與樂府之間仍是比較接近的。西晉以來詩歌基本上已脫離了音樂，擬樂府進入了文人化的發展階段，元嘉擬樂府盛行，謝靈運、顏延之、謝惠連和鮑照等都有不少的擬樂府詩。從具體的創作來看，謝靈運、謝惠連的樂府詩主要學習陸機，按部就班缺乏變化，講究語言雕琢，辭藻典麗繁縟，方法接近西晉詩人的擬古詩。樂府詩不是二謝詩歌成就所在，某種程度上可以說他們的擬樂府更具有詩學學習的意義，所以模擬的痕跡比較明顯。陸機擬古、擬樂府在南朝極被重視[95]，其出身、遭遇又與謝氏相近，自然成為主要的學習對象。顏延之擬樂府則直接讀學習漢魏，因此風格上比謝靈運樂府詩更為質樸自然，如〈秋胡行〉、〈從

---

93 朱自清：〈詩言志辯〉，《朱自清古典文學論文集》（上海市：上海古籍出版社，1981年）。

94 鮑照七言體雖然成就很高，但元嘉其他詩人則甚少七言體詩歌。

95 《宋書》〈南平穆王劉鑠傳〉載劉鑠擬古詩「時人以為亞跡陸機」，可見南朝人陸機擬古的重視。

軍行〉皆較為成功。〈從軍行〉在傳統主題下，融入寫實的筆法，因
此具有真實的形象性，「後來鮑照的擬古樂府，正是在這個方向上，
加入現實性內容，而成就傑出創造。」[96]元嘉樂府詩以鮑照的成就為
最大，鮑照取法漢魏樂府精神與自身的現實體驗融合為一，自成其俊
逸的風格特點。樂府詩的精神是寫實性的「感於哀樂，緣事而發」，
南朝詩人中鮑照最能繼承這一詩歌精神實質，他因出身寒門因此對現
實有很深的體驗，如〈謝秣陵令表〉云：「臣負鍤下農，執羈末皂。」
〈解褐謝侍郎表〉云：「臣孤門賤生，操無迥跡。」〈謝解禁止表〉
云：「臣自惟孤賤」，〈拜侍郎上疏〉云：「臣北州衰淪，身地孤賤。」
在仍重門第出身的劉宋，鮑照在自陳身世時其實是不得已而又飽含憂
憤的，〈擬古〉其三云：「不謂乘軒意，伏櫪還至今」，可以想見鮑照
的心情。因憤成激，鮑照很多樂府詩是慷慨激烈的，有時又不免帶有
宿命論思想的消沉。劉熙載云：「明遠長句，慷慨任氣，磊落使才，
在當時不可無一，不可有二。」「孤蓬自振，京沙坐飛。此鮑明遠賦
句也，若移以評明遠詩，頗復相似。」[97]可以說鮑照的樂府詩比較接
近漢魏詩風，在元嘉詩人中鮑照最大限度也最成功地把抒情再次引入
詩歌之中。總體而言，鮑照樂府詩情感濃烈，節奏急促，有時又喜用
豔麗辭藻來表現激烈的詩意，形成相當奇特的詩風，尤以〈擬行路難
十八首〉其一最具代表，「奉君金巵之美酒，玳瑁玉匣之雕琴，七彩
芙蓉之羽帳，九華蒲萄之錦衾。紅顏零落歲將暮，寒光婉轉時欲沉。
願君裁悲且減思，聽我抵節行路吟，不見柏梁銅雀上，寧聞古時清吹
音！」蕭子顯謂鮑照「發唱驚挺，操調險急，雕藻淫豔，傾炫心
魄」，這可視為鮑照樂府詩的特點。元嘉詩人還有學習南方民歌的作
品，如謝靈運〈東陽溪中贈答〉，鮑照〈吳歌三首〉、〈幽蘭五首〉、

---

96 錢志熙：《魏晉南北朝詩歌史述》（北京市：北京大學出版社，2005年），頁133-134。
97 〔清〕劉熙載：《藝概·詩概》（上海市：上海古籍出版社，1978年），頁56。

〈采菱歌七首〉等，鍾嶸謂謝惠連「工為綺麗歌謠，風人第一」，可見亦有這方面的作品，這類樂府詩是比較清新婉麗的，開齊梁詩歌風氣之先。

綜合起來看，元嘉樂府詩，因宗法不同、詩人的現實體驗相去甚遠，因此表現出很大的風格差異。但元嘉樂府詩其實都重新把抒情引入詩歌中，又受五言詩的影響而普遍重語言技巧，辭藻華麗。與漢魏樂府詩歌質樸自然相比，元嘉樂府詩其實也是講詩法的，文人化的色彩非常明顯，比如元嘉樂府詩與五言詩一樣，也普遍地重視對仗、用事等藝術手法，這一點既繼承了曹植開創的注重辭藻的文人樂府之風[98]，同時也是整個文化積累在詩歌創作上的體現。從這一點來講元嘉樂府與五言詩性質是相同的，而且元嘉擬樂府即是隨著五言詩創作的復興而盛行起來的，所以，元嘉樂府與五言存在著很密切的關係。清人喬億《劍溪說詩》：「古樂府無傳久，其音亡也，後人樂府皆古詩。」[99]樂府的音樂系統失去之後，文人往往是以作古詩之法作樂府的，這一點在元嘉擬樂府詩中表現得很明顯。在詩法上，五言詩對樂府的滲透和影響也很明顯，《宋書》〈臨川武烈王道規傳附鮑照傳〉謂鮑照「嘗為古樂府，文甚遒麗」，《劍溪說詩》亦云：「（鮑照）七言歌行，寓廉悍於藻麗中。」[100]「麗」不是樂府本色，而是文人詩的特點，即可看出這一點。因此，元嘉詩歌在體裁、題材、風格等方面雖

98　錢志熙《漢魏樂府的音樂與詩》〈引言〉：「曹植樂府詩詞藻華贍，同樣多寫重要的題材，是文人樂府詩歌重辭義一派的奠定者。」（北京市：大象出版社，2000年）；《魏晉南北朝詩歌史述》也說：「文人樂府詩逐漸走向重文學技巧和思想意義的，大概是肇始於曹植的一種風氣，經過西晉詩人傅玄、陸機等人的發展，就確定了後來注重文字技巧、思想主題而忽略音樂性質的擬樂府詩作風。」（北京市：北京大學出版社，2005年，頁140）。

99　《清詩話續編》（上海市：上海古籍出版社，1983年），頁1074。

100　《清詩話續編》（上海市：上海古籍出版社，1983年），頁1079。

然都是多歧的，但這種豐富之中仍然存在著共同的時代特性[101]，從我們上文的分析來看，元嘉詩歌總體上都重視藝術技巧、語言形式，形成了「麗」的美學特點。「麗」的內涵是廣泛的，陸時雍謂劉宋詩歌是「情性漸隱，聲色大開」，所謂的「聲色大開」也就是詩歌重審美的發展特點，這也是元嘉體基本的風格特點。

---

101 蕭子顯《南齊書》〈文學傳論〉云：「建安一體，〈典論〉短長互出。」在曹丕看來建安體之中仍存在著多樣的詩歌風格，這一點與元嘉體是頗為相似的。這也說明了個體風格、體裁風格與時代風格之間乃是一種多樣統一的關係，這也是詩史上的一個基本特點。

第六章
元嘉體的詩學意義

第一節　詩歌美學的創造性發展

　　山水詩的興起在詩歌史上具有深遠的意義，任何一種新的詩歌類型的出現或詩歌表現題材的拓展，都是一個相當複雜的問題，涉及思想文化及詩歌藝術自身的發展等諸多方面，本書第一章我們即從這些方面深入論述了晉宋之際山水景物作為詩歌表現範疇的確立。詩歌藝術的發展不僅是詩史的內在規律發展的結果，同時也與它的代表性詩人的創作密切相關。謝靈運在山水詩詩史上具有開創之功，這種詩史意義與他吸收、發展晉宋之際的美學思潮有重要的關係，特別是對慧遠佛教美學的創造性發展，確立了山水詩的美學基礎，推進了山水詩藝術的發展，具有重要的詩學意義。[1]

一　謝靈運山水詩對慧遠「形象本體」之學的發展

　　皎然《詩式》云：「康樂公早歲能文，性瑩神澈。及通內典，心地更精，故所做詩，發皆造極，得非空王之助邪？」[2]認為謝靈運詩歌創作深受佛教的影響。大謝詩歌成就主要在山水詩上，因此佛教對謝詩的影響主要體現於山水詩之中。謝靈運山水詩以極物寫貌之法刻畫山水的形象之美，其藝術手法與東晉追求虛靈之境的山水詩具有質

1　參見拙文〈論謝靈運山水詩對慧遠佛教美學的創造性發展〉，《南京師範大學文學院學報》2006年第3期，頁104-109。

2　〔唐〕皎然：《詩式》（北京市：人民文學出版社，2003年），頁118。

的區別，這一點說明謝靈運山水美學思想並不是直接繼承東晉的。從晉宋之際的思想發展特點及謝靈運的思想內涵來看，謝詩美學思想的主要淵源是佛教尤其是慧遠的佛教思想，這一點與慧遠佛學思想中包含深刻美學內涵密切相關。但美學思想並不等同於藝術本身，詩人在接受美學思想時，需要對其進行創造性的發展，才能將其融入並體現於藝術創作之中。本節準備分析慧遠佛學思想的美學內涵，進而從山水審美思想和審美方法闡述謝靈運對其創造性的發展，試圖揭示謝靈運山水詩美學在創作上的體現及其詩學意義。

　　慧遠以宗教哲學形式存在的美學思想，從當時來看，需要具有一定的佛學和藝術素養，才能真正地理解並將其從佛教思想體系中剝離出來及進一步發展。謝靈運佛學思想主要淵源於慧遠，又具有精深的藝術修養，這種主觀條件使其能夠比較容易地理解並發展了慧遠形象本體之學的美學思想。

　　慧遠是東晉後期南方的佛教領袖，深得謝靈運的欽敬。謝靈運〈廬山慧遠法師誄〉云：「予志學之年，希門人之末，誠願弗遂，永違此世。」深憾未能成為慧遠的弟子。據陳舜俞《廬山記》卷三〈十八賢傳〉記載，慧遠於廬山與劉遺民、雷次宗等十八位高賢及僧俗共一二三人結社發願往生西方淨土，「謝靈運負才傲俗，一見師肅然心服，為鑿東西二池種白蓮。靈運嘗求入社，師以其心雜止之。」[3]「白蓮結社」的說法，早為學界所否定，但謝靈運信仰由慧遠提倡的彌陀淨土則是很明確的，這一點我們後面還將詳加分析，這裡要指出的是謝靈運在佛教思想上確與慧遠有密切的關係。

　　晉宋之際，佛教由般若學向涅槃學發展是一個基本的趨勢。涅槃學將佛教由般若性空的本體論，轉移到佛性本有的心性論的研究上來。在涅槃學的啟發下，竺道生提出頓悟成佛說，成為心性論研究的一個關鍵性思想。道生頓悟說提出之初，受到了許多人的激烈反

3　〔宋〕陳舜俞：《廬山記》卷三（日本：國立公文書館藏南宋紹興刻本）。

對，但卻及時得到了謝靈運的熱烈回應。永初三年七月至景平元年秋這段時間內[4]，謝靈運在永嘉任上作了著名的〈辨宗論〉，並與法勖、僧維、慧驎、法綱、慧琳、王弘等人反覆辯論，推動頓悟說的傳播和影響。〈辨宗論〉云：「同游諸道人，並業心神道，求解言外。余枕疾務寡，頗多暇日，聊伸由來之意，庶定求宗之悟。」探索體認佛性本體的方法是當時的風尚，謝靈運贊同道生頓悟說，主張通過「悟」來體認佛性本體。道生〈答王衛軍書〉曰：「究尋謝永嘉論，都無間然。有同似若妙善，不能不以為欣。」〈辨宗論〉深得道生讚賞，可見謝靈運對頓悟說有深刻的理解，也說明了謝氏對體認佛性本體的方法是有所思考和心得的，而這一點仍與他接受慧遠的影響密切相關。《高僧傳》〈慧遠傳〉說：「先是中土未有泥洹長住之說，但言壽命長遠而已。遠乃歎曰：『佛是至極則無變，無變之理，豈有窮哉？』因著〈法性論〉曰：『至極以不變為性，得性以體極為宗。』羅什見論而歎曰：『邊國人未有經，便暗與理合，豈不妙哉。』」[5]可見在涅槃學傳入之前，慧遠已先對佛性本體有所體悟。謝靈運因傾慕和接近慧遠，自然也受到慧遠這一思想的影響，這一點為其率先理解和接受頓悟說奠定了思想基礎。頓悟是一種體認佛性本體的方法，而慧遠在道生頓悟說提出之前即反覆強調「悟」對體認佛性本體的重要性，如：

> 悟徹者反本，理惑者逐物。(〈形盡神不滅論〉)
> 向使無悟宗之匠，則不知有先覺之明，冥傳之功。(〈形盡神不滅論〉)

4　參見湯用彤：《漢魏兩晉南北朝佛教史》(武漢市：武漢大學出版社，2008年)，頁423。關於〈辨宗論〉的創作時間，錢志熙〈謝靈運〈辨宗論〉和山水詩〉還從謝靈運的詩文中找到了更多的佐證(《北京大學學報》1989年第5期)。

5　〔梁〕釋慧皎撰，湯用彤校注：《高僧傳》(北京市：中華書局，1992年)，頁218。

> 尋相因之數，即有悟無。（〈阿毗曇心序〉）
>
> 鑒明則塵累不止，而儀像可觀，觀深則悟徹入微，而名實俱
> 玄。（〈大智論鈔序〉）
>
> 雖神悟發中，必待感而後應。（〈大智論鈔序〉）
>
> 弱而超悟，智絕世表。（〈廬山出修行方便禪經統序〉）

從本質上來講，「悟」是一種主客之間的能動關係，所謂的「神悟」、「超悟」與頓悟的性質相同，都是一種思維方法。可以說謝靈運接受頓悟說與受慧遠思想的啟發不無關係。思想上的這種淵源關係，是謝靈運繼承和發展慧遠美學思想的基礎和條件。

　　慧遠制佛影時，曾遣弟子道秉去請謝靈運作〈佛影銘〉，謝靈運此文即闡述了慧遠形象本體之學的美學內涵。序云：「摹擬遺量，寄託青彩。豈唯像形也篤，故亦傳心者極矣。」提出了「以形傳心」的美學思想，本書第一章第一節對這一點已作了分析。〈佛影銘〉受題材與主題的限制，在美學思想上闡述得較為簡略，但其「以形傳心」的美學內涵卻是相當豐富的。從藝術本質來講，微妙的「神」只能通過具體的形象來表現，謝靈運創造性地把「悟」的方法與慧遠「形神思想」融合起來，即通過形象去體悟本體之「神」，溝通了「形象」與「神」的內在關係，將「形神思想」由佛教思想體系中剝離出來，發展成為以山水形象體悟哲理內涵的山水審美思想，相對於玄言詩的「以玄對山水」，謝靈運這種審美思想明確地認識到山水形象的意義。這種美學思想很明顯地體現於大謝的山水詩創作實踐之中，如〈於南山往北山經湖中瞻眺〉：

> 朝旦發陽崖，景落憩陰峰。舍舟眺迴渚，停策倚茂松。側徑既
> 窈窕，環洲亦玲瓏。俛視喬木杪，仰聆大壑淙。石橫水分流，
> 林密蹊絕蹤。解作竟何感，升長皆豐容。初篁苞綠籜，新蒲含

紫茸。海鷗戲春岸，天雞弄和風。撫化心無厭，覽物眷彌重。
不惜人去遠，但恨莫與同。孤遊非情歎，賞廢理誰通。

描繪了湖中山水景物之美，由景物的觀賞和描寫引發出情理的感受和
體驗，葉維廉論述這首詩說：「此詩仍未脫解說的痕跡。但此詩的解
說方式是獨特的，頗近後來公案的禪機。」[6]如詩人對「解作竟何
感」之問，答曰：「初篁苞綠籜，新蒲含紫茸。海鷗戲春岸，天雞弄
和風」，這很像雲門文偃的問答「問：如何是佛法大意？答：春來草
自青。」又如王維「君問窮通理，漁歌入浦深」，也就是以形象的展
現代替對本體的演繹和說明。這即是對慧遠形象本體之學的創造性發
展在詩歌寫作中的體現。謝靈運其他山水詩雖不一定皆有這種問答形
式，但由對自然景物形象美的欣賞描繪中體悟哲理的境界，這一審美
思想在其山水詩寫作之中卻是體現得相當普遍的，又如〈石壁精舍還
湖中作〉：

昏旦變氣候，山水含清暉。清暉能娛人，遊子憺忘歸。出谷日
尚早，入舟陽已微。林壑斂暝色，雲霞收夕霏。芰荷迭映蔚，
蒲稗相因依。披拂趨南徑，愉悅偃東扉。慮淡物自輕，意愜理
無違。寄言攝生客，試用此道推。

詩歌描寫了湖中周圍的山水美境，最後四句所謂的「理」、「道」詩人
並不加以說明，而指引讀者從詩歌所描繪的林壑、雲霞、芰荷、蒲稗
各自的生機美妙中去體悟，將山水形象與理悟的本體融合為一。
　　慧遠形神思想蘊涵的形象本體之學，在美學思想上具有重要的意
義，但形神思想從本質而言，乃是一種宗教哲學。謝靈運創造性地將

6　參見葉維廉：《中國詩學》（北京市：生活・讀書・新知三聯書店，1992年）。

慧遠形象本體之學——這一佛教美學思想發展成為山水審美思想。相
對於東晉玄言山水詩存在的得意忘象的缺陷，謝靈運山水詩溝通了形
象與本體的關係，是對詩歌美學上的創造性發展，這是大謝在山水詩
具有重要的詩史意義的原因。從謝靈運山水詩的寫作實踐來看，其詩
歌突顯了山水形象美的藝術價值，在表現山水自身的形象之美，如色
彩、形式、構圖、畫境等方面，謝靈運的藝術技巧都是前人所不及
的，形成了富麗精工的山水描寫與精深的哲理內涵融合的詩歌美學特
點。這一詩歌美學對元嘉其他詩人是有顯著的啟發和影響的。

二　謝靈運山水詩對慧遠禪智方法的創造性發展

　　慧遠由形神思想發展出的形象本體之學，誘發了晉宋之際山水藝
術對山水自身形象的重視和表現，這一點在謝靈運代表的元嘉山水詩
中體現得很明確。思想包含著內容和方法兩個方面，在具體的審美方
法上，慧遠淨土思維方法對謝靈運山水詩的審美方法也有直接的影響。

　　慧遠提倡彌陀淨土信仰，主張息心忘念憑藉念佛入定得見諸佛形
象，以進入美妙的淨土之境。慧遠之前的淨土宗主張稱名念佛以得生
西方淨土，思想和方法都很簡單，慧遠則特別重視觀想念佛的修持，
將禪定與智慧結合發展成為獨特的思維方法，〈念佛三昧詩集序〉云：

> 夫稱三昧者何，專思寂想之謂也。思專則志一不分，想寂則氣
> 虛神朗。氣虛則智恬其照，神朗則無幽不徹。斯二者，自然之
> 元符，會一而致用也。
>
> 體合神變，應不以方，故令入斯定者，昧然忘知，即所緣以成
> 鑒，鑒明則內外交映，而萬像生焉。[7]

7　〔清〕嚴可均校輯：《全晉文》（北京市：中華書局，1958年），卷162。

觀想念佛是念佛三昧的第二種，即坐禪入定觀想佛的種種美好形相及佛土的莊嚴美妙。觀想念佛本身雖然不是審美方法，但卻體現為一種獨特的思維觀察活動。進入念佛三昧中，就昧然忘一切知慮，思專神朗洞照所觀察之象，使其生動地自我展現出來。這種思維方法還可以參照〈廬山出修行方便禪經統序〉：

> 夫三業之興，以禪智為宗……，禪非智無以窮其寂，智非禪無以深其照，然則禪智之要，照寂之謂，其相濟也，照不離寂，寂不離照。感則俱游，應必同趣。功玄在於用，交養於萬法。其妙物也，運群動以至壹而不有，廓大象於未形而不無，無思無為，而無不為，是故洗心靜亂者，以之研慮；悟徹入微者，以之窮神也。[8]

慧遠強調禪定與智慧的結合以進入「照寂」之境，在慧遠看來「禪定沒有智慧就不能窮盡寂滅，智慧沒有禪定就不能深入觀照。禪智兩者的要旨就是寂滅和觀照。就寂和照的相濟相成來說，兩者互不相離，共同感應，寂和照兩者的妙用是，能運轉各種事物而又不為有，無限廣大廓空而又不為無，無思慮作為而又無所不為。這樣，心境清淨寂滅躁亂的人，就能用以研討思慮；悟解透徹而入微的人，就能用以窮盡神妙。」[9]淨土信仰所嚮往的西方淨土，就其性質而言是近似於審美境界的，與主體的心境密切相關，所以慧遠淨土思想極重內心的明淨，〈念佛三昧詩集序〉中慧遠認為只有「專思寂想」排除一切雜念才能達到主體對對象的洞照，從這一點來講，對西方淨土的嚮往某種程度上已轉化為對內心澄明之境的追求。為達到內心的明淨，慧遠從

8　〔清〕嚴可均校輯：《全晉文》（北京市：中華書局，1958年），卷162。

9　方立天：《慧遠及其佛學》（北京市：人民大學出版社，1984年），頁132。

淨土信仰中發展出禪智雙修的思維方法。慧遠禪智雙修、專思寂想的
思維方法，在剔除宗教色彩後，很容易發展成具有普遍意義的思維和
審美方法，這一點在謝靈運的山水詩中得即到發揮。

　　謝靈運佛學淵源於慧遠，又熱衷淨土信仰，因此在思維方法上也
明顯受到慧遠的影響。〈辨宗論〉云：

> 累起因心，心觸成累。累恆觸者心日昏，教為用者心日伏。伏
> 累彌久，至於滅累；然滅之時，在累伏之後也，伏累滅累，貌
> 同實異，不可不察。滅累之體，物我同忘，有無壹觀。伏累之
> 狀，他己異情，空實殊見。殊實空、異己他者，入於滯矣；壹
> 有無、同我物者，出於照也。

只有「滅累」才能進入明心見性的「照」境，這就是謝靈運主張的頓
悟，頓悟其實也是一種思維方法。〈和范光祿祇洹像贊三首〉第一首
〈佛贊〉云：「惟此大覺，因心則靈。垢盡智照，數極慧明。」也強
調除「垢」之後才能朗然見性。可見謝靈運是極重視「滅累」的，其
詩歌如「慮淡物自輕，意愜理無違」（〈石壁精舍還湖中作〉），「觀此
遺物慮，一悟得所遣」（〈從斤竹澗越嶺溪行〉），都表現了對「慮」的
排除。〈山居賦〉中謝靈運闡述了去累的思維方法：

> 觀三世以其夢，撫六度以取道。乘恬知以寂泊，含和理之窈窕。

所謂的「六度」即六波羅密，是佛教到達彼岸的六種超度方法，即佈
施、持戒、忍辱、精進、禪定、智慧，其中「禪定」、「智慧」是慧遠
淨土思想中強調的思維方法，謝靈運〈菩薩贊〉云：「以定養慧，和
理斯附」，即繼承慧遠定慧雙修的思維方法，強調通過禪定啟發智
慧，由定生慧洞照萬象。

　　從以上簡要的分析看，禪智是慧遠營造主體心境的方法，但在詩歌寫作實踐中謝靈運則創造性地將其運用於客體的山水審美，形成「遺情舍塵物，貞觀丘壑美」（〈述祖德二首〉其二）的山水審美方法。從邏輯上來講，「遺情舍塵物，貞觀丘壑美」有兩層含義，首先是「遺情」，即拋棄各種世俗之情；其次是「貞觀」，以客觀的態度來觀賞山水景物。就其性質而言，這兩者其實就是慧遠禪智方法在審美上的發展，因為審美就其本質來講，是主客體之間的一種能動關係，因此與主體的心境密切相關。現象學美學家杜夫海納在論述審美對象時說：「只有當欣賞者打定主意，只依照知覺全神貫注於作品的時候，作品才作為審美對象出現在他面前。」[10]其實無論是面對藝術作品還是面對自然山水，這種全神貫注的觀察都是必要的，唯其如此，山水才能以審美對象而出現。這既迥異於魏晉詩歌「感物興思」的主觀之情的引發與投射，也不同於東晉玄言詩「以玄對山水」先入為主的理性體驗。「貞觀」可以說就是謝靈運的審美態度和方法，其詩文中亦多有表現，如〈山居賦〉說：「研精靜慮，貞觀厥美」，〈入道至人賦〉：「超塵埃以貞觀」，而「貞觀」又需以「遺情」為前提，這與宗炳的「澄懷味象」含義相同。作為山水詩審美方法的「遺情貞觀」，體現在具體的藝術創作之中，即形成了山水詩客觀再現的寫實手法，這一藝術特點在謝靈運山水詩中表現得很明顯，鍾嶸謂謝詩「尚巧似」，王士禎云：「謝靈運出，始創為刻畫山水之詞」[11]，皆著眼於謝詩寫實性的山水描繪。與傳統詩歌中山水比興的主觀性相比，謝靈運山水詩的特點，在於能隨物宛轉客觀地再現山水形象之美，故謝詩多用客觀寫實的賦法。如〈晚出西射堂〉：「連鄣疊巘崿，青翠杳深沉。曉霜楓葉丹，夕曛嵐氣陰。」用客觀細緻的筆法寫青翠的山色

---

10 〔法〕杜夫海納著，韓樹站譯：《審美經驗現象學》（北京市：文化藝術出版社，1996年），頁41。

11 〔清〕王士禎：《帶經堂詩話》（北京市：人民文學出版社，1963年）。

和紅豔的霜葉構成的圖畫。又如「白雲抱幽石，綠篠媚清漣」（〈過始寧墅〉），「白芷競新苕，綠蘋齊初葉」（〈登上戍石鼓山〉）皆以仔細的觀察，描繪出寫實性的畫面。從審美方法來說，謝靈運「遺情貞觀」審美方法是對慧遠禪智的思維方法的創造性發展，從而形成了謝詩重客觀美的美學品質，這種山水美學深刻地影響了此後的山水詩。元嘉其他山水詩人不具備謝靈運這種佛學思想基礎，但他們繼承發展了謝靈運的審美思想，促進了齊梁以降的山水詩的發展，具有極其重要的詩學意義。

第二節　元嘉山水詩與詩體的發展

一　題材與詩體：山水表現範疇與詩體的發展

　　題材與詩體是詩學中兩個相互關聯的重要範疇，二者構成了相互影響、能動選擇的關係。詩歌創作過程中，題材與詩體都不是完全被動的，題材要求詩人採用適合的詩體來對之加以表現，詩體又反過來影響詩人對題材的選擇、表現及詩歌藝術風格的形成。因此，新題材的出現往往會帶來詩體與詩歌藝術相應的發展變化。

　　東晉中後期五言體的重新發展，即與山水題材的出現有密切的關係。從詩歌的發展來看，東晉玄言詩的困境不僅在於詩歌題材侷限於玄理的表現上，也在於四言雅詩體已缺乏內在的發展潛力[12]。題材與詩體共同造成的玄言詩的困境，這種困境很難簡單地依靠詩人的藝術才能從外部加以改變，而要求詩歌內部的變革，因此東晉中後期詩歌的發展主要是在詩體與題材的變化上，而不是四言體藝術的發展，即

---

12 萬曉音〈四言體的形成及其與辭賦的關係〉認為曹操、嵇康、陶潛之後，四言體的發展潛力已經發掘罄盡了，後代的作家已無法再給予它可持續發展的生命力了。（《中國社會科學》2002年第6期）。

五言體與山水題材開始得到了重視。

　　晉穆帝永和九年，謝安、王羲之、孫綽等人組織蘭亭修禊，參加者有二十六人創作了詩歌，《蘭亭集》三十七首詩中二十三首為五言詩，作詩的二十六人中十二人只作五言詩，十一人四言、五言各作一首，只有三人只作四言詩，說明東晉中後期五言詩在上層士人中已十分流行，而五言詩中山水景物已成為重要的表現內容。如孫綽〈蘭亭詩二首〉其二：「流風拂枉渚，停雲蔭九皋。鶯語吟修竹，遊鱗戲瀾濤。攜筆落雲藻，微言剖纖毫。時珍豈不甘，忘味在聞韶。」前四句的景物描寫已比較成功，詩歌的藝術價值也主要在這裡。這次雅集可以視為東晉玄言詩走出困境的一個契機[13]。從晉宋詩史來看，東晉中後期五言體與山水題材被引入詩歌創作之中，其詩學意義應該得到進一步的認識。經過漢魏晉的發展，五言詩已形成了以抒情言志為原則的藝術典範與傳統，這種藝術傳統具有很強的內在發展力，因此五言體得到重視，其實也可以說抒情言志的詩歌本質和詩歌原則，在晉宋之際重新得到了認識。另一方面，山水題材開始得到關注，王羲之、孫綽等蘭亭詩人雖然還強調「以玄對山水」，但其詩歌中表現山水成分的確已有很大的發展，這是東晉中後期詩歌重要的發展趨勢，與玄言詩有顯著的區別。豐富多樣的山水之美，要求詩歌必須具有更強的表現力，在這一點上五言較四言具有很大的優勢，鍾嶸即指出五言之所以「居文詞之要」，乃因為其「指事造形，窮情寫物，最為詳切。」[14]從這一點來講，東晉中後期五言詩的重新發展，也是新題材選擇的必然結果。

　　元嘉山水詩就是在題材與詩體的辨證互動中發展起來的，它反過來又促進了五言體的發展。漢魏西晉五言詩確立抒情言志的藝術傳統，元嘉山水詩一方面繼承漢魏晉詩歌藝術傳統，同時又賦予了五言

---

13 參見拙文：〈蘭亭詩的詩史意義〉，《國文天地》第30卷第12期（2015年5月），頁26-29。

14 曹旭：《詩品集注》（上海市：上海古籍出版社，2011年），頁43。

詩體物寫景的新內涵和藝術功能，正是從這一點來講，元嘉山水詩促進了五言詩體的發展。這種發展不僅是四言發展為五言[15]，同時也拓展了五言體的藝術內涵與藝術功能。在東晉陷入低谷的五言詩，在元嘉時重新獲得了發展，而元嘉五言詩總體來講，乃是繼承與新變的結合。漢魏晉五言詩確立的藝術典範與傳統已成為五言體的基本質素，因此元嘉五言詩的發展，其實也就內在地繼承了漢魏晉詩歌的情性本質，這是五言體生命力的體現。五言體的生命力表現在另一方面即在於它具有相容性與自我發展的能力，因此它能夠適應山水題材所帶來的體物寫景的這一新的藝術要求。元嘉山水詩才把「詩緣情而綺靡」與「賦體物而瀏亮」比較好地融合起來，也就是將賦體的內涵吸收到詩體之中，從而發展了五言體的藝術內涵和傳統。謝靈運〈山居賦〉說：「文體宜兼，以成其美」，這裡的「文體」所指的即是詩、賦兩種文體及相應的藝術功能。可見元嘉詩人在題材與詩體的互動下，已明確地認識到五言詩體的內涵，即緣情體物結合，這就是山水表現範疇的確立對詩體的發展。

　　五言體的發展在元嘉詩歌創作實踐上是表現得很明顯的，本書第二章第五節分析了元嘉詩歌體物緣情的藝術，其實也就很明顯地揭示了元嘉五言體的發展。五言體由抒情言志向抒情與體物結合發展，極大地拓展了五言詩的藝術表現力，也使詩歌美學有新的發展，所以我們看到元嘉山水詩藝術或體物入微、或情景結合，審美上或密實富豔、或清新自然，體現了非常豐富的藝術可能。謝靈運批評張華：「雖復千篇，猶是一體」[16]，應該說這與詩體提供的發展的可能性是

15　經過元嘉詩歌的發展，五言體重新成為占主導地位的詩體，兩晉時期多採用四言體的應制、贈答，元嘉時也主要採用五言體，這是詩體發展的一個重要表現，而這一點與山水題材仍然是有密切的關係的，劉宋時出現以山水為雅頌的現象，及贈答詩中諸多的山水描寫，都說明瞭山水題材在詩體發展上的意義。

16　曹旭：《詩品集注》（上海市：上海古籍出版社，2011年），頁275。

有關係的。西晉四言雅詩、東晉玄言詩，之所以缺乏藝術個性和價值，即與四言體無法提供藝術發展可能密切相關，這一點說明了詩體不是完全被動的，這也是元嘉山水詩促進五言體發展的詩學史意義。元嘉山水詩在處理抒情與體物的藝術上還存在不夠圓融的一面，但元嘉山水詩仍然是以情性為基礎的。在東晉玄言詩將詩歌引入歧途之後，元嘉詩人重新建構詩歌的情性本質觀，一方面是詩人人格本體的變化，另一方面，從詩體的發展來講，也與漢魏晉五言詩抒情言志的藝術傳統有密切的關係，元嘉詩人在選擇五言體以表現山水題材時，其實也就重新體認了漢魏晉五言詩的藝術典範與藝術傳統。從題材與詩體的關係來講，晉宋之後詩歌藝術向抒情體物結合乃是詩歌發展的內在必然，體現了題材與詩體的能動作用。元嘉詩人在創作實踐中全面地恢復五言體，拓展五言體的藝術內涵，從整體上來看，元嘉詩歌語言與漢魏存在著顯著的區別，可以說五言體到元嘉時期進入一個新的發展階段，其詩學意義是極其重要的。同時，各種詩類也開始採用五言體並吸收山水詩的體物藝術，贈答詩就是一個典型的例子，山水之興與五言體的重新發展，使贈答詩的表現內容與詩體形式都發生了巨大的變化。

二　元嘉山水之興與贈答詩的詩體發展

（一）晉宋之前贈答詩的發展與詩體特點

贈答詩的淵源可追溯到《詩經》，如《大雅》〈崧高〉：「申伯之德，柔惠且直。揉此萬邦，聞於四國。吉甫作頌，其詩孔碩。其風肆好，以贈申伯。」此詩頌美申伯的才德，方玉潤《詩經原始》云：「此詩與下篇〈烝民〉，同為贈送之作。一送申伯，一送仲山甫，以二臣位相亞，名相符，才德又相配，故於二臣之行，特贈詩以美

之。」[17]可見從《詩經》開始即確立了贈詩頌美的傳統，這一點在後來的贈詩中得到了繼承，成為贈答詩重要的藝術功能。春秋時又形成「臨別贈言」的風氣[18]，如《晏子春秋》〈內篇雜上〉：「曾子將行，晏子送之曰：『君子贈人以軒，不若以言，吾請以言之，以軒乎？』曾子曰：『請以言。』」[19]這種贈言歸箴的傳統對贈答詩的發展也有直接的啟發與影響。

　　魏晉以來隨著詩人群體的形成，詩人之間交往頻繁，以詩贈答成為詩歌創作中重要的內容，留下相當數量的贈答詩，蕭統《文選》專列「贈答」類，收錄王粲至任昉的贈答詩多達七十二首，其選詩數為《文選》詩類之冠，可見贈答詩在傳統詩歌中的重要地位。從建安贈答詩的內容來看，一方面繼承《詩經》以來形成的頌美傳統，另一方面，建安時由於「世積亂離，風衰俗怨」而形成「雅好慷慨」[20]的詩美觀也深刻地影響到贈答詩，從而形成了抒情言志的贈答詩新傳統。如王粲〈贈蔡子篤詩〉、〈贈士孫文始〉、〈贈文叔良〉等，既讚美對方才德，又有春秋那種「贈人以言」的歸箴、勉勵，而最可注意的則是詩中表現出了真摯的情感抒發，如〈贈蔡子篤詩〉：「翼翼飛鸞，載飛載東。我友云徂，言戾舊邦。」友人返鄉難免觸動了背井離鄉的詩人的情感，詩歌接下去說：「蔚矣荒途，時行靡通」、「悠悠世路，亂離多阻」，在漢末大亂的背景下，詩人對朋友的旅途多了一份擔憂，這也為詩歌的情感表現作了一個伏筆，詩中「烈烈冬日，蕭蕭淒風」的環境描寫，「瞻望東路，慘愴增歎」的抒情皆與此相應。王粲的贈答詩已顯示出新的藝術傳統的形成，這其實也是建安詩歌情性本質觀的

17　方玉潤：《詩經原始》（北京市：中華書局，1986年），頁552。

18　梅家玲：《漢魏六朝文學新論──擬代與贈答篇》（北京市：北京大學出版社，2004年），頁104。

19　《晏子春秋》，《諸子集成》（上海市：上海書店出版社，1986年），頁142-143。

20　范文瀾：《文心雕龍注》（北京市：人民文學出版社，1958年），頁674。

體現。從詩體來看，王粲的贈答詩仍採用四言體，語言受《詩經》的影響也很明顯，王粲的成功之處在於能以情運筆發揮《詩經》句法的特長，所以能典雅而不板滯。建安贈答詩的進一步發展則是完全擺脫《詩經》四言體，而接受漢末以來形成的更具表現力的五言體，劉楨、曹植等人的贈答詩就體現了五言體慷慨抒情的藝術特點，如曹植〈送應氏二首〉：「步登北邙阪，遙望洛陽山。洛陽何寂寂，宮室盡燒焚。垣牆皆頓擗，荊棘上參天。不見舊耆老，但睹新少年。側足無行徑，荒疇不復田。遊子久不歸，不識陌與阡。中野何蕭條，千里無人煙。念我平生親，氣結不能言。」這種贈詩完全是表現詩人悲慨之情的，〈贈白馬王彪〉亦具有這樣的特點，其他如〈贈丁儀詩〉、〈贈王粲詩〉，劉楨〈贈徐幹詩〉等皆是抒情言志的，建安贈答詩的藝術傳統至此才確立起來。

　　西晉由於政治環境與時代精神的變化，贈答詩又比較多地繼承了《詩經》那種頌美的雅詩體，這也與西晉人的審美觀相適應。西晉人以儒玄結合、柔順文明取代了建安慷慨任氣、磊落使才的人格模式。他們欣賞儒雅尚文、宅心玄遠的人格美，從晉武帝給臣下的詔令就能夠很清楚地了解這一點，如「尚書郎嶠，體素宏簡，文雅該通，經覽古今，博文多識。」（〈轉華嶠為秘書監領著作詔〉），「太傅韞德深粹，履行高潔，恬遠清虛。」（〈許鄭沖致仕詔〉）。這種人格特點顯著地表現於西晉人的詩歌創作之中，尤其是作為交流手段的贈答詩中。所以西晉的贈答詩的基本特點就是以典雅辭藻頌美對方，如陸機〈贈馮文羆遷斥丘令〉：「奕奕馮生，哲問允迪。天保定子，靡德不鑠。邁心玄曠，矯志崇邈。遵彼承華，其容灼灼。」張載〈贈司隸傅咸詩〉：「皇靈闡曜，流姿敷醇。苞光含素，以授哲人。於赫洪烈，實子厥真。慮該道機，思窮妙神。汪穆其度，煥蔚其文。實茂成秋，華繁榮春。清藻既振，乃鬱乃彬。德風云暢，休聲響震。」與情感深厚的建安贈答詩相比，西晉贈答詩流於虛美缺乏藝術個性和詩歌質感。在

詩體上，西晉贈答詩主要是四言體，西晉詩人有意識地要學習《詩經》雅詩體，但缺乏情感內涵，因此最終流為空泛的典雅辭藻的堆砌，將贈答詩帶入歧途。東晉贈答詩總體上繼承西晉詩風，而更集中於對玄理的表現，如孫綽〈答許詢詩〉：「仰觀大造，俯覽時物。機過患生，吉凶相拂。智以利昏，識由情曲。野有寒枯，朝有炎鬱。失則震驚，得必充詘。」又如〈贈溫嶠詩〉、〈與庾冰詩〉、〈贈謝安詩〉，王胡之〈贈庾翼詩〉、〈答謝安詩〉，郗超〈答傅郎詩〉等都深受玄風影響，進一步加深了贈答詩的發展困境。

（二）元嘉山水詩的興起與贈答詩的詩體發展

東晉詩歌的發展困境，是由玄理與四言體共同造成的，扭轉這種困境無法僅依靠詩人個人的藝術才能，而需要詩歌的內在變革。所謂的詩歌內在變革，包括題材和詩體的變化，任何一方面的變革都會帶來整體性的詩歌變化，這是題材與詩體辨證互動的必然結果，本節第一部分已就此作了分析。從詩史發展來看，元嘉正是由於山水題材的確立，而使詩歌發生了根本性的變革。贈答詩即是在這一詩史轉折中，實現了詩體的發展。

元嘉山水詩是復變結合的產物，既繼承魏晉詩歌抒情言志的藝術傳統，又發展出體物寫景藝術，拓展了五言體的詩體內涵。元嘉贈答詩的詩體發展，也主要體現為這種新詩體內涵的建構上。元嘉贈答詩雖然仍有一部分是繼承西晉四言雅詩體的，如謝靈運〈贈從弟弘元詩〉、〈贈安成詩〉、〈答中書詩〉，但這類詩歌不是元嘉贈答詩的價值所在，元嘉贈答詩的意義在主要詩體的發展上。如謝靈運與謝惠連兄弟之間的往來酬贈：

　　屯雲蔽曾嶺，驚風湧飛流。零雨潤墳澤，落雪灑林丘。浮氛晦崖巇，積素惑原疇。曲汜薄停旅，通川絕行舟。臨津不得濟，

佇楫阻風波。蕭條洲渚際，氣色少諧和。西瞻興遊歎，東睨起
淒歌。積憤成疢痗，無萱將如何？（謝惠連〈西陵遇風獻康樂
詩〉）

洲渚既淹時，風波子行遲。務協華京想，詎存空谷期。猶復惠
來章，只足攪餘思。倘若果歸言，共陶暮春時。暮春雖未交，
仲春善遊遨。山桃發紅萼，野蕨漸紫苞。鳴嚶已悅豫，幽居猶
郁陶。夢寐佇歸舟，釋我吝與勞。（謝靈運〈酬從弟惠連〉）

二謝贈答詩的特點是融合情感表現與山水景物描寫，增加了詩歌的藝
術容量，更具有興象之美，體現了山水詩興起之後，五言詩新的詩體
內涵。二謝之外，顏延之、鮑照等元嘉詩人的贈答詩創作也體現了詩
體的這種新的發展，如顏延之〈夏夜呈從兄散騎車長沙詩〉：

炎天方埃郁，暑晏閟塵紛。獨靜闕偶坐，臨堂對星分。側聽風
薄木，遙睇月開雲。夜蟬堂夏急，陰蟲先秋聞。歲侯初過半，
荃蕙豈久芬。屏居惻物變，慕類抱情殷。九逝非空思，七襄無
成文。

這種詩也是抒情言志的，但相對於建安贈人以言、相勵以志的贈答
詩，顏延之這種詩更具有文人化的特點，詩人夜晚獨坐感物興情，無
可與言遂興文成篇以寄其懷。可見到元嘉時期，贈答詩逐漸發展為文
人之間自由的交流方式，比較自然地繼承了建安贈答詩的抒情傳統，
以此變革了西晉贈答詩空泛的譽美與典雅辭藻的堆砌。同時，元嘉贈
答詩又融合了此期興盛的山水描寫，吸收了山水詩的寫作手法，如顏
延之此詩「側聽風薄木，遙睇月開云。夜蟬堂夏急，陰蟲先秋聞。」
即在情感表現之外增加了景物形象的描寫。其他如〈贈王太常僧達
詩〉：「庭昏見野陰，山明望松雪」，〈直東宮答鄭尚書道子詩〉：「流雲

藹青闕，皓月鑒丹宮」更是寫景名句。謝靈運〈酬從弟惠連〉「山桃發紅萼，野蕨漸紫苞」，謝惠連〈西陵遇風獻康樂詩〉「屯雲蔽曾嶺，驚風湧飛流。零雨潤墳澤，落雪灑林丘。浮氛晦崖巘，積素惑原疇。」亦深得體物筆法。在贈答詩中寫景這是很新鮮的特點。從謝靈運、謝惠連、顏延之等詩作中頗能看出贈答詩詩體新的發展趨勢，這一點在鮑照的贈答詩中表現得更為明顯，如：

> 旅人乏愉樂，薄暮增思深。日落嶺雲歸，延頸望江陰。亂流灇大壑，長霧匝高林。林際無窮極，雲邊不可尋。惟見獨飛鳥，千里一揚音。推其感物情，則知遊子心。君居帝京內，高會日揮金。豈念慕群客，諮嗟戀景沉。（〈日落望江贈荀丞詩〉）

> 風起洲渚寒，雲上日無輝。連山眇煙霧，長波迴難依。旅雁方南過，浮客未西歸。已經江海別，復與親眷違。奔景易有窮，離袖安可揮。歡觴為悲酌，歌服成泣衣。溫念終不渝，藻志遠存追。役人多牽滯，顧路慚奮飛。昧心附遠翰，炯言藏佩韋。（〈吳興黃浦亭庾中郎別詩〉）

鮑照贈答詩的命題頗具特點，詩題即表現出詩歌抒情寫景物相結合的內涵。如第一首，詩人眺望黃昏時江上的風景，感物興情，故詩歌興象情感融合得比較自然。第二首開頭便直接以景物描寫入手，情景結合，這乃是贈答詩的新的寫作之法，同時也說明贈答詩詩體內涵的拓展。

　　隨著山水審美意識的自覺、山水作為文學表現範疇的確立，詩人有意識地通過山水景物的描寫來表現情感，以增加情感的形象性。山水描寫是晉宋之際普遍發展起來的新的詩歌藝術手法，這一藝術最能體現詩人的藝術才能，因此山水詩興起之後，山水題材、山水描寫迅

速拓展到幾乎所有詩類中，贈答詩毫無疑問也受到山水詩藝術的影響。所以元嘉以來景物描寫成為贈答詩重要的組成部分，齊梁人的贈答詩主要就是學習這種的，並在情景結合的藝術上進一步發展。謝朓、王融、何遜等都體現了贈答詩的這一發展特點，如謝朓〈新亭渚別范零陵云詩〉：「洞庭張樂地，瀟湘帝子遊。雲去蒼梧野，水還江能流。停驂我悵望，輟棹子夷猶。廣平聽方籍，茂陵將見求。心事俱已矣，江上徒離憂。」前四句寫景，但景中含情，後六句抒情，但又在最後兩句中將離別之情拉回現實環境之中，情感在景色裡餘音嬝嬝委曲動人。說明贈答詩已擺脫頌美傳統，並在建安抒情言志的贈答詩傳統上，加入了景物描寫，確立了情景結合的新的藝術傳統。贈答詩的這一詩體特點與元嘉山水詩的興起是密切相關的。元嘉贈答詩一方面繼承了建安贈答詩抒情言志的傳統，另一方面吸收山水詩景物描寫藝術，形成了抒情體物的詩美，突破了《詩經》以來贈答詩的頌美傳統，實現了贈答詩詩體的發展，具有極其重要的詩史意義[21]。

第三節　元嘉體詩歌體裁的發展及其意義

　　元嘉是詩體發展的重要時期，除了五言體得到進一步的發展，七言體的成熟也是一個重要的內容。七言體在中國詩歌史上有很長的發展歷史，但是在鮑照之前，七言體的發展還是不充分、不成熟的。鮑照作為第一個致力創作七言詩的詩人，對七言體的確立做出了重要的貢獻，故王夫之說：「七言之制，斷以明遠為祖何？前雖有作者，正荒忽中鳥徑耳。柞械初拔，即開夷庚。明遠於此，實已範圍千古。故七言不自明遠來，皆蒹葭而已。」[22]充分肯定了鮑照在七言體發展上

21　參見拙文：〈晉宋之際山水之興與贈答詩的詩體解放〉，《寧波大學學報》，2008年第3期，頁5-8。

22　〔清〕王夫之：《古詩評選》（上海市：上海古籍出版社，2011年），頁44。

的作用。鮑照大力從事七言體創作，有主客觀上的原因，從主觀上講，鮑照坎坷不平之氣，促使他的詩歌創作突破五言體的限制，採用更為奔放的七言體。從客觀上講，魏晉以來七言體已具有一定的積累，尤其重要的是晉宋之際五言詩的成熟，為七言體的發展奠定了條件[23]。同時，也與晉宋之際漢魏音樂的復興有密切的關係[24]。這些的條件的結合，是鮑照成為第一個致力於七言詩創作並取得突出成就的基本原因。

一　七言體的發展歷程

從詩體的發展來講，七言的淵源可以追溯至《詩經》。摯虞《文章流別論》云：「古之詩有三言、四言、五言、六言、七言、九言。……古詩之三言者，『振振鷺，鷺於飛』之屬是也，漢郊廟歌多用之。五言者，『誰謂雀無角，何以穿我屋』是也，於俳諧倡樂多用之。六言者，『我姑酌彼金罍』是也，樂府用之。七言者，『交交黃鳥止於桑』之屬是也，於俳諧倡樂多用之。（九言）不入歌謠之章，故世稀為之。夫詩雖以情志為本，而以成聲為節。然則雅音之韻，四言為正，其餘雖備曲折之體，而非音之正也。」[25]可見兩漢以來，除了占主導的四言和騷體之外，各種詩體也都處於不斷的探索之中。詩行或詩體節奏的形成，首先要有基本節奏音組的確立，對七言體而言，基本的節奏音組就是三字音節，三字音節的確立是七言體發展的基礎。三言、七

23　林庚先生說：「五言原是介於四言與七言之間的形式，四言是以二字節奏為骨幹的，七言是以三節奏為骨幹的。……五言則是二字音節與三字節奏的合用。」因此「七言詩要普遍發展，還得等待五言詩先行完全成熟。」（《中國文學簡史》〔北京市：北京大學出版社，1995年〕，頁170-171。）

24　參見錢志熙：《魏晉詩歌藝術原論》（北京市：北京大學出版社，2005年，第2版），頁372。

25　〔清〕嚴可均校輯：《全晉文》（北京市：中華書局，1958年），卷77。

言雖然在《詩經》中已經出現，但是三字音節是在楚辭的創作中才真正成熟起來。葛曉音先生〈從〈離騷〉和〈九歌〉的節奏結構看楚辭體的成因〉對楚辭的體制特點進行了深入的分析[26]，認為楚辭體有三X二、三X三、二X二[27]，三種主導的節奏結構。〈九歌〉和西漢時期很流行的楚歌，其句式的基本特點是「兮」字用於句中，包括三兮二、三兮三、二兮二等幾種基本句式，這一點雖與〈離騷〉不同，但句中的「兮」又具有語法上的意義，聞一多《楚辭校補》、《怎樣讀九歌》、《九歌「兮」字代釋略說》等論著中，指出〈九歌〉的「兮」字都有文法作用，可以用「之、其、以、而、於、乎、夫、與」等虛字代釋。姜亮夫《楚辭通故》也指出〈九歌〉中的「兮字有『於、乎、其、夫、之、以、而、與』等義。」[28]這些虛字也正是〈離騷〉中句腰常用的虛字[29]。從這一點來講，楚辭體是三X二、三X三、二X二為主導節奏結構的。從楚辭體的節奏結構看，最重要的就是三字節奏音組的確定。楚辭體以三字音節為主的特點，為七言體的確立奠定了基礎，因為七言體正是以三字節奏為骨幹的，從這一點來講七言是直承楚辭體的。〈九歌〉和楚歌由於「兮」字用於句中，因此節奏感更強，詩化程度更高。姜亮夫先生說：「吾人讀〈九歌〉，情愫宕蕩，……此一『兮』字之功為不可沒云。」[30]林庚先生也說「兮」字「似乎只是一個音節，它因此最有力量能構成詩的節奏。」[31]加之三字音組的確立，因此《九歌》和西漢流行的楚歌與七言的關係更為密切。從西漢

26　《學術研究》2004年第12期，頁124-131。

27　「X」代表句腰的虛字。

28　姜亮夫：《楚辭通故》（濟南市：齊魯書社，1985年），頁324。

29　葛曉音：〈從〈離騷〉和〈九歌〉的節奏結構看楚辭體的成因〉，《學術研究》2004年第12期，頁124-131。

30　姜亮夫：〈〈九歌〉「兮」字用法釋例〉，收入《楚辭學論文集》（上海市：上海古籍出版社，1984年）。

31　林庚：〈楚辭裡「兮」字的性質〉，收入《詩人屈原及其作品研究》（上海市：上海古籍出版社，1981年）。

楚歌的體制來看，與楚辭一樣都是以三字節奏音組為核心的，但句式有進一步的發展，主要採用「○○○○兮○○○」及「○○○兮○○○」兩種句式。漢武帝〈秋風辭〉即全用這兩種句式，其他如漢武帝〈瓠子歌〉、〈天馬歌〉，趙王劉友〈幽歌〉，烏孫公主劉細君〈悲愁歌〉，李陵〈別歌〉，東漢少帝劉辨〈悲歌〉、唐姬〈起舞歌〉等，其句式大抵皆相同。與楚辭相比，西漢楚歌的句式更加突出了三字音節在構句上的基本意義。這種體制直接促使了漢樂府的發展，漢樂府三言、七言等都是直接由楚歌發展而來的，將楚歌與漢樂府相對比就能很清楚地認識到這一點，如漢武帝的楚歌體〈天馬歌〉與樂府〈郊祀歌〉的〈天馬〉，內容大體相同，句法上〈天馬〉去〈天馬歌〉句中「兮」字而成三言體，劉勰《文心雕龍》〈樂府〉說：「朱馬以騷體制歌」[32]，指的就是楚歌與樂府在體制上的淵源關係。〈郊祀歌〉之外，樂府詩中三言、六言、七言及雜言也都是直接從楚歌體衍生而來的，如相和歌中〈今有人〉，這篇是對〈九歌〉〈山鬼〉的改造，其句式都是三三七，三言皆由省去〈山鬼〉中相應句之「兮」字而成。七言則略作改動，一是改造「○○○兮○○○」句式，如「被服薜荔帶女蘿」，乃由「被薜荔兮帶女蘿」，去「兮」字而衍動詞「被」為「被服」二字而成七言；「辛夷車駕結桂旗」，則由「辛夷車兮結桂旗」，去「兮」字，「車」衍為「車駕」二字而成。二是改造「○○○○兮○○○」句式，如「天路險艱獨後來」、「東風飄颻神靈雨」，乃由「天路險艱兮獨後來」、「東風飄颻兮神靈雨」，去「兮」字而成。由此可看出楚歌體與樂府在體制上的淵源關係是很明顯的[33]，七言的確直接源於楚歌。林庚先生認為：「七言詩從騷體裡首先去掉了『兮』字變成三三七形式，之後又去掉三言，改為全用七言。」[34]蕭滌非先

---

32 范文瀾：《文心雕龍注》（北京市：人民文學出版社，1958年），頁101。

33 拙文〈論楚歌的體制特點及對漢樂府的影響〉（《云夢學刊》，2006年第3期）對楚歌與漢樂府在體制上的關係有詳細的分析，可參見。

34 林庚：《中國文學簡史》（北京市：北京大學出版社，1995年），頁171。

生分析樂府〈安世房中歌〉、〈郊祀歌〉的三、七言句式的產生也說：「省去楚辭〈九歌〉中〈山鬼〉、〈國殤〉等篇中之『兮』字而成三言體。」「省去〈大招〉、〈招魂〉兩篇句尾之『些』、『只』字而成七言者。」[35]三言、七言從楚辭、楚歌轉化而來是很直接的，所以漢代歌謠和樂府中出現了不少三言體，如歌謠〈通博南歌〉，樂府〈安世房中歌〉第七、八、九章，〈郊祀歌〉十九篇中，〈天馬〉、〈煉時日〉等七篇為全篇三言。其他如〈將進酒〉、〈古歌〉「上金殿」、〈古樂府〉「東家公」等都是三言體。七言的比重也在不斷的增加，如〈郊祀歌〉中〈天地〉連用十三句七言，〈天門〉八句，〈景星〉十二句。歌謠如〈皇甫嵩歌〉為騷體七言，〈蒼梧人為陳臨歌〉更是純七言體。更出現了不少三言和七言組合而成之體，從荀子〈成相篇〉以來這一體在漢代取得了不斷地發展，如〈安世房中歌〉第六章由兩句七言與四句三言構成，其他如鼓吹曲辭〈上之回〉，〈薤露〉、〈平陵東〉、〈陌上桑〉（又名為〈今有人〉）等主要都是三七言組合。民間歌謠如〈鮑司隸歌〉、〈民為淮南厲王歌〉、〈蜀郡民為范廉歌〉、〈桓帝初天下童謠〉、〈靈帝末京都童謠〉等也都是三七言雜體。這種三三七體，對七言體的產生有明顯的促進作用[36]。魏晉以後三三七逐漸成為一種固定的體式，除了樂府和歌謠外，文人也開始有這種體制的作品出現，如曹操、曹植的三三七體〈陌上桑〉。陸機〈順東西門行〉也是三三七體。其〈鞠歌行序〉說：「三言七言，雖奇寶名器，不遇知己，終不見重。願逢知己，以托意焉。」可見三三七已是有固定的體制，而且被視為可以抒情言志的詩體[37]。三三七體的固定，對七言體的節奏、語言等都會產生影響，它可以視為七言體的一種過度形式。

---

35 蕭滌非：《漢魏六朝樂府文學史》（北京市：人民文學出版社，1984年），頁40。

36 葛曉音：〈論漢魏三言體的發展及其與七言的關係〉，《上海大學學報》2006年第3期，頁57-63。

37 葛曉音：〈論漢魏三言體的發展及其與七言的關係〉，《上海大學學報》2006年第3期，頁57-63。

　　七言體另一種過度形式是騷體七言及騷體影響下產生的柏梁體。楚歌句中的「兮」字自由變化的性質，使楚歌的句式具有發展成為七言的功能，我們前文列舉了楚歌與漢樂府在句式上的對應關係，也說明了楚歌句中的「兮」蘊涵有某種造句功能。楚歌「○○○兮○○○」和「○○○○兮○○○」這兩種基本句式，都能直接發展為七言。詩歌的獨特性其實主要的不在於其形式的奇特，而在於從具有穩定性的一般形式中創造出獨具個性的詩歌語言，所以從句式上看，四言、五言、七言這類整齊的句式才是中國詩歌的主體。因此，從詩歌的性質來講，楚歌體雜言和相對自由變化的句式，本身具有向整齊化發展的內在必然性。《文心雕龍》〈章句〉曰：「又詩人以兮字入於句限，楚辭用之，字出於句外。尋兮字成句，乃語助餘聲，舜詠南風，用之久矣；而魏武弗好，豈不以無益文義耶？」[38]曹操弗好「兮」字，因其「無益文義」，其實即說明了具有普遍意義的整齊的句式是詩歌發展的內在要求。所以，我們看到漢代楚歌也有向整齊化發展的趨勢，西漢初的〈安世房中歌〉、〈郊祀歌〉等還是以雜言為主，體制還沒有固定，趙王劉友〈幽歌〉，漢武帝〈秋風辭〉、〈瓠子歌〉、〈天馬歌〉，烏孫公主劉細君〈悲愁歌〉，李陵〈別歌〉，東漢少帝劉辨〈悲歌〉、唐姬〈起舞歌〉等，則已具有比較固定的體制，即以「○○○兮○○○」和「○○○○兮○○○」為基本句式。張衡〈四愁詩〉更為整齊，除首句為「○○○兮○○○」句式外，其他的皆為七言。傅玄〈擬四愁詩序〉曰：「昔張平子作四愁詩，體小而俗，七言類也。」[39]可見在傅玄看來，張衡〈四愁詩〉已是七言體了。首句中的「兮」字轉變為實字，這種楚歌體就成為柏梁體七言詩了，曹丕〈燕歌行〉就是由此發展而來的，這是七言體的另一種過度形式。

---

38 范文瀾：《文心雕龍注》（北京市：人民文學出版社，1958年），頁572。

39 逯欽立：《先秦漢魏晉南北朝詩》（北京市：中華書局，1983年），頁573。

　　任何一種詩體的發展成熟都有非常複雜的因素，除了騷體之外，漢魏五言詩的發展對七言體的發展也有重要的意義。本節開頭引摯虞《文章流別論》對各種詩體淵源的分析和評價，摯虞的這段話體現了魏晉人對詩體的區分有兩個主要標準，一是詩體的功用，有雅、俳之分；二是詩體的節奏，即「成聲為節」。從這段話可以看出，七言體與五言體存在很大的相同之處，它們在魏晉人看來都屬「俗」體，又具有相同的音樂背景，即多為「俳諧倡樂」所用，因此，七言與五言的關係是非常密切的。七言與五言的內在關係還體現在二者都以三字基本音節組為核心，所以林庚先生說：「七言詩要普遍發展，還得等待五言詩先行完全成熟。」[40]這一判斷是很準確的，五言是二字音節與三字節奏的合用，五言體的成熟其實也就是三字音節的成熟，這對七言體是極為關鍵的。從詩歌史的發展來看，五言在魏晉時期就開始走向成熟，漢末〈古詩十九首〉和建安詩人的五言詩創作，帶來了「五言騰踴」的繁榮景象，也確立了五言詩的藝術傳統和典範，這一點對七言體的影響是很深的，在經過東晉玄言詩造成的詩歌沉寂之後，晉宋之際陶淵明、謝靈運等人的創作使五言詩重新走向繁榮，鮑照本身也創作了很多成功的五言詩，他的七言詩就是在這樣的詩歌背景下發生的。從詩歌美學特點來講，魏晉五言詩以抒情言志為藝術本質，這一點也深刻地影響了鮑照的七言體。鮑照七言詩的創作，從詩人主體上來講，也是他繼承、發展漢魏晉詩歌抒情言志本質在創作實踐上的體現，而鮑照這種本質觀主要就是從楚騷和漢魏晉五言詩中獲得的，這一點使其七言詩形成了情感濃烈的詩美觀。

---

40 林庚：《中國文學簡史》（北京市：北京大學出版社，1995年），頁171。

二　鮑照對七言體的發展

　　詩體是一個具有豐富內涵的體系，包涵詩歌的本體、詩歌的作用、詩歌的藝術技巧等方面的內涵，因此對一個具有自覺創作意識的詩人而言，採用特定的詩體，其實是一個很複雜的問題，具有多方面的原因。從詩體內涵的豐富性特點來講，詩體的發展成熟需要有長時間的積累，尤其是要有經典作家的創作提供創造性的貢獻。如五言詩經過漢末無名詩人及曹植等建安詩人的創作實踐，出現「五言騰踴」的繁榮景象才走向成熟，奠定了在詩史上的重要地位。鮑照在七言詩史上具有重要的地位，即在於他的七言詩創作創造性地推進了七言體走向成熟，使七言成為一種重要的詩體。

　　鮑照現存的詩歌中有七言詩九首，以七言為主體的雜言二十一首，這三十來首詩體現了鮑照對七言體的多方面的探索和貢獻。鮑照的七言詩創作，充分體現了他充沛的藝術創造力，而這種創造力與他不甘沉、積極進取的個性密切相關，從這一點來講，鮑照七言詩最能體現以情性為詩的本質。如〈擬行路難十八首〉，這組詩取得極高的藝術成就，其原因也是多方面的，但首先是這組詩最充分地體現了情性的詩歌本質，鮑照將自己的生活體驗和真實情感表現於詩歌之中，形成了慷慨激昂的詩美觀，是這組詩具有極高的藝術成就的一個重要表現。如：

　　　　瀉水置平地，各自東西南北流。人生亦有命，安能行歎復坐愁！酌酒以自寬，舉杯斷絕歌路難。心非木石豈無感？吞聲躑躅不敢言。（〈擬行路難十八首〉其四）

　　　　君不見河邊草，冬時枯死春滿道。君不見城上日，今暝沒盡去，明朝更復出。今我何時當得然？一去永滅入黃泉。人生苦

多歡樂少，意氣數腴在盛年。且願得志數相就，床頭恆有沽酒
錢。功名竹帛非我事，存亡貴賤付皇天。（〈擬行路難十八首〉
其五）

這種詩歌具有慷慨淋漓的抒情之美，王夫之曰：「看明遠樂府，別是
一味，若急切覓其佳處，則已失之。吟詠往來，覺蓬勃如春煙，瀰漫
如春水，溢目溢心，斯得之矣。」[41]這其實也就是由充分地實現了詩
歌本質而展現出來的詩美。鮑照〈擬行路難十八首〉、〈代白紵曲二
首〉、〈代淮南王〉等，所表現的感情都是非常深厚的，其藝術之美即
體現在濃烈的抒情之上，這也是對七言體詩歌本質內涵的重要發展。
魏晉文人七言詩雖然總體上也以情志為本，但是在藝術上文人化、精
緻化的傾向比較明顯，如曹丕的〈燕歌行〉，詩人用了很多典型的語
言和意象來表現思婦的情感，如「牽牛織女」、「明月皎皎」、「援琴鳴
弦」等源於〈古詩十九首〉，都是漢魏時期典型的離人意象。而「秋
風蕭瑟」、「草木搖落」，又正是宋玉〈九辯〉以來形成的典型的形
象。「雁」、「燕」也最能觸動離人的心情[42]曹丕此詩藝術上是很成功
的，王夫之評此詩曰：「傾情傾度，傾聲傾色，古今無兩。從『明月
皎皎』入第七解，一徑酣適，殆天授，非人力。」[43]曹丕之後，其他
詩人的同題之作的確很難能夠超越此詩，如陸機、謝靈運、謝惠連等
人的〈燕歌行〉，雖然也都蘊涵著自己的感受，不完全是一種簡單的
模擬，但是詩歌的內涵、語言藝術等方面都沒能進一步的發展。從詩
歌的情性本質來講，曹丕〈燕歌行〉對情感的表現也是典型的文人化
的，沈德潛《古詩源》說：「子桓有文士氣，一變乃父悲壯之習矣。
要其便娟婉約，能移人情。」[44]這一點在〈燕歌行〉上體現得比較明

---

41 〔清〕王夫之：《古詩評選》（上海市：上海古籍出版社，2011年），卷1。

42 參見林庚：《中國文學簡史》（北京市：北京大學出版社，1995年），頁119。

43 〔清〕王夫之：《古詩評選》（上海市：上海古籍出版社，2011年），頁18。

44 〔清〕沈德潛：《古詩源》（北京市：中華書局，1963年），頁107。

顯。這或許是陸機、謝靈運等人的〈燕歌行〉在曹丕之後很難有發展
的內在原因，詩歌發展到文雅、精緻的程度，其實也就沒有太多的發
展餘地了。

　　鮑照七言詩則不染魏晉以來七言詩的典雅化之風，蕭滌非先生
說：「蓋樂府本含有普遍性與積極性二要素，以入世為宗，而不以高
蹈為貴。以摹寫人情世故為本色，而不以詠歎自然為職志。」[45]從樂
府這一基本特點來講，鮑照七言擬樂府實為樂府正宗而非變調。鮑照
發揮了「感於哀樂，緣事而發」的樂府精神，他的七言詩熱烈地表現
了自己在現實中的不平之感，他不願意喪失自己那種「丈夫生世會幾
時，安能蹀躞垂羽翼」（〈擬行路難〉其六）的慷慨傲岸之氣，所以
〈擬行路難十八首〉的內容是非常豐富的，人生的命運遭遇、貴賤窮
通等都能激起鮑照激烈的情緒。〈擬行路難十八首〉集中體現了鮑照
以情性為詩的基本特點，鮑照完全擺脫了士族玄學的人格模式，其
「情性」包含了最廣泛的人情人性，鍾嶸謂鮑照詩：「不避危仄，頗
傷清雅之調，故言險俗者多以附照。」這與他能超脫當時的「清雅」
之風的束縛，大力進行七言詩創作也是密切相關的。蕭子顯《南齊
書》〈文學傳論〉也說鮑照詩：「發唱驚挺，操調險急，雕藻淫豔，傾
炫心魄。亦猶五色之有紅紫，八音之有鄭衛。」所謂的「險俗」，包
括詩歌音調節奏與內容兩方面，氣勢排宕、節奏強烈，也就是所謂的
「發唱驚挺，操調險急」，是鮑照的七言詩重要特點。從內容上看，
鮑照的七言詩表現了廣泛的社會現實和普通的人情人性，他的語言也
是最為通俗化的一類，這是士族士人無法接受的，這也是鮑照詩歌被
批評為「俗」的原因。但是鮑照七言詩無疑極大地拓展了詩歌的情性
本質的內涵，將七言體引到一條廣闊的發展道路上，表現領域的擴展
為七言體開拓了很廣大的發展空間。王夫之認為岑參、李白等人的七

45　蕭滌非：《漢魏六朝樂府文學史》（北京市：人民文學出版社，1984年），頁260。

言歌行出於鮑照〈擬行路難〉，這即是鮑照七言詩詩史地位的一個重要體現。

　　〈行路難〉原是流行於北方的樂府民歌，東晉袁山松曾對其進行改制，《晉書》載：「袁山松少有才名，善音樂，舊歌有〈行路難〉，曲辭頗疏質，山松好之，乃文其辭句，婉其節制，每因酣醉縱歌之，聽者莫不流涕。」[46]可見〈行路難〉的節奏是非常激昂動人的。《樂府解題》謂〈行路難〉的主題「備言世路艱難及離別悲傷之意。」[47]即表現人生的艱難和悲傷，音樂與主題結合使《行路難》具有非常強烈的抒情效果。袁山松是東晉末人，可知〈行路難〉在晉宋間甚為風行，鮑照對〈行路難〉的音樂和主題應該都是非常熟悉的。《樂府詩集》引〈陳武別傳〉云：「武常牧羊，諸家牧庶有知歌謠者，武遂學〈行路難〉，則所起亦遠矣。」[48]在當時文人擬樂府普遍向典雅化發展的情形下，鮑照有意識地從民間歌謠中吸取養分，學習其藝術特點，即重視抒情性與音樂性兩者的結合，錢志熙先生即指出：「通過鮑照，詩歌藝術重新與音樂發生關係，詩歌再次接受音樂的積極影響。」[49]〈擬行路難十八首〉即最好地實踐了這種藝術觀念。這十八首的內容非常廣泛，既寫自身不平的遭遇，也表現從軍的士兵、深閨的思婦、被拋棄的少婦、求宦無成的遊子等下層人民的悲傷，詩人將其所聞見、所感受到的人生的艱難和悲哀，以最通俗的語言表現出來，最大程度地實現〈行路難〉「備言世路艱難」的主題。詩人的情感非常激烈，在熱烈的抒情中形成了鮮明的節奏。〈擬行路難〉第一首云：「願君裁悲且減思，聽我抵節〈行路

46　〔唐〕房玄齡：《晉書》（北京市：中華書局，1974年），頁2169。
47　〔宋〕郭茂倩：《樂府詩集》（北京市：中華書局，1979年），卷70，頁997。
48　〔宋〕郭茂倩：《樂府詩集》（北京市：中華書局，1979年），卷70，頁997。
49　錢志熙：《中國詩歌通史·魏晉南北朝卷》（北京市：人民文學出版社，2012年），頁381。

吟〉」，第四首云：「酌酒以自寬，舉杯斷絕歌路難。」可見鮑照〈擬行路難〉可以合著節拍歌唱，也就是重視其音樂性。蕭子顯說鮑照詩歌「發唱驚挺，操調險急」，其實正是鮑照詩歌節奏感強烈而形成的特點。鮑照很多五言詩風格剛健有力具有鮮明的節奏，但其七言詩的節奏無疑更強，如〈擬行路難〉其六：

> 對案不能食，拔劍擊柱長歎息。丈夫生世會幾時？安能蹀躞垂羽翼？棄置罷官去，還家自休息。朝出與親辭，暮還在親側。弄兒床前戲，看婦機中織。自古聖賢盡貧賤，何況我輩孤且直。

以激盪強烈的節奏表現詩人慷慨激昂的情緒。總體來看，鮑照擬樂府是很重視節奏感的，以鮮明的節奏增強抒情的效果，鮑照擬樂府並不一定都有樂調上的依據，但鮑照把握住了樂府抒情與音樂結合的藝術精神，並自覺地將這種藝術傳統運用於自己的創作實踐之中，因此他的擬樂府能獨出眾作，取得突出的藝術成就。

　　鮑照七言詩鮮明的節奏既是在強烈的抒情中形成的，同時也是鮑照自覺探索的結果。鮑照七言擬樂府其實是以雜言為主，這種雜言體七言歌行形成了靈活多變、激盪動人的節奏，鮑照顯然已把握了雜言的節奏規律，如〈擬行路難〉十八首的句式主要是以七言為主的五七言結合，如其四：五七／五七／五七／七七，五七言結合長短錯落形成跌宕的節奏，把激盪不平的情緒渲染得非常明顯，最後以兩句整齊的七言收尾，也與情感轉入低沉相適應。又如其九：五七／七七／五七／七七／七七，句式排列有內在的規律，形成回環往復的節奏。其他篇章以七言為主，而又輔以三言、五言、八言、九言，整飭之外又有所變化。我們讀〈擬行路難〉時會感覺這種詩歌節奏好像是自然而然形成的，這裡其實是包含著鮑照對七言體的探索之功的，只是他是在抒情的基礎上對七言體的節奏進行探索，因此，能不露痕跡，取得

很高的藝術成就。鮑照其他一些七言詩，則採用三言與七言的結合，如〈代淮南王〉的句式為：三三七／七七／三三七七／七七／三三七／七七。〈朝雉飛〉則由四組三三七句式組成，變化之中又具有明顯的規律，形成了流宕的節奏。三三七句式是漢代歌謠一種重要的形式，魏晉時期這種形式固定下來，曹操、曹植、陸機等人都有這種體制的作品，曹氏父子的詩歌創作有直接的音樂背景，他們選擇歌謠三三七體制進行創作，說明這種體制的節奏與音樂的關係是比較密切的。鮑照這種三七言雜體的創作，其實也是學習這種體制音樂性比較鮮明的藝術特點。我們在論述七言體的發展時，指出三字基本節奏音組的成熟是七言體確立的基礎，鮑照對三字句式的節奏規律是很熟稔的，他的〈代春日行〉即是三言體中不可多得的佳作。三字基本節奏音組的熟練掌握，對七言詩的創作具有關鍵的作用，所以我們看到，鮑照七言體擬樂府雖然主要是雜言，但幾乎都是以三、五、七言為主幹，這三種句式都是都以三字基本節奏音組為核心的，從這一共同性質來講，鮑照雜言體七言詩，其節奏雖然極為靈活、自由，有些甚至沒有規律可尋，但是在三字基本節奏音組的基礎上，其節奏又具有某種內在的規律性和穩定性，這一點對七言體的成熟是極為重要的。三七、五七言雜體對七言體的產生都有重要的促進作用，鮑照通過對雜言體的節奏規律的探索，為七言體的成熟積累了創作藝術上有益的經驗。

　　鮑照七言詩另外一個重要意義，在於將七言體由每句用韻發展為隔句用韻。鮑照之前，七言詩的基本特點即句句用韻，曹丕〈燕歌行〉即是這種體制的代表。從七言體的發展淵源來看，七言體每句用韻有很長的歷史，楚歌體即主要採用這種用韻方式，如〈九歌〉〈山鬼〉、漢武帝〈秋風辭〉、劉細君〈歌〉，包括七言體的歌謠如〈民為淮南王歌〉等，都是句句用韻。這也說明句句用韻是符合當時人們的習慣的，因為從體制來看，七言比四言幾乎長了一倍，相當四言的兩

句，為了斷句的分明和避免韻與韻之間距離較遠，因此採用了句句用韻的方式[50]。這種體制的一個基本特點就是節奏比較短促，從音調上看也顯得比較典正，這一點適應了魏晉之後詩歌典雅化的趨勢，所以從曹丕〈燕歌行〉這一完整的七言體出現，到鮑照對七言進行革新，這兩三百年內，七言體幾乎都是沿著曹丕的道路而沒有發生太大的變化。鮑照因為表現激烈的情感的需要，因此也對七言體的體制特點包括用韻等方面進行了自覺的探索。鮑照七言詩的用韻方式比較靈活，既有句句用韻，又有隔句用韻，也有句句用韻而中間轉韻的，也有隔句用韻又轉韻的，各種方式都是鮑照從情感表現的需要出發，並在此基礎之上對七言的用韻方式的探索的結果。〈代白紵舞歌辭四首〉、〈代白紵曲二首〉這類七言詩以晉代雜舞曲為音樂依據，因此也用句句押韻的方式。〈擬行路難〉幾乎都採用隔句用韻，第三、四、八、十一、十二、十五、十八等首則是隔句用韻與轉韻結合。〈擬行路難〉取得巨大的藝術成就，其影響是極為深遠的，而鮑照所奠定的隔句用韻的七言體，也伴隨著〈擬行路難〉的巨大影響而被後人所接受，夏敬觀〈八代詩評〉云：「宋以後樂府，音調漸變，用七言、雜言尤甚。鮑照〈擬行路〉，其機軸出自陳琳〈飲馬長城窟〉，至其變句句協韻為隔句協韻，非復柏梁體也。」這就是經典作家的詩歌史意義。應該說鮑照對七言體的整體推進，就是在其典範性的創作的基礎之上體現出來的，對後來者的詩歌創作而言，這是一種顯著的示範作用。

　　鮑照對七言詩的發展的推進是多方面的，鮑照在現實遭遇的基礎之上，繼承了漢魏樂府的現實主義精神，拓展了七言體的本質內涵和表現範疇，並在表現激烈的情感的基礎上，對七言體的體制作出了多方面的探索，七言詩的節奏、用韻等基本問題，通過鮑照的創作基本上得到了解決，為七言詩的發展乃至成為傳統詩歌的主流詩體奠定了基礎。

---

50 參見林庚：《中國文學簡史》（北京市：北京大學出版社，1995年），頁172。

第四節　自然詩學：元嘉詩學與齊梁詩學的內在關係

　　我們所指的「詩學」是用來指稱詩歌創作實踐體系的一個高度概括的術語，包括由這個實踐體系所引出的詩歌理論和批評[51]，這個意義上的「詩學」在宋元之後才開始得到廣泛的使用。但是從邏輯上來講，有詩歌就有詩學，美國學者厄爾・邁納《比較詩學》稱這種蘊涵於詩歌創作中的詩學為「含蓄詩學」[52]。從傳統詩學的發展來看，唐代之前以「含蓄詩學」為主，所以魏晉時期雖然比較缺乏詩學理論的建構，但詩歌創作實踐中詩學的發展卻是很充分的。魏晉之後，詩歌在情感的自然抒發之外，開始出現新的發展趨勢，在詩歌觀念、詩歌藝術上都產生了新的觀點，從陸機〈文賦〉即能清楚地看到這一點。相對於漢魏以前，魏晉以降詩學的發展具有多歧化的特點，其中以「自然」為思想基礎的一種詩學，我們稱之為「自然詩學」。我們所說的「自然詩學」是對漢魏以前帶有自發性、偶然性的情性論詩學系統的超越，體現了詩歌新的發展性質，因此具有重要的詩學意義。元嘉詩歌比較明確地體現了這一詩學內涵，對齊梁詩學的形成、發展具有重要的意義。

一　「自然」一詞的基本涵義

　　「自然」一詞最早見於《老子》，如第十七章：「成功事遂，百姓謂我自然。」二十五章：「人法地，地法天，天法道，道法自然。」六十四章：「以輔萬物之自然而不敢為。」從以上所引數條來看，《老

51　錢志熙〈「詩學」一詞的傳統涵義、成因及其在歷史上的使用情況〉對這個問題有很詳細深入的分析可以參見，載《中國詩歌研究》第一輯。

52　〔美〕厄爾・邁納：《比較詩學》（北京市：中央編譯出版社，2004年），頁7。

子》所謂「自然」乃是不受外力作用、「自己如此」之意[53]。第五十一章云：「道之尊，德之貴，夫莫之命而常自然。」「莫之命」即「無為」也，故自然即是無為，這是老子思想的核心[54]，也可以說是道家思想的根本宗旨。參之《莊子》更能清楚「自然」之義，如〈繕性〉篇云：

> 古之人在混芒之中，與一世而得澹漠焉。當是時也，陰陽和靜，鬼神不擾，四時得節，萬物不傷，群生不失，人雖有知，無所用之，此之謂至一。當是時也，莫之為而常自然。

〈田子方〉篇記載老聃說：

> 夫水之於汋，無為而才自然矣。至人之於德也，不修而物不能離焉，若天之自高，地之自厚，日月之自明，夫何修焉。

可見《莊子》的「自然」也蘊涵「無為」之義。又如〈天道〉篇：「夫虛靜恬淡，寂寞無為者，天地之平而道德之至，故帝王聖人休焉。」「夫虛靜恬淡，寂寞無為者，萬物之本也。」萬物之本即萬物之性，而「萬物以自然為性」[55]，又以「寂寞無為」為本，如此則「自然」即是無為也，這是《莊子》「自然」觀的基本內涵。《莊子》外、雜篇的思想與《老子》同屬道家的第二階段[56]，其思想是比較接

---

53 陳鼓應《老子注釋及評介》認為老子所說的「自然」就是「自己如此」、「不加干涉，而讓萬物順任自然」（北京市：中華書局，1992年，頁131、262）。

54 朱謙之《老子校釋》說：「老子之學，其最後歸宿乃自然也。」（北京市：中華書局，1984年，頁71）。

55 〔魏〕王弼：〈老子道德經注〉，收入樓宇烈：《王弼集校釋》（北京市：中華書局，1980年），頁77。

56 參見馮友蘭：《中國哲學簡史》（北京市：北京大學出版社，1996年），頁91。

近的，這一點也體現在關於「自然」的認識上。王充《論衡》專列
〈自然〉篇，其基本觀點即「自然無為」，如「謂天自然無為者何？氣
也。恬淡無欲，無為無事者也。」又說：「至德純渥之人，稟天氣多，
故能則天，自然無為。」[57]王充「自然無為」之義「依道家立論」，可
見王充認為「自然無為」即是道家「自然」之義，這也是中國古代思
想中「自然」的本原意義，後來之「自然」皆由此發展而來。

　　魏晉玄學興起，重新闡釋了道家的「自然」觀。王弼注《老
子》第十七章「功成事遂，百姓皆謂我自然」云：「自然，其端兆不
可得而見也，其意趣不可得而睹也。……居無為之事，行不言之
教，不以形立物，故功成事遂，而百姓不知其所以然也。」[58]王弼認
為「為而使人不知其所以然」就是「自然」。又如第四十五章「大巧
若拙」，王弼注云：「大巧因自然以成器，不造為異端，故若拙
也。」[59]可見「自然」並非「不為」，而是「因自然而為」，這正是玄
學「自然」觀的基本特點。玄學的主題是自然與名教的關係，「正始
年間，玄學致力於自然與名教的結合，其所謂的自然，乃是一種可
以應用於名教的自然，其所謂的名教乃是一種合乎自然的名教。」[60]
玄學的目的在於有機地處理自然名教二者的關係，以建立一種新的內
聖外王之道，因此，玄學的「自然」必然是一種可以應用於現實的自
然，這與老、莊主張的「無為」的「自然」是明顯不同的。

　　郭象進一步發展了玄學「自然」觀。郭象《莊子注》中「自然」
出現的次數多達一七六處，可以說「自然」是郭象思想的基本範疇。
郭象從玄學的角度深入闡釋了「自然」的涵義，如〈逍遙遊注〉云：

57　〔漢〕王充：《論衡》（上海市：上海人民出版社，1974年），頁178、180。

58　〔漢〕王弼：〈老子道德經注〉，收入樓宇烈：《王弼集校釋》（北京市：中華書局，
　　1980年），頁41。

59　〔魏〕王弼：〈老子道德經注〉，收入樓宇烈：《王弼集校釋》（北京市：中華書局，
　　1980年），頁123。

60　余敦康：《魏晉玄學史》（北京市：北京大學出版社，2004年），頁7。

「天地者，萬物之總名也，天地以萬物為體，而萬物必以自然為正。自然者，不為而自然者也。」又如〈齊物論注〉云：「我既不能生物，物亦不能生我，則我自然矣，自己而然謂之天然，天然耳非為也。」從所引的來看，郭象也強調「自然」的「無為」之義，這一點似與老莊相近，但應該注意的是郭象思想中「無為」的具體內涵。〈大宗師〉：「知天之所為者，天而生也」注云：

> 天者自然之謂也，夫為為者不能為而為自為耳；為知者不能知而知自知耳。自知耳，不知也，不知也，則知出於不知矣；自為耳，不為也，不為也，則為出於不為矣。為出於不為，故以不為為主；知出於不知，故以不知為宗。是故真人遺知而知，不為而為，自然而生，坐忘而得，故知稱絕，而為名去也。

所謂「為出於無為」，即以「無為」為本，不造作而為。郭象給「無為」下的定義是：「夫無為也，則群才萬品各任其事，而自當其責矣。」也就是任其自為、率性而動的意思，「無為並不是什麼事也不幹」，所以「郭象的『無為』實際上是一種特定的『有為』，他把『各司其職』的『為』叫作『無為』。而把『不能止乎本性』的『無為』和『不用眾之自為，而以己為之』的『為』叫作『有為』。」[61]〈天道注〉云：

> 無為之言不可不察也。夫用天下者，亦有用之為耳，然自得此為，率性而動，故謂之無為也。今為天下用者，亦自得耳。但居下者親事，故雖舜禹為臣，猶稱有為。故對上下則君靜而臣動，比古今則堯舜無為而湯武有事。然各用其性，而天機玄發，則古今上下無為，誰有為也？

---

61 湯一介：《郭象與魏晉玄學》（北京市：北京大學出版社，2000年），頁169。

只要是在性分之內各當其能率性而動，則有為也就是無為。無為即有為，有為即無為，二者在自為而相因的本體論高度得到了統一[62]。從上面的分析可以看出，郭象的「自然」不是純粹「無為」的自然，而是「不知其所以然」的有作用而不知其作用，有外力而不知其外力，其見解與王弼一致。楊修〈答臨淄侯箋〉讚頌曹植「非體通性達，受之自然，其孰能至此乎？」李善注：「《老子》曰：『天法道，道法自然』。鍾會曰：『莫知所出，故曰自然』」[63]「莫知所出」並非「無所出」，「有所出」而不知、不覺其所自出，就是自然[64]。這是玄學「自然」觀的基本涵義[65]。

　　從郭象強調自然名教合一的思想特點來看，其「自然」必然是融合著「名教」的，也就是說「自然」事實上不可能是「無為」[66]。郭象通過對「無為」的重新闡釋，在表面上回歸了老、莊的「自然無為」說，但這並非簡單的回歸，而是否定之否定，存在著有本質的區別。這也是魏晉玄學由正題、反題而發展至合題的必然結果[67]。《晉書》〈阮瞻傳〉：「瞻見司徒王戎，戎問曰：『聖人貴名教，老莊明自然，其旨同異？』瞻曰：『將無同？』戎咨嗟良久，即命辟之。時人謂之三語掾。」名教自然「將無同」，其實就代表了當時人的基本觀點，即名教自然合一，這即是玄學的「自然」觀。從老莊到魏晉玄

62　參見余敦康：《魏晉玄學史》第三部分〈西晉玄學〉（北京市：北京大學出版社，2004年），頁379。

63　〔唐〕李善：《文選注》（北京市：中華書局，1977年），卷40，頁564。

64　參見張伯偉：《鍾嶸詩品研究》（南京市：南京大學出版社，1999年），頁58。

65　參見拙文：〈「自然」的兩種涵義與〈文心雕龍〉的「自然」文學論〉，《北京大學學報》2011年第3期，頁80-86。

66　參見拙文：〈郭象〈莊子注〉與莊學實踐性問題〉，《古代文明》2007年第3期，頁28-35。

67　余敦康認為王弼代表了玄學的正題，阮籍、嵇康代表玄學的反題，而郭象則代表玄學發展到合題的階段，這其實也就是儒道會通的階段（〈魏晉玄學與儒道會通〉，見《魏晉玄學史》）。

學，「自然」在「為」與「無為」的意義上，體現了兩種不同的內涵：老莊的自然觀是「無為」——王弼的自然觀則是「為而不知其所以然」——阮籍、嵇康基於對名教的「有為」的否定而回歸老莊的「自然無為」——郭象則綜合名教自然發展了「有為」的自然觀。在「自然」的這一特點的基礎之上，形成了兩種不同內涵的「自然詩學」。

二　「自然詩學」的兩種涵義及其形成

　　魏晉之後，隨著詩歌觀念與詩歌藝術的發展，「自然」作為一種價值範疇被引入詩歌的寫作實踐與理論批評之中，從而溝通了思想與詩學的內在關聯，使一種時代思想具有了詩學史的意義。以「自然」評論藝術似始於嵇康，〈琴賦〉謂琴聲「更唱迭奏，聲若自然」，雖僅此一例，卻意味著「自然」這一範疇開始被引入到藝術批評中來，體現了新的藝術觀念的出現。陸雲〈與兄平原書〉：「雲今意視文，乃好清省，欲無以尚，意之至此，乃出自然。」又說：「張公無他異，正自清省，無煩長，作文正爾，自復佳。兄文章已顯一世，亦不足復多自困苦。」[68]陸機詩文有繁蕪之累[69]，故陸雲提出「自然」以救其弊，其所謂「自然」乃指藝術上簡潔不繁蕪，這是針對魏晉以來文人詩的發展而提出的藝術法則，說明「自然」作為一種詩學範疇已開始得到明確的認識，「自然詩學」就是這個基礎之上發展而成的。

68　〔清〕嚴可均輯校《全晉文》（北京市：中華書局，1958年），卷102。

69　《世說新語》〈文學〉劉孝標注引〈文章傳〉云：「機善屬文，司空張華見其文，篇篇稱善，猶譏其作文大冶，謂曰：『人之作文，患與不才，至子為文，乃患太多也。』」劉勰《文心雕龍》〈熔裁〉說：「士衡才優而綴辭尤繁。」〈才略〉也說：「陸機才欲窺深，詞務索廣，故思能入巧，而不制繁。」

　　作為一個重要的詩學範疇的「自然」其內涵是極其豐富的，包括詩歌的「自然」本質觀、詩歌藝術「自然」特點及其形成等諸多方面的內容。在內涵不同的「自然」觀的基礎上形成了兩種不同的「自然詩學」，陶淵明、謝靈運的詩歌創作實踐即代表了兩種「自然詩學」的形成。清人沈德潛評價陶、謝二人的詩歌說：

> 前人評康樂詩，謂「東海揚帆，風日流麗」，此不甚允。大約經營慘澹，鉤深索隱，而一歸自然。
> 陶詩合下自然，不可及處，在真在厚。謝詩追琢而返於自然，不可及處，在新在俊。[70]

陶詩之自然是詩史上一個普遍的認識。蕭統謂陶淵明詩「論懷抱則曠而且真」，陶詩的「自然」即源於其性之「真」，「真」、「自然」即是陶詩的本質，後人論陶詩皆以此為核心。宋人普遍地發現了陶淵明的意義，並對其詩學特徵作了許多總結，如黃庭堅論陶詩云：「淵明直寄焉，持是以論淵明亦可以知其關鍵也。」[71]又謂：「不煩繩削而自合者」[72]。楊時〈龜山語錄〉云：「淵明詩所不可及者，沖澹深粹出於自然，若曾用力學詩，然後知淵明詩非著力之所能成。」[73]蔡絛〈西清詩話〉：「淵明意趣真古，清淡之宗。」[74]皆指出陶詩之「自然」本質，把握了陶淵明詩學之根本特點。

　　陶淵明「自然詩學」以其「自然」觀為思想基礎，陶氏雖然沒有對自己的「自然」觀進行總結，但從其詩文中，我們還是能夠明確地

70　〔清〕沈德潛：《古詩源》（北京市：中華書局，1963年），卷10，頁232。

71　〔宋〕阮閱：《詩話總龜・後集》（北京市：人民文學出版社，1987年），卷9。

72　〔宋〕胡仔：《苕溪漁隱叢話・前集》（北京市：人民文學出版社，1962年），卷3。

73　〔宋〕魏慶之：《詩人玉屑》（上海市：上海古籍出版社，1978年），卷13。

74　〔宋〕胡仔：《苕溪漁隱叢話・前集》（北京市：人民文學出版社，1962年），卷3。

把握其「自然」思想的內涵。鍾嶸《詩品》謂陶淵明：「古今隱逸詩人之宗」，從傳統來看，真正的隱逸代表了某種自覺的價值取向，有其思想基礎。陶淵明的隱逸就是以「自然」為思想基礎的。黃庭堅說：「淵明之詩，要當與一丘一壑者共之也。」[75]朱熹也說：「陶淵明亦是老莊」，這是很有見地的。在追求「自然」這一價值取向上，陶淵明的確可以說「亦是老莊」的，即強調道家的「自然無為」。〈飲酒〉其五：「此中有真意，欲辨已忘言」，〈歸田園居〉云：「久在樊籠裡，復得返自然」，〈歸去來兮辭〉的序中說自己：「質性自然，非矯勵所得。飢凍雖切，違己交病。」這些都是陶淵明「自然」觀的體現，其基本內涵就是自然真性，他的人生就整個地體現為這種自然之性，「自然」即是他的人格本體。陶淵明的詩歌根源於這種「自然」的人格本體，故陳師道說：「淵明不為詩，寫其胸中之妙耳。」[76]元好問〈論詩三十絕〉評陶詩：「一語天然萬古新，豪華落盡見真醇。」陶詩語言藝術之「天然」源於其「真醇」自然的人格本體與詩歌本質觀，故其詩歌在藝術上是往往是絕去蹊徑不思而得的[77]。陶淵明「自然詩學」以「自然無為」、「無心」為思想基礎，是重視詩歌「自然」本體的詩學，這也是「自然詩學」的第一種內涵[78]。

　　「自然」的另一個涵義是「為而不知其所為」，這是玄學的「自然」觀。作為一種思潮，玄學義理在東晉之後已沒有新的發展，但其影響卻仍非常深遠，謝靈運就是一個典型的代表，而正是通過謝靈運的詩歌創作，玄學「自然」觀才具有了詩學的意義。謝靈運的詩歌在他的那個時代就享有盛名，當時人對其詩學特徵作了比較多的總結，

75　〔宋〕胡仔：《苕溪漁隱叢話・前集》（北京市：人民文學出版社，1962年），卷3。

76　〔宋〕陳師道：《後山詩話》，《歷代詩話》（北京市：中華書局，1980年），頁304。

77　許學夷《詩源辯體》云：「作詩出於智力，亦可以智力求；出於自然，無跡可求也。故今人學謝靈運者多相類，學靖節者百無一焉。」（頁103）

78　關於陶淵明詩歌的「自然」可以參見拙文：〈玄學與陶淵明詩歌考論〉，《中國韻文學刊》2013年第1期。

如《南史》〈顏延之傳〉載鮑照說：「謝五言如初發芙蓉，自然可愛。」[79]惠休也說：「謝詩如芙蓉出水。」[80]蕭剛〈與湘東王書〉云：「謝客吐言天拔，出於自然。」[81]鍾嶸《詩品》評謝詩：「譬猶青松之拔灌木，白玉之映塵沙，未足貶其高潔。」實際上也是說「自然」。從我們現在的觀點來看，謝靈運的詩歌當然不如陶詩那樣自然，《宋書》〈顏延之傳〉說：「延之與陳郡謝靈運俱以辭采齊名。」[82]可見大謝當時是頗以文采著稱的，但謝詩能由「辭采」而返於「自然」，這是其詩學的重要特徵，南朝人謂謝詩「自然」指的就是這個涵義。唐朝之後，謝靈運的詩學特徵得到進一步的認識，皎然《詩式》謂謝靈運「為文真於情性，尚於作用，不顧辭采，而風流自然。」[83]「作用」、「辭采」與「自然」相結合，才構成了謝靈運詩學的完整內涵。玄學思潮在南朝的深遠影響，阻隔了人們對老莊自然思想的真正理解，從南朝玄學名士的思想和行事，我們可以很直觀地得出這樣的結論。陶淵明則由於對現實和人生的深刻認識，而契合於老莊的精神實質，其詩歌之「自然」即源於老莊「自然無為」的思想，但這種「自然」在深受玄學影響的南朝人看來反而是不「自然」。玄學「自然」觀是「有為」的，「為而不知其所為」才是「自然」，所以南朝人既不喜歡顏延之的「錯彩鏤金」，也不喜陶淵明樸素自然的「田家語」，他們欣賞的是謝詩那種「琢磨之極，妙亦自然」[84]，故鍾嶸列謝詩於上品，陶詩於中品。這體現了不同的詩歌本質觀，也是兩種「自然詩學」的基本區別之所在。

79　〔唐〕李延壽：《南史》（北京市：中華書局，1975年），頁881。

80　曹旭：《詩品集注》（上海市：上海古籍出版社，2011年），頁351。

81　〔清〕嚴可均輯校：《全梁文》（北京市：中華書局，1958年），卷11。

82　〔梁〕沈約：《宋書》（北京市：中華書局，1974年），頁1904。

83　李壯鷹：《詩式校注》（北京市：人民文學出版社，2003年），頁118。

84　〔明〕王世貞：《藝苑卮言》，《歷代詩話續編》（北京市：中華書局，1983年），頁960。

　　謝靈運「自然詩學」的形成與玄學「自然」觀有密切的關係[85]。謝靈運所處的晉宋之際是「自然山水」作為審美客體確立的時期，宗炳「以形寫形，以色貌色」的山水畫藝術，與謝靈運代表的體物深細的山水詩，都說明自然景物作為審美客體已確立起來，藝術開始出現新的變化，而這與玄學的「自然」觀有很重要的關係[86]。從這一點來講，謝靈運體現於山水詩中的「自然詩學」的形成，從思想上來講與玄學「自然」觀是密切相關的。玄學的「自然」觀主張「有為」，但又強調要依事物的本性而「為」，從而達到「為而不知其所為」。從邏輯上講，「為」與「自然」是對立的兩面，但魏晉玄學基於現實考慮，將二者結合而成其新的「自然」觀。玄學「自然」觀中「自然」是體，「為」是用，玄學「自然」觀從體用結合出發，因此特別強調「為」的自然本體的屬性，即主張「順性而為」、「為而不知其所為」。從哲學思想和實踐上講，這種折中始終都存在著不可解決的內在矛盾，阮籍、嵇康清楚地看出這一矛盾，因此不得不以玄學的反題出現。但是從藝術和審美的角度來看，玄學「自然」觀中「為」是自覺的藝術手法，「自然」則是藝術的本體與準則，這兩方面的結合為藝術創造提供了廣闊的空間和新的審美標準。中國山水藝術就是在玄學「自然」觀的這種內在矛盾中發展起來的，這一點可以作為專門的課題加以深入研究。謝靈運充分地、創造性地利用了玄學「自然」觀，開拓出廣闊的山水詩領域。從藝術上來講，玄學「自然」觀「為而不知其所為」的內涵，成為謝靈運詩歌山水景物描寫的基本藝術準則，謝詩「追琢而返於自然」即體現了這一藝術準則和審美標準，這也正是謝靈運「自然詩學」的基本內涵和特徵。謝詩如「密林含餘清，遠

---

85 參見拙文：〈玄學與謝靈運詩歌考論〉，《南京師範大學文學院學報》2012年第3期，頁63-69。

86 拙文〈從「感物」到「體物」──晉宋詩學的重要發展〉曾對此作了深入的論述，可參見。(《人文中國學報》第13期)。

峰隱半規。」(〈游南亭〉)「亂流趨正絕,孤嶼媚中川。雲日相輝映,
空水共澄鮮。」(〈登江中孤嶼〉)在章法、對仗、字法等方面都是有
跡可尋的,但在藝術上又獨具匠心,對山水景物具有新鮮、直觀、自
然的表現力,鍾嶸所謂的「高潔」、「自然」指的就是這個涵義。

通過上文對陶淵明、謝靈運詩學的具體分析,可知我們說的「自
然詩學」是建立在「自然」觀基礎之上的,因此具有兩個基本內涵。
陶淵明代表的是重視詩歌「自然」本質的詩學,謝靈運則代表以詩藝
「自然」為特徵的詩學。

三 「自然詩學」的建構及其與齊梁詩歌的關係

魏晉之前是群體詩學時期[87],詩歌是情感的自然流露,具有自發
的、偶然的性質。魏晉文學自覺之後,詩人的藝術創造能力和個性逐
漸得到重視,因此形成了新的詩歌觀念和詩歌評價標準,「自然」就
是在這一背景下被引入到詩學領域之中。由於「自然」觀的歧異,而
形成了陶淵明和謝靈運代表的兩種內涵不同的「自然詩學」。就其異
處而言,陶、謝的「自然」分屬詩歌本質觀和詩歌藝術觀,但二者的
區別又是相對的,因為從邏輯上來講,詩歌的「自然」本質最終都要
歸結、體現到詩歌藝術上來,二者體現為一種辯證的體用關係。從這
一點來講,內涵不同的兩種「自然詩學」又具有溝通的可能。劉勰、
鍾嶸即在這種邏輯思路上綜合陶、謝詩學,建構完整意義上的「自然
詩學」,確立了新的詩歌觀念和藝術準則,而具有極其重要詩史意義。

魏晉以來,「自然」作為一種詩歌寫作準則和評價標準逐漸得到
認識。南朝時,「自然」更廣泛地被運用於文學理論與批評之中。《文
心雕龍》中「自然」出現的次數頗多,其中多處具有文學批評的意

---

87 參見錢志熙:〈從群體詩學到個體詩學──前期詩史發展的一種基本規律〉,《文學
遺產》2005年第2期,頁16-28。

義，如〈原道〉：「心生而言立，言立而文明，自然之道也。」[88]〈明
詩〉云：「人稟七情，應物斯感，感物吟志，莫非自然。」[89]這裡所說
的「自然」屬文學本源論。〈麗辭〉云：「夫心生文辭，運裁百慮，高
下相須，自然成對。」〈隱秀〉也主張秀句要「自然會妙」，這裡的
「自然」則就藝術而言。可見劉勰的「自然」有本源論和藝術論兩種
涵義，但兩者又是相通的。海德格爾說：

> 本源一詞在此指的是，一個事物從何而來，通過什麼它是其所
> 是並且如其所是。使某物是什麼以及如何是那個東西，我們稱
> 之為它的本質。某個東西的本源就是它的本質之源。對藝術作
> 品之本源的追問就是追問藝術作品的本質之源。[90]

也就是說文，學的本源即文學作品的本質之源。從這一點來講，「自
然」既是文學的本源，又是文學藝術的本質，通過這一邏輯方法，劉
勰溝通了「自然」的涵義。劉勰既強調文學「自然」本源又十分重視
文學藝術的錘鍊，從〈鎔裁〉、〈煉字〉、〈總術〉等創作論就能清楚地
看出這一點。清人紀昀說：「齊梁文藻，日競雕華，標自然以為宗，
是彥和吃緊為人處。」[91]這裡所謂的「自然」即要求藝術要錘鍊而不
見雕琢之跡。劉勰以玄學體用合一的思維方法貫通了「自然」的諸種
內涵。其「自然」論包含了我們上文所分析的兩種「自然詩學」，既
強調文學源於「自然」，又主張文學藝術應該錘鍊而臻於「自然」。這
種「自然」論也是鍾嶸《詩品》基本的文學觀念，〈詩品序〉論詩歌

88　范文瀾：《文心雕龍注》（北京市：人民文學出版社，1958年），頁1。

89　范文瀾：《文心雕龍注》（北京市：人民文學出版社，1958年），頁65。

90　〔德〕海德格爾：〈藝術作品的起源〉，收入孫周興選編：《海德格爾選集》（北京
　　市：生活・讀書・新知三聯書店，1996年），頁237。

91　周振甫：《文心雕龍注釋》（北京市：人民文學出版社，1981年），頁3。

的產生說：「氣之動物，物之感人，故搖盪性情，而形諸舞詠。」[92]此即詩歌的「自然」本源。在藝術上，鍾嶸則強調「直尋」、「直致」、「自然英旨」。陳衍〈詩品評議〉云：「此鍾記室論詩要旨所在也，而其流極，乃有嚴滄浪『詩有別材，非關學也』之說。夫語由直尋，不貴用事，無可訾議也。然何以能直尋而不窮於所在？則推見至隱故也；何以能推見至隱？則關學故也。」[93]可見鍾嶸的「自然」論並非不重視藝術本身，而是主張詩歌藝術應錘鍊至於「自然」，故「自然」亦「關學」。可見鍾嶸的「自然」論亦包含了「自然詩學」的兩方面的內涵。

　　從上面簡要的分析，可以清楚地看出劉勰、鍾嶸通過其理論建設，確立了完整意義上的「自然詩學」。從邏輯上來講，任何詩歌都需要通過主觀的情思，因此完全「自然而然」、「自己如此」的詩歌是不存在的。詩歌的「自然」必定包含著創造，只有最高明的創造能夠不留雕琢之跡，此即陸游所謂：「文章本天成，妙手偶得之」。創造與自然在詩歌中是辨證的關係，劉勰、鍾嶸即抓住了「自然」的這一辨證性質，溝通了陶淵明與謝靈運所代表的兩種不同內涵的「自然詩學」。

　　「自然詩學」既是劉勰、鍾嶸對魏晉以來的詩歌創作實踐的總結，又是他們針對齊梁詩歌現狀提出的一種救弊之方。齊梁詩家蜂起、詩風日熾，但同時也存在魚龍混雜、良莠不分的弊端。〈詩品序〉說：「今之士俗，斯風熾矣。才能勝衣，甫就小學，必甘心而馳騖焉。於是庸音雜體，各各為容。」[94]裴子野〈雕蟲論〉批評說：「高才逸韻，頗謝前哲。流波相尚，滋有篤焉。自是閭閻少年，貴游總角，罔不擯落六藝，吟詠情性。學者以博依為急務，謂章句為專魯，

92　曹旭：《詩品集注》（上海市：上海古籍出版社，2011年），頁1。

93　錢仲聯編校：《陳衍詩論合集》（福州市：福建人民出版社，1999年）。

94　曹旭：《詩品集注》（上海市：上海古籍出版社，2011年），頁64-65。

淫文破典，斐爾為功。」[95]蕭剛〈與湘東王書〉也說：「比見京師文
體，儒鈍殊常，競學浮疏，爭為闡緩。」[96]繁雜、浮淺、儒鈍等詩
風，都是齊梁詩歌發展過程中面臨的嚴重問題，所以齊梁詩人不僅要
革新晉宋繁密詩風[97]，同時也必須反撥自身發展過程中產生的浮雜、
庸淺等諸多弊端。齊梁詩歌存在的種種弊病，主觀上與齊梁人的「不
學」有很大的關係[98]。從客觀方面來講，則是魏晉詩歌藝術系統向齊
梁詩歌藝術系統發展的古今之變中，舊的藝術傳統沒有得到良好的繼
承[99]，而新的藝術典範和傳統還未建立起來的必然結果，齊梁詩學的
歷史任務就是盡快地以自身的建設扭轉這種局面。劉勰、鍾嶸正是在
這種詩歌史背景下，總結、發展魏晉以來的「自然詩學」以改革齊梁
詩歌的弊病，從這一點來講，「自然詩學」的詩史意義是極其重要
的。元嘉詩歌集中地實踐了自然詩學的基本內涵，體現了詩歌古體與
近體的轉變，對齊梁體的形成具有顯著的詩體示範意義。

　　齊梁一些重要的詩人如沈約、謝朓、王融、何遜等，都在其創作
中體現了「自然詩學」的基本內涵。他們主張自然情性的詩歌本質
觀，以之反撥顏延之一派「殆同書抄」的流弊。在藝術上，既強調音
律等藝術技巧，又要求詩歌藝術達到清新流轉之美[100]，以此革新齊梁
繁雜、輕靡、儒鈍的詩風。同時又發展了以謝靈運為代表的山水描寫
藝術，這些都體現齊梁重要詩人了對「自然詩學」的學習。正因為這
一點，所以沈、謝等人能夠取得比較突出的藝術成就，成為齊梁詩歌

95　〔清〕嚴可均校輯：《全梁文》（北京市：中華書局，1958年），卷53。

96　〔清〕嚴可均校輯：《全梁文》（北京市：中華書局，1958年），卷11。

97　參見葛曉音：〈論齊梁文人革新晉宋詩風的功績〉，《北京大學學報》1985年第3
　　期，頁19-28。

98　顏之推：《顏氏家訓》〈勉學〉論此頗詳，王利器：《顏氏家訓集解》（北京市：中
　　華書局，1993年）。

99　鍾嶸：〈詩品序〉批評時人「笑曹劉為古拙」。可見魏晉詩歌藝術傳統在齊梁時期
　　沒有得到普遍的繼承。

100 沈約主張詩歌要做到「三易」，謝朓強調「好詩圓轉流美如彈丸。」

的代表，奠定新的詩歌藝術傳統。從理論上來講，「自然詩學」也是規範齊梁詩歌批評的需要，〈詩品序〉云：「觀王公縉紳之士，每博論之餘，何嘗不以詩為口實。隨其嗜欲，商榷不同。淄澠並泛，朱紫相奪，喧議競起，準的無依。近彭城劉士章，俊賞之士，疾其淆亂，欲為世詩品，口陳標榜，其文未遂。嶸感而作焉。」[101]可見「自然」也是鍾嶸面對詩歌批評的混亂而提出的準則，具有為齊梁詩歌確立新的審美標準的重要意義。

　　「自然詩學」是我們通過分析陶淵明、謝靈運等詩人的詩歌創作，及劉勰、鍾嶸的文學理論和文學批評，而總結出來的一個詩學範疇。「自然詩學」形成，標誌著傳統詩歌由情感的自然抒發，進入到一個新的發展階段，齊梁詩歌藝術系統的形成與這一詩學是有密切關係的。

---

101 曹旭：《詩品集注》（上海市：上海古籍出版社，2011年），頁74。

第七章
結語

　　元嘉是詩史上古今之變的轉折時期，這一點早就為前人所注意。南朝人對元嘉詩歌的詩史意義即有明確的認識，如蕭子顯《南齊書》〈文學傳論〉認為南齊詩歌導源於謝靈運、顏延之、鮑照等元嘉詩人，鍾嶸分析齊梁詩人的藝術淵源亦常追溯至元嘉詩歌。陸時雍、王夫之、沈德潛、沈曾植等對元嘉詩歌的詩學史的意義更有精到的闡述，可以說元嘉詩歌的詩史意義乃是詩學史上的一個普遍認識，這一點也說明了元嘉詩歌的研究價值。作為本書研究對象的「元嘉體」，與元嘉詩歌之間是一種辨證統一的關係，元嘉體既是在元嘉詩歌這一創作實踐上提出的一個範疇，又是對這種創作實踐的總結。正如我們在緒論中所闡述的，元嘉體之「體」的內涵，包括傳統意義上的體制、風格，同時也具有體系之義，元嘉體不僅是指元嘉詩歌的體制、風格特點，它本身也是指實現元嘉詩歌藝術特點的一個實踐性的詩學體系。本書的研究正是建立在對元嘉體的這樣一個理解的基礎之上。具體而言，本書的研究主要集中在兩個部分，一是分析元嘉詩歌的藝術手法、體制、風格等特點；二是從傳統詩學的角度探討元嘉體詩學的淵源及其詩學的基本內涵。這二者是有機地結合在一起的，作者的本意是要理清、勾勒出存在於元嘉詩歌藝術系統中的那個詩學體系，進而說明在這個詩學體系實踐的基礎之上形成的元嘉體的藝術特點，及其之所以形成的原因。傳統詩學的一個基本特點是，它不僅體現於以抽象形式存在的各種詩歌理論之中，更主要的是體現於生動、具體的詩歌寫作實踐之中。元嘉雖然是詩學興盛的時代，但詩學術語和詩學理論的總結都還不發達，因此當時的詩學主要體現於詩歌寫作實踐

之中，正是從這一點來講，我們研究元嘉體詩學仍是與具體的詩歌藝術結合在一起的。

　　傳統詩學既以寫作實踐為基礎，又指向具體的詩歌創作，它是實踐性的，因此可以說詩學體系就是一個有關詩歌寫作的學問系統[1]。作為一種學術，詩學與整個學術史和思想史都是密切相關的，並以之為自己生成、發展的基礎。因此，一個活躍的、有生命力的詩學體系應該是一個開放性的學術系統，這是元嘉體詩學與東晉玄言詩詩學的一個基本差別。玄言詩也自有其詩學，但作為玄言詩詩學的基礎的學術和思想是封閉的、內向化，因此在很大程度上割斷了與整個傳統詩學史的聯繫，這是玄言詩陷入發展困境的深層原因。玄學衰弱使元嘉進入一個思想和學術多元化、開放性發展的時期[2]，宋文帝立儒、玄、文、史四門學即是一個重要的體現[3]，作為整個學術體系的一個

1　嚴羽《滄浪詩話》：「夫詩有別材，非關書也；詩有別趣，非關理也。然非多讀書，多窮理，則不能極其至。」所謂「別材」、「別趣」乃指詩歌創作中的天分等個性化因素，這些固然不是由學而能的，但詩歌藝術又有需要通過學習才能掌握的，這就是嚴羽所說的要多讀書、多窮理，這是屬「學」的部分，也就是我們所說的詩學。錢謙益〈梅村先生詩集序〉：「余老歸空門，不復染指聲律，而頗悟詩理。以為詩之道，有不學而能者，有學而不能者，有可學而不可能者，有學而愈能者，有愈學而愈不能者。有天工焉，有人事焉。知其所以然，而詩可以幾而學也。」（《牧齋有學集》，卷十七，上海市：上海古籍出版社，1996年）其含義與滄浪頗為相似。陳衍《詩品評議》論鍾嶸則強調的「自然英旨」說，云：「此鍾記室論詩要旨所在也，而其流極，乃有嚴滄浪『詩有別材，非關學也』之說。夫語由直尋，不貴用事，無可訾議也。然何以能直尋而不窮於所在？則推見至隱故也；何以能推見至隱？則關學故也。」（錢仲聯編校：《陳衍詩論合集》〔福州市：福建人民出版社，1999年〕）也就是說詩歌也需要學問。所以「詩學之存在，依據於詩之可學者」（錢志熙《「詩學」一詞的傳統涵義、成因及其在歷史上的使用情況》）。其所謂「可學者」即構成了一個關於詩歌寫作的學問系統。

2　所謂的玄學衰弱，準確地說是玄學失去了發展的生命力，從一種社會主體思想轉變為專家之學。這一點可以參見羅宗強《魏晉南北朝文學思想史》、錢志熙《魏晉詩歌藝術原論》的相關論述。

3　沈約《宋書》〈隱逸〉〈雷次宗傳〉：「元嘉十五年，徵次宗至京師，開館於雞籠山，聚徒教授，置生百餘人。會稽朱膺之、潁川庾蔚之並以儒學，監總諸生。時國子學

門類，元嘉詩學也必然是開放性的，因此明顯地受到元嘉思想學術的影響。

　　從詩歌本質範疇來看，元嘉詩學的一個重要發展在於詩歌本質內涵的拓展，即從傳統的重主觀心靈的表現，發展為對客觀之物的形象之美的再現，體現為重客觀美的審美本質。詩歌本質是詩學的基礎，是詩學研究中無法迴避的根本問題，因此在勾勒元嘉體詩學體系時，首先分析元嘉詩歌的本質內涵，乃是當然之務。傳統詩學對詩歌本質的理解，主要著眼於詩歌的表現內容，從元嘉詩歌來講，重客觀美的詩歌本質直接地體現於以景物為描寫對象的山水詩之中。但元嘉山水詩的發生、發展不僅是一個詩歌史問題，可以說也是一個思想史的問題，本書首章第一節即從東晉玄、佛思想的發展及慧遠的形象本體之學，論述以物作為表現範疇的山水詩的產生的思想基礎。另一方面，由於東晉門閥士族那種統一的、理性化的人格模式遭到了破壞，士人主體修養表現出更大的自由和個性，使元嘉詩人重新繼承了魏晉詩歌的情性本質，形成了情性與審美結合的詩歌本質內涵。

　　中國傳統詩學以整個傳統思想體系為基礎而發展起來，與傳統思想一樣，傳統詩學也常常蘊涵著一個體用結合的結構。作為詩學本體的詩歌本質，其內涵的變化也決定了詩歌藝術的發展變化。元嘉詩歌審美、情性二元本質內涵，決定了元嘉詩歌藝術體物與抒情的二元特徵。元嘉詩歌抒情藝術較多地繼承魏晉詩歌，而體物寫真的描寫藝術，則比較明顯地學習和繼承賦法，使元嘉詩歌具有客觀再現的理性色彩，迥異於傳統詩歌表現主義的詩美特點。但是正如我們前文所說的，元嘉詩歌的發展是多歧的，這一點不僅表現在不同詩人具有不同的藝術風格，也表現在詩歌藝術手法上的多樣性，抒情、體物、興寄

未立，上留心藝術，使丹陽尹何尚之立玄學，太子率更令何承天立史學，司徒參軍謝元立文學，凡四學並建。」（頁2293）

及體物緣情等各種藝術手法，在元嘉詩歌中都得到了發展，使元嘉成為一個藝術多元化的詩歌時代。

作為詩史上承上啟下的轉折時期，又是魏晉詩歌藝術系統的最後一個階段，元嘉詩歌藝術具有繼承和發展的基本特點，其詩學體現了復變的結合，既學古與新變的結合。從詩歌藝術風格來看，元嘉學古與新變體現了雅與俗、古體與近體融合的基本特點。從詩學的角度來講，學古與新變的內涵是豐富的、多層次的，二者互為表裡辨證地結合在一起。元嘉是擬古興盛的時代，但元嘉詩人的擬古不僅是藝術技巧上的模擬和學習，也是對魏晉詩歌藝術傳統的體認和繼承。東晉玄言詩對詩歌藝術傳統的偏離造成的發展困境，使元嘉詩人具有接續魏晉詩歌藝術傳統的自覺意識，因此普遍地激發出一股復古思潮。元嘉詩人有意識地通過學古把握漢魏晉詩歌的詩學思想、詩歌本質和詩歌傳統，帶有基礎性和宏觀性的特點。另一方面，元嘉詩人也重視對具體的藝術技巧的學習，發展出擬篇法、擬體法、借古法等各種具體的、技術性的學古方法。這兩種學古並不是截然分開的，而往往是比較自然地融合於元嘉詩歌的寫作實踐之中。從新變的角度來看，元嘉詩歌不僅因表現範疇的拓展，而在體物藝術上有新的發展，在情詩、邊塞詩、贈答詩、七言體等方面，元嘉詩歌都體現了新變的特點。總體來看，元嘉詩歌具有「擬議以成變化」的基本特點，學古與新變作為基本的詩學原則，體現於不同的層面，其本身即構成一個詩學實踐系統。

與任何一種藝術一樣，詩歌也具有自身獨特的形式和法度，詩法就是有關如何在寫作實踐中實現詩歌藝術法度的各種方法。詩法是詩學中最具學理性質但又是最微妙的部分，一旦過於指實即成死法，反過來限制了詩歌的發展，真正的詩法應該是如宋人所提倡的活法，正因為詩法的這一特點，因此詩法的全部內涵很難以概念、術語或抽象的理論形式被表述出來，但就有自覺的詩學意識的詩人而言，詩法是

生動地存在於具體的寫作實踐之中的。魏晉以來文學的自覺，也使詩人的詩法意識不斷地明晰起來。從詩歌寫作實踐來看，排偶、章法、句法、用事、字法、修辭等這些屬於詩法範疇的各種藝術技巧得到了顯著的發展。元嘉詩人在玄言詩的發展困境下，具有學習、繼承魏晉詩歌藝術傳統的自覺意識，這種學習和繼承是多方面的，對魏晉詩歌中不斷發展的詩法的學習即是其中一個重要內容。與抒情、興寄、體物等具體的寫作藝術的不同，詩法更具有普遍的意義，它體現於一切詩歌的寫作之中，某種意義上講，詩法其實也就是詩歌的語言之法，因此越是自覺追求詩歌語言獨特性的時期，詩法的意識也就越明確。劉宋初期文筆說的興起，其實也就是時人開始意識到詩歌語言獨特性的體現，因此也可以說是詩法意識自覺的體現。元嘉時期各種詩學術語還不發達，但從詩歌寫作實踐來看，元嘉詩法主要可以總結為章法、句法、字法、用事之法等數端，對微妙、活潑的詩法而言，這種總結顯然有言不盡意之感，這也是無法避免的缺憾。但從另一方面來講，這也有助於我們去理解元嘉詩歌的寫作藝術及法度內涵。

　　以上幾個部分主要從詩學的角度探討形成元嘉體的內在原因，並由此勾勒出元嘉體詩學體系的基本內涵。但元嘉體作為一種詩歌體制、詩歌風格其藝術特點，也是本文的研究所無法迴避的一個重要問題。元嘉雖然是一個詩歌藝術多歧化發展的時期，但元嘉詩歌共同具有魏晉詩歌史與詩學史這樣一個詩學背景，又共同面臨著恢復詩歌藝術傳統、增加詩歌質感這樣一個詩學實踐課題，這一點使元嘉詩歌在多樣性的藝術風格之中又存在著共同的時代藝術風格特點，這是元嘉體這個詩歌範疇的另一個重要內涵。元嘉是一個重視詩法的時期，詩歌語言的獨特之美在寫作實踐之中得到越來越多的重視，因此使元嘉詩歌總體上形成一種綺麗的詩美，這也是元嘉體作為一個時代藝術風格的基本特點。

　　本書較多地採用傳統詩學的研究方法，注重各種詩學範疇的內

涵、淵源的分析，因為真正的詩學體系是處於整個傳統的詩學背景之中的，它的諸多內涵都需要從詩學的歷史中加以解釋，因此我們力圖在魏晉詩學史的背景下，勾勒出元嘉體這一詩學體系的內涵。但傳統詩學的特點決定了我們無法以純理論的形式來研究元嘉體，具體的藝術分析仍是本書的一個重要研究方法。作者的期望是重視詩學史與詩歌藝術史的分析，將詩學的研究方法與藝術分析方法結合，以闡釋元嘉體作為詩學體系及時代之詩的基本內涵與特點。受時間與學養的限制，這一研究目標恐怕也無法完全達到，書中仍存在不少可以進一步研究之處，這些只能留待日後去繼續研究。

參考文獻

〔後漢〕班固　《漢書》　北京市　中華書局　1962年

〔南朝宋〕范曄　《後漢書》　北京市　中華書局　1965年

〔南朝宋〕劉義慶著　〔梁〕劉孝標注　余嘉錫箋疏　《世說新語箋疏》　上海市　上海古籍出版社　1993年

〔晉〕葛洪著　楊明照校箋　《抱朴子外篇校箋》　北京市　中華書局　1997年

〔梁〕沈約　《宋書》　北京市　中華書局　1974年

〔梁〕蕭子顯　《南齊書》　北京市　中華書局　1972年

〔梁〕蕭統編　〔唐〕李善注　《文選》　北京市　中華書局　1977年

〔梁〕劉勰著　范文瀾注　《文心雕龍注》　北京市　人民文學出版社　1958年

〔梁〕劉勰著　周振甫注　《文心雕龍注釋》　北京市　人民文學出版社　1981年

〔梁〕劉勰著　詹鍈義證　《文心雕龍義證》　上海市　上海古籍出版社　1989年

〔梁〕鍾嶸著　曹旭集注　《詩品集注》　上海市　上海古籍出版社　2011年

〔唐〕皎然著　李壯鷹校注　《詩式校注》　北京市　人民文學出版社　2003年

〔宋〕郭茂倩編　《樂府詩集》　北京市　中華書局　1979年

〔唐〕房玄齡等撰　《晉書》　北京市　中華書局　1974年

〔唐〕李延壽　《南史》　北京市　中華書局　1975年

〔宋〕惠洪　《冷齋詩話》　北京市　中華書局　1988年

〔宋〕魏慶之編　《詩人玉屑》　上海市　上海古籍出版社　1978年

〔宋〕歐陽修　《六一詩話》　《歷代詩話》

〔宋〕許顗　《彥周詩話》　《歷代詩話》

〔宋〕嚴羽　《滄浪詩話》　《歷代詩話》

〔宋〕蔡夢弼　《杜工部草堂詩話》　《歷代詩話續編》

〔宋〕張戒　《歲寒堂詩話》　《歷代詩話續編》

〔宋〕劉克莊　《江西詩派小序》　《歷代詩話續編》

〔宋〕王直方　《王直方詩話》　《宋詩話輯佚》

〔元〕陳繹曾　《詩譜》　《歷代詩話續編》

〔元〕劉履　《選詩補注》　臺灣文淵閣四庫全書（影印本）集部

〔明〕陸時雍　《詩鏡總論》　《歷代詩話續編》

〔明〕王世貞　《藝苑卮言》　《歷代詩話續編》

〔明〕謝榛　《四溟詩話》　《歷代詩話續編》

〔明〕許學夷　《詩源辯體》　北京市　人民文學出版社　1987年

〔明〕胡應麟　《詩藪》　上海市　上海古籍出版社　1979年

〔明〕張溥　《漢魏六朝百三集題辭》　北京市　人民文學出版社　1981年

〔清〕王夫之著　舒蕪校點　《薑齋詩話》　北京市　人民文學出版社　1961年

〔清〕王夫之評選　李中華、李利民校點　《古詩評選》　上海市　上海古籍出版社　2011年

〔清〕陳祚明評選　李金松點校　《采菽堂古詩選》　上海市　上海古籍出版社　2008年

〔清〕馮班　《鈍吟雜錄》　北京市　中華書局　2013年

〔清〕葉燮　《原詩》　北京市　人民文學出版社　1979年

〔清〕沈德潛選　《古詩源》　北京市　中華書局　1963年

〔清〕趙翼　《甌北詩話》　北京市　人民文學出版社　1963年

〔清〕方東樹　《昭昧詹言》　北京市　人民文學出版社　1984年

〔清〕劉熙載　《藝概》　上海市　上海古籍出版社　1978年

〔清〕施閏章　《蠖齋詩話》　《清詩話》

〔清〕劉大勤　《詩友詩傳續錄》　《清詩話》

〔清〕沈德潛　《說詩晬語》　《清詩話》

〔清〕錢木庵　《唐音審體》　《清詩話》

〔清〕趙執信　《談龍錄》　《清詩話》

〔清〕李重華　《貞一齋詩話》　《清詩話》

〔清〕黃子雲　《野鴻詩的》　《清詩話》

〔清〕吳喬　《答萬季埜詩問》　《清詩話》

〔清〕賀裳　《載酒園詩話》　《清詩話續編》

〔清〕喬億　《劍溪說詩》　《清詩話續編》

〔清〕佚名　《靜居緒言》　《清詩話續編》

〔清〕潘德輿　《養一齋詩話》　《清詩話續編》

〔清〕朱庭珍　《筱園詩話》　《清詩話續編》

〔清〕冒春榮　《葚原說詩》　《清詩話續編》

〔清〕翁方剛　《石洲詩話》　《清詩話續編》

〔清〕吳喬　《圍爐詩話》　《清詩話續編》

〔清〕毛先舒　《詩辯坻》　《清詩話續編》

〔清〕王壽昌　《小清華園詩談》　《清詩話續編》

〔清〕葉矯然　《龍性堂詩話》　《清詩話續編》

〔清〕張謙宜　《繲齋詩談》　《清詩話續編》

〔清〕何焯　《義門讀書記》　上海市　上海古籍出版社　1992年

〔清〕何文煥輯　《歷代詩話》　北京市　中華書局　1980年

〔清〕嚴可均校輯　《全上古三代秦漢三國六朝文》　北京市　中華書局　1958年

丁福林　《鮑照集校注》　北京市　中華書局　2012年

丁福林　《鮑照年譜》　上海市　上海古籍出版社　2004年

丁福保輯　《歷代詩話續編》　北京市　中華書局　1983年

丁福保輯　《清詩話》　上海市　上海古籍出版社　1978年

王運熙、楊明　《魏晉南北朝文學批評史》　上海市　上海古籍出版社　1989年

王國維　《人間詞話》　《王國維文學論著三種》　北京市　商務印書館　2001年

王國維著　佛雛校輯　《廣《人間詞話》》　上海市　華東師範大學出版社　1990年

王　瑤　《中古文學史論集》　上海市　上海古籍出版社　1982年

王運熙、楊明　《中國文學批評通史·魏晉南北朝卷》　上海市　上海古籍出版社　2011年

王運熙、楊明　《中國文學批評通史·隋唐五代卷》　上海市　上海古籍出版社　2011年

王運熙　《中古文論要義十講》　上海市　復旦大學出版社　2004年

王鐘陵　《中國中古詩歌史》　南京市　江蘇教育出版社　1988年

田余慶　《東晉門閥政治》　北京市　北京大學出版社　2005年　第4版

朱自清　《朱自清古典文學論文集》　上海市　上海古籍出版社　1981年

朱光潛　《詩論》　上海市　上海古籍出版社　1991年

李澤厚、劉綱紀　《中國美學史》　北京市　社會科學出版社　1984年

余敦康　《魏晉玄學史》　北京市　北京大學出版社　2004年

林　庚　《中國文學簡史》　北京市　北京大學出版社　1995年

林　庚　《新詩格律與語言的詩化》　北京市　經濟日報出版社　2000年

宗白華　《藝鏡》　合肥市　安徽教育出版社　2000年

俞劍華　《中國繪畫史》　上海市　上海書店　1984年

徐公持　《魏晉文學史》　北京市　人民文學出版社　1999年

袁行霈　《陶淵明集箋注》　北京市　中華書局　2003年

郭紹虞輯　《宋詩話輯佚》　北京市　中華書局　1980年

陳　衍　《詩品評議》　《陳衍詩論合集》　福州市　福建人民出版社　1999年

陳　衍　《石遺室詩話》　《陳衍詩論合集》　福州市　福建人民出版社　1999年

陸侃如、馮元君　《中國詩史》　北京市　人民文學出版社　1983年

逯欽立輯校　《先秦漢魏晉南北朝詩》　北京市　中華書局　1983年

逯欽立　《漢魏六朝文學論文集》　西安市　陝西人民出版社　1984年

張少康　《文賦集釋》　北京市　人民文學出版社　2002年

郭紹虞編選　《清詩話續編》　上海市　上海古籍出版社　1983年

張健編　《元代詩法校考》　北京市　北京大學出版社　2001年

曹道衡、沈玉成　《南北朝文學史》　北京市　人民文學出版社　1991年

曹道衡、沈玉成編撰　《中國歷代文學家辭典》　北京市　中華書局　1996年

黃節注　《謝康樂詩注》　北京市　人民文學出版社　1958年

黃　侃　《文心雕龍札記》　上海市　上海古籍出版社　2000年

葛曉音　《八代詩史》　西安市　陝西人民出版社　1989年

葛曉音　《山水田園詩派研究》　瀋陽市　遼寧大學出版社　1993年

湯用彤　《魏晉玄學論稿》　上海市　上海古籍出版社　2005年

楊明校箋　《陸機集校箋》　上海市　上海古籍出版社　2016年

趙幼文校注　《曹植集校注》　北京市　中華書局　2016年

蔡彥峰　《玄學與魏晉南朝詩學研究》　北京市　人民文學出版社　2013年

劉師培　《中國中古文學史講義》　上海市　上海古籍出版社　2000
　　　年

劉若愚著　趙帆聲譯　《中國的文學理論》　鄭州市　中州古籍出
　　　版社

錢仲聯增補集說校　《鮑參軍集注》　上海市　上海古籍出版社
　　　1980年

錢仲聯校注　《沈曾植集校注》　上海市　上海古籍出版社　2001年

錢志熙　《魏晉詩歌藝術原論》（修訂本）　北京市　北京大學出版
　　　社　2005年　第2版

錢志熙　《中國詩歌通史・魏晉南北朝卷》　北京市　人民文學出版
　　　社　2012年

錢志熙　《黃庭堅詩學體系研究》　北京市　北京大學出版社　2003
　　　年

羅宗強　《魏晉南北朝文學思想史》　北京市　中華書局　1996年

顧紹柏校注　《謝靈運集校注》　鄭州市　中州古籍出版社　1987年

黃水雲　《顏延之及其詩文研究》　臺北市　臺灣文史哲出版社
　　　1989年

梅家玲　《漢魏六朝文學新論——擬代與贈答篇》　北京市　北京大
　　　學出版社　2004年

〔美〕勒內・韋勒克、奧斯丁・沃倫著　劉象愚等譯　《文學理論》
　　　南京市　江蘇教育出版社　2005年

〔美〕約翰・克婁・蘭色姆著　《詩歌：本體論札記》　趙毅衡編選
　　　《新批評文集》　天津市　百花文藝出版社　2001年

〔美〕M・李普曼編　鄧鵬譯　《當代美學》　北京市　光明日報出
　　　版社　1986年

〔美〕厄爾・邁納　《比較詩學》　北京市　中央編譯出版社　1998
　　　年

〔德〕愛克曼輯錄　朱光潛譯　《歌德談話錄》　北京市　人民文學
　　　出版社　1978年

〔德〕海德格爾著　孫周興譯　《在通向語言的途中》　北京市　商
　　　務印書館　1997年

〔德〕海德格爾著　孫周興選編　《海德格爾選集》　北京市　生
　　　活‧讀書‧新知三聯書店　1996年

〔德〕凱西爾著　於曉等譯　《語言與神話》　北京市　生活‧讀
　　　書‧新知三聯書店　1988年

〔德〕蓋格爾　《藝術的意味》　北京市　華夏出版社　1999年

〔俄〕雅各森　《何謂詩》　胡經之、王嶽川編　《文藝學美學方法
　　　論》　北京市　北京大學出版社　1994年

〔俄〕維謝洛夫斯基著　劉寧譯　《歷史詩學》　天津市　百花文藝
　　　出版社　2003年

〔俄〕佩列韋爾澤夫著　寧珂等譯　《形象詩學原理》　北京市　中
　　　國青年出版社　2004年

〔俄〕日爾蒙斯基著　方珊等譯　《詩學的任務》　《俄國形式主義
　　　文論選》　北京市　生活‧讀書‧新知三聯書店　1989年

〔意〕克羅齊著　朱光潛譯　《美學原理》　北京市　外國文學出版
　　　社　1983年

〔法〕米‧杜夫海納著　韓樹站譯　陳榮生校　《審美經驗現象學》
　　　北京市　文化藝術出版社　1996年

〔法〕達維德‧方丹著　陳靜譯　《詩學──文學形式通論》　天津
　　　市　天津人民出版社　2003年

〔法〕熱奈特　〈詩的語言，語言的詩學〉　趙毅衡編　《符號學文
　　　學論文集》　天津市　百花文藝出版社　2004年

後記

　　本書是在作者博士論文的基礎之上撰寫而成的。時間過得很快，當我修改完書稿，坐在書桌前寫下這篇短短的後記時，我已離開燕園一年有餘了！不禁又回想起四年前那個暮春三月明亮的下午，博士入學考試結束後的面試，在碧松亭亭、紫藤初發的五院初見吾師志熙先生的情景，先生儒雅的風範，讓我對燕園充滿了嚮往。蒙恩師青眼，我得以如願進入北大。三年的學習中，恩師對我諄諄教導、熱情鼓勵，以其人品和學問，使我對學術研究有所領悟。這本博士論文從選題、構思到寫作的各個細節，都凝結了恩師的心血。師恩難忘！

　　葛曉音、程郁綴、孟二冬、傅剛、孫明君、張健、杜曉勤、劉寧等諸位先生先後參加我的綜合考試、開題報告和預答辯，對論文提出了諸多有益的批評和建議，在此向他們表示真誠的感謝。葛曉音老師，在志熙師遠赴東京大學講學之後，擔負起我的論文的指導工作，並主持答辯，為我的論文能夠順利完成並獲得博士學位付出了辛勤的勞動，借此向她表示深深的敬意和感激！博士論文答辯期間，又得到傅璇琮、葛曉音、陳尚君、孫明君、杜曉勤等先生的指點和鼓勵，借此論文出版的機會，向諸位學術界的前輩表示誠摯的謝意！感謝諸多關心支持我的朋友。

　　我的父母在艱難中毅然支持我學業上的追求，他們默默地為我付出了許多。兩個妹妹多年來和我艱難與共、互相扶持，為我做出了巨大的犧牲。他們永遠是我前進的最大動力！當此論文修改完成之際，忽然又回想起那些流逝的、又歷歷在目的歲月，又特別地想念在家鄉的父母和妹妹，他們無私的深情讓我難以報答，聊作數句以述

懷：顛沛相扶緣摯愛，二十年窮困共心酸。艱辛每愧深情在，灑淚何曾世路寬。

　　本文所研究的元嘉體，是一個內涵十分豐富的詩學體系，作者運用了藝術系統範疇的某些內涵和傳統詩學的方法，同時也借鑑了西方詩學的一些研究思路。作者的期望是理清、勾勒出存在於元嘉詩歌藝術系統中的那個詩學體系，進而說明元嘉體的藝術特點及其形成。但是與任何一種學術研究都可能存在的言不盡意之感一樣，本書與預期的目標也許還存在著一定的差距，這也激勵著作者去追求更高的學術境界，同時也希望得到同行學者和本書的其他讀者的批評指正。

　　錢志熙先生審閱了修改後的書稿，並作了幾處修訂，又為本書撰寫序文，特此深致謝意!

蔡彥峰

二〇〇六年五月十九日於北京大學暢春新園

二〇〇七年八月二十八日修改於福建師範大學

再版後記

　　舊著《元嘉體詩學研究》出版已十年，本書出版之後得到了不少師長和學術界同仁的肯定，這激勵了我在學術研究之路上堅持下去。期間我多次給研究生講授過「魏晉南北朝詩歌研究」等課程，對中古的詩人、作品等進行過不同方面的分析。相對於十年前，應該說我對魏晉南北朝詩歌的認識是更加深入了，但是從宏觀的、理論的角度把握、分析一代之詩，這種研究方法在我寫作完《元嘉體詩學研究》之後沒有繼續下去。十年來，囿於精力和學識，我的學術興趣一直在魏晉南北朝階段，但是已比較多地轉向對玄學、佛教與文學的關係的研究，我先後主持的兩項國家社科基金課題，都與這個研究領域有關。現在再重新回首看看這本舊作，我自認為可取之處在系統地把握了元嘉體，並對「體物」、興寄、擬古、詩法等具體的詩學問題做了較為深入的研究。當然，作為作者第一本學術專著，其稚拙、不足之處也自然是在所難免的。

　　本書被列入入臺出版計畫後，雖然我手頭上有其他正在進行的研究任務，但我還是很高興有這樣一個重新修訂舊著的機會！從五月份開始，我用了三個月的時間對舊著作了修訂。由於時間比較緊迫，這次修訂是細節上的，並沒有改變我對元嘉體詩學的整體認識，對書中的基本觀點也沒進一步深入，修訂主要在三個方面：一、是對正文的語言表述等方面進行了修訂；二、增加了注釋；三、刪除了一部分西方文論方面的引文。十多年前，我曾對西方文論產生過濃厚的興趣，也進行了一番的研讀，毋庸諱言，本書在最初的寫作過程中，受到西方文論比較明顯的影響，這可能跟我大學時期所學的政治學專業，比

較多接觸西方政治理論有某些關係。現在看來，當時對西學方面的引用絕大部分是有效的，啟發了我對傳統詩學的理論思考，其中一部分我認為不大必要的，則在此次修訂中刪除。

　　感謝福建師範大學文學院院長李小榮教授，是他將本書列入學院的入臺出版計劃之中，讓我有機會對書中一些錯誤進行修訂。每一本書都是辛勤的結晶，盡可能使它以更好的面目呈現出來，不僅是一種負責任的學術態度，也能給寫作者以巨大的愉悅，這是在學術道路上艱難前行的回報！

蔡彥峰

二〇一七年八月十五日於福州美域寓所

作者簡介

蔡彥峰

　　一九七八年出生，福建南安人。畢業於北京大學中文系，獲文學博士學位，現為福建師範大學文學院教授、博士生導師、古代文學碩士點學科帶頭人，古代文學教研室主任。主要研究魏晉南北朝文學。出版專著三部，發表論文四十餘篇。專著獲福建省社科優秀成果獎。主持國家社科基金項目兩項，省部級項目多項。入選福建省新世紀優秀人才培育計畫。

本書簡介

　　元嘉體是一個內涵十分豐富的詩學體系，本書運用了藝術系統範疇的內涵和傳統詩學的方法，同時也借鑑了西方詩學的一些研究思路，力圖理清、勾勒出存在於元嘉詩歌藝術系統中的那個詩學體系，將元嘉詩學體系內涵比較完整地表述出來，進而說明元嘉體的藝術特點及其形成。在「感物」與「體物」；元嘉詩歌的情性本質；元嘉山水詩對興寄藝術的發展；元嘉詩歌的學古與新變；元嘉詩歌對詩體的發展等具體問題上，本書都作了深入的分析，比較全面地推進了元嘉詩歌的研究。

國家圖書館出版品預行編目（CIP）資料

福建師範大學文學院百年學術論叢. 第四輯.
元嘉體詩學研究；蔡彥峰著.
鄭家建、李建華總策畫
-- 初版. -- 臺北市：萬卷樓，2017.12
10 冊 ； 17（寬）x23（高）公分
ISBN 978-986-478-136-2（全套:精裝）
ISBN 978-986-478-143-0（第 7 冊:精裝）

1.詩學 2.南朝文學

820.7   107002348

福建師範大學文學院百年學術論叢　第四輯

元嘉體詩學研究

ISBN 978-986-478-143-0

作　　者　蔡彥峰
總 策 畫　鄭家建　李建華

出　　版　萬卷樓圖書股份有限公司
總 編 輯　陳滿銘
發　　行　萬卷樓圖書股份有限公司
發 行 人　陳滿銘
聯　　絡　電話 02-23216565　　　傳真 02-23944113
　　　　　網址 www.wanjuan.com.tw
　　　　　郵箱 service@wanjuan.com.tw
地　　址　106 臺北市羅斯福路二段 41 號 6 樓之三
印　　刷　百通科技股份有限公司
初　　版　2017 年 12 月
定　　價　新臺幣 23800 元　全套十冊精裝　不分售